# Ce que Majella n'aimait pas

COLLECTION DIRIGÉE PAR JOËLLE LOSFELD

Ce livre a été publié avec l'aide du Literature Ireland.

LITERATURE IRELAND
Promoting and Translating Irish Writing

Titre original : *Big Girl, Small Town*.



ISBN : 978-2-07-294517-5

**Michelle Gallen**

# Ce que Majella n'aimait pas

Roman

Traduit de l'anglais (Irlande)
par Carine Chichereau

ÉDITIONS JOËLLE LOSFELD

*Pour Mehdi, qui voit les choses avec clairvoyance*

Et si on accepte ces points lumineux, leur translucidité, leur éclat ; et si on se laisse aller à en jouir, à ne plus le craindre, et si on s'y habitue ; et si on en vient à y croire, à l'attendre, à en être changé ; et si on prend espoir, qu'on abandonne notre antique héritage pour plutôt, insufflés, nous laisser entraîner, qu'on en vient nous-mêmes à rayonner et si on fait tout cela, si on s'éduque à le faire, et que d'un coup, d'un seul, la lumière s'éteigne ou nous soit dérobée ?

ANNA BURNS,
*Milkman*

Dans sa tête, Majella tenait une liste de trucs qu'elle n'aimait pas trop. Les dix premiers n'avaient pas changé depuis sept ans :

1. les bavardages, les commérages et autres conneries
2. les contacts physiques
3. le bruit
4. les lumières trop fortes
5. les trucs parfumés
6. Madame Connasse
7. la sueur
8. les blagues
9. le maquillage
10. la mode

La liste complète des trucs que Majella n'aimait pas trop comptait en réalité quatre-vingt-dix-sept rubriques, qui comportaient chacune des sous-catégories. Par exemple, le maquillage se subdivisait en vernis à ongles, rouge à lèvres, fond de teint, mascara, etc., chaque sous-catégorie étant elle-même détaillée :

– Trop lourd – alourdit les doigts.

– Pas du tout l'air naturel quand il est de couleur – par exemple rouge, orange, noir –, on dirait que les gens se baladent avec des carapaces de scarabées collées sur les doigts.

– Difficile à appliquer, demande de la pratique, du temps et de l'adresse.

– A tendance à baver en séchant.

– Ne dure pas : s'écaille parfois au bout de quelques heures, systématiquement en quelques jours.

– Nécessite des produits chimiques pour la fabrication, et pour l'enlever.

– De l'argent foutu en l'air.

La liste des trucs que Majella trouvait vraiment intéressants était beaucoup plus courte :

1. manger
2. *Dallas* (sauf la saison 1985-1986, aussi connue sous le nom de *Bobby's Dream*)
3. la chaîne payante Gold
4. Papa
5. Mémé
6. la Smithwick's
7. les antidouleurs
8. nettoyer
9. le sexe
10. les sèche-cheveux

Parfois, Majella pensait qu'elle devrait condenser la liste complète des trucs qu'elle n'aimait pas trop en la réduisant à un seul :

— les autres.

C'étaient les autres qui disaient de la merde. C'étaient les autres qui inventaient les règles selon lesquelles on était cool ou pas en fonction des vêtements qu'on portait. C'étaient les autres qui jugeaient une moitié de l'humanité parce qu'elle se maquillait, et l'autre parce qu'elle ne se maquillait pas. C'étaient les autres qui allumaient la lumière, faisaient du bruit, transpiraient, se battaient, pleuraient, criaient. À bien y réfléchir, en fait, Majella n'aimait pas trop les autres.

## LUNDI

### *16 h 04*

### *Objet 12.2. Conversation – Les questions rhétoriques*

— Majella ?

La voix de sa mère a retenti dans le couloir d'en bas. Majella a tiré la couette par-dessus sa tête, l'a plaquée sur ses oreilles et a fermé les yeux.

— Ma-jell-ah ?

Elle a malgré tout entendu les chaussons monstrueux de sa mère qui se traînaient dans les marches, de plus en plus proches. Les chaussons fantaisie portaient le numéro 10.4 dans la liste des trucs qu'elle n'aimait pas trop.

— MAJELLAH ? T'es ENCORE fourrée dans ton lit ?

Majella a enlevé ses mains de ses oreilles et claqué des doigts pour penser à autre chose. Elle s'est raidie lorsque sa daronne a cogné à la porte d'un coup sec.

— Majella ? Tu bosses pas, c'soir ?

Si, Majella bossait ce soir, comme tous les lundis depuis neuf ans. Et elle savait que sa mère le savait, parce que son emploi du temps, au boulot, et la messe du dimanche étaient les seules routines dans leur vie. Elle ne voyait pas pourquoi sa mère lui posait la question alors qu'elle connaissait très bien la réponse. Du coup, elle n'a pas répondu.

— Alors chuis là, à parler toute seule dans l'vide ? La pauv' andouille de service qui gaspille sa salive à causer à la porte de sa fille ? Est-ce qu'y a donc rien qui…

Majella n'en pouvait plus, il fallait que ça s'arrête :

— J'me lèverai quand j'serai prête. J'commence pas avant dix-huit heures.

Majella est restée dans son lit, toute raide, sa mère toujours plantée devant sa porte. Elle s'est détendue peu à peu en l'entendant repartir en traînant ses chaussons et redescendre les marches. Elle a attendu jusqu'à ce que le ronron de la télé reprenne, puis elle a posé les pieds par terre et elle s'est levée. Elle a déverrouillé la porte de sa chambre et s'est acheminée jusqu'à la salle de bains en fermant à clé derrière elle. Elle s'est assise sur la lunette en plastique des toilettes pour faire pipi. Ça a duré treize secondes, ce qui faisait une bonne durée, à mettre au crédit des deux litres de Coca qu'elle avait bus avant de se mettre au lit. Elle avait lu dans un des magazines de bien-être de sa mère, *Your Health !*, que le Coca, c'était diurétique. La rédaction recommandait vivement les diurétiques à ses lectrices, parce que ça empêchait la rétention d'eau. Toutefois, les journalistes n'étaient pas fans du Coca : elles recommandaient une tisane au pissenlit bio que les lectrices pouvaient acheter en écrivant au magazine, ou sur leur site Web. Majella était impressionnée par les scientifiques qui avaient réussi à prouver que les pissenlits faisaient pisser ! À l'école, on racontait même qu'il suffisait d'en cueillir pour mouiller ses draps pendant la nuit. Majella savait bien que c'étaient des conneries, mais elle avait souvent vu dans la cour une bande de garçons plus âgés fondre sur un petit pour l'obliger à cueillir un pissenlit et passer ensuite la journée à se foutre de lui. Y en avait qui se pissaient dessus dès qu'ils étaient rentrés en classe, avant même d'être au lit, et la maîtresse les grondait car elle était obligée de leur faire enfiler le pantalon de secours. Majella n'aimait pas le pantalon de secours : c'était le même qui servait aux garçons et aux filles depuis le déluge, à l'école primaire Saint Jude. Elle n'avait été victime du gang des pissenlits qu'une seule fois. Les grands l'avaient entourée dans la cour, à la récré. Dès qu'elle avait compris ce qu'ils voulaient, elle s'était dirigée vers la première touffe de pissenlits venue, avait cueilli la plus belle fleur et l'avait tendue à Charley Daly, le chef de la bande, en le regardant d'un air inexpressif (le même qu'elle revêtait lorsque sa mère, son père ou la maîtresse lui criait dessus). Charley Daly était fou de rage. Il avait flanqué le pissenlit par terre et l'avait piétiné. Après, il avait poussé Majella si violemment qu'elle était tombée sur les fesses. Elle était restée assise là, à les regarder se tirer derrière la classe en préfabriqué, puis elle s'était relevée et elle était retournée s'asseoir toute seule sur les marches de la classe de Mrs McHugh, où elle avait dissimulé ses mains dans les replis de sa jupe pour claquer des doigts en chantonnant, jusqu'à ce que la cloche sonne.

Majella s'est remise debout et s'est examinée dans le miroir. Il était constellé de taches de dentifrice laissées par sa mère, la veille au soir. Elle ne pouvait pas se brosser les dents face à une glace aussi crade, du coup elle a ouvert le robinet de la douche et s'est déshabillée pendant que l'eau chauffait. C'était son père qui avait installé cette douche, en 1988. C'était la dernière amélioration qu'avait connue la maison en quinze ans. Maintenant les joints étaient noirs de moisissure et le pommeau de douche fuyait. Les carreaux blancs qui entouraient la baignoire juraient avec le carrelage à motifs qui recouvrait le reste de la salle de bains depuis les années 1970. Son père avait promis qu'il les enlèverait pour mettre les mêmes partout – il avait d'ailleurs acheté les carreaux blancs en question. Mais après la mort de son frère Bobby, il s'était complètement désintéressé de la salle de bains et il avait abandonné les carreaux dans la remise du jardin, où ils attendaient toujours. Majella se rappelait, cet automne-là, quand son daron avait appris la nouvelle. C'était comme s'il s'était recroquevillé en lui-même dans un coin sombre. Par la suite, il n'avait plus jamais été pareil.

Majella a regardé la buée qui s'élevait et se déposait sur la vitre, et elle a grimpé dans la baignoire verte. L'eau était très chaude, à la limite du supportable, et elle est restée longtemps sous le jet, jusqu'à ce qu'elle soit sûre que l'odeur de toutes ces années de graillon, de pâte à beignet, de viande à burger et de saucisses grillées ait été chassée de sa peau brûlante. Mais en se séchant, elle a cru sentir un relent d'encens datant de l'enterrement, la semaine passée. Ça, elle ne savait pas comment s'en débarrasser.

*17 heures*
*Objet 21, sous-catégories 1 à 4 (incluse). Le journal télé*

Majella est descendue en écoutant grincer les marches. Depuis qu'elle était petite, elle aimait entendre ces grincements. Elle aimait noter les différences selon qu'on montait ou qu'on descendait, et en fonction aussi de la vitesse. En revanche, elle n'appréciait pas du tout que la fumée de cigarette de sa mère vienne bousculer l'odeur toute fraîche de sa peau après la douche. Elle s'est rendue à la cuisine où elle a allumé la bouilloire avant d'insérer quatre tranches de pain de mie dans le grille-pain. Elle a pris sa grande tasse, y a mis trois sucres, puis elle est allée au frigo. Il y avait que dalle dedans, comme d'habitude : une brique de lait écrémé, de la margarine à tartiner et douze mini-bouteilles de yaourt probiotique pour sa daronne. Elle a versé un peu du lait pour anorexique dans sa tasse et a refermé le frigo. Elle a ensuite ajouté deux cuillerées de café instantané Spar dans son lait en faisant attention de ne pas en perdre une miette. Majella ne supportait pas la façon dont sa mère en foutait partout lorsqu'elle se servait. La bouilloire grondait. Majella a jeté un coup d'œil à l'horloge de la cuisine : dix-sept heures cinq. Elle commençait dans cinquante-cinq minutes, elle avait donc largement le temps de prendre son petit déjeuner devant la télé. La bouilloire s'est arrêtée pile au moment où les tartines sont remontées dans le grille-pain, provoquant un frisson de plaisir chez Majella, et elle a claqué des doigts pour évacuer la tension. Autrefois, son père aimait bien ça lorsque la bouilloire et le grille-pain s'arrêtaient en même temps. Parfois, quand elle était petite, il se mettait à lui chanter une comptine juste avant que le pain remonte et que l'eau se mette à bouillir, et de temps en temps, il réussissait le parfait timing : *pop !* bouilloire et grille-pain s'arrêtaient en même temps.

*Half a pound of tupenny rice*
*Half a pound of treacle,*
*That's the way the money goes*
*POP goes the weasel*[1] *!*

Majella a nappé ses tartines d'une couche lisse de margarine, puis de confiture de framboise Mace, qui se vantait de contenir vingt pour cent de fruits ! Majella savait que les quatre-vingts pour cent restants étaient constitués de sirop de glucose-fructose, d'acide citrique, de régulateur d'acidité (citrate de sodium), de gélifiant (pectine), et que le taux de sucre atteignait soixante-cinq pour cent. Elle ne comprenait pas pourquoi on n'appelait pas ça « confiture de sucre » (soixante-cinq pour cent de sucre

1. *Pop goes the weasel* est une comptine anglaise du XIXe siècle dont le sens exact fait débat mais concerne à coup sûr les problèmes d'argent. « Une demi-livre de riz pas cher/Une demi-livre de mélasse/C'est ainsi que l'argent file/Et POP ! fait la belette. » *(Toutes les notes sont de la traductrice.)*

*inverti* !). Elles n'achetaient pas cette confiture en fonction de son taux de fruit ou de sucre, ni même pour le goût. Elles choisissaient celle-là uniquement parce que c'était la moins chère du rayon. Majella a pris le temps de contempler son petit déjeuner, elle a hoché la tête, satisfaite, et l'a emporté dans le salon. C'était l'heure des infos locales et sa mère avait monté le son. Majella n'aimait pas écouter les infos, mais sa daronne adorait ça. Elle se redressait dans son fauteuil pour suivre un reportage sur un accident de voiture dans lequel quatre membres de la même famille avaient été décimés à la veille de Noël ; contemplait d'un air triste des photos d'enfants souriants qui s'étaient noyés lors de leurs premières vacances à l'étranger ; enfin secouait la tête en suivant les recherches de nuit entreprises par des pêcheurs en quête de trois générations d'hommes, pendant des semaines, des mois, tandis que les poissons et les crabes festoyaient. Lorsqu'un couple de jeunes mariés trouvait la mort en se rendant à l'aéroport pour partir en voyage de noces, la mère de Majella commençait par absorber la misère sur la BBC nord-irlandaise, avant de basculer sur UTV, la chaîne locale, pour avoir un autre angle et des images un peu différentes. Quand un fait divers s'avérait suffisamment tragique pour qu'on en parle à la télé de l'État libre d'Irlande, elle essayait ensuite de le capter sur RTÉ. À travers les fins voilages gris, Majella a regardé le crachin qui tombait dehors. Pendant toute son enfance, les infos locales n'avaient été qu'une litanie de morts, d'explosions, de tentatives de meurtre. Après que la paix eut été signée, ça n'avait fait qu'empirer. Les journalistes qui travaillaient à l'international sur les attentats terroristes en étaient à présent réduits à couvrir des tentatives de record dont les protagonistes étaient la plupart du temps des enfants ou des légumes.

*Les forces de l'ordre dans le petit village d'Ag-gee-Bow-Gee…*

La mauvaise prononciation du nom de son village a été comme une décharge douloureuse dans le dos de Majella. Elle ne comprenait pas qu'un journaliste de Belfast ne sache pas prononcer Aghybogey. Ils étaient aussi nuls que les Rosbifs.

*... ont appelé la population à coopérer...*

La mère de Majella a tripoté le bouton du volume de la télécommande. Majella s'est préparée à une explosion de bruits.

*... en faisant état des derniers développements de cette histoire qui a plongé dans la sidération cette petite communauté soudée...*

Majella regardait le journaliste, un petit gros vêtu d'un manteau beige, qui depuis le centre d'Aghybogey couvrait cette histoire *tragique et choquante.*

*Les services de la police nord-irlandaise ont clairement expliqué que les tests ADN et la prise des empreintes digitales des hommes âgés de seize à soixante ans seront ciblés, que les échantillons demandés ne serviront qu'à cette enquête, et qu'ils seront tous détruits lorsque les forces de l'ordre tiendront un suspect. La police a également confirmé que la mort en début de semaine dernière de Mrs Margaret O'Neill, quatre-vingt-cinq ans, est bien un meurtre. Les habitants de la région ont accueilli ces derniers éléments avec la plus grande prudence.*

Des gens que Majella connaissait se sont succédé à l'écran.

*... au nom de la communauté locale et des citoyens que je représente, je condamne fermement cet acte de violence insensé qui a abouti à la mort d'une personne âgée très respectée. Les services de la police nord-irlandaise font de leur mieux pour appréhender*

*l'assassin, et je demande à tous mes concitoyens leur pleine coopération…*

*… ben vous savez, ce qu'y font, ça me dérange pas du moment qu'ils l'attrapent, parce que du coup, c'est pas facile de dormir la nuit quand on sait qu'y a ce monstre en liberté dehors qu'en a après les femmes et les mioches, et ça pourrait êt' mon tour la prochaine fois, allez savoir…*

*… moi tout ce que je peux dire, c'est qu'y vaudrait mieux qu'y se rende, parce que j'aimerais pas être à sa place si jamais il se fait choper par les gars du coin, si vous voyez qu'est-ce que je veux dire, parce que là, y seront méchants, et ouais évidemment, je crois que c'est dur de leur en vouloir si lui arrive quèque chose à çui-là…*

Le journaliste a sonné la fin du reportage et renvoyé les téléspectateurs dans les studios de Belfast. Majella retenait son souffle, mais sa mère a appuyé sur le bouton – du volume de la télécommande. Elle est restée là sans bouger, à mastiquer sa tartine pour la réduire en bouillie, incapable d'avaler. Sa mère s'est renfoncée dans son fauteuil en secouant la tête.

— Ben en v'là une nouvelle. Chuis sûre qu'Marie savait tout ça bien avant les journalistes. Et tu parles qu'è s'est pas cassée pour v'nir tout d'suite nous prév'nir.

Majella ne disait rien, le toast en bouillie lui matelassait la langue.

— Quand même, elle aurait pu passer un coup d'fil. Ben voyons ! Il a fallu qu'on apprenne ça à la télé. Et ces bons à rien d'flics qui font des tests ADN ! Et j'te parie qu'tous les pelés autour de nous, z'étaient tous déjà au parfum. Bertie Daly et les pro-Sinn Féin, et toute cette bande de cons.

Majella a laissé la bouillie de toast glisser lentement dans sa gorge, puis elle a pris une gorgée de café.

— Ah, c'te pauv' Maggie. Elle a jamais cherché à faire son intéressante, elle, et v'là-t'y pas qu'è se r'trouve aux infos, à son âge, alors même qu'elle est morte et enterrée. C'est la honte qui l'a tuée, pas c'que c'salopard lui a fait.

Majella a contemplé sa tartine toute molle : ça lui avait coupé l'appétit. Sa mère a regardé tristement la photo du baptême, sur la cheminée, où on la voyait, boudeuse, en minijupe malgré le vent cinglant de novembre, à peine âgée de dix-sept ans. D'un côté, sa belle-mère, Maggie O'Neill, toute raide dans son tailleur bleu marine, ses cheveux argentés en chignon serré sous son chapeau. Marie, la tatie de Majella, et aussi sa marraine, avait l'air d'avoir vingt ans de plus que la jeune maman, alors qu'en réalité elle avait un an de moins. Seul le père de Majella avait l'air heureux, entouré qu'il était des trois femmes de sa vie, serrant son bébé contre lui. Il paraissait à l'aise dans son costume en velours marron aux pattes d'eph extravagantes. Son tonton et parrain, Bobby, n'était pas sur la photo. Pas foutu d'attendre devant l'église que le photographe prépare son matériel, il était déjà parti au pub. Sur la photo, on ne voyait pas Majella, à moitié étouffée sous les couvertures où l'avait emmaillotée sa grand-mère.

Majella s'est levée pour aller à la cuisine et elle a balancé à la poubelle ce qui restait de tartines, puis elle a passé sous l'eau bouillante l'assiette et la tasse, qu'elle a mises à sécher sur le bord de l'évier. Elle a pris le sac en plastique avec sa tenue de travail et s'est dirigée vers la porte. Elle entendait dans le salon sa mère qui se plaignait au téléphone à propos des tests ADN.

— J'y vais.

Elle a refermé sans attendre de savoir si celle-ci lui avait dit au revoir.

*17 h 38*

*Objet 3.3. Bruit – Les volets mécaniques*

Majella a pris l'entrée de service du fish-and-chips. Marty est passé devant elle en sifflotant.

— T'es en avance, Jelly, hein ?

Majella a regardé la pendule et a secoué la tête. Marty était le seul qui avait le droit de l'appeler Jelly. Les autres pouvaient gueuler ça dans la rue, ou lui dire en face, mais seul Marty y était autorisé. C'était une blague remontant au début où ils travaillaient ensemble. À l'école, elle détestait ce surnom, de même qu'elle détestait être grosse. Mais Marty, lui, aimait les filles bien plantées, donc quand il l'appelait comme ça, ce n'était pas pareil. Elle lui passait aussi les mains au cul qu'il lui flanquait lorsqu'elle fouillait dans le congélo, à la recherche des steaks de poulet pour les burgers. Les mains au cul, ça ne lui faisait pas grand-chose à Majella, mais ça faisait tellement marrer Marty qu'elle ne voyait pas pourquoi elle l'en aurait empêché.

— J'ai vu les infos, à propos d'ta grand-mère. Quelle sacrée bande de cons, ces flics. Comme si ce salopard allait s'pointer au commissariat et ouvrir la bouche pour qu'y lui prélèvent un échantillon !

Majella a enfilé sa combinaison de travail vert clair dans l'obscurité, devant le comptoir. À l'intérieur, les murs étaient bleu pâle. La femme de Mr O'Naas (copropriétaire de *Salé, Pané, Frit ! – Fast-food traditionnel*) avait peint des poissons rose fluo au pochoir sur les murs. Avec les néons, les soirs où Majella était fatiguée, elle avait l'impression de nager avec les poissons.

— Qui c'est qui va ram'ner son ADN aux flics, hein ? Et détruire les échantillons après avoir coffré le suspect ? Mon cul ! On sait comment qu'ça s'passe pour les empreintes digitales.

Majella a remonté le zip de sa combinaison par-dessus sa plantureuse poitrine en se demandant ce qui avait bien pu se passer avec les empreintes digitales. Marty la fixait. À sa façon de la regarder, elle a compris qu'il attendait sa réaction, alors elle a haussé les épaules. Elle avait découvert que c'était la réponse appropriée à toutes sortes de questions et d'affirmations. Marty a continué.

— Tu sais, y veulent qu'on les voye en train d's'agiter. Et qu'est-ce qu'y font ? Toute une histoire avec ta pauv' grand-mère, que Dieu ait son âme. Si on les laisse faire, on s'ra bientôt tous fichés sur un gros ordinateur, là-bas à Londres. Ah, les bâtards.

La bouche pleine d'épingles, Majella n'a pas répondu. Elle regardait son reflet dans la vitrine tout en fixant ses cheveux sous le filet de nylon. Elle voulait que Marty la ferme, voilà pourquoi elle ne disait rien – encore un bon truc. Le silence est tombé, jusqu'à ce que Marty le rompe en tapant sur le comptoir, de résignation.

— Ah, qu'y z'aillent se faire foutre. Bon, j'démarre les friteuses, hein, Jelly ? Faut qu'on soye prêts à r'cevoir ces pauv' cornichons.

Marty a fait un signe de tête en direction du volet : à travers les fentes, Majella voyait les petits O'Donnell et O'Doherty qui faisaient déjà la queue. Majella savait qu'en sortant de l'école ils avaient foncé au pub pour mendier ou piquer un peu de fric à leurs parents afin d'aller s'acheter quelque chose à manger. Marty disait qu'ils étaient obligés de se mettre au lit tout seuls, ce que, sincèrement, Majella et Marty avaient toujours connu eux aussi. Sauf qu'en général, leurs parents étaient dans le salon à regarder la télé, pas dehors, en train de picoler. Majella a reconnu plusieurs familles qui s'offraient un fish-and-chips pour fêter l'arrivée des allocations chômage. Plusieurs gars du bâtiment qui rentraient tout juste du boulot, dans l'État libre d'Irlande, et qui crevaient la dalle. Majella a enfoncé sa casquette et fixé ses cheveux avec les dernières épingles. Elle s'est gratté les fesses à travers le nylon rugueux de sa combinaison et s'est mise à ranger les rouleaux de monnaie dans la caisse, elle aimait bien le cliquetis des pièces quand elles prenaient leur place. Après, elle a regardé Marty.

— T'es prête, Jelly ?

Majella a hoché la tête, alors Marty est passé sous le comptoir pour aller en sifflotant jusqu'à la porte. Il l'a déverrouillée, a placé le coin pour l'empêcher de se refermer, puis il est revenu à sa place. Il a appuyé sur le bouton pour remonter le volet. C'était la partie que Majella détestait. Elle s'est raidie en entendant le crissement du métal, sentant le bruit remplir ses oreilles et se propager jusque dans ses dents. Avant même que le rideau de fer soit remonté d'un quart, le petit O'Donnell est passé dessous et a filé jusqu'au comptoir, l'air très fier de lui. Majella l'a regardé.

— Qu'est-ce que j'peux t'servir ?

— Une grande frite avec du sel, et pis du vinaigre, et pis du ketchup, si vous plaît.

Majella a frémi de plaisir en entendant le crépitement et le crachotement des premières frites plongées dans l'huile.

*18 h 30*

*Objet 1. Bavardages, commérages et autres conneries*

Majella a secoué les frites dans leurs paniers pour être sûre qu'elles soient cuites partout. Elle aimait bien faire ça. Marty n'était pas aussi pointilleux sur l'uniformité de la cuisson, et ça la faisait chier. Depuis le comptoir, il a crié :

— Trois frites pour les McHugh, Jelly.

Une minute plus tard, il s'est ramené avec cette tête de commère qu'il avait parfois.

— Te r'tourne pas tout d'suite, mais r'garde un peu avec qui la p'tite Breda Farren se radine.

Marty s'est éloigné, et Majella a attendu dix secondes, ainsi qu'il le lui avait appris, avant de se retourner vers les clients. Il n'y avait là qu'une seule fille, une jeunette accompagnée d'un homme assez âgé pour être son père : ça devait être la petite Breda Farren. Majella savait que Marty se chargerait de la rencarder sur le dernier scandale en date. Majella n'était pas comme Marty. Il connaissait tout le monde en ville. Il savait qui baisait qui, qui avait baisé avec qui, et qui avait envie de baiser qui. Il savait qui picolait, qui fumait, qui se piquait ou gobait quoi, et souvent il savait même où et quand. En plus, il avait toujours une idée sur le pourquoi du comment. Majella gardait l'œil sur les frites. Elles avaient l'air à point, alors elle les a sorties en les secouant pour faire retomber le trop-plein d'huile dans le bain de friture. Elle a emballé la commande et l'a apportée à Marty au comptoir. Tout en enregistrant la vente, il a continué à bavarder sans s'arrêter, un truc dont Majella était incapable.

Dès qu'ils sont partis, Marty s'est appuyé contre le comptoir, et une main sur la hanche, il a dit :

— Tu l'connais sans doute pas, Duffy. Y bosse à la banque, de l'aut' côté du pont.

Majella a hoché la tête pour qu'il continue.

— Évidemment, y dit qu'y raccompagne Miss Farren chez elle après l'baby-sitting, et y passe chercher un truc à bouffer pour sa femme… mais t'as r'marqué qu'il a payé à la petite Breda son dîner, à elle aussi ? J'parie qu'les frites à sa femme, è vont r'froidir pendant qu'ça chauffe à l'arrière de sa belle Land Rover toute neuve !

Majella ne comprenait pas comment Marty arrivait à savoir tout ça rien qu'en servant des frites à des inconnus qui restaient là à peine dix minutes. Elle se fichait complètement qu'il ait raison ou tort, parce que ces gens-là n'étaient rien pour elle. Par contre, elle se demandait ce qu'il pouvait bien raconter sur elle. Et sur sa mère. Et sur son père. Des fois, elle se demandait s'il savait où était passé son père. Si ça se trouve, toute la ville le savait sauf elle et sa mère. C'était souvent ainsi.

Majella a pensé à la petite Róisín Murphy. Elle passait tous les jeudis après le bingo chercher un menu saucisse panée pour sa vieille maman, Mary Murphy. Marty s'arrangeait toujours pour mettre une saucisse de plus dans leur sac. Lorsqu'elle était repartie, il racontait une fois encore à Majella quel dommage c'était que la mioche ne sache pas que sa « maman », en fait, était sa grand-mère, et que sa « sœur », Rose, était sa vraie maman (et la prostituée de la ville), parce que Rose avait eu Róisín si jeune que c'était sa mère qui l'avait élevée, comme son bébé à elle. Toute la ville le savait, sauf Róisín. Majella ne comprenait pas l'intérêt de ce pseudo-secret, et toutes ces histoires que les gens se racontaient. Elle aimait que les choses soient claires. Mais, à Aghybogey, rien n'était clair. C'était une ville où on ne pouvait se cacher nulle part, aussi les gens planquaient leurs secrets en pleine lumière.

### *19 h 15*

### *Objet 3.4. Bruit – Chanter comme une casserole*

Majella observait le petit Connolly. Il était assis sur un banc, près du monument aux morts, recroquevillé sous son sweat à capuche. Elle savait qu'il attendait que le fish-and-chips soit vide pour s'y précipiter. C'était un drôle de môme. Elle a servi la mère McHugh.

— Voilà. Trois menus poisson, un menu saucisse panée, une portion d'frites en plus, et des beignets d'oignons.

Mrs McHugh a pris le sac en plastique sur le comptoir, laissant l'établissement vide pour la première fois depuis qu'il avait ouvert. Majella a senti des relents de fumée de cigarette par-dessus le graillon : Marty faisait sa pause clope, à l'arrière.

Iggy Connolly a saisi sa chance. Il est arrivé en traînant, dissimulé sous sa capuche. Il a ouvert la porte d'environ trente centimètres et s'est glissé à l'intérieur sans déclencher la sonnerie. Majella venait de passer un coup de chiffon sur le comptoir pour nettoyer le sel et le vinaigre.

— Comment ça va, Iggy ?

— Ça va. Et toi ?

— Super. On survit.

Majella a posé son chiffon dans l'évier et fait couler de l'eau dessus. Puis elle l'a pris et rincé plusieurs fois. Elle aimait que ses chiffons soient propres. Elle s'est retournée vers le comptoir, Iggy était à côté de la caisse, les mains plongées dans les poches de son sweat.

— J'me disais que j'allais faire un saut à la supérette. T'as besoin de quèque chose ?

Majella a hoché la tête et pris son sac. Elle en a sorti une liste et un billet de dix :

— Des bonbons et des chips. Et un peu d'pain et tout ça. C'est bon ?

— Ouais. File-moi ta liste et j'te ramène ça dans une minute.

Iggy s'est glissé dehors. Majella s'est demandé s'il savait qu'elle n'aimait pas la sonnette, ou bien si c'était lui qui ne la supportait pas.

Marty est rentré en se frottant les mains pour les réchauffer :

— Putain, ça commence à cailler dehors. Va bientôt falloir qu'on r'sorte les sous-vêtements thermiques, pas vrai, Jelly ?

Majella ne portait pas de sous-vêtements thermiques, n'empêche, elle a quand même acquiescé.

Marty a froncé les sourcils :

— P'têt' ben qu'cette année, je vais hiberner. Ou partir en Californie !

Aussi sec, il a entonné une chanson sur la Californie. C'était un piètre chanteur, et le son de sa voix a crispé Majella. Elle lui a balancé son chiffon mouillé, qu'il a attrapé avant qu'il lui arrive en pleine figure.

— Va t'faire foutre, Jelly, c'est juste que t'es jalouse. J'aurais pu être une putain de superstar, moi !

— Ouais. Et à la place, t'es devenu ce pauv' con de Jamie Oliver.

C'était déjà rare que Majella fasse une blague, et encore plus qu'elle soit drôle, Marty en est resté bouche bée quelques secondes, avant d'exploser de rire.

Majella regardait par terre, fâchée :

— Fous le camp et va bosser un peu, tu veux ? Va voir derrière et ramène-nous donc des nuggets, on n'en a plus.

Marty s'est dirigé vers la pièce du fond d'un pas nonchalant, en sifflotant. Ça, ça ne dérangeait pas Majella car c'était noyé par le bruit des friteuses. Iggy était parti depuis quatre minutes, Majella a plongé dans l'huile une petite portion de frites et deux saucisses panées, puis elle s'est hissée sur le comptoir pour soulager ses pieds. Elle aurait adoré avoir un tabouret, ça aurait été mieux pour ses pieds, mais Mrs O'Naas le lui avait refusé sous prétexte que ça encourageait l'oisiveté. Ce que cette connasse ne comprenait pas, c'est qu'un tabouret n'aurait absolument rien changé au fait que Marty était un bosseur et que, pour se sentir bien, il lui fallait être occupé, tandis que Majella allait à son rythme. Ce n'était pas une grande cuisinière, mais jamais elle ne laissait brûler les frites, jamais l'huile ne prenait feu, et jamais ils n'étaient à court d'aucun ingrédient quand c'était elle qui supervisait l'approvisionnement. Elle aimait nettoyer, et le fish-and-chips était d'une propreté éclatante. Marty, lui, n'aimait pas ça. Il disait qu'il avait déjà du mal à s'essuyer le cul, alors essuyer le comptoir, fallait pas y compter.

La porte s'est ouverte. Majella est descendue de son perchoir et elle a sorti les frites d'Iggy de l'huile brûlante. Elles étaient à point. Parfait timing.

— Tu veux du sel et du vinaigre sur tes frites ?

Sous sa capuche, Iggy a fait oui. Il a posé un sac en plastique sur le comptoir, avec la monnaie de Majella, qui lui a donné son paquet.

— J't'ai rajouté des doses de ketchup. Et pis une fourchette. Mille mercis pour les courses.

— De rien, Majella. Je file.

Il est sorti, tête baissée. Après son départ, elle a ouvert la caisse et ajouté ce qu'il fallait pour payer le dîner d'Iggy. Majella n'appréciait pas beaucoup les gens, mais elle aimait bien Iggy. De la même manière qu'elle aimait les chats de gouttière et les chiens errants quand elle était petite. Ces animaux qui allaient d'une propriété à l'autre pendant des jours ou des semaines avant de finir écrasés par une bagnole. Derrière elle, Marty a vidé un sac d'escalopes de poulet panées. Majella regardait par la fenêtre. Elle ne voyait rien d'autre que son reflet, mais elle savait que quelque part dehors, le meurtrier de sa grand-mère devait être installé devant sa télé. Elle n'arrivait pas à imaginer où se trouvait son père. Plus maintenant.

### *20 h 23*

### *Objet 1. Bavardages, commérages et autres conneries*

— Pour sûr que ta grand-mère, c'était une dame, c'est ça qui rend les choses encore plus atroces. Une *vraie* dame, qu'a jamais fréquenté d'aut' gars que Mickey Paix-à-son-âme et qu'a toujours été loyale avec lui, même à l'époque où c'était chaud avec la police, dans l'temps.

La voix de Biddy Doherty était insupportable à Majella, même les meilleurs jours. Or ce soir-là n'en faisait pas partie.

— Faut êt' un vrai monstre, n'empêche. Une vraie bête sauvage pour attaquer une veuve de son âge, et en plus la mère d'un défunt patriote. J'voudrais ben les voir v'nir mett' leur nez dans c't'affaire, les patriotes en question, enfin, ceux qui sont encore dans l'coin.

Majella se demandait où avait bien pu passer Marty, qui avait à nouveau disparu, merde. Ça n'allait pas, ça.

— Et est-ce qu'elle a dit quèque chose à l'hôpital quand t'es allée la voir ? Elle t'a raconté des trucs sur qu'est-ce qui s'était passé ?

Majella a secoué la tête.

Biddy s'est tue et l'a regardée de travers. Majella n'a pas bronché, visage parfaitement neutre, alors au bout de quelques secondes Biddy a repris :

— Tu sais quoi ? Les chiens dans la rue, y z'en savent plus sur pourquoi qu'on a agressé ta pauv' grand-mère que ces crétins de la police. Çui qu'a fait ça, y finiront par l'attraper d'une manière ou d'une aut'.

Majella a pris son chiffon et s'est mise à frotter le comptoir.

— J'ai essayé d'aller la voir, tu sais. J'étais à Omagh, pour faire des commissions, du coup je m'suis dit que j'allais passer, mais pour sûr, j'aurais mieux fait d'rester tranquille, pa'ce qu'y m'ont même pas laissée rentrer, sans parler d'la voir.

Majella est allée regarder où en étaient les frites et elle a remonté le bac. Elles n'étaient qu'à moitié cuites. Elle les a replongées dans l'huile, qui lui a éclaboussé le bras. Elle a frotté pour ne pas avoir mal, tout en reprenant sa place derrière le comptoir. Biddy Doherty s'est rapprochée en baissant la voix pour faire plus intime.

— Pour sûr, c'est une bénédiction qu'elle soit morte. Comment qu'elle aurait pu r'tourner là-bas, à la caravane, toute seule, avec personne pour s'occuper d'elle ? Elle était très vulnérable avec Bobby Dieu-ait-son-âme qu'est six pieds sous terre, et ton papa… ton papa qu'a *disparu*.

Biddy a lancé à Majella un regard lourd de sens. Celle-ci

est retournée voir les frites. Cette fois, ça irait. Et ce putain de poisson aussi. Et si c'était pas bon, ben elle s'en voudrait pas si jamais Biddy Grande-gueule-Doherty se tapait une intoxication alimentaire.

— Sel et vinaigre sur tes frites ?

*22 heures*
*Objet 8.4. Blagues – Le comique de répétition*

Il était déjà dix heures. Majella n'avait pas besoin de regarder sa montre pour le savoir : Jimmy Neuf-Pintes était là. Il travaillait à l'usine de volailles de Strabane. Marty lui avait expliqué que son job consistait à rentrer la main dans le cul des poulets, à attraper les tripes et à tirer pour tout enlever, avant de tout mettre dans une caisse en plastique. Chaque matin à six heures, Jimmy attendait le bus de l'usine. Chaque soir à sept heures, on pouvait le trouver au Wulf Hound où il buvait la première de ses neuf pintes de Guinness. Majella le savait parce que Marty le lui avait dit. Elle n'avait jamais rencontré Jimmy en dehors du fish-and-chips, même s'il vivait du côté de chez sa grand-mère. Six soirs par semaine, à dix heures pétantes, Jimmy quittait le pub pour venir chercher son menu saucisse avant de rentrer chez lui en stop. Ce soir-là, il est entré, bien entamé par ses neuf pintes. Il s'est traîné jusqu'au comptoir et y a posé un billet de cinq livres crasseux.

— Un menu saucisse, ma bonne dame, un menu saucisse.

Marty avait déjà plongé dans l'huile le panier de frites, et la saucisse rissolait furieusement dans la graisse dorée.

— Ça marche, Jimmy.

Majella a pris le billet pour le ranger. Pas la peine de lui demander s'il voulait quelque chose en plus, comme une pinte de lait, ou du ketchup, ou s'il n'avait pas envie de changer en prenant un menu poulet, par exemple. Majella a refermé la caisse, ce qui était le signal de la blague à Jimmy.

Il s'est rapproché du comptoir :

— Eh, tu veux pas goûter à ma saucisse ?

Il s'est étouffé de rire un bon moment en tapant sur le comptoir. Majella a attendu les cinq secondes habituelles avant de lui balancer la réplique que lui avait soufflée Marty, six ans plus tôt :

— Ta saucisse, j'm'en vais te la faire frire, si tu fais pas gaffe à toi.

Marty à son tour a éclaté de rire, parce que maintenant, c'était devenu leur blague à eux.

*22 h 30*

*Objet 6. Madame Connasse*

Majella fumait sa clope dans la cour, à l'arrière. Elle détestait l'odeur du tabac. Son père aussi avait toujours eu horreur de ça. Il avait tout tenté pour pousser sa femme à arrêter – l'hypnose, les patchs, le chantage affectif, les cigarettes à l'eucalyptus, les fontaines miraculeuses, les gommes à la nicotine et même la prière : rien n'avait marché. La mère de Majella avait continué à fumer.

*… c'est à cause de toi que j'ai commencé. J'avais jamais fumé avant, de toute ma vie, et pis t'es arrivée dans mon ventre. Tu crois que j'avais envie d'être fendue en deux par un grumeau de mioche, moi qu'en étais encore une ? FALLAIT que j'me mette à fumer. Ah putain, j'ai détesté ça au début. Ça puait, j'aimais pas le goût, et pis ça coûtait cher. N'empêche, ça a marché. T'étais un tout petit bébé. Dans les cinq livres, je crois. La plus petite de la maternité. Je pensais arrêter une fois que tu serais née. Sauf que quand l'gaz a*

*plus fait effet, tout ce que j'avais envie, c'était de m'en griller une. Et c'est toujours comme ça depuis…*

Majella avait commencé à fumer au début où elle bossait au fish-and-chips, parce que c'était le seul moyen de faire une pause. D'abord, elle sortait juste cinq minutes pour s'enfiler un Coca, faire les cent pas, claquer des doigts, se dégourdir les jambes. Ça ne faisait pas de mal de s'éloigner un peu de la chaleur des friteuses et des fumées qu'on recevait en pleine figure. Sauf qu'un soir, Mrs O'Naas avait surgi dans la cour, elle voulait savoir ce que foutait Majella, à se gratter le cul, à perdre son temps alors qu'elle était payée pour bosser. Elle lui avait ordonné de rentrer, et Majella l'avait eue sur le dos tout le reste de la soirée, ça l'avait distraite et elle avait fait n'importe quoi. Une fois Madame Connasse partie, Marty avait suggéré à Majella d'apporter un paquet de clopes au travail. Comme ça, quand elle faisait sa pause, elle n'avait qu'à allumer une cigarette, et si jamais Madame Connasse débarquait à nouveau, elle n'aurait plus qu'à dire qu'elle faisait sa pause clope. Tout le monde avait droit à sa pause clope, et ça, la mère O'Naas y pouvait rien. Du coup, Majella avait piqué un paquet à moitié entamé à sa mère. Au début, elle n'allumait même pas les cigarettes, elle se contentait de les tripoter en pointant le bout vers le ciel. Mais un soir, elle avait entendu Madame Connasse arriver, du coup elle avait attrapé un briquet et s'était dépêchée de l'allumer juste au moment où l'autre débarquait dans l'allée. Elle avait toisé Majella pendant une bonne minute sans rien dire.

— N'y passez pas toute la nuit. Il y a du travail qui vous attend.

Puis elle était partie, laissant Majella avec sa cigarette. Elle l'avait regardée se consumer jusqu'au bout. Il lui avait fallu un temps fou pour chasser l'odeur de ses doigts et de ses cheveux. Mais observer la cigarette brûler peu à peu lui avait procuré une sorte de soulagement, alors, par curiosité, elle avait tenté de prendre une bouffée, et même si elle s'était étranglée avec la fumée, elle y avait trouvé un certain plaisir. Jamais elle n'avait fumé comme sa mère, en écrasant une pour en allumer une autre aussi sec, et jamais elle ne fumait à la maison. Elle fumait derrière le fish-and-chips, et parfois au pub. Parce qu'en vrai, ce qu'elle aimait le plus, c'était souffler de petits nuages vers les étoiles.

### *23 h 07*

### *Objet 4.1. Lumières trop fortes – Les néons*

Majella a fermé les yeux, incommodée par un néon qui clignotait. Il était en effet en bout de course, s'allumait et s'éteignait de manière erratique, mais Madame Connasse refusait de le changer, elle disait que tant que ça éclairait, ça irait. L'estomac de Majella s'est mis à gargouiller. Elle s'est demandé si elle ne pourrait pas grignoter quelques frites avant la sortie du pub.

— Y a personne qu'est mort ce soir, Marty ?

— Nan, ma jolie. Le dernier qu'est mort dont j'ai entendu parler, c'est l'vieux Paddy l'Oignon.

— On l'a trouvé dans son lit, c'est ça, hein ?

— Ouais. C'est l'jeune Poil d'Oignon qui l'a trouvé.

Majella a acquiescé. En dehors de sa mauvaise haleine, elle n'avait rien contre Paddy l'Oignon. Elle le voyait de temps en temps quand elle était petite, c'était un vieux voisin de sa grand-mère. Il prenait souvent son vélo pour lui rendre visite, lui apporter des messages, des trucs qu'elle ne pouvait pas acheter aux boulangers, laitiers et épiciers qui passaient avec leurs camionnettes. Parfois, Majella l'écoutait parler du bon vieux temps avec sa grand-mère. Paddy avait été ami avec son grand-père. Quand il avait bu un coup, il parlait de leur engagement dans les campagnes frontalières. De la résistance. Ils ne causaient pas souvent de la prison. C'était le genre de sujet qui douchait les conversations. Marty a interrompu les réflexions de Majella.

— Il avait atteint un âge avancé, le vieux Paddy l'Oignon, pas vrai ?

— Tu crois ?

— Ah ouais, ouais. Y devait êt' pas loin des quatre-vingt-dix ans. Et pis il était en forme. J'aurais jamais cru qu'y casserait sa pipe avant Noël.

Majella a haussé les épaules.

— On peut jamais savoir.

Marty a fait la grimace et le rouge lui est monté au visage. Majella s'est demandé s'il croyait l'avoir blessée. Ce n'était pas le cas, mais elle était terrifiée à l'idée qu'il veuille se rattraper, aussi elle lui a tourné le dos pour remettre de l'ordre dans les serviettes en papier sous le comptoir. Elle n'a réussi qu'à augmenter le désordre, tandis que Marty s'affairait derrière, en sifflant de toutes ses forces. Puis la porte s'est ouverte et un courant d'air est venu balayer le visage en sueur de Majella. Elle a inspiré profondément tout en observant les clients du pub, qui étaient partis un peu avant la fermeture pour être les premiers : Salé, Pané, Frit ! fermait à une heure. Du lundi au jeudi, Marty et Majella étaient occupés jusqu'à la dernière seconde.

— Qu'est-ce que je peux vous servir ?

*unburgeràpapadesoignonsfritsetdesfritesavecdelasauce*
*unmenusaucisseencroûteetdesœufsaurizsauté*
*embrassemoimajoliejelly. allez. allez. justeunefois...*
*j'espère qu'ilsvontattraperlesalopard quatuétamémémajolie*
*unsteakencroûteetdesfritesetdelasauce*
*fautquejetravailleencoreplusbordel*
*jespère quilsvontluicouperlescouilles. quelgrosenculé.*

*Minuit*
*Objet 29. Les frères Daly*

À minuit pile, Mr O'Naas est passé collecter la recette de la soirée. C'était le seul moment de la journée où Majella et Marty le voyaient. Majella a remarqué avec satisfaction qu'il portait une chemise jaune, une cravate bleue et un costume gris. Mr O'Naas portait toujours une chemise jaune, une cravate bleue et un costume gris. Et il toussait toujours avec nervosité lorsqu'il entrait par la porte de derrière qui donnait dans la cour, considérant avec dégoût la nourriture crue, empilée sur le plan de travail, reculant quand Majella ou Marty plongeait un bac dans l'huile et qu'une nuée grasse s'élevait au-dessus des friteuses. Majella pensait qu'une bonne bouffe et une bonne baise, ça lui ferait pas de mal. Mais Mr O'Naas ne mangeait jamais ce qui venait de chez Salé, Pané, Frit ! – vu sa tête, il ne devait rien manger nulle part. D'ailleurs Majella ne pouvait l'imaginer ni manger ni baiser. O'Naas et sa grognasse n'avaient pas de rejetons, alors que ça faisait bien quinze ans qu'ils avaient signé pour la perpétuité conjugale. Majella avait pitié de lui. Elle était sûre que ça lui ferait un bien fou qu'elle le ramène chez elle pour une petite bouffe et une bonne partie de jambes en l'air. Elle lui a remis la mallette de sécurité avec la recette du soir, et a souri à son oreille gauche :

— Et voilà, Mr O'Naas.

Il a cligné des yeux et pris la mallette d'un mouvement convulsif, puis s'adressant à l'oreille droite de Majella :

— Hum. Merci Majella. Hum. Merci.

Contrairement aux flics, Majella n'avait aucune liste de suspects concernant l'agression de sa grand-mère. En tout cas, si elle en avait dressé une, Mr O'Naas n'aurait pas figuré dans le top 10.

*Cinqdoublesburgerspouletcinqputainsdefritesetcinqbarquettesde-mayoàlailpisdeuxlitresdeCocaquandtupourrasmorueengelée*

Les frères Daly. Majella n'avait pas besoin de se retourner pour savoir qui avait gueulé la commande : Charley, l'aîné. Elle savait aussi que les frères Daly, tous les cinq, figuraient dans le top 10 des listes de pas mal de flics question racket, trafic de drogue, délinquance routière et violence familiale. Pourtant, on n'avait jamais réussi à les faire condamner. Majella a attendu que Mr O'Naas se soit éclipsé par la porte du fond avant de tirer sur sa combinaison qui lui collait aux aisselles. Elle a repris une expression neutre et s'est tournée vers les frères Daly.

### *1 heure*
### *Objet 7. La sueur*

Les pieds de Majella nageaient dans la transpiration. Les murs étaient couverts de buée, et l'air était lourd de la fumée des friteuses. Marty a versé dans un sachet la dernière portion de frites pour la donner à Majella, qui l'a fourrée dans un sac en plastique et l'a tendue à Joanne Keane, qui a bredouillé : *mille ercis*. Côte à côte, Marty et Majella ont considéré la brochette d'ivrognes qui s'entassaient dans le fish-and-chips. Marty a appuyé sur le premier bouton pour faire descendre le volet mécanique de la fenêtre. Ensuite il a appuyé sur le second, qui commandait celui de la porte, et l'a baissé d'un quart. Certains des clients ont compris et sont partis : les autres n'ont pas bougé. Ce genre de comportement avait plongé Majella dans la confusion au début. Elle savait que baisser le rideau était un signal clair indiquant que le fish-and-chips allait fermer, de même qu'à la messe la dernière bénédiction marquait la fin de l'office. Mais elle avait appris que certaines personnes ne voyaient pas toujours les signaux, ou n'avaient pas intégré les règles d'ouverture et de fermeture. Marty a jeté un œil aux derniers piliers de comptoir, et il a soupiré.

— Je m'en vais te les faire décaniller.

Il a relevé la partie mobile du comptoir pour passer de l'autre côté. Majella l'a vu réveiller Keane-le-Singe et Mickey-le-Tabouret, qui s'étaient empaffés comme des sacs sur le bord de la fenêtre. Il leur a fallu quelques secondes pour comprendre où ils étaient, puis ils ont pris leurs cliques et leurs claques et ils sont sortis tant bien que mal. Ensuite, Terry McGocks s'est approché du comptoir et s'est penché vers Majella.

— Une portion d'frites et du ketchup, Jelly.

Majella n'a pas regardé ses yeux injectés de sang mais son oreille :

— Désolé, Terry, mais on a fini pour ce soir.

Majella savait que ce n'était pas le genre d'argument qui risquait d'impressionner Terry. Elle l'avait vu plusieurs fois en action dans les pubs. C'était un coriace qui avait la réputation d'ignorer ce que « non » voulait dire.

— C'est quoi ces conneries comme quoi vous êtes fermés ? Putain de chiotte de bordel de merde...

Majella s'est éloignée pour aller ranger les seaux de mayonnaise et les barquettes de coleslaw dans la réserve. McGocks s'est mis à vociférer et à taper sur le comptoir, mais Majella a continué à ranger sans lui prêter attention, ignorant ses appels, *j'veux une portion d'frites, putain de merde*. Le meilleur moment de la soirée pour Majella, c'était celui du rangement. Elle avait toujours aimé nettoyer.

Marty avait du mal à virer Terry McGocks. Majella s'est rapprochée du comptoir pour garder un œil sur eux, prête à lui filer un coup de main au cas où. Mais au bout de quelques secondes, Marty a foutu Terry dehors, et s'est baissé pour rentrer à l'intérieur. Majella a appuyé sur le bouton du volet qui est descendu jusqu'au sol dans un crissement métallique. Marty a fermé la porte intérieure, et ils se sont retrouvés seuls tous les deux. Dehors, Terry McGocks gueulait comme un veau. Majella avait les yeux qui piquaient de fatigue. Sur les murs, les poissons avaient l'air de bouger dans la lumière fluorescente. C'est là qu'elle a remarqué que quelqu'un avait dessiné des cils, une bouche et une chatte à un des poissons. Sur l'autre, une bite poilue. C'était drôle, mais ça n'a pas fait sourire Majella. Elle a pris le sac que lui avait apporté Iggy Connolly, et en a sorti une barre de chocolat au lait. Elle l'a ouverte, en a cassé un carré et l'a fourré dans sa bouche. Elle a montré la plaquette à Marty, qui a secoué la tête.

— Nan, c'est bon, merci. Je lance not' bouffe à nous.

Majella l'a vu plonger son dernier panier de friture de la soirée. Les repas étaient compris dans le contrat. Ils avaient le droit de repartir avec leur dîner, menu au choix, mais sans extra. Majella a enfourné le dernier carré de chocolat et s'est essuyé les doigts sur sa combinaison de travail. Elle a repris son chiffon et s'est mise à nettoyer. Marty l'a imitée. Il ne faisait pas très attention. Ça démangeait Majella de repasser derrière lui, mais elle avait compris depuis longtemps que le mieux est l'ennemi du bien, et puis ça l'aurait rendu dingue : il ne voyait pas l'intérêt de faire plus que le minimum nécessaire pour que Madame Connasse leur fiche la paix. Il ne comprenait pas que Majella ne nettoyait pas pour faire plaisir à Madame Connasse. Ça lui faisait plaisir à elle. À son arrivée, le fish-and-chips était incrusté d'années de saleté accumulée. Elle avait passé un mois très gratifiant à frotter les plans de travail, à racler les rainures. Maintenant, l'établissement était propre comme un sou neuf. Ils travaillaient en silence, s'arrêtant de temps à autre pour essuyer la sueur sur leurs visages. Après avoir terminé, Majella a vidé le reliquat de la caisse. Il avait fallu attendre trois ans pour que Madame Connasse lui confie la caisse. Depuis, elle avait arrêté de passer à la dernière minute chercher la fin de la recette, ce qui était un vrai soulagement pour

Marty et Majella. En revenant vers le comptoir, elle a constaté que Marty avait fini. Ils ont enlevé leurs vêtements de travail dans la chaleur des friteuses. Puis Majella a ôté sa casquette et le filet qui retenait ses cheveux. Dans sa tête, ça marquait la fin de sa journée de travail. Elle avait terminé et elle pouvait se détendre. Certains soirs, Marty et Majella baisaient dans la réserve. Majella ne savait pas quand l'envie le prenait. Elle ne disait jamais non à une bonne baise. Elle aimait pouvoir faire ça de temps en temps, juste parce qu'ils étaient là. Marty ne lui plaisait pas vraiment. C'était différent au début, lorsqu'elle avait commencé à travailler au fish-and-chips, neuf ans plus tôt. À l'époque, il était fiancé à Philomena, pas encore marié, et il ne s'intéressait pas du tout à Majella. Elle n'avait pourtant jamais été aussi mince qu'à cette époque de sa vie – c'était juste après le lycée, elle ne savait pas quoi faire des formes qui avaient émergé de l'épaisseur de graisse qui lui tenait chaud depuis sa naissance. Aussi elle se planquait sous des vestes ou des combinaisons. Mais au bout de quelques mois à se nourrir de fritures, le gras était revenu enrober ses membres, épaissir ses jambes et ses bras, élargir son visage et son cul. Elle était soulagée que cela la rende invisible aux yeux des hommes, et satisfaite que ce soit à ce moment-là seulement que Marty ait eu envie d'elle. La première fois qu'il avait tenté une approche, elle faisait l'inventaire des stocks dans la réserve avant l'ouverture. Elle était boudinée dans sa deuxième combinaison et elle avait encore besoin d'une taille au-dessus. Elle avait entendu Marty entrer, l'avait senti s'arrêter juste derrière elle. Quelque chose s'était serré dans sa poitrine et elle s'était retournée. Ils n'avaient rien dit. Marty l'avait prise dans la réserve, contre le mur, sous les néons, à côté des nuggets de poulet, des burgers à papa et des filets de poisson, lui disant sans cesse qu'il aimait les filles avec des formes, les vraies filles, celles qu'on pouvait saisir à pleines mains. Le bavardage, c'était pas son truc, à Majella – elle le débarrasserait de cette mauvaise habitude. Après qu'ils avaient joui tous les deux, il avait glissé sa main entre ses cuisses brûlantes en appuyant sa paume contre l'os, et il s'était approché de son oreille, les poils de sa barbe naissante frottant dans son cou humide.

— Ta chatte, c'est comme du pain de mie. J'pourrais la bouffer toute crue.

De temps à autre, en travaillant, Majella se rappelait ses paroles et des ondes de chaleur parcouraient son corps, la faisant rougir sous la sueur.

*2 h 03*
*Liste des trucs bien*
*Objet 2.* Dallas

Le lotissement de Majella était plongé dans le silence. Elle s'est glissée à l'intérieur de sa maison et s'est dirigée discrètement vers la cuisine, fermant les yeux avant d'allumer. L'ampoule a balbutié, puis s'est mise à vrombir dans un éclat aveuglant. Majella ne comprenait pas pourquoi les gens mettaient des néons. Quel que soit l'endroit où on les utilisait, ça éclairait trop fort, et ça faisait mal aux yeux. Elle a frissonné. Sa mère avait laissé le feu s'éteindre sans se préoccuper du chauffage. Majella a posé son dîner sur le plan de travail et elle est allée au salon. La chaîne de télé-achat QVC piapiatait, présentant à sa mère endormie une bague aux fabuleuses pierres semi-précieuses maintenues par des griffes en plaqué or, vendue moitié moins cher que chez les grossistes. La lumière clignotait à travers la pièce, ce qui a rappelé à Majella les Noëls d'autrefois, lorsqu'elle était autorisée à se coucher plus tard que d'habitude pour regarder un film. Le seul programme qu'ils suivaient en famille, c'était *Dallas*. Ça passait tous les samedis soir, et dans son souvenir ça avait duré pendant des décennies. Après avoir pris son bain, elle s'agenouillait pour dire ses prières à côté de son papa, dos à la télé. Encore un peu humide, elle avait chaud dans sa chemise de nuit imprimée avec des ours ensommeillés. Elle savait quand *Dallas* s'apprêtait à commencer, parce que son père mettait soudain le turbo pour finir la dernière prière.

*… Ange de Dieu,*
*qu'êtes mon fidèle gardien,*
*Et aux soins d'qui j'ai été confié*
*par la Bonté suprême,*
*Daignez durant c'te journée*
*(ou c'te nuit)*
*m'éclairermegarder*
*meconduiremegouverner*
*Amen*
*aunomduPèreduFils*
*etduSaintEsprit*
*Amen*

Dès qu'il avait dit Amen, son père appuyait sur la télécommande pour augmenter le son de la main gauche, tandis qu'il se signait de la main droite, et le générique de *Dallas* explosait dans le salon.

*Ta, Ta, Tatatata Ta, Da-llas, ton univers impitoya-a-ble…*

Pendant des années, chaque fois que Majella disait ses prières, elle entendait dans sa tête la mélodie du générique et voyait J.R. Ewing sourire de toutes ses dents d'un blanc immaculé, avec cet éclat dans ses yeux vitreux d'alcoolique, et elle ressentait son profond dédain pour la plupart des gens, mais surtout pour Barnes, qui de jour en jour devenait de plus en plus con. Majella s'est rappelé que son dîner refroidissait. Elle est retournée à la cuisine, a pris une assiette dans le placard et y a versé le contenu du sac. Puis elle a déchiré l'emballage en papier et humé les vapeurs vinaigrées qui s'élevaient autour d'elle. Elle a goûté une frite. Elle était tiède, alors elle a fourré son assiette au micro-onde et appuyé sur une minute. Tout en suivant le décompte des secondes, elle écoutait la télé qui proposait à sa ronfleuse de mère un collier ras-du-cou diamonique, imitation titane. Elle a ouvert la porte du four au moment où le décompte arrivait à zéro. Elle tenait son sens du timing de son papa. Il savait rattraper les verres avant qu'ils tombent par terre, et sa femme avant qu'elle perde connaissance. Il racontait même qu'il avait rattrapé au vol un piano à l'époque où il bossait en Amérique. Et Majella l'avait cru. Elle était vraiment naïve quand elle était petite. Son père en profitait et lui farcissait la tête d'idées et d'histoires qu'elle répétait ensuite aux profs et aux autres gamins, qui se moquaient d'elle. Il lui avait expliqué un jour que les chauves perdaient leurs cheveux parce que Dieu les avait punis pour avoir dormi avec des culottes de dame. Il avait fallu des années à Majella avant de comprendre pourquoi Bradley le Chauve avait pété les plombs lorsqu'elle avait raconté à toute la classe qu'il portait des culottes de dame. Majella a pris le ketchup et en a arrosé ses frites dans un bruit de succion, puis elle a rajouté du vinaigre et du sel. Elle a calé ses deux litres de Coca sous son bras et ramassé son assiette. En passant devant le salon, elle a jeté un coup d'œil à sa daronne. Elle a songé à jeter une couverture sur elle. Mais elle courait le risque de la réveiller, et là il faudrait l'aider à monter se mettre au lit, alors elle a carrément préféré laisser tomber.

Elle a fermé sa porte à clé, allumé le radiateur soufflant, et s'est mise au lit pour manger. Elle aimait à croire que si elle vivait seule, sa maison serait différente. Plus propre. Avec des vitres étincelantes. Elle aurait des coussins joufflus dans lesquels on s'enfoncerait, plutôt que les trucs garnis de polystyrène du salon, qui étaient plats comme des crêpes après des années passées à se faire écraser par des culs. Elle virerait les néons, arracherait le papier peint ingrain et toutes les moquettes à motifs. Elle peindrait les murs couleur magnolia et vernirait les parquets. Sa chambre à elle n'avait pas été refaite depuis l'époque où sa daronne avait cessé de s'alimenter pendant ce qui lui avait paru être des mois. Elle était si maigre qu'on avait parlé de l'envoyer au T & F. Le T & F, c'était pas un hôpital normal où on va quand on se casse un os ou pour se faire enlever un truc. C'était un hôpital pour les gens dont les nerfs avaient vrillé. Ceux qu'on envoyait là-bas ne guérissaient pas. Ils disparaissaient un moment, puis ils revenaient pareils à des zombis.

Quand sa mère avait entendu parler de T & F, elle s'était mise à avaler les boissons nutritives à la banane qu'achetait le papa de Majella. Elle le revoyait prenant des cuillerées de poudre dans une boîte ronde, genre lait pour bébés. Ensuite il ajoutait du vrai lait et battait le tout à la fourchette, jusqu'à ce qu'il obtienne un truc sucré avec de la mousse, comme les milkshakes américains que Majella voyait à la télé. Ça avait un goût de flotte parfumée à la craie. Majella ne comprenait pas comment sa mère pouvait s'envoyer ça à la place de la vraie nourriture que son papa cuisinait. Des années plus tard, la première fois qu'elle avait goûté à une capote aromatisée à la banane, ça lui avait rappelé les boissons énergisantes de sa mère, et cette sortie qu'ils avaient organisée pour fêter le fait qu'elle recommençait à manger. Son père les avait emmenées avec sa grand-mère à Omagh, ils étaient allés chez Harry Corry chercher quelque chose pour Majella. Tous les quatre, ils avaient regardé les rideaux et les couettes assorties. C'était la grande mode, à l'époque : le tout-assorti. On pouvait assortir ses rideaux avec son dessus-de-lit, avec ses oreillers, avec ses coussins, avec l'abat-jour, avec son papier peint, sa frise en papier peint, son tapis, sa corbeille à papier. On n'achetait plus juste une taie d'oreiller ou une housse de couette : on achetait toute une pièce. Sauf que ça, ils n'en avaient pas les moyens. On avait dit à Majella de choisir des rideaux et un dessus-de-lit. Mais la mémé de Majella n'aimait pas le dessus-de-lit rouge qu'elle avait choisi.

*Prenez à la petiote une couleur facile à laver.*

Ils étaient donc rentrés de chez Harry Corry avec un couvre-lit crème et des rideaux assortis. Majella espérait choisir la moquette. Mais son paternel avait pris les mesures et il était allé tout seul chez Hector's Hardware & Household Goods où il avait acheté les chutes qui correspondaient le mieux. Après qu'il eut cloué la moquette, la pièce était devenue plus chaude et les bruits d'en bas plus assourdis. Mais Majella détestait cette matière qui lui grattait les genoux, et ces espèces de volutes qui lui agressaient l'œil. Le dessus-de-lit avait fini en chiffon, abîmé par les lavages. Les rideaux étaient toujours là, empêchant la chaleur du soleil de rentrer.

Majella a enfourné plusieurs frites écrasées. À onze ans, elle pesait plus lourd que sa mère. Aujourd'hui, elle devait faire le double – elle n'en était pas certaine puisqu'elle ne laissait plus sa daronne la faire monter sur la balance une fois par semaine. Son poids ne la dérangeait pas. Pas plus que ça ne gênait les hommes qu'elle rencontrait au pub. Et elle semblait s'être stabilisée. Elle ne grossissait plus ni ne maigrissait, même si elle mangeait moins. Majella était arrivée au fond du sachet, là où les frites et le poisson se mélangeaient. C'était ça qu'elle préférait, avec le sel et le vinaigre intenses à chaque bouchée. Elle s'est arrêtée pour soupirer de contentement. Enfin elle a gratté le papier avec ses doigts, pour ramener encore un peu de nourriture dans sa bouche. Elle avait les doigts et le tour de la bouche tout gras. Elle a laissé choir l'assiette sur la moquette et s'est allongée dans son lit, en s'essuyant les doigts et la bouche avec des serviettes en papier. C'était bon d'être couchée là, avec le chauffage qui soufflait de l'air chaud à travers la pièce, le ventre, les paupières et les seins lourds et bien au chaud. Elle a tendu la main pour attraper son téléphone :

Pas de nouveau message

Elle s'est étendue à nouveau et a fermé les yeux en suçant ses doigts. Elle est allée chercher le goût piquant des cristaux de sel et de la graisse des frites sous ses ongles, et tout a fondu dans la chaleur de sa bouche. Elle a suçoté ainsi pendant quelques minutes, puis elle a retiré sa main de sa bouche pour la glisser dans son bas de jogging. Elle a refermé les cuisses autour de sa main, et ses doigts se sont mis à pétrir sa chatte. Sa respiration s'est faite plus rapide, elle a tendu les jambes, longues et raides, jusqu'à ce qu'elle sente des vagues de chaleur monter à travers tout son corps. Après, elle n'a plus bougé, la main coincée entre les cuisses, sentant son pouls battre à travers ses poils. Quand son cœur a retrouvé son rythme normal, un boum-boum-boum régulier, elle a porté ses doigts à ses narines pour les renifler. Puis elle les a glissés à nouveau dans sa bouche en se demandant s'il y avait un homme dans une autre maison, peut-être pas à mille cinq cents bornes de là où elle vivait, allongé, qui ne dormait pas et essayait d'oublier ce que ça faisait de défoncer la cage thoracique d'une vieille veuve à coups de poing.

## MARDI

### *8 h 43*
### *Objet 3.7. Bruit – Les trucs qui se cassent*

C'est le bruit d'une tasse brisée qui a réveillé Majella. Et puis les plaintes de sa mère l'ont empêchée de se rendormir. Elle a sorti la tête de sous la couette. L'atmosphère était chaude et sèche parce qu'elle avait oublié d'arrêter le radiateur soufflant. Sa peau était mouillée de sueur. Elle a remis la tête sous la couette et fermé les yeux. Au bout de cinq minutes passées à écouter gueuler sa daronne, elle est sortie du lit et a ouvert sa porte.

— Majellaaaahhh ?

Le froid l'a saisie à travers son tee-shirt et son jogging, et ses tétons ont durci. Ça l'intriguait toujours, ça. C'était bizarre.

— MA-JE-LLAH ? J'me suis blessée !

— Attends, faut qu'j'aille pisser.

— Et moi j'pisse le sang !

— Chuis là dans une minute.

— J'vais m'vider de mon sang !

Majella devait souvent répéter ce qu'elle disait à sa mère.

— J't'ai dit que chuis là dans une minute.

Après avoir tiré la chasse d'eau et s'être lavé les mains, elle a ouvert l'armoire à pharmacie et pris la trousse de secours de son père. Au fil des ans, elle avait à peu près tout remplacé, sauf les ciseaux. Mais à ses yeux, c'était toujours la trousse de secours de son père. Elle l'a descendue à la cuisine. C'était un sacré bordel. Une assiette cassée par terre, et sa mère, agrippée au plan de travail, avec le sang qui dégoulinait sur le lino. Majella a pris les choses en main.

— Tu vas arrêter d'chouiner ?

Quand le volume des cris est redescendu à un niveau tolérable, Majella a posé la trousse de secours sur la table de la cuisine et elle a attrapé sa daronne sous les aisselles pour la faire asseoir sur une chaise. Elle portait encore ses vêtements de la veille.

— Mais qu'est-ce que t'as foutu ?

Sa mère a reniflé, ravalant sa morve dans sa gorge, et elle s'est frotté les yeux. Majella a réussi à maîtriser son dégoût en se concentrant sur le sol.

— J'ai lâché l'assiette, et è s'est écrasée sur mon pied et j'crois bien que j'me suis ouvert une veine ou quèque chose. Tu peux appeler une ambulance ?

Majella trouvait qu'il était encore prématuré d'appeler une ambulance.

— Fais-le voir, ton pied.

Elle s'est penchée et a pris le pied osseux de sa daronne dans sa main. Le sang giclait, mais Majella ne voyait pas de raison de paniquer. Elle voyait rarement une raison de paniquer.

— J'vais te nettoyer, pis on verra si t'as besoin d'êt' recousue.

Elle a donné à sa mère un mouchoir, puis elle est allée jusqu'à l'évier, pieds nus, par-dessus les tessons et le sang. Elle a rempli d'eau tiède la bassine qui servait à faire la vaisselle, et elle a rajouté un peu de sel. Sa mère s'est soudain aperçue qu'elle était pieds nus.

— Pour l'amour du ciel, fais donc gaffe à tes pieds, sans quoi on va finir par pisser tout not' sang et crever toutes les deux dans c'te cuisine !

Majella n'a pas répondu. Elle savait bien qu'elle ne se couperait pas. Elle se faisait rarement mal, à part une brûlure de temps en temps au boulot. Madame Connasse les obligeait, elle et Marty, à rapporter ce genre d'incidents dans le Livre vert des accidents du travail, qui était accroché au mur, même si elle ne le consultait jamais depuis toutes ces années qu'il était là. De temps à autre, quand Marty s'emmerdait, il prenait un stylo et rédigeait un rapport détaillé expliquant comment il s'était fait un bleu à la bite en se cognant au congélo, ou encore comment Majella s'était mordu la langue en parlant avec Mr Mastering des Eaux et Forêts. Majella n'avait pas besoin d'inscrire les accidents de sa mère dans un livre. Ils se déroulaient sur un écran de cinéma dans sa tête à toute heure : la fois où elle s'était coupé la main avec un cutter en essayant de déchirer le scotch pour ouvrir un paquet ; la fois où elle s'était cassé la cheville en sortant dans le jardin avec ses chaussons fantaisie ; la fois où elle s'était évanouie à l'église, cogné la tête en tombant et ne voulait pas se réveiller, du coup, il avait fallu l'emmener à l'hôpital, où elle était restée en observation. Cette femme, c'était un véritable accident en puissance, le genre de personnes dont on disait qu'elles n'avaient pas de chance.

Majella est revenue vers sa mère et lui a fourré le pied dans la bassine.

— Ça pique ! Ça piiique !

On aurait dit une gosse quand elle criait comme ça. Majella s'est retenue de lui en coller une.

— C'est rien que d'l'eau salée. Ça va t'nettoyer.

L'eau est devenue toute rouge. En ressortant le pied de sa daronne, Majella a été surprise de constater combien il était petit dans sa grosse main. Elle s'est demandé ce que ça pouvait faire de se déplacer sur des pieds aussi minuscules. La chair était tranchée net d'un côté, et Majella a vu le sang jaillir à nouveau. Elle savait que sa mère risquait de tourner de l'œil en voyant ça. Elle a levé les yeux, et s'est aperçue que celle-ci regardait le calendrier gratuit qu'elle avait eu à la boucherie Feely, le Noël dernier.

AVEC FEELY, C'EST UNE HISTOIRE DE LARD,
ET DE BONS ET BOYAUX SERVICES

— C'est grave ?

— Tu survivras. Mais j'vais appeler un taxi pour t'emmener t'faire recoudre. Vaut mieux montrer tout ça à une infirmière.

— Ah, j'peux pas monter dans un taxi… j'vais tomber dans les pommes…

Majella s'est relevée, s'est essuyé les mains sur son jogging puis elle a appelé Bogey Taxis. Quand Pamela McHugh a appris ce qui s'était passé, elle l'a placée en tête de liste. Majella l'a remerciée, et elle a raccroché en frissonnant.

— J'vais enfiler un pull, pis je r'viens t'chercher pour te mett' dans l'taxi.

Sans attendre la réponse, elle a grimpé dans sa chambre. Elle a d'abord choisi une paire de chaussettes. C'était important pour elle d'avoir des chaussettes assorties, elle ne pouvait pas supporter qu'elles soient dépareillées. Ça lui donnait l'impression que ses pieds se disputaient, et elle devenait obsédée par l'idée que l'un portait des motifs alors que l'autre était uni, que l'un était gris et l'autre rose. Elle a enfoncé les pieds dans ses baskets et passé une polaire. Ensuite elle a vérifié qu'elle avait bien son porte-monnaie et elle s'est peignée. Elle savait que toute la ville serait au courant de l'accident en moins de deux : La mère O'Neill s'est encore blessée. Dieu sait quelles rumeurs cette histoire entraînerait. Mais pour l'instant, il fallait attacher un torchon autour du pied de sa daronne pour pas foutre du sang plein le taxi.

## *9h07*
## *Objet 40. La situation politique*

Majella n'a pas eu besoin d'attraper sa mère sous les aisselles, cette fois : Spade Byrne a bondi hors de son taxi pour l'aider. Majella aimait bien Spade parce qu'il était gentil et pas très malin. Certains de ses collègues seraient restés plantés derrière leur volant en faisant mine de ne pas remarquer que sa daronne avait besoin d'aide. Après les trois minutes de course jusqu'au cabinet médical, Spade a arrêté son moteur et il l'a aidée à se déplacer jusqu'à l'intérieur. Tout le monde regardait sa mère : on l'a fait passer devant les gens qui attendaient parce qu'elle perdait son sang. Majella détestait venir au cabinet. C'était le seul d'Aghybogey, du coup, les réformés du bas de la ville et les cathos d'en haut se retrouvaient tous fourrés ensemble dans la salle d'attente. Les réformés se regroupaient sur la gauche, les cathos sur la droite. Il n'y avait aucune affiche du type : IL EST DEMANDÉ AUX PATIENTS CATHOLIQUES DE S'ASSEOIR DANS LA MOITIÉ DROITE DE LA SALLE, S'IL VOUS PLAÎT, ET AUX PROTESTANTS, DANS LA MOITIÉ GAUCHE. VOTRE COOPÉRATION SERA GRANDEMENT APPRÉCIÉE PAR LA DIRECTION DU CABINET BOGEYDOC. C'était une de ces règles non écrites que tout le monde semblait connaître, comme de savoir quelles rues éviter, dans quel pub aller boire un coup, quelle pharmacie fréquenter, au sein de quelle communauté religieuse se marier. Majella s'est assise en essayant de ne pas prêter attention aux murmures de ces vieilles chouettes dures de la feuille qui l'environnaient.

*... y z'ont dit à la télé qu'y a personne pour l'instant qu'est venu donner son ADN, du coup le monstre est toujours en liberté... la police a été en chercher quèq'z'uns sur la liste des suspects...*

*pour sûr qu'y vaut mieux qu'elle soye morte... les femmes O'Neill, elles sont drôlement seules... dame qu'on peut pas savoir qui c'est qui sera l'prochain alors j'ai la porte verrouillée toute la sainte journée... paraît qu'elle connaissait çui qui l'a zigouillée...*

Aux coups d'œil obliques, Majella s'est aperçue qu'elle se balançait d'avant en arrière. Elle s'est levée et a dit à la réceptionniste qu'elle allait faire un tour et reviendrait chercher sa mère plus tard. Dehors, son regard s'est vissé par terre, et elle est partie à son rythme. Marcher l'a calmée, même si tout lui paraissait bizarre à cette heure-là. La lumière tombait en suivant un angle étrange. Des gens qu'elle n'avait pas vus depuis des années vaquaient à leurs occupations. Les cars de ramassage scolaire vides avançaient avec précaution dans la rue. Des fourgonnettes de livraison étaient garées en double file devant les boutiques et des petites dames pressées avançaient en tirant derrière elles leurs caddies à motifs écossais. Tout ça lui donnait l'impression d'être plus jeune, prête pour partir à l'école, mangeant ses cornflakes devant BBC News avant d'entamer le long trajet jusqu'à Saint Christopher High School. Majella était bonne élève. En général, elle était dans les premières de sa classe sans faire d'efforts. Mais ça n'était pas assez pour ses professeurs. Beaucoup d'entre eux avaient été naguère les profs de ses parents, aussi ils étaient persuadés qu'elle avait l'intelligence des O'Neill, du côté de son père, mais qu'elle tenait la paresse et la folie des Keenan, du côté de sa mère. Du coup, les choses n'avaient jamais été simples pour elle, à Saint Christopher. La moitié des profs l'emmerdaient à cause de sa daronne :

*... Il n'est pas difficile de comprendre d'où te vient cette paresse, Majella, n'est-ce pas ? Ta mère est si flemmarde qu'elle ne se gratterait même pas si ça la démangeait...*

L'autre moitié essayait de la pousser à faire mieux que son père :

*Ton père était un bon élève. Il aurait pu être le premier de Saint Christopher à obtenir une bourse pour aller à l'université, seulement il a préféré filer aux États-Unis. Et à son retour, il est allé tout droit à l'usine. Quel gâchis. Ton père était assez intelligent pour devenir professeur. Il a gâché son talent, à l'usine.*

À la vérité, son paternel lui avait dit qu'il avait quitté l'école pour aller en Amérique parce qu'il voulait construire des gratte-ciel qui grimperaient jusqu'aux anges. Sa mère disait qu'il était parti pour ne pas se faire arrêter parce qu'il faisait partie d'un truc qu'on appelait la Résistance civile, qui, à ce que Majella avait compris, n'était pas l'IRA, mais y menait tout droit. Majella n'était pas très sûre des détails, surtout qu'on n'étudiait pas ce genre de trucs en classe et que tout le monde en parlait par allusions en jetant des regards de côté, comme s'ils étaient surveillés. Son père avait tout juste passé un an à construire des gratte-ciel, quand le grand-père de Majella était mort après avoir été relâché. Les Rosbifs l'avaient laissé sortir de Long Kesh pour s'en aller mourir. Au début, Majella avait cru que c'était un acte de bonté, mais on lui avait expliqué que le fait de mourir chez lui déchargeait les autorités d'une avalanche de paperasse. Le père de Majella était revenu à Aghybogey aider sa propre mère à élever Bobby et Marie.

Majella a fait un saut à la boutique du garage McQuaid pour s'acheter du chocolat et des clopes avant de prendre la direction du pont qui reliait les quartiers catho et réformé. En cours d'histoire, elle avait appris que les premiers ponts étaient en bois et qu'à chaque bataille on les brûlait. Quand les colons britanniques étaient arrivés, ils avaient construit un pont de pierre à l'épreuve du feu et une forteresse inexpugnable. Majella s'est arrêtée au sommet du pont, qui offrait la meilleure vue sur les ruines de la forteresse. Philip O'Neill avait réussi à prendre le château lors d'un de ses glorieux assauts, hélas sans lendemain, pour chasser les colons. Les envahisseurs s'étaient retirés sur les bonnes terres, à l'est du pont, laissant aux catholiques les ruines et les terres marécageuses et peu fertiles de l'ouest. Ceux-ci avaient pillé les pierres de la forteresse pour construire leurs maisons et les murs qui avaient donné sa forme à la ville, à l'origine. Un jour, une bourse avait été attribuée pour qu'on restaure la forteresse, et les archéologues avaient réussi là où les diplomates américains et les millions des fonds pour la paix avaient échoué : ils étaient parvenus à unir temporairement les cathos et les réformés, contre eux, grâce à leur mission pour retrouver les « pierres d'origine » des murailles écroulées dans les champs alentour. On trouvait les vieux des deux communautés plantés à tous les coins de rue et dans les magasins, à se demander quand est-ce que les archéologues viendraient jusque chez eux pour leur piquer les pierres de leurs maisons.

Les archéologues n'avaient pas dérangé Majella. Cet été-là, elle préparait son examen de fin d'études secondaires, aussi elle avait plein de temps pour étudier – ou pas. Avec Aideen, elles allaient au château fumer une clope ou boire un Coca en discutant avec les archéologues. Comme elles n'étaient pas en uniforme, elles se faisaient passer pour des étudiantes de première année. Elles en avaient tellement ras le bol d'Aghybogey qu'elles étaient trop heureuses d'écouter les conneries qu'ils leur racontaient sur la région en fumant un pétard lorsque Aideen réussissait à en piquer un à ses frères. Majella avait attrapé des tas de coups de soleil au cours de ces mois passés assise au bord de la rivière. C'était l'été le plus chaud qu'elle ait jamais connu, la seule fois où elle avait eu les jambes et les bras tellement bronzés que le reste de sa peau était d'une pâleur lumineuse en comparaison. Elle se souvenait qu'elle allait se réfugier sous le pont les jours où il faisait vraiment trop chaud, dans l'odeur de l'eau et des pierres glissantes. Les archéologues leur racontaient les batailles qui s'étaient déroulées sur le pont de pierre dans l'ancien temps. Ça plaisait bien à Majella, ces histoires d'autrefois où des clans entiers se jetaient tous ensemble dans la bataille, rougissant les eaux de la rivière. À l'époque où elle allait en classe, les seuls moments un peu excitants, c'était lorsque éclataient les protestations autour des marches orangistes avant l'été, ou qu'il y avait une fusillade ou un attentat à la bombe. De temps en temps, un journal ou une équipe de télé américains débarquaient sur le pont où Majella se trouvait en cet instant, le château démoli en fond, un pied côté catho, un pied côté réformé, *symbole ironique d'une ville divisée*, pour faire un long monologue sur les « Troubles », tandis qu'on empêchait des lascars du genre Francie Kingh d'apparaître à l'écran pour faire un doigt d'honneur. Avant la semaine passée, Majella ne se rappelait même plus à quand remontait la dernière fois qu'elle avait vu des journalistes débarquer à Aghybogey. C'étaient les musulmans qui récoltaient toute la publicité aujourd'hui. Aghybogey devait se contenter des étudiants en doctorat qui venaient passer quelques jours pour essayer de connaître la communauté « post-conflit », essayer de réveiller des souvenirs que la plupart des gens préféraient laisser dormir tranquilles.

Majella s'est penchée pour regarder la rivière. Elle était profonde, et son courant lent. Petite, elle y avait vu des moutons morts, ce qui la remplissait de confusion car elle savait que les moutons, ça nageait pas. Sa mémé lui avait expliqué qu'ils ne s'étaient pas noyés en essayant de nager : les fermiers jetaient à l'eau les bêtes mortes ou malades pour s'en débarrasser. C'est vers cet âge-là environ que Majella s'était aperçue que le monde des livres de la bibliothèque, où les enfants couraient la lande et nageaient dans les rivières, était différent du sien. Elle ne pouvait imaginer aller camper dans les champs noirs et marécageux d'Aghybogey sans tomber sur des soldats britanniques ou risquer de sauter sur une mine. Elle ne pouvait envisager d'acheter les œufs des paysans armés, ni de boire du thé fait avec l'eau d'une rivière polluée par des cadavres d'animaux malades. En plus elle était un cas unique en son genre. Elle n'avait pas de cousins. Ni de chien. Sa seule « camarade » était Aideen, qui buvait du Coca, et pas de la Ginger Beer (d'ailleurs elle ne savait même pas ce que c'était).

Majella a tiré une dernière taffe, puis elle a laissé son mégot tomber dans les eaux paresseuses en contrebas. Le soleil faiblard chauffait son large dos. Elle s'est étirée et a bâillé avant de déchirer l'emballage de son Lion en guise de petit déjeuner.

### *9 h 50*
### *Objet 23. La crasse et le désordre*

Majella est entrée dans le cabinet médical au moment même où sa mère ressortait de la salle de soins, clopin-clopant, avec des béquilles. Ce parfait timing lui a procuré un petit sursaut de joie, même si sa daronne tirait la gueule. Majella lui a dit qu'elle allait appeler un taxi et elle l'a laissée dans la salle d'attente, expliquant à Minnie Pence – donc à toute la salle – comment elle s'était cassé une assiette sur le pied. Spade Byrne a rappliqué au bout de cinq minutes, mais il en a fallu dix à Majella pour extraire sa mère de la salle d'attente. Elle détestait cette façon qu'elle avait de faire poireauter les gens. Quand enfin elle a réussi à lui faire franchir le seuil, sa mère s'est traînée sans trop de mal jusqu'au taxi. Spade Byrne l'a aidée à monter, et ils ont filé à travers la ville. Majella a observé un élève qui s'en allait d'un pas nonchalant vers l'école, tandis que sa mère, ivre de l'attention qu'on lui avait témoignée au cabinet médical, racontait à Spade l'histoire de l'assiette cassée sur son pied. Il s'est garé, les a raccompagnées à la porte, puis il a insisté pour aider Majella à ramener sa mère jusqu'au canapé du salon. Dès que celle-ci a été installée, Majella a reconduit Spade à la porte, le pressant à travers le bazar du salon et le couloir sale, encombré de piles de courrier sans intérêt. À la porte, elle l'a remercié à nouveau et l'a payé avant de refermer avec un ouf de soulagement.

Elle s'est arrêtée au pied de l'escalier le temps de rassembler le courage nécessaire pour entrer dans la chambre de sa mère. Dans les mois qui avaient suivi la disparition de son père, l'odeur de la pièce avait peu à peu changé, et le bordel de sa mère avait petit à petit colonisé toutes les surfaces. À présent, il ne restait plus aucune trace de sa présence à lui, à part ses vêtements dans l'armoire. Partout étaient éparpillés les fringues sales de sa daronne, ses magazines, ses trucs de maquillage à moitié vides et ses bouteilles d'eau de toilette. Ça puait le parfum, la nicotine et quelque chose qui ressemblait à la tristesse, et ça donnait à Majella l'impression de porter sur ses épaules une personne obèse qui lui suçait le sang. Elle a grimpé les marches vaillamment et elle est entrée dans la chambre, où elle a attrapé la couette de sa mère, ainsi que ses magazines people avant de refermer la porte sur son bazar. Elle est redescendue, le pas lourd, en suivant le bruit du télé-achat. Puis elle a jeté la couette là où gisait sa daronne et posé les magazines à côté. Sa mère était toute pâle.

— Ça va ?

— Ouais.

— Qu'est-ce qu'è t'a fait ?

— È m'a recousue. Pis è m'a donné deux Tramadol pour la douleur, quatre fois par jour. Faut qu'je porte rien pendant deux jours. È va m'enlever les points dans une semaine.

Majella savait que sa mère devait être aux anges, car le Tramadol, ça allait si bien avec le whiskey.

— Tu veux qu'j'aille te chercher tes médocs ?

Elle a hoché la tête et tendu l'ordonnance à Majella.

— J'vais mett' la bouilloire à chauffer.

Dans la cuisine, elle a donc mis la bouilloire en route et introduit des tartines dans le grille-pain. Elle espérait que l'odeur des toasts donnerait faim à sa mère, c'était un piège pour lui faire manger au moins quelques bouchées. Puis elle s'est penchée sur l'assiette cassée. Elle a déniché un vieux *Daily Mirror*, l'a étendu par terre et s'est baissée pour ramasser les plus gros débris. Une fois les petits morceaux balayés, elle les a rassemblés dans la pelle et les a versés par-dessus. Elle a replié le journal telle une experte et l'a foutu à la poubelle. Le sol de la cuisine – qui déjà n'était pas très propre – était à présent gluant de sang. Son père parti, sa mère avait laissé la maison partir à vau-l'eau. Le ménage ? Ça la prenait comme une envie de pisser : soudain, elle se mettait à laver par terre, elle aspirait les rideaux, époussetait les meubles. Elle jetait les magazines, le courrier et les journaux et « rangeait » le reste du bazar. Après, pendant des semaines, Majella passait un temps fou à chercher des trucs, à identifier ce qui avait été jeté et ce qui avait été « rangé ». Entre ces crises de ménagite aiguës, elle tentait de maintenir la cuisine et la salle de bains propres, et elle s'occupait de sa chambre ainsi qu'elle l'avait toujours fait. Mais l'état général de la maison se situait quelque part sur une échelle entre « honte » et « poubelle ».

L'odeur délicieuse du pain grillé a fait saliver Majella. Elle s'est demandé si sa mère la sentait aussi depuis le salon. Enfant, quand elle était malade, son père lui préparait son petit déjeuner à la cuisine. Le meilleur, ou presque, c'était lorsque l'odeur des toasts arrivait jusqu'à sa chambre, avant qu'il les lui apporte sur un petit plateau, avec une tasse de thé au lait sucré. Même si elle était très malade, elle se sentait tout de suite mieux, avec son père assis au bout du lit, qui la regardait manger en lui racontant des anecdotes de l'usine.

Majella s'est tournée vers le grille-pain juste avant qu'il ne remonte, et elle a vu les toasts sauter. Elle s'est lavé les mains puis elle les a tartinés de margarine et de confiture avant de préparer un grand pot de café noir. Quand le plateau a été prêt, elle est allée chercher dans l'armoire à pharmacie deux Tramadol pris sur la prescription habituelle de sa mère et les a posés à côté du café. Elle a ensuite tout apporté dans le salon et déposé le plateau sur la table basse. Sa mère a pris les comprimés de Tramadol sans jeter un regard aux tartines.

— Ah, qu'est-ce que t'es gentille, Majella.

Celle-ci est retournée à la cuisine et s'est assise à table, où elle a claqué des doigts en se balançant sur la chaise pour essayer de ralentir son cœur. Ça bouillonnait dans sa tête d'avoir dû parler à tous ces gens si tôt dans la journée, sans la protection du comptoir qui la séparait des autres. Elle était crevée. Alors elle s'est levée et elle est retournée se coucher, réconfortée par les craquements des marches, tels des saluts amicaux, tout le long de l'escalier.

### *12 h 51*
### *Objet 24. Les bijoux*

À la pénombre qui régnait dans sa chambre, Majella a compris que le soleil du matin avait disparu, remplacé par une épaisse couche de nuages gris qui étouffait tout depuis là-haut, et qu'il en serait ainsi jusqu'à ce que le soleil invisible plonge derrière les montagnes. Elle a consulté son portable :

Pas de nouveau message

Elle est restée allongée dans son lit, à écouter le babillage de la télé au rez-de-chaussée. La morsure du froid lui a appris que sa mère ne s'était pas relevée pour allumer le feu ni mettre le chauffage. Parfois, le Tramadol la rendait apathique – ce qui avait ses avantages. Majella s'est demandé si sa mère se souviendrait de son anniversaire. En général, elle y pensait, il fallait le reconnaître, soit le jour même, soit à une date proche, et elle lui offrait une carte avec un bijou lors d'un rite pénible que Majella devait endurer chaque année. Elle ne portait plus de bijoux depuis l'âge de seize ans.

... Sweet sixteen and never been kissed[1], *hein ? Allez, viens donc par ici, on va arranger ça, trésor...*

Elle ne supportait pas le tintement des bijoux qui s'accrochaient dans ses vêtements et ses cheveux. Elle détestait les bagues qui rendaient ses doigts maladroits, mordaient dans sa chair, accrochaient les meubles. Elle avait une boîte à bijoux remplie de colliers, de bracelets, de bagues et de boucles d'oreilles jamais portés, car du moment qu'elle admirait et essayait ce que sa daronne lui offrait, celle-ci ne remarquait pas qu'elle ne les mettait jamais ensuite.

Majella s'est demandé ce qu'elle allait faire. Elle devait être au fish-and-chips à quatre heures, donc elle n'avait pas le temps d'aller à Strabane ni à Omagh en bus pour s'offrir un petit cadeau d'anniversaire. Elle ne pouvait aller dans les boutiques du coin car elle savait bien que toute la ville ferait des gorges chaudes de cette visite à Biddy's Boutique alors que sa mémé venait à peine d'être enterrée. Elle s'est dit qu'elle passerait chercher les médicaments de sa mère avant le travail. Ça lui laissait une heure à tuer. C'est là qu'elle a réalisé ce dont elle avait vraiment envie. Elle s'est levée, et elle a passé un doigt sur sa collection de DVD, même si elle savait exactement où était celui qu'elle voulait. Elle l'a inséré dans le lecteur, a pris la télécommande, appuyé sur Lecture, et s'est installée dans son lit pour regarder la Mercedes

1. « Tu as seize ans et on ne t'a jamais embrassée ? » (titre d'une chanson des Blue Mountaineers, 1932).

rouge rallier Dallas depuis La Nouvelle-Orléans. Un jeune couple, marié depuis moins de vingt-quatre heures, rentrait à la maison. Majella a observé avec attention Pamela Ewing se tourner vers son jeune mari, Bobby, pour lui dire combien elle s'inquiétait de l'accueil qu'on lui réserverait au ranch. Le premier épisode de la première saison venait de commencer. Majella a fourré son pouce dans sa bouche et s'est mise à le sucer.

### *13 h 55*
### *Objet 13. Le sentiment*

Avec *Dallas*, l'heure est passée à toute vitesse. Quand le générique de fin est apparu à l'écran, elle s'est étirée sous sa petite couette mal foutue, a bâillé, et ses pieds se sont arc-boutés contre le bout du lit. Elle a pensé qu'un jour elle pousserait trop fort et arracherait le bois de lit. Majella n'avait cessé de grandir pendant des années, alors que sa chambre, comme tout le reste, gardait la même taille. Mauvais plan. Elle s'est redressée, a rejeté la couette et passé les jambes hors du lit. Grâce au radiateur soufflant, l'atmosphère était chaude et sèche. Elle l'a arrêté du bout du pied et elle est restée assise un moment, laissant le sang s'apaiser dans sa tête.

Elle savait qu'elle devait jeter un coup d'œil à sa mère avant d'aller au travail, pour voir si elle avait bien mangé ses tartines. Mais d'abord elle devait s'habiller. Elle a levé les bras pour retirer son tee-shirt, qu'elle a lancé dans le panier à linge sale. Puis elle a reniflé ses aisselles avant de se badigeonner de déodorant. Ce terme agaçait toujours Majella, car les déos ne supprimaient pas les odeurs : ils se contentaient de les transformer. Et Majella préférait de loin l'odeur naturelle acidulée de ses aisselles à la senteur artificielle du déodorant, hélas, elle avait appris à ses dépens à l'école que « les autres » préféraient les parfums et les déos à leur odeur naturelle, et qu'on menait la vie dure à ceux et celles qui ne se conformaient pas à cette règle.

En fouillant dans sa commode, Majella s'est rendu compte qu'elle n'avait plus grand-chose de propre. Elle a dégoté un vieux tee-shirt qu'elle n'aimait pas trop et l'a enfilé. En s'asseyant pour chausser ses baskets, elle s'est aperçue qu'elle avait une tache de ketchup sur son jogging. Il avait beau être dissimulé sous sa combinaison de travail, elle ne pouvait supporter l'idée de porter toute la journée un vêtement taché. Il ne lui restait plus que son vieux joggo bleu marine, qu'elle ne mettait que pour traîner à la maison parce qu'il avait des trous de la taille de gros Pois Fulminants, mais bon, il faudrait s'en contenter : dans la hiérarchie des choses intolérables en matière de linge, les trous étaient moins pires que les taches, et les taches moins que les odeurs. Après avoir mis sa polaire, elle a ramassé tout son linge sale en fronçant le nez parce qu'il puait. Elle trouvait ça bizarre que, quand on les retirait, les fringues ne sentent plus pareil que vous et se contentent juste de schlinguer. C'était sûrement une question de température, comme avec le pain et la viande. Même sa mémé n'avait plus la même odeur une fois morte, et ça n'était pas uniquement à cause de ce que le mec des pompes funèbres lui avait fait pour maquiller l'agression.

Majella a ouvert la porte de sa chambre et descendu les treize marches. Elle ne croyait ni à la chance ni à la malchance. Au vu de ce qu'elle pouvait constater, une merde pouvait toujours vous tomber sur le coin de la gueule, point barre. Mais elle savait que les « autres » faisaient très attention à des détails tels que le nombre treize, voilà pourquoi elle se demandait toujours comment les constructeurs avaient bien pu installer treize marches dans sa maison, de même que dans toutes celles du lotissement. Arrivée en bas, elle a pris la direction de la cuisine.

— Majellah ?

Elle a foncé à la cuisine :

— J'vais mett' une lessive en route. J'en ai pour une minute.

— Tu peux lancer la bouilloire ?

— Ouais.

Sa mère était accro au café et au thé. Elle en buvait des litres, toute la journée – et après ça elle se demandait pourquoi elle n'arrivait pas à dormir ! Majella a laissé choir son linge devant la machine à laver. Elle a versé une mesure de lessive dans le bac, et elle a fourré ses fringues dans le tambour. Il y en avait trop pour un seul lavage, ça allait être dur de tout enfourner, mais elle n'avait pas la patience d'en faire deux. Elle a tourné le bouton sur le programme Coton rapide 40°, puis elle a appuyé sur Marche. Elle a écouté avec attention les gargouillis et ronronnements – elle adorait cette chanson, elle la connaissait par cœur.

— Ma-je-llahhhh ?

Elle s'est crispée et s'est arrêtée quelques secondes, histoire de claquer des doigts. Ensuite elle a hurlé :

— J'remplis la bouilloire !

Après, elle s'est rendue au salon. Sa daronne gisait toujours au même endroit. Elle avait mangé une tartine et demie, ce qui était toujours mieux que rien, mais quand même pas suffisant.

— Tu veux bien m'am'ner un d'mes yaourts à boire, Jellah ? Faut que j'continue mon régime, malgré que j'ai eu cet accident.

Majella est retournée à la cuisine. Elle a ouvert le frigo pour y prendre une des minuscules bouteilles. Elle était si petite que, dans sa main, c'était comique. Elle a retiré l'opercule en métal et un arôme artificiel d'orange bien dégueu est monté jusqu'à ses narines. Elle l'a apportée à sa mère en la tenant à bout de bras.

— Ah, tu l'as ouvert et tout. T'es trop mignonne. Merci.

Majella s'est assise dans le fauteuil, jambes tendues devant elle.

— Tu f'rais pas aut' chose pour moi, dis ?

Majella a hoché la tête, les yeux rivés à la télé.

— Passe-moi le p'tit sac qu'est dans l'meuble sous la télé, tu veux ?

Majella a fait de son mieux pour garder une expression neutre. Elle s'est levée pesamment et elle est allée regarder dans le tiroir. C'était un bordel de vieilles photos, de courriers sans intérêt, de livres de prières, de pellicules jamais développées, de faire-part et d'invitations à des mariages auxquelles nul n'avait jamais répondu. Posé par-dessus tout ça, un sachet en papier fantaisie et dessous, une carte. Elle a identifié son cadeau d'anniversaire.

— C'est ça qu'tu veux ?

— Ouais. Enfin… j'espère que c'est ça qu'tu veux, toi !

Sa daronne la fixait en souriant. Majella a contemplé avec détermination le cadeau, sentant ce regard toujours braqué sur elle. Elle a posé le paquet sur ses genoux pour ouvrir la carte – sa mère lui avait littéralement martelé dans le crâne que la politesse exigeait qu'on lise d'abord la carte avant de déchirer l'emballage de son cadeau. De l'enveloppe lavande, elle a sorti une carte rose avec des fleurs. Où était inscrit :

POUR MA FILLE

Elle l'a ouverte. C'était une de ces cartes luxueuses qui coûtent plus cher parce que le message n'est pas imprimé sur la carte même, mais sur une mince feuille de papier collée à l'intérieur. Majella s'est forcée à ne pas claquer des doigts et à garder les yeux rivés sur la carte.

— Oh, que c'est joli, m'man. Merci.

— Ah, je savais qu'ça t'plairait. Je l'ai su tout d'suite, dès que j'l'ai prise dans le magasin à Kelly. Bon. Ouv' donc ce paquet pour qu'on voye qu'est-ce que t'en fais.

Majella a pris le sachet de papier fantaisie et en a sorti une boîte en plastique bleue. Ses doigts ont parcouru la fine ligne dorée qui bordait le contour avant de l'ouvrir. Elle a considéré le pendentif doré en forme de cœur au bout de la chaîne. Il était gravé en majuscules ordinaires :

MAJELLA

Les bijoux plus anciens de Majella avaient été gravés à la main par William Smyth. Mais son fils Robert n'avait pas le talent de son père, donc il avait acheté une machine pour s'en charger à sa place. Stylo, collier, verre, cristal, montre, bracelet : on pouvait tout rentrer dans la machine et ça ressortait gravé à la perfection (les erreurs d'orthographe vous valaient une remise généreuse). Majella a immédiatement détesté le petit cœur.

— Oh, que c'est joli ! Trop mignon. Merci, m'man. Mille mercis.

Elle espérait que sa mère ne sombrerait pas dans le sentimentalisme, s'attendant à un bisou ou un truc du genre. Du coin de l'œil, elle l'a vue froncer les sourcils.

— Ben, tu l'mets pas autour d'ton cou ?

— Ah, m'man, tu sais bien qu'la mère O'Naas, elle veut pas qu'on porte des bijoux au boulot.

— Ah celle-là, l'est aussi aigrie que le lait d'la semaine dernière.

Majella saisissait bien la métaphore car une fois elle avait bu par mégarde du lait de la semaine passée. Le goût ignoble lui avait nappé la langue et il n'y avait que le dentifrice qui l'en avait débarrassée.

— L'est incapable de prend' du bon temps, alors è fait tout c'qu'è peut pour emmerder l'monde.

— Tu parles que j'le sais.

Majella a eu le sentiment que sa mère commençait à partager son point de vue au sujet de Madame Connasse.

— Ah. Y en a pas beaucoup qui savent pas comment qu'elle

est, celle-là. Et pis avec son drôle de bonhomme ? Dieu merci, y z'ont pas fait des p'tits.

Sa mère a secoué la tête et Majella s'est relevée pour aller poser sa carte d'anniversaire sur la cheminée poussiéreuse.

— J'ai oublié la bouilloire. C'est du thé ou du café qu'tu veux ?

— Juste une p'tite tasse de café bien noir. Mets-y une sucrette, pas du vrai suc'.

Majella a acquiescé tout en planquant le petit cœur au fond de sa poche.

### *14 h 22*
### *Objet 40.6. Situation politique – Commémorations, marches et drapeaux*

Majella attendait devant le présentoir à parfums de la pharmacie que Tracey O'Donnell lui donne les médicaments inscrits sur l'ordonnance de sa mère. Elle s'était trouvé le coin le plus éloigné possible de l'affiche qui arborait une photo de son tonton Bobby. Au premier coup d'œil, d'après les *shamrocks*, les drapeaux de la République et le texte en gaélique à l'ancienne, elle avait compris qu'un comité quelconque avait décidé de son propre chef de récupérer Bobby pour une sorte de commémoration. Avant sa disparition, c'était toujours son père qui s'occupait de ce genre de trucs, afin d'affirmer le statut de la famille ou de les représenter lors d'événements. En son absence, personne n'était venu frapper à la porte de sa grand-mère ni n'avait demandé à tatie Marie ce qu'elles pensaient du fait qu'on mette Bobby sur la liste de ceux à qui on rendait hommage ou qu'on saluait d'une bordée de tirs. Cette affiche n'affectait pas particulièrement Majella, car même si Bobby était son parrain, il était mort depuis seize ans, et pour commencer elle ne l'avait jamais vraiment connu. Elle le revoyait à la porte de chez elle, venant chercher son paternel, et ensuite ils partaient tous les deux ensemble. Ils racontaient toujours à la police qu'ils allaient à la pêche de l'autre côté de la frontière, seulement ils ne rapportaient jamais de poisson. Un jour elle avait posé la question à son père, et il avait répondu qu'ils vendaient leurs prises dans une poissonnerie du Donegal parce que sa mère ne supportait pas l'odeur du poisson dans la maison. Majella avait appris que Bobby se débrouillait bien à l'école – il avait obtenu aux examens les meilleurs résultats qu'on ait jamais vus non seulement à Aghybogey, mais dans toute l'Irlande du Nord. Néanmoins, personne ne lui avait conseillé de devenir prof. Selon la mère de Majella, tout le monde avait su quelles étaient les ambitions de Bobby dès l'instant où il était arrivé à l'école Saint Christopher avec un sac à dos à motifs camouflage orné du drapeau de la République au Tipex colorié, et IRA PARTOUT écrit au stylo à bille sur son avant-bras. À en croire la légende locale, il réécrivait tous les matins cette inscription, et tous les matins le proviseur l'obligeait à se laver pour l'effacer, jusqu'à ce qu'il se la fasse tatouer à l'âge de quatorze ans. En quittant l'école, à seize ans, il avait entamé un double apprentissage : la journée, il travaillait comme charpentier, et il passait son temps « libre » à servir la cause de l'IRA. Majella se souvenait d'avoir entendu raconter que Bobby s'était fait embarquer par les flics après des attentats à l'explosif ou des flambées de violence locales, expériences qu'elle s'imaginait excitantes jusqu'au jour où les Rosbifs avaient envahi leur maison, poussé son père à coups de crosse dans le salon, avant de l'emmener dans la rue pour le faire monter dans un véhicule blindé. Ce qui expliquait les bleus que son daron et son tonton gardaient pendant des semaines à la suite des interrogatoires. La meilleure leçon que Bobby avait donnée à Majella, c'était qu'être bon à l'école, ça ne suffisait pas. Car il avait beau être un crac en classe, il avait gravement merdé dans un petit champ aux abords d'Aghybogey quand la bombe qu'il s'apprêtait à poser lui avait explosé prématurément à la figure. Majella avait suivi les obsèques à la télévision avec un voisin qui avait dit tout bas : « La justice finit toujours par triompher », alors que la caméra montrait son père et sa grand-mère, et que des hommes masqués tiraient des coups de fusil au-dessus du cercueil. Il lui avait fallu des années pour comprendre que tout le monde n'avait pas droit à une volée de coups de feu à son enterrement.

— Majella ? Tes médicaments sont prêts.

Majella a levé les yeux des flacons de parfum et elle est revenue vers Tracey O'Donnell, tout en continuant d'ignorer l'affiche. Elle a pris le sac de médicaments et adressé un signe de tête à Tracey :

— Mille mercis.

Tracey a souri à Majella, ignorant aussi l'affiche :

— Mais de rien. J'espère que ta mère va vite se remettre.

Majella avait répété sa réponse :

— Oh, mon Dieu, j'espère que oui, Dieu la bénisse.

Elle ne savait pas très bien si c'était à Tracey O'Donnell qu'elle s'adressait ou à quelqu'un d'autre.

### *15 h 55*

### *Objet 14.4. Trucs médicaux – Les maladies incurables*

Majella avait déposé le Tramadol à sa mère, et elle longeait à présent l'église pour se rendre au travail, dans le centre. Comme d'habitude, elle marchait à une allure précise, suffisamment vite ou suffisamment lentement pour décourager toute conversation. Le mardi, c'était jour de marché, ce qui signifiait qu'elle risquait de tomber sur Agnes Ferguson. À l'époque que Majella considérait comme les temps anciens, les paysans de tout le Donegal, des comtés de Fermanagh et de Leitrim se rassemblaient à

Aghybogey le premier mardi du mois pour s'échanger du bétail, des gars, des fruits et des légumes. Cette tradition avait été mise à mal au début des années 1970 quand les Rosbifs avaient lancé une opération pour « sécuriser la zone » sans se concerter avec qui que ce soit d'un côté ou de l'autre de la frontière. D'abord, l'armée avait fait sauter dix-neuf des vingt routes de campagne et tous les ponts en travers de la frontière qui séparait Aghybogey du Donegal. Ensuite, ils avaient construit un bunker et édifié un checkpoint lourdement fortifié sur la dernière route existante. Le checkpoint était aux mains de soldats vêtus de gilets pare-balles qui inspectaient tous les véhicules en braquant leurs armes sur vous, à cinquante mètres de la misérable cahute qui servait de poste-frontière côté République. Tous ceux qui voulaient franchir la frontière devaient se taper non pas un mais deux postes-frontières internationaux en l'espace de cinquante mètres. Majella se souvenait d'avoir passé des heures au checkpoint britannique, tandis que son père, descendu de voiture, se faisait fouiller et harceler, et pendant ce temps, de l'autre côté, les douaniers irlandais jouaient aux cartes dans leur cabane ou, de temps en temps, faisaient un tour dehors, une tasse de thé à la main. Dans les mois qui avaient suivi la fermeture des routes, le marché avait perduré tant bien que mal, mais au bout du compte plus personne n'avait eu la patience d'attendre des heures qu'on examine une camionnette remplie de carottes et de patates miteuses pour se rendre à Aghybogey. Le marché avait donc périclité jusqu'à ce qu'il disparaisse, tandis que les gens du coin inventaient de nouvelles traditions en comblant les trous dans les routes et en mettant au point des gués sur la rivière pour que tracteurs et jeeps puissent passer. En retour, les Rosbifs avaient démoli à nouveau les routes réparées et creusé les gués sous la protection de gardes armés. Et ainsi de suite, jusqu'au cessez-le-feu, où quelques routes avaient été officiellement rouvertes. C'est alors qu'Agnes Ferguson – dont tout le monde savait qu'elle était un peu bizarre parce qu'elle avait fui la ville tout à coup, après l'attentat du 1er avril qui avait détruit sa maison, mais était ressortie du commissariat debout sur ses jambes – était rentrée à Aghybogey. Elle racontait à tout le monde qu'elle était revenue pour construire des ponts. Marty avait expliqué à Majella qu'il ne s'agissait pas de ponts en dur : elle voulait tenter de passer par-dessus les divisions qui opposaient les deux communautés. L'entreprise avait paru à Majella bien plus difficile, compliquée par le fait que si la plupart des gens comprenaient l'utilité de reconstruire littéralement les ponts, nul ne voyait les passerelles invisibles. Elle se demandait pourquoi, dans le grand ordonnancement des choses, personne n'avait pensé aux ponts-levis, qui pouvaient servir de ponts à la demande. Mais ce n'était pas une idée commune, aussi elle ne l'avait partagée avec personne, contrairement à Agnes qui semblait n'avoir aucun contrôle sur ses pensées. La première fois qu'elle avait vu Agnes, Majella avait été frappée par son bronzage. Elle avait remarqué les anneaux d'argent à ses doigts, ses orteils, son nez et ses oreilles. Elle avait écouté son drôle d'accent et jeté quelques coups d'œil aux trois enfants à la peau caramel qu'Agnes avait ramenés avec elle sans homme pour l'accompagner. Dans les premiers mois qui avaient suivi leur installation à Aghybogey, les mômes avaient coupé leurs cheveux longs, perdu leur accent européen, ils s'étaient mis à porter des Nike et des Levis et à fumer des Players. Majella avait vu leur si belle peau blanchir pour adopter ce gris de la lumière humide en hiver. Agnes, c'était différent. Elle avait certes perdu son bronzage, mais n'avait rien changé à son mode de vie hippie pour s'adapter à la communauté d'Aghybogey, même après ses cancers. On lui avait trouvé le premier dans les poumons,

*… ils disent que c'est à cause des pétards, pas de la marijuana, hein, mais du tabac. Si c'était à recommencer, je fumerais tous ces joints, sauf que je mettrais un filtre. Mais on était tellement*

*innocents à l'époque. C'est ça qu'il y avait de beau en nous, notre innocence…*

le deuxième au sein gauche,

*… je leur ai dit de me l'enlever, c'est vrai, à quoi ça sert un sein une fois qu'on a sevré ses gosses ? C'est juste de la graisse, en vrai, non ?*

le troisième au sein droit,

*… au moins ça va rétablir l'équilibre – je serai plus bancale… ha ha ha…*

et le quatrième au niveau du col de l'utérus,

*… les médecins ont dit que les femmes qui ont couché avec peu d'hommes ont moins de risque d'attraper le cancer du col. Mais moi, j'ai toujours été pour l'amour libre, et le prix à payer est faible pour tant d'expériences. Mon âme ne serait pas ce qu'elle est aujourd'hui si je n'avais pas donné mon corps aussi librement…*

Au cours d'une de ses périodes de rémission, Agnes avait réussi à faire signer à Majella et à une bonne partie de la ville une pétition demandant que les fonds pour la paix aident à faire redémarrer le marché du mardi. Les fonds pour la paix, c'était un truc nouveau en ville. Au lieu que des inconnus à l'air habité vous demandent de donner pour la Cause, au pub, à présent il fallait remplir des formulaires pour que le gouvernement passe à la caisse et donne aux municipalités du pognon pour soutenir des projets encourageant le progrès social et économique, la cohésion entre les communautés, le partage de l'espace et des services. C'était toujours des gens comme Agnes qui décrochaient la timbale avec des « initiatives » telles que le « jour du marché ». Donc, d'après Majella, c'était la faute aux fonds pour la paix si tous les premiers mardis du mois de l'année passée, elle avait dû ruser pour passer en douce près du stand arc-en-ciel d'Agnes, chargé de légumes bio. Les seuls légumes que mangeait Majella, c'étaient les beignets d'oignons et les frites de chez Salé, Pané, Frit ! Mais chaque fois qu'Agnes réussissait à la coincer, elle se sentait obligée de lui acheter quelque chose. En général, elle lui prenait des patates, qui allaient pourrir au fond du placard, sous l'évier de la cuisine. Le pire, c'était de l'écouter parler. Son cancer était revenu, elle avait dit à Majella, pas plus tard que le mois dernier : « Cette fois c'est dans la gorge. »

*... c'est grâce à toute cette nourriture saine que j'ai réussi à le battre quatre fois. Et cette fois, ce sera pareil... ha ha ha... j'ai qu'à continuer à prendre mes vitamines, à manger bio et à pratiquer la méditation...*

Les jours de marché, Majella faisait tout un détour pour aller au boulot, contournant la zone du pont, en bas de la ville, pour éviter Agnes, parce qu'il n'y avait pas que les légumes et le cancer. Celle-ci aimait bien aussi faire brûler des bougies dans des pots colorés autour d'une affiche sur son stand. Chaque mois, elle mettait en valeur une injustice qui s'était produite quelque part dans le monde, et elle demandait à ses clients d'écrire une lettre de soutien ou au moins de signer une pétition en faveur d'un pauvre bougre retenu dans une prison immonde, dans un putain de pays dont Majella n'avait jamais entendu parler. Mais le pire, c'était qu'Agnes semblait avoir des projets pour Majella : elle envisageait de la placarder sur une affiche et, si possible, de lancer une pétition. Sans doute que le meurtre de sa mémé avait fait monter sa cote auprès d'Agnes, donc elle prenait encore plus de précautions pour l'éviter. Elle était presque arrivée à Salé,

Pané, Frit ! quand elle a entendu Agnes crier son nom à travers la grand-place.

— Majell-AH ! MA-JE-LLAH ?

Elle a imaginé les yeux écarquillés d'Agnes qui la suivaient avec perplexité. Elle a frissonné et est entrée dans le fish-and-chips.

### *17 h 05*
### *Objets 18.1. Les règles – Le syndrome prémenstruel*

Les épingles qui retenaient ses cheveux lui faisaient mal. Quoi qu'elle fasse, elle n'arrivait jamais à s'en débrouiller. Ça la faisait vraiment chier. À vrai dire, elle avait mal partout, ça la grattait, et cette sensation sous sa peau, ça laissait penser que ses règles n'allaient pas tarder. Marty n'était pas de bonne humeur non plus après une dispute avec Philomena. Ce n'était pas le problème de Majella, et elle espérait que Marty ne le lui collerait pas sur les bras.

La sonnette a retenti et Poil d'Oignon est entré, son visage pâteux plein de taches de rousseur, tout crasseux à cause du travail. Majella ne l'avait pas revu depuis qu'il avait découvert son père mort sur le canapé, et elle savait bien qu'elle devrait lui dire quelque chose. Mais à force de chercher les paroles adéquates, elle a gardé le silence trop longtemps. Alors elle a juste dit :

— Qu'est-ce que j'peux t'servir ?

Poil d'Oignon a contemplé le tableau fluorescent au-dessus de Majella, puis ses yeux gris se sont posés sur elle.

— Un grand menu saucisse et un Coca, s'te plaît.

— Ça marche.

Elle a noté la commande sur son petit carnet, a déchiré la page et l'a accrochée sur le tableau, même si elle était sûre que Marty avait tout entendu et qu'il avait déjà mis la nourriture à frire dans l'huile. Poil d'Oignon s'est assis sur un siège, près de la fenêtre, a posé sa boîte à outils à ses pieds, et a pris sa tête dans ses mains. Majella l'a regardé passer lentement ses doigts dans ses cheveux d'un roux éclatant. Il avait l'air fatigué. Majella ne l'avait pas vu depuis une semaine. Elle avait dû prendre six jours de congé (sans solde) pour la veillée et les obsèques de sa grand-mère. Après, il y avait eu la veillée et l'enterrement du père de Poil d'Oignon. Majella détestait les veillées funèbres. Elle avait passé trois jours prisonnière de la maison de tatie Marie, à accueillir un flot ininterrompu de gens venus voir une dernière fois le corps exposé dans la seule chambre. C'était une veillée importante, presque autant que celle de Brendy Hagan qui avait été tué lors d'un attentat loyaliste, tout ça parce que les journaux avaient publié une photo de lui le montrant un jour où il distribuait des *shamrocks* juste avant la messe de la Saint-Patrick. Pendant les veillées données en l'honneur des victimes de ce genre d'explosions, le cercueil normalement était fermé, mais le personnel de l'hôpital avait si bien réussi à recoller ensemble les morceaux du corps de Brendy au cours des sept jours où il avait survécu, que la ville avait pu s'enorgueillir de cette nouveauté : un cercueil à demi ouvert pour la veillée. Toutes les personnes qui avaient le plus petit lien avec la famille étaient passées voir la gueule rafistolée de Brendy. Majella y avait été traînée par sa mère, qui l'avait poussée à l'intérieur de la maison bondée. Elle avait passé l'heure suivante dans un embarras horrifié, serrée au milieu des voisins, d'anciens camarades de classe et d'inconnus. Ça faisait flipper Majella de voir qu'ils avaient mis Brendy dans un cercueil entier, alors qu'il avait perdu ses deux jambes. Après avoir trouvé un endroit où se poser et s'être fait offrir une tasse de thé, elle était restée plantée là à se demander s'ils avaient mis ses jambes au frigo à l'arrivée à l'hôpital, au cas où il mourrait, pour qu'il puisse être enterré tout entier, ou si elles avaient été incinérées lorsqu'il était devenu manifeste qu'il en manquait trop pour qu'on les lui recouse.

Majella n'aimait pas les veillées funèbres. À celle de sa mémé, tout le monde jacassait sur cette brillante tradition, comme c'était une source de soulagement pour les endeuillés, combien ça permettait de souder la communauté, parce que sans les veillées et les enterrements, on n'aurait plus l'occasion de se rencontrer vu que, maintenant, tout le monde restait chez soi le soir à regarder la télé. Pour Majella, ces veillées n'étaient pas du tout source de soulagement, car la tradition l'obligeait à piétiner à travers la petite maison humide de tatie Marie pendant des heures, à passer des plateaux de scones et de sandwichs à des cargaisons de vieux aux yeux mouillants qui n'arrêtaient pas de lui dire comment sa grand-mère dansait bien quand elle était jeune. Tout le monde lui répétait ce qu'elle savait déjà : que personne ne méritait une mort pareille, personne. D'heure en heure, Majella passait le plateau, et tout ce qu'elle avait en tête, c'était : Putain, chuis encore là, à servir à bouffer à ces connards qu'ont toujours un boyau de vide. Elle a regardé la grand-place, par-delà la tête de Poil d'Oignon, où Agnes Ferguson toussait, courbée en deux, pendant que son fils remballait le stand dans la lumière déclinante.

### *18 heures*
### *Objet 1. Bavardages, commérages et autres conneries*

Majella a essayé d'entendre l'angélus par-dessus le bruit des friteuses tout en recopiant la liste de Declan Mulqueen sur le carnet de commandes de Salé, Pané, Frit ! Il était venu chercher le dîner mensuel de la famille, qui comptait lui et sa femme ainsi que leurs douze enfants. Marty disait toujours que Declan travaillait dur, qu'il ne se reposait jamais. Majella soupçonnait sa femme de travailler encore plus dur, coincée à la maison toute la journée à s'occuper de douze chiards, même si quatre d'entre eux étaient ados. Pourtant, elle appréciait ce qu'elle voyait de Declan Mulqueen lors de ses visites mensuelles au fish-and-chips et de leurs rencontres hebdomadaires à l'église, où sa famille occupait les deux rangées de devant. Il arrivait toujours avec une liste parfaitement bien écrite qu'il se contentait de lui donner sans chercher à perdre son temps en bavardages. La commande de Declan était toujours plus compliquée que celles des autres en moyenne, car il n'y avait pas un menu par personne, mais une combinaison de différents menus pour faire des économies. Ainsi donc, un menu poisson avec des frites régalait trois petits Mulqueen, seulement un grand menu saucisse ne pouvait aller que pour deux, alors on rajoutait une portion de frites pour trois, afin d'être certain de ne manquer de rien. Declan et sa femme avaient chacun droit à un menu complet. À mesure que les mioches grandissaient, Majella voyait la liste s'allonger, car aucun ado n'aurait accepté de partager sa bouffe. Le plus dur avec les Mulqueen, c'était de faire en sorte que tout soit prêt en même temps ou presque, afin que ce soit encore chaud quand ils ouvriraient les emballages. Aux yeux de Majella, c'était tout un art.

— Ce sera prêt dans quinze minutes, Declan.

Il a hoché la tête :

— Merci, Majella.

Il est sorti pour aller au pub d'à côté, The Full Cup, boire un shot de Jameson sans glace. Majella savait ce qu'il buvait car un soir Marty l'avait suivi, se glissant par la porte de derrière du fish-and-chips pour rentrer également par-derrière dans le bar en feignant d'avoir besoin d'une boîte d'allumettes. La mère de Majella lui avait dit un jour que parfois Marty était pire qu'une femme, à fourrer son nez partout. Majella se demandait si cela n'expliquait pas justement qu'il s'entende si bien avec elles.

## *18 h 49*
## *Objet 20.1. Forces de l'ordre – Les Rosbifs*

Majella était assise dans la cour, derrière le fish-and-chips, elle faisait sa pause clope. Elle pensait à chacune des rides qui se creusaient autour de sa bouche à chaque taffe. Elle savait qu'entre le fait de fumer et de sucer son pouce, à quarante ans, elle aurait une bouche en cul de chat. Comme sa daronne – on aurait dit qu'elle avait sucé des citrons toute sa vie, à part lorsqu'elle dormait, alors sa bouche toute molle ressemblait à un pochon vide. Naguère, sa mère avait été une belle femme. Une vraie pute, à en croire tatie Marie, mais une belle pute. Quand Majella avait commencé à aller boire des coups au pub en ville, elle avait dû s'en coltiner des mecs qui déblatéraient sur sa daronne, des sourires paresseux qui creusaient les bajoues de vieux croûtons lorsqu'ils comprenaient qui elle était. Et puis elle avait dû encaisser toutes ces conneries de comparaisons, et reconnaître qu'elle n'était pas la fille de sa mère, mais celle de son père. Même s'il n'avait jamais été costaud comme elle. Il avait toujours su rester mince, y compris après avoir abandonné le football gaélique. Il jouait pour les Red Hands d'Aghybogey. C'était une bonne petite équipe à l'époque de son daron. Des petits mecs costauds qui savaient filouter quand il fallait. Ils s'entraînaient sur un terrain marécageux à quelques kilomètres de la ville, la plupart s'y rendaient à pied, se déshabillaient dans un fossé avant d'enfiler leur maillot vert et or. Ils avaient beau n'avoir pas un sou devant eux, les Red Hands avaient failli gagner le championnat plusieurs fois en donnant une bonne leçon aux équipes mieux dotées de clubs plus importants. Mais ils avaient seulement failli : les Red Hands n'avaient jamais gagné. Son père avait été le capitaine de l'équipe pendant quelques glorieuses saisons. Majella se souvenait comment les Rosbifs les avaient harcelés après avoir trouvé des armes cachées dans leurs locaux. Son daron avait piqué une sacrée colère. Il disait que personne ne devait cacher d'armes là. Ça donnait aux Rosbifs et aux loyalistes une excuse pour emmerder toute l'équipe. Par la suite, il avait été retenu à des checkpoints pendant des heures alors qu'il se rendait au travail ou qu'il rentrait chez lui. On l'avait même emmené à Castlereagh où il avait passé plusieurs jours. Une fois, l'équipe tout entière avait été retenue si longtemps à un checkpoint qu'elle avait manqué le match. Quand Majella était petite, avant toute cette période de harcèlement, son père l'avait emmenée à quelques matchs importants. Elle se revoyait assise sur les genoux de sa mère, à l'avant de leur petite Fiesta, avec trois armoires à glace entassées à l'arrière. Ce sport lui avait toujours fait peur : les sauts, les poussées, le ballon frappé, le bruit du cuir qui claque dans les flaques, le sang qui se mêle à la pluie et à la boue sur le visage des joueurs. Elle n'avait jamais oublié les hommes fatigués mais remplis de joie sur le chemin du retour, leur forte odeur de sueur, leur colère et leur joie, quelle qu'ait été l'issue du match. Majella voulait être joueuse de football gaélique quand elle serait grande, mais très vite sa mère avait étouffé ses velléités dans l'œuf. Majella savait qu'elle n'était pas comme les autres filles, après qui les garçons aimaient bien courir dans la cour de l'école pour les embrasser. D'ailleurs, elle n'aimait pas qu'on lui coure après. Et elle avait appris très tôt qu'elle n'intéressait personne.

Majella a regardé la longue cendre au bout de sa cigarette. Elle l'a fait tomber en la suivant des yeux avant de laisser choir son mégot. Elle l'a écrasé de sa basket et elle est retournée à l'intérieur. Accoudé au comptoir, Marty bavardait avec Andrea Gurney, qui se marrait. Majella l'a vue piquer un fard. Elle savait qu'Andrea aimait plus que tout une bonne saucisse panée géante accompagnée d'une portion de frites et d'une canette de Fanta de chez Salé, Pané, Frit ! Majella n'a même pas pris la peine de vérifier la commande, elle est allée directement à la friteuse et a jeté dans le panier le menu d'Andrea avant de le plonger dans l'huile bouillante. Depuis le comptoir, elle l'a entendue glousser.

— Marty, t'es vraiment un sacré drôle, toi !

*21 h 09*

*Objet 12.1. Conversation – Rigoler et faire les cons*

C'était calme pour neuf heures neuf. Marty s'occupait du comptoir, laissant Majella s'asseoir un peu sur le plan de travail pour soulager ses pieds. Ses chaussettes étaient trempées de transpiration et son visage tout rose. Marty disait qu'avec la lumière et les friteuses, la cuisine ressemblait à un sauna. Majella s'est demandé comment des gens pouvaient payer pour faire l'expérience de ce qu'elle vivait là.

— Qu'est-ce t'as fait de ta journée, Jellyta ?

Majella s'est essuyé le visage d'un revers de main.

— Bah. J'ai r'gardé un DVD.

— Mais paraît que toi et ta mère vous êtes allées au cabinet médical, c'matin, non ?

Majella a songé qu'heureusement pour lui Marty n'était pas un chat, parce que, comme dit le proverbe : la curiosité a tué le chat.

— Ouais, c'est vrai.

Le silence est retombé, Marty s'est frotté l'arrière du crâne tandis que Majella conservait un air inexpressif.

— Mais du coup, qu'est-ce qui s'est passé ?

Majella a secoué la tête, très nerveuse, elle se détestait pour cette trahison :

— Elle a foutu une assiette par terre, et elle s'est cassée en lui tombant sur l'pied.

— Mon Dieu. Et ça va ?

— Ouais. Elle a eu quelques points d'suture. Spade Byrne m'a vachement aidée.

Marty s'est gratté le cul sans y penser :

— Elle a des béquilles ?

— Ouais. Faut pas qu'elle appuie sur son pied pendant un jour ou deux.

Majella était en rogne contre elle-même. Il arrivait toujours à ses fins. Ça commençait par une petite question l'air de rien à propos d'un truc dont vous aviez pas envie de parler, et aussi sec, vous étiez en train de lui raconter votre putain de vie.

— Elle a eu d'la veine, n'empêche.

Majella n'a pas répondu. Elle espérait qu'une voisine viendrait donner un coup de main à sa mère ce soir, comme ça arrivait souvent.

Marty s'est retourné pour regarder par la fenêtre, puis aussitôt il a dit à Majella :

— Oh oh. V'là Connolly le Serpent. Tu vas voir comment j'vais lui en mettre plein la gueule.

Marty a endossé un sourire commercial dès que la sonnette a retenti, annonçant l'arrivée de Jake le Serpent Connolly. Majella est restée assise à sa place, hors de vue. Elle n'appréciait pas trop Jake. Il aimait bien raconter qu'il devait son surnom à son déhanché et à la vivacité de sa langue, mais après avoir bu, il racontait que c'était à cause de la longueur et de la vigueur de sa bite. Majella, ainsi que tout le monde à Aghybogey, savait qu'en réalité on l'appelait le Serpent parce que c'était un sacré numéro. Toujours habillé tout en cuir, pantalon et gilet, avec des chemises bleu roi, ouvertes jusqu'à la limite de son gilet, comme ça il pouvait arborer sa médaille en or représentant la Vierge Marie, les mains grandes ouvertes, accueillante. Il portait des chaussures à talonnettes qui claquaient sur le pavé, et les cheveux coiffés en arrière, teints en noir, même s'il prétendait que c'était leur couleur naturelle. Dans le meilleur des cas, Connolly le Serpent était un sacré emmerdeur. Mais quand il venait au fish-and-chips et commençait à sortir à Majella toutes ses conneries :

*… ma bonne dame, vous méritez qu'on vous chante la sérénade, qu'on vous enlève à tout ce gras et cette puanteur, qu'on vous couche sur de doux coussins de soie et qu'on vous couvre de baisers humides…*

… là, il la faisait vraiment chier.

Va te faire foutre, pensait-elle. Mais putain ! Va. Te. Faire. Mettre.

— Je prendrai juste une petite portion de nuggets et une petite frite, mon bon Martin. Il faut que je surveille ma ligne !

Martin a acquiescé et tourné la tête vers l'arrière, en direction de Majella :

— Jellyta ! Lance-nous donc un menu nuggets enfant pour Mr Connolly ici présent !

Majella a souri, a glissé de son perchoir, et mis le dîner de Jake à frire.

### *22 heures*
### *Objet 8.4. Blagues – Le comique de répétition*

Majella a regardé Jimmy Neuf-Pintes poser son billet de cinq livres crasseux sur le comptoir.

— Un menu saucisse, ma bonne dame, un menu saucisse.

Elle savait que ses frites et sa saucisse rissolaient déjà en cuisine.

— Ça marche, Jimmy.

La caisse a sonné quand Majella a ouvert le tiroir. Elle y a rangé le billet de Jimmy, puis a refermé la caisse et attendu en silence. Jimmy s'est trémoussé et s'est penché plus près sur le comptoir :

— Eh, tu veux pas goûter à ma saucisse ?

Il a gloussé en crachotant, et tapé un coup sur le comptoir. Majella a attendu les cinq secondes habituelles avant de lui balancer :

— Ta saucisse, j'm'en vais te la faire frire, si tu fais pas gaffe à toi.

Marty a rigolé lui aussi tandis que l'huile crachotait et frisait autour du dîner de Jimmy.

*22 h 30*

*Objet 34.3. Disputes – Faire semblant de ne pas s'engueuler*

Marty avait rejoint Majella près du comptoir où il lui racontait l'histoire de Dinny Teague, qui était furieux parce que des jeunes s'étaient introduits dans sa maison pour lui piquer ses magazines porno et les avaient ensuite distribués page après page dans les boîtes aux lettres de tout le lotissement. Dinny savait qui lui avait volé ses magazines, mais Marty a expliqué à Majella qu'il était coincé, parce que vu la nature des objets volés, il ne pouvait solliciter ni l'aide de l'IRA ni celle du père Travers. Tandis qu'il lui parlait, Majella gardait l'œil sur Iggy Connolly, qui semblait se préparer à courir vers le fish-and-chips dès que Marty disparaîtrait. Mais celui-ci n'avait pas terminé que la sonnette a retenti bruyamment, et Philomena est entrée. Majella a vu Marty soudain très attentif.

— Salut, Majella, ça va pour toi ?

— Salut, Fill. Ouais, ouais, ça roule.

Majella s'est redressée.

— Bon, je vais fumer une clope derrière, Marty. Tu m'appelles si t'as b'soin.

Marty ne regardait aucune des deux femmes – il faisait la même chose que Majella : il fixait les bancs déserts au milieu de la grand-place.

— Fais donc c'que t'as à faire.

Majella est sortie dans la cour froide. La lumière du fish-and-chips se déversait sur le ciment, chaude et jaune comme de l'huile de friteuse. En grelottant, Majella a pris son paquet de clopes qu'elle avait fourré dans sa poche de poitrine. Elle en a sorti une Marlboro, qu'elle a allumée avec le briquet qu'on lui avait donné gratis (*The Bogey Inn for ceol agus crack*). Elle a tiré une taffe en se demandant comment se passait la dispute tout-sourire-dents-serrées-ongles-enfoncés-dans-les-mains de Philomena et Marty. Si des clients arrivaient, ils ne remarqueraient sûrement pas qu'une querelle se déroulait sous leur nez. Au début, Majella non plus ne s'en rendait pas compte. C'est Marty lui-même qui lui avait appris que ce genre de choses existaient, si différentes des agressions verbales pleines de postillons de sa mère. Et c'est Marty qui lui avait appris à prendre la tangente au lieu de rester traîner autour du comptoir ainsi qu'elle le faisait au début. Majella savait toujours quand elle pouvait revenir car Phil lui criait qu'elle s'en allait, et Majella lui répondait : « Rentre bien », puis elle attendait encore une minute avant d'aller retrouver Marty, qui continuait à ronger son frein. C'était ça, le mariage. Majella ne savait pas pourquoi les gens prenaient la peine de se marier. Elle le comprenait encore moins dans le cas de Marty et Philomena, qui avaient vraiment l'air de se faire chier. Philomena n'était même pas enceinte à l'époque : les petites n'étaient arrivées que des années plus tard. D'après ce qu'elle voyait, Marty n'en avait vraiment plus rien à foutre de sa femme, mais il passait son temps à dire à Majella combien il était raide dingue de ses filles, ce qui signifiait que Philomena le tenait par les couilles. Tout ça, c'était vraiment trop compliqué pour Majella, beaucoup plus que tout ce qui se passait dans *Dallas*, qu'elle analysait depuis des années, apprenant quelque chose de nouveau à chaque fois qu'elle regardait la série.

La porte du Full Cup s'est ouverte, la cour s'est éclairée et Majella s'est armée contre le bruit imminent. Le jeune Peader Devine est sorti avec un tonnelet vide, il a donné un coup de pied dedans et l'a regardé partir en roulant de l'autre côté, où il a heurté le mur du fond. Lorsque le tonnelet s'est immobilisé, Peader s'est ramené, et il l'a attrapé pour le ranger par-dessus les autres. Le tonnelet a oscillé et puis il s'est immobilisé. Majella s'est détendue dès que le bruit s'est tu. Peader s'est retourné vers elle.

— Ça va, Majella ?

Il était assez vieux pour connaître son surnom, mais trop jeune pour l'employer. C'était parfait comme ça.

— Super. Et toi ?

— Génial. Tout roule.

— Y a du monde, ce soir ?

— C'est cool. Et chez toi ?

— Ça s'arrête jamais.

Un long silence a suivi. Majella a tiré une taffe. Peader et elle avaient baisé un soir dans la cour, à la fermeture, un dimanche. Elle se souvenait de l'avoir serré contre elle, après, jusqu'à ce qu'il retrouve ses esprits.

— Tu crois qu'tu pourrais m'avoir un menu saucisse gratos ?

— Pas ce soir, Peader. Madame Connasse va passer faire son inspection. Essaie plutôt samedi.

— Chuis pas là, samedi. On va au Purple Parrot, à Donegal. On est toute une palanquée à y aller. Ça te dit ?

— Je bosse, samedi. Chuis libre dimanche soir. J'passerai p'têt' boire une pinte.

Peader a hoché la tête en souriant. C'était un chouette petit gars.

— Faut que j'me grouille, sinon mon daron va venir voir c'que j'branle.

— À plus.

Majella trouvait ça vraiment dommage que Peader doive grandir. Dans quelques années, il serait comme les autres, assis au bar à glousser, arborant une bedaine engraissée à la bière, trop bourré pour bander correctement. Elle a laissé choir son mégot et l'a regardé se consumer dans le noir. De l'intérieur, la voix de Philomena a retenti :

— J'y vais, salut, Majella.

Majella a tranquillement claqué des doigts dans l'obscurité, heureuse.

— Rent' bien, Fill.

Elle a compté jusqu'à dix puis elle est revenue dans la lumière. Dès que Marty l'a vue, il est allé au fond de la réserve chercher un seau et une serpillière.

— Quelle sacrée putain d'emmerdeuse…

Majella regardait la grand-place illuminée d'un halo orange. Les bancs le long du monument aux morts étaient déserts.

— Putain. Bâtarde. Salope. Enculée. Putain de connasse. De grognasse. D'enfoirée. De sa mère.

Le jeune Iggy Connolly était parti. Majella savait qu'elle ne le reverrait pas ce soir-là.

## *23 h 03*
## *Objet 1. Bavardages, commérages et autres conneries*

Du coin de l'œil, Majella observait Marty qui récurait le plan de travail avec de la paille de fer, ce qu'il faisait seulement quand il était très énervé. Il se taisait, autre mauvais signe, mais il avait cessé de jurer, et ça c'était bon signe. Majella aurait voulu qu'il s'apaise, d'ailleurs à ce propos elle avait peut-être une idée. Elle a claqué des doigts doucement sous le comptoir avant d'ouvrir la bouche.

— Ça va ?

Marty a arrêté de frotter pour dévisager Majella, et elle s'est sentie comme une page du carnet de commandes qu'on arrache pour la clouer au mur.

— À quoi qu'tu penses ?

Elle a relevé un sourcil.

— Elle veut toujours pas, hein ?

Marty s'est détourné en fronçant les sourcils.

— Mes relations avec ma femme, ça m'regarde, merci beaucoup.

Il avait beau ne plus la regarder, elle a souri.

— Donc tu fais toujours ceinture ?

À nouveau, il a froncé les sourcils. Puis il a secoué la tête en souriant à moitié.

— Ouaip. Elle veut toujours pas.

Majella a senti une partie de la tension s'évaporer. Ses efforts en valaient la peine finalement. À cet instant, la porte s'est ouverte et la sonnette a retenti pour annoncer l'arrivée de Rose Murphy, vêtue de sa légendaire minijupe noire, ses jambes courtes mais musclées bleu-violet de froid. En voyant Rose, Marty a lâché la paille de fer, s'est essuyé les mains sur son tablier et s'est approché du comptoir.

Majella a salué Rose :

— Qu'est-ce que j'peux t'servir ?

— Un burger poulet et une p'tite frite, s'te plaît.

Majella savait que Marty allait lui demander si elle voulait du sel et du vinaigre, même s'il savait très bien que Rose prenait toujours du sel et du vinaigre sur ses frites.

— Sel et vinaigre sur tes frites ?

Rose a regardé Marty comme s'il lui offrait un solitaire, et elle a acquiescé.

— Ouais.

Marty s'est rapproché de Majella quand elle a déchiré la page de son carnet de commandes pour l'afficher sur le tableau. Puis elle est allée mettre à frire le dîner de Rose, laissant Marty bavarder tranquillement avec elle. Il avait toujours eu un faible pour Rose. Majella ne comprenait pas pourquoi – à ce qu'elle savait, il ne l'avait jamais baisée, en tout cas pas depuis la naissance de Róisín, lorsqu'elle s'était mise à racoler. Et avant Róisín, elle aurait été un peu jeune. Un jour où Majella tentait de pratiquer l'art impossible de la conversation, elle avait demandé à Marty qui était le père de Róisín. Il avait explosé et répondu que c'était juste un salopard qui voulait s'envoyer une jeune fille même pas encore sortie de l'école. Cette explication n'avait pas permis à Majella d'en apprendre plus qu'elle ne savait déjà, et l'expérience l'avait guérie de toute velléité de conversation. Elle savait que Rose et Marty avaient grandi dans le même lotissement, que dès l'âge de quatre ans ils s'étaient retrouvés dans la même classe. Majella, elle, n'était la meilleure copine d'aucun des trente-deux élèves avec lesquels elle était allée en classe. C'était peut-être ça qui faisait la différence. Après avoir plongé le dîner de Rose dans la friteuse, elle est restée à côté, les observant tous les deux du coin de l'œil. Rose se teignait en blonde, mais même pour Majella qui n'y connaissait rien, c'était évident qu'elle faisait ça elle-même. Elle était maquillée comme une voiture volée, pourtant ça se voyait qu'elle était fatiguée. Majella trouvait qu'elle ressemblait aux prostituées qui apparaissaient de temps en temps dans la série policière *The Bill* – on devinait que ça finirait mal. Marty avait raconté un jour à Majella que, quand elle était petite, Rose voulait être coiffeuse. Il avait dit ça d'un ton tragique, pour signifier à quel point elle avait échoué loin de son rêve.

Majella a retourné le steak de poulet de Rose. Elle avait appris en cours de géo que leur comté avait le taux de chômage le plus élevé du monde industriel. Quand le prof leur avait demandé d'analyser les chiffres, il s'était avéré que le district d'Aghybogey était le pire du pire. Pendant les sessions d'orientation, la prof avait choisi de passer sous silence le fait que le taux de chômage chez les catholiques de la ville avoisinait les quatre-vingt-dix pour cent, pour faire la promotion de « choix de carrière positifs » qui allaient « challenger leurs capacités » afin de les aider à « réaliser leurs rêves et leurs espoirs ». Majella sentait bien que la prof d'orientation était déçue que la plupart des filles de la classe rêvent d'être coiffeuses. Deux des plus capables avaient l'ambition de devenir infirmières, et les nanas qui avaient autre chose qu'un petit pois dans la tête voulaient être maîtresses d'école. Les paysans faisaient leur temps en attendant de pouvoir se consacrer entièrement à la ferme familiale. Les gars dont le père n'était ni artisan ni agriculteur rêvaient d'obtenir un visa pour l'Australie ou l'Amérique. Certains avaient des plans pour rejoindre des proches en Angleterre, ou pour entrer dans le bâtiment, en République. Tout le monde voulait échapper à l'usine de traitement des poulets de Strabane. Majella ne savait pas ce dont elle avait envie, alors elle avait travaillé pour avoir des bonnes notes et repousser à plus tard le moment du choix. Presque tous les bons élèves étaient comme elle – ils cherchaient juste à gagner du temps. Et la plupart – de même que Majella – avaient abandonné avant d'entrer à l'université. Rose Murphy, c'était différent. Après avoir confié son bébé à sa mère – *aucun enfant de mon sang s'ra élevé par des étrangers…* –, Rose était retournée à l'école. Hélas, elle avait eu beau faire de son mieux, elle avait raté tous ses examens et n'avait même pas été acceptée en école de coiffure. Majella ne comprenait pas comment elle avait pu devenir la pute de la ville, mais selon Marty, au moins Rose était honnête dans ce qu'elle faisait : si vous vouliez connaître son avis (et en général, on n'avait pas besoin de le lui demander), il vous expliquait que la moitié des mères célibataires d'Aghybogey étaient de mèche pour niquer le gouvernement britannique en lui extorquant un appart et une pension. Pour la défense de Rose, Marty disait qu'au moins, elle, elle faisait des heureux au cours de sa journée.

Le hamburger était presque prêt. Majella a coupé en deux un petit pain et l'a appuyé sur la plaque chauffante. Elle n'avait jamais quitté Aghybogey, même pas pour faire un bilan de compétences dans le domaine de l'hygiène alimentaire à l'institut technologique de Strabane. En vacances, elle n'avait jamais dépassé Bundoran. Elle était maintenant un pilier d'Aghybogey, un de ces visages qu'on s'attend à croiser en ville. Elle savait où était sa place. La petite lumière de la friteuse est passée du rouge au vert, et Majella a remonté les frites de Rose en les secouant bien. Ensuite, elle a déposé le steak de poulet sur le *bun*. Elle voyait la forme de ses doigts là où elle avait appuyé. Mais elle savait que Rose ne le remarquerait pas.

— Mayo, salade et oignons, Rose ?

— Ouais, merci.

Majella a expulsé du flacon un gros blob de mayonnaise qui est venu s'étaler sur le steak de poulet, elle a rajouté par-dessus un tas de feuilles de laitue molles et un peu marron avant de couronner le tout d'une tranche d'oignon cru. Elle ne comprenait pas ce que les gens pouvaient trouver à la salade. Elle a posé le *bun* par-dessus, et a fourré tout ça dans une boîte en polystyrène. Puis elle a versé les frites dans un sachet et les a secouées tout en saupoudrant le sel et le vinaigre pour un fini parfait. Enfin, elle a tout emballé dans du papier et tout rangé dans un sac en plastique au nom de la maison :

SALÉ, PANÉ, FRIT !
LA CUISINE QUI SE MÉRITE !

Les sacs étaient une nouveauté. Avant, Madame Connasse leur fournissait les pochons blancs les moins chers, jusqu'à ce que leurs rivaux réformés de l'autre côté du pont se mettent à utiliser des sacs customisés.

THE COD FATHER – RESTAURANT FAMILIAL
DEPUIS 1969

Majella savait bien qu'en 1969, quand The Cod Father avait ouvert, il ne s'appelait pas comme ça. Le nom n'était apparu que vers le milieu des années 1990, lorsque Alistair, l'aîné des fils, avait pris en main le fish-and-chips et rénové le restau du vieux Phip. Majella n'y était jamais entrée et ne savait pas quel goût avaient les frites réformées. Mais on lui avait dit que celles de Salé, Pané, Frit ! battaient à plates coutures celles de The Cod Father en toute circonstance. De temps à autre, elle voyait même un réformé se pointer en loucedé en pleine journée pour se taper une saucisse panée géante accompagnée de beignets d'oignons. Ils ne s'y seraient jamais risqués après la tombée de la nuit, de peur de tomber sur les frères Daly un jour où ils étaient un peu agités sur les bords. Majella a tendu le sac tout chaud à Rose, qui a glissé un billet de cinq sur le comptoir. Chaque fois qu'elle recevait l'argent de Rose encore tiède, Majella se demandait de quelle poche il pouvait sortir. Elle savait où il partait ensuite. Elle a enregistré la transaction et pendant qu'elle comptait la monnaie, un groupe de jeunes est entré. C'étaient les mômes qui couraient partout à travers son lotissement lorsqu'elle était ado, et qui étaient devenus les gothiques de la ville. Elles avaient toutes l'air défoncé, mais bon, c'était un air qu'elles se donnaient, elles faisaient semblant d'être stone même quand elles n'avaient pas fumé depuis des jours – voire jamais.

— Et voilà.

— Mille mercis, Majella.

Rose a continué à bavarder avec Marty, accoudé au comptoir. Les gothiques se sont regroupées pour compter leur monnaie de leurs doigts aux ongles rongés sortant de leurs mitaines de dentelle noire. Le maigrichon aux cheveux noirs qui les accompagnait était maquillé et il gloussait autant que les filles. Marty avait glissé un jour à Majella qu'il était gay comme une volée de pinsons, c'était évident, sauf qu'il ne le savait pas encore, ce qui était un mystère pour Majella. Comment pouvait-on ne pas savoir ce qu'on aimait ? Elle a attendu que les gothiques aient fini leurs furieuses messes basses ponctuées de rires, évaluant ce qu'elles pouvaient commander afin d'en avoir un max pour leur argent.

— Qu'est-ce que j'peux vous servir ?

Derrière les gothiques, la porte s'est ouverte à nouveau et la sonnette a retenti. Une petite foule ivre, sortant tout droit du pub, a débarqué en rigolant.

Rose leur a jeté un regard en coin et s'est retournée vers Marty.

— Faut que j'y aille.

Marty a posé la main sur son bras.

— Prends bien soin d'toi.

Rose s'est glissée dehors. Pendant quelques instants, Marty a eu l'air triste et tout petit, puis il s'est redressé et a lancé d'une voix de stentor aux nouveaux venus :

— Bon, mesdames et messieurs ! Qu'est-ce que j'peux vous servir ?

Majella voyait que les gothiques étaient prêtes à commander. Elle a pris un stylo qu'elle a approché de son carnet.

— Deux burgers végé, des beignets d'oignons et trois frites, si vous plaît.

Majella s'est rappelé que les steaks végétariens avaient dépassé la date de péremption. Pas assez de demandes. De vieux souvenirs de ses cours de cuisine lui sont revenus en tête et elle a décidé de les laisser cuire quelques minutes de plus pour tuer l'essentiel des germes.

Elle a déchiré la page du carnet et l'a affichée sur le tableau.

— Vous voulez un couteau et une fourchette avec ça ?

— On peut en avoir cinq ?

Majella était certaine que cette demande aurait laissé de marbre Madame Connasse, mais elle a acquiescé.

*Minuit*

*Objet 12.9. Conversations – Les opinions*

— C'est pas étonnant que les singes bouffent leurs petits.

Majella a froncé les sourcils. Elle était à côté de la friteuse, tournée vers le mur, à écouter Ruairí Kelly, qui selon Marty n'était plus le même depuis qu'il s'était abonné à Sky et qu'il avait découvert la chaîne Discovery Channel.

— Je les blâme pas, hein. Y z'ont p'têt' leurs raisons.

Depuis, Ruairí était devenu chiant. Majella se souvenait d'un soir où il avait bien passé dix minutes à expliquer à la fille qui l'accompagnait qu'il existait une espèce de pieuvres au pénis détachable qui pouvait se balader tout seul et parcourir trois kilomètres à la recherche d'une femelle (femelles qui apparemment n'avaient pas envie de laisser traîner leurs vagins sans chaperon dans les profondeurs océaniques, et à la place avaient évolué de manière à donner naissance à des centaines de bébés pieuvres en même temps, ce qui les tuait sur le coup). Majella n'avait jamais revu Ruairí avec la fille, après ça, ce qui était nettement moins mystérieux que l'évolution suivie par ces pieuvres.

— C'est vrai, quoi, quand t'y penses, si tu sais qu'est-ce qui t'attend, est-ce que t'as vraiment envie d'mettre au monde des p'tits, si c'est pour s'taper la même merde qu'on a essuyée, nous ?

— Ouais, chais pas, Ruairí.

Celui-ci s'adressait ainsi à Proinsias Ó Néill. Majella avait été en classe avec Proinsias, qui à l'époque s'appelait seulement Franci O'Neill, ou Franci le Peloteur, après la sortie scolaire au Jet Centre de Coleraine, où on l'avait vu au fond du car avec Fionnuala Quinn, les mains passées sous son survêt' rose. Majella n'avait jamais particulièrement aimé les survêt' roses, mais après ça, c'était définitivement hors de question. Plus tard, Franci avait rejoint le Sinn Féin, changé de nom et s'était mis à dire « *Gee a ditch* » chaque fois qu'il croisait quelqu'un. Le niveau de gaélique de Majella n'avait jamais dépassé le *Je vous salue Marie*, le *Notre-Père* et les paroles de l'hymne national, que leur maître d'école, Mr MacMickering, leur avait martelées dans le crâne au cours de ses phases intermittentes de sobriété.

— Qu'est-ce tu dis ? T'es en train d'me raconter que tout ça, ça valait l'coup, et pis même que c'est génial, et allons-y, faisons une palanquée d'mômes parce que ma vie, c'est un putain de chemin d'roses ?

— Oh, ça va, Ruairí…

Mais Ruairí est revenu à la charge, et Proinsias s'est concentré sur ses chaussures.

Au comptoir, Marty l'écoutait. Majella le voyait osciller d'un pied sur l'autre en fronçant les sourcils et en se touchant un téton. Au bout de quelques secondes, il a ramené sa fraise :

— Attends une minute, Ruairí. Attends une minute. J'suis papa, main'nant, et j'ai rien cont' toi, mais franchement, tu dis vraiment que des conneries.

Ruairí s'est tourné vers lui, les sourcils rivés l'un contre l'autre prêt à la confrontation :

— Ah ouais, j'raconte rien qu'des conneries ?

Marty s'est redressé et il a continué :

— J'dirais pas que ma vie, c'est un long fleuve tranquille. J'ai connu des coups durs et des bons moments, pareil que tout l'monde. Mais c'que j'veux dire, c'est que les gamins, tu les fais pa'ce que t'espères qu'y z'auront une vie meilleure qu'la tienne. Qu'y z'auront p'têt' une chance comme toi t'en as pas eu. Voilà qu'est-ce que t'espères pour eux.

Proinsias a acquiescé :

— Ouais. T'as bien raison, Marty, t'as bien raison.

Ruairí a affiché une grimace de dégoût :

— Ben moi, Marty, j'parie qu't'as eu des mômes parce que t'as baisé ta gonzesse un soir où vous étiez pétés tous les deux, ou qu't'as cédé pour qu'elle arrête de t'emmerder pa'ce qu'elle voulait un bébé. Franchement, j'arrive pas à croire qu'vous vous êtes assis tous les deux pour réfléchir à tout ça.

Ruairí s'est tu et il a fixé Marty, qui ne disait plus rien.

— Alors, qu'est-ce qu'elles vont dev'nir tes filles, hein ? Vu c'que j'sais de cette ville, è z'ont l'choix d'aller étriper des poulets jusqu'à s'en rend' malade, ou se faire mett' en cloque et s'la couler douce avec leurs allocs en faisant chier le mec s'il est encore dans l'secteur. Si è z'ont d'la veine, è se casseront à Dublin ou en Angleterre, et tu les verras p'têt' une ou deux fois l'an, et è z'auront honte de toi, et de ton putain d'accent d'péquenot. J'vais t'dire, Marty, le meilleur plan, c'est d'faire comme les singes et d'bouffer tes rej'tons quand est-ce qu'y sont encore bien tendres !

Après ça, le silence est tombé. Puis Marty a repris la parole :

— Qu'est-ce que vous avez biberonné, ce soir, m'sieur ? Du diesel rouge ?

Proinsias a éclaté de rire. Marty aussi s'est mis à rire. Ruairí est resté tout seul à faire la tête, tandis que Majella revenait avec leurs commandes.

— Sel et vinaigre sur vos frites ?

*1 heure*
*Objet 29. Les frères Daly*

— Cinq doubles burgers poulet avec des frites, cinq mayos à l'ail et une bouteille de Coca d'deux lit' quand t'es prête, Jelly-en-gelée.

Au comptoir, Gerry, le plus jeune des frères Daly. Les autres étaient encore au pub, passé l'heure de la fermeture. On avait envoyé Gerry chercher à bouffer avant que le fish-and-chips ferme aussi. Majella savait qu'ils se soûlaient la gueule parce que c'était l'anniversaire de Paddy. Elle se demandait souvent ce que sa daronne et la mère Daly s'étaient raconté lorsqu'elles s'étaient retrouvées ensemble à la maternité, vingt-sept ans plus tôt. Mais elle doutait qu'elles aient beaucoup causé. Ça lui faisait bizarre de s'imaginer se tortillant à côté de Paddy dans le petit hôpital de la ville, avant qu'il ait fermé. Marty s'affairait, suant au-dessus des friteuses en essayant de maintenir la cadence des commandes qu'on lui hurlait par-dessus les gargouillis de l'huile bouillante. Majella épinglait commande après commande sur le tableau. Elle n'avait pas grand mal à garder une expression neutre. La voix, c'était autre chose.

— Qu'est-ce que j'peux t'servir ?

*Un menu poisson et deux Coca s'te plaît*
*Un menu saucisse panée et des frites au curry quand t'es prête*
*Un burger à papa avec des beignets d'oignons des frites et d'la sauce*
*Allez file-nous des frites en rab jolieJelly. Allez. Allez s'te plaît ?*
*Juste quèques frites en rab…*
*Des frites au fromage de la purée d'pois cassés avec d'la sauce*
*Une grande bouteille de Coca des frites au curry et des pois cassés*
*Des frites au fromage et à l'ail s'te plaît*
*Deux barquettes d'mayo à l'ail*

*Eh, tu veux sucer ma saucisse panée géante, Jelly ?*
*Espèce de salopard j'étais là avant toi*
*Burger pané avec des frites pis du ketchup*
*Putain z'êtes en grève ou quoi ?*
*File-moi une portion d'frites et une barquette d'mayo à l'ail, Jelly*

Vingt minutes d'attente, où Majella a regardé Gerry Daly baratiner une poupée blonde dont la ceinture était plus large que la jupe, avant qu'il lui roule une grosse pelle. Puis elle a emballé la commande des frères Daly. Gerry a pincé les fesses de la fille qu'il serrait de près et il est sorti en titubant, la bouffe de ses frangins serrée contre lui. Le gros paquet fumant coincé au creux de son bras, aussi lourd et chaud qu'un nouveau-né.

*1 h 23*
*Liste des trucs bien*
*Objet 9.2. Le sexe – Baiser*

Majella s'est détendue quand les volets métalliques ont cessé de crisser et de gronder. Ils en avaient fini avec les clients pour la nuit. Marty était tranquille, appuyé sur le balai de la cour. Majella s'est demandé si ça signifiait qu'il n'avait pas envie de rentrer. C'était un sentiment qu'elle connaissait. Elle avait entretenu le maigre rêve de louer l'appartement du dessus pour y vivre en paix, tranquillement, et ne plus avoir à affronter la ville deux fois par jour, au quotidien. Seulement Gloria Loughran le louait depuis des années et elle n'en sortirait que les pieds devant, et ce dans plusieurs décennies.

Majella s'est tournée vers Marty :

— Fatigué ?

Il a levé les yeux vers elle :

— Nan. Toi ?

Elle a haussé les épaules :

— J'crève de faim, comme d'hab'. Faut que j'm'occupe de la friture.

Elle s'est approchée de la friteuse et a lancé son poisson et deux portions de frites. Derrière elle, Marty était toujours vissé à son balai.

— Quelles folies qu'tu vas faire ce week-end ?

Majella s'est tournée vers lui, mais sans le regarder. Elle a haussé les épaules, avant de répondre :

— Ça va êt' plutôt calme, j'crois. J'vais p'têt' boire quelques coups pour mon anniv'.

Marty a écarquillé les yeux et ses sourcils sont remontés jusque sous sa frange grasse :

— C'est ton anniv' c'week-end, Jelly ?

Elle s'est volontairement empêchée de hausser les épaules à nouveau, même si ça la démangeait.

— Nan. C'est aujourd'hui. Enfin, hier, j'devrais dire, vu l'heure qu'il est.

Marty a bondi, abandonnant son balai.

— Putain ! Bon anniversaire, ma poulette.

Il l'a serrée fort contre lui en lui donnant une tape dans le dos. Majella s'est raidie et s'est demandé si elle devait fermer les yeux pour mieux profiter de l'expérience. Mais au moment où elle s'y est décidée, Marty l'a lâchée.

— Pourquoi qu'tu l'as pas dit plus tôt ?

Cette fois, elle se devait de hausser les épaules. C'était bien plus facile que d'expliquer que ses anniversaires ne lui avaient jamais fait ni chaud ni froid – elle ne voyait pas l'intérêt d'en faire tout un plat. Et elle n'avait pas envie d'expliquer qu'elle trouvait que son nouvel âge – vingt-sept ans – était un bon chiffre.

— Tu veux bouffer quoi ?

Marty a réfléchi :

— Mets-moi-z'y un burger pané. À la tienne !

Majella a fouillé, à la recherche d'un burger pané, qu'elle a jeté dans l'huile bouillante. Elle l'a vu danser dans la chaleur brûlante. Parfois, elle se demandait ce que ça ferait de plonger la main dans la friteuse. Un jour, elle avait vu un film où une flic infiltrée se faisait buter par un mec qui lui foutait la tête dans une friteuse. Elle avait mis trente ans pour mourir. Derrière Majella, Marty avait fini d'essuyer le plan de travail.

— On se fume un p'tit pèt' ?

Majella s'est retournée. Marty tenait dans sa main un joint tout froissé, comme s'il l'avait gardé longtemps de côté, en cas d'urgence. Il a regardé Majella, et il a haussé les épaules :

— J'ai b'soin d'lâcher du lest.

Majella a hoché la tête et ils se sont dirigés vers la porte de derrière. Marty a allumé le pétard et pris une bonne taffe avant de le passer à Majella. Ils sont restés là à fumer en silence jusqu'à ce que le joint soit terminé. En voyant Marty écraser le mégot par terre, Majella a pensé que les frites devaient être cuites à point. Elle est retournée arrêter la friteuse et sortir les paniers en les égouttant bien. Marty s'est hissé sur le plan de travail tandis que Majella préparait leurs dîners en séparant les deux portions. Pas besoin de lui demander s'il voulait du sel et du vinaigre. Elle savait qu'il matait son cul. À cette pensée, elle a eu envie d'agiter son popotin et de faire la conne. Ça lui a aussi mis le feu à la chatte. Elle a alors remarqué qu'il restait un peu de fromage au fond de la barquette, et elle a arrosé ses frites d'anniversaire avec ce qui restait. Elle a emballé leurs dîners, s'est retournée vers Marty et lui a tendu son repas.

— Voilà.

Le paquet tout chaud sur les genoux, Marty a regardé Majella retirer sa casquette, puis les épingles qui retenaient ses cheveux. Il avait déjà ôté son uniforme. Majella a ouvert le devant de sa combinaison, appréciant de sentir ses seins se répandre sous son tee-shirt, libérés du nylon vert. Elle a senti le froid des taches de sueur dans son dos et devant. Cette fois elle a regardé Marty droit dans les yeux. Il était gentiment défoncé, ça se voyait. Il est lentement descendu de son perchoir et il est venu vers elle. Il a passé un bras autour de sa taille, et ensemble ils sont allés dans la réserve, où les boîtes de nuggets, de burgers à papa et les seaux de mayonnaise à l'ail patientaient tranquillement dans le noir.

*2 h 23*
*Liste des trucs bien*
*Objet 1.4. Manger – Fish-and-chips*

Sur le chemin du retour, Majella a essayé de ne pas prêter attention à la sensation froide de sa culotte mouillée entre ses jambes. Après la baise et le joint, elle avait l'impression d'avancer dans l'eau. Le lotissement n'était plus éclairé que par la lumière orange des lampadaires, c'était tranquille, plus personne en vue. Ça avait beau faire cinq ans ou plus, ça lui faisait toujours bizarre de ne plus voir de soldats dans les rues d'Aghybogey, ni de tomber sur eux. À croire qu'il manquait quelque chose. En arrivant chez elle, elle a aperçu un renard devant la porte. Majella aimait bien les renards, même en ville. Celui-là avait l'air affamé et mal en point, comme si ça n'allait pas très fort. Il l'a regardée s'arrêter pour le considérer, puis il a plongé dans l'obscurité, le long de la maison, où il s'est arrêté, en alerte rouge. Majella a mis la main dans le sac de nourriture pour attraper un morceau de poisson, mais dès qu'elle a bougé, le renard a fui dans la ruelle d'un noir d'encre. Dans le lotissement, il était impossible d'apprivoiser les renards. Même les chats domestiques n'étaient pas sympas. Majella comprenait que pour eux ce n'était pas la plus mauvaise stratégie : ainsi ils restaient en vie plus longtemps, même s'ils rataient quelques rares manifestations de bonté. Elle a abandonné le renard, mis la clé dans la serrure, ouvert la porte, et elle est restée plantée sur le seuil. La maison était chaude et silencieuse. Elle espérait que sa mère avait réussi à se mettre au lit, avec ou sans l'aide d'une voisine. En allant à la cuisine, elle a jeté un coup d'œil au salon. Il faisait sombre, la seule lumière provenait des braises qui se mouraient dans l'âtre. Majella a décidé de manger là après avoir réchauffé son dîner au micro-onde. Dans la cuisine, elle n'a pas allumé, se contentant de la lumière orange des lampadaires pour ouvrir le four et déposer le poisson et les frites dans une assiette. Elle s'est versé une bonne pinte de Coca, et elle a pensé à sa lessive. En bâillant, elle est allée ouvrir la machine. Dans la pénombre, elle paraissait vide. Pendant quelques secondes d'optimisme, elle s'est demandé si une voisine avait sorti ses fringues pour les mettre à sécher. Mais dès qu'elle a glissé la main à l'intérieur, elle a compris que tout était resté collé aux parois du tambour. Elle les a sorties, les a secouées et laissées choir dans un panier en plastique. Derrière elle, le micro-onde a couiné, alors elle est retournée à son dîner.

Dans le salon, elle s'est assise dans ce qu'elle considérait encore comme le fauteuil de son père. Celui qu'il laissait toujours à sa propre mère lorsqu'elle leur rendait visite. Le rougeoiement des braises adoucissait le fatras de la pièce et apaisait Majella. Elle a soupiré, et elle a pris sa première bouchée. Sur la cheminée, sa carte d'anniversaire avait changé de position. La petite boîte bleue où se trouvait la chaîne en or était posée sur l'autre bras du fauteuil. Une voisine avait dû l'inspecter. Majella s'est demandé ce que Philomena pouvait bien penser du fait que Marty rentre aussi tard et si elle sentait qu'il avait baisé. Il lui paraissait difficile de ne pas repérer l'odeur du sexe sur les gens, les fringues, les draps. C'était un arôme puissant.

Elle a entendu un renard glapir au-dehors. Puis un chat hurler. Sa grand-mère se méfiait des renards des villes en particulier, et des chats en général. D'après elle, les renards des villes passaient leur temps à se battre, attrapaient des maladies et mouraient jeunes parce qu'ils mangeaient n'importe quoi dans les poubelles. Pour elle, la place naturelle des renards était à la campagne, car leur intelligence était adaptée à cette vie et qu'ils pouvaient continuer à manger ce dont ils se nourrissaient depuis des siècles. Sa mémé ne comprenait pas pourquoi les gens adoptaient des chats comme animaux de compagnie – ces bêtes-là n'avaient aucun intérêt, à part pour chasser les souris. Les chiens, c'était différent. Ils faisaient de bons compagnons, étaient utiles pour chasser les rats, les lapins, et garder les moutons. Ils apprenaient aux renards à rester à leur place. Majella n'avait jamais eu l'autorisation d'avoir un chien et n'avait eu qu'une chatte. Blackie avait connu une existence assez longue – cinq ans. Mais un jour de l'été 1990, un des petits Doherty avait frappé à la porte pour dire qu'on avait trouvé Blackie morte dans la ruelle avec un pétard dans le cul. Majella n'était pas allée voir. Ni son père, même si elle se rappelait combien il était fâché d'apprendre que la chatte avait été tuée. Un mois plus tard, la chienne de sa grand-mère avait été retrouvée morte à son tour dans la cour à Garvaghy, la gorge tranchée. Ça avait vraiment fait chier son père. Personne ne se souciait de la mort d'une chatte, mais une chienne, c'était une autre histoire. Son paternel avait exclu d'emblée que ce soit les Rosbifs : ils tiraient les chiens au fusil. Il était plus probable que ce soit quelqu'un du coin qui ait tranché la gorge d'une chienne soupçonnée d'embêter les moutons. Mais la pauvre Bessie était si vieille qu'elle n'aboyait même plus contre les Rosbifs, sans parler de courir après les moutons. Sa mort, au cours des mois précédant la disparition de son père, était donc restée un mystère.

Majella s'est soudain aperçue qu'elle avait tout mangé. Elle n'avait même pas apprécié les dernières bouchées. Elle s'est rendu compte qu'elle frissonnait, alors elle a mis l'emballage en boule et s'est levée du fauteuil défoncé. Elle a lancé le papier gras sur les braises, où il est resté à crachoter quelques instants avant de s'enflammer. Majella a tourné le dos au bref éclat de chaleur et observé le feu qui éclairait la pièce autour de son ombre immense.

## MERCREDI

### *9 h 45*
### *Objet 17.1. Douleur – Les maux de tête*

C'est sa tête qui a réveillé Majella. Elle allait éclater. Elle a entrouvert les paupières, et cherché à tâtons sur sa table de chevet le Codoliprane 500. Elle en avait besoin pour lutter contre la douleur et se détendre un peu. Elle a reconnu la boîte au toucher, s'est redressée et a avalé deux comprimés avec une gorgée de Coca sans bulles. Elle aimait bien connaître les effets des médicaments, comment ils fonctionnaient et pourquoi. Elle appréciait de savoir que l'aspirine fluidifiait le sang, et qu'on pouvait en fabriquer une forme primitive en faisant bouillir de l'écorce de saule. Elle aimait savoir que si elle prenait trop de vitamine C, elle risquait d'avoir la courante. Elle adorait l'idée que la codéine était fabriquée à partir du pavot, dont le nom savant était *Papaver somniferum* – aux oreilles de Majella, le mot *somniferum* faisait le même bruit qu'un gentil vieux monsieur trop gros qui s'endort à la fin d'un bon repas. Elle aimait être attentive à son corps après avoir pris de la codéine, à l'affût des effets. C'était comme si une grande fleur rouge s'était lentement épanouie dans sa poitrine. Elle aimait cette sensation. Dans sa tête, un demi-Codoliprane, un comprimé entier et le Tramadol étaient pareils aux bols, aux chaises et aux lits dans *Les trois ours*. Le demi-Codoliprane (quinze milligrammes de codéine), c'était Petit Ours, un comprimé entier (trente milligrammes de codéine), c'était Maman Ours, et le Tramadol, c'était Papa Ours – fallait pas déconner avec lui.

Majella avait froid aux pieds. Une couette plus grande, ce serait vraiment pas du luxe. La douleur battait dans sa tête, alors elle s'est recroquevillée en position fœtale et elle s'est mise à sucer son pouce. Elle se demandait si ses maux de tête étaient dus au fait qu'elle avait mangé des frites au fromage avant de dormir. Elle a décidé d'arrêter le fromage pendant un moment, et envisagé d'aller au cabinet médical pour voir si elle était allergique. Mais elle a très vite renoncé à cette idée. Majella détestait fournir des explications aux médecins. Le gentil docteur Coulter, seul protestant du cabinet, ne la dérangeait pas. C'était un esprit clément, avec un problème d'alcoolisme. Comme Majella, il n'aimait les contacts ni visuels ni physiques, ce qui rendait les consultations bien plus supportables. Malgré son haleine chargée, le docteur Coulter était apprécié en ville parce qu'il était prompt à délivrer les médicaments et ne posait pas trop de questions au sujet des arrêts de travail. Lorsqu'il avait pris sa retraite, Majella avait été récupérée par la docteure O'Hanlon, qui venait de Galway et avait épousé le docteur Conlon de Strabane. O'Hanlon passait pour un sacré numéro, dans son genre. D'abord, une fois mariée, elle avait gardé son nom à elle. Ensuite, elle avait continué à travailler même quand elle était enceinte, y compris après avoir eu ses huit enfants. Comme elle parlait gaélique, elle et son mari avaient élevé leurs enfants dans les deux langues. Marty avait appris toutes sortes de choses à leur sujet. Les gens racontaient qu'on pouvait se pointer chez eux un jour, et tout le monde parlait gaélique, mais le lendemain, tout était en anglais. Et puis il y avait le problème du nom. Les filles portaient le nom d'O'Hanlon, et les garçons celui de Conlon. Du coup, à travers la ville, on les appelait les HanConLon, ce qui ne dérangeait pas les gosses. Vous saviez, en les regardant, qu'ils et elles savaient, en vous regardant, qu'ils et elles grandiraient, iraient à l'université, et partiraient aussi loin d'Aghybogey que leurs super diplômes le leur permettraient. Marty disait que les HanConLon apportaient une touche de classe à Aghybogey. C'étaient le genre de mômes qui amélioraient le triste quotidien des profs. Personne n'avait le droit de faire chier les HanConLon ni à l'école ni en dehors. S'il se passait quoi que ce soit – par exemple un voyage subventionné aux États-Unis, ou qu'on ait besoin de quelqu'un pour jouer dans une série télé locale –, les HanConLon étaient de la partie. Lorsqu'une équipe de télé irlandaise avait besoin d'interviewer un gosse qui parlait gaélique, ou que des Américains voulaient un jeune Nord-Irlandais photogénique, on pouvait compter sur les membres de la tribu HanConLon pour faire preuve d'éloquence dans une langue comme dans l'autre. Au cours de ses neuf ans passés à Salé, Pané, Frit !, Majella n'en avait jamais vu un seul déclencher la sonnette.

O'Hanlon n'était pas de la même trempe que ce pauvre docteur Coulter. Elle croyait fermement au contact visuel, n'aimait pas les ordonnances de complaisance et portait un intérêt déplacé à la source des maux de sa patientèle. Aussi, lorsque au cours de l'interrogatoire, Majella reconnaissait qu'elle se sentait fatiguée et manquait d'énergie, O'Hanlon lui posait des questions sur son régime alimentaire, la faisait monter sur la balance, et lui prescrivait de perdre du poids et de suivre un programme d'exercices en accord avec son âge et ses capacités physiques. Si Majella demandait ce qu'on pouvait faire à propos de ses règles abondantes, O'Hanlon soulignait son âge et lui expliquait que des règles abondantes étaient une manière pour son corps de lui signifier son désir de grossesse. Un jour, Majella avait commis l'erreur de lui dire que parfois elle avait du mal à se lever le matin. O'Hanlon lui avait demandé comment elle ressentait la disparition de son père, puis lui avait conseillé de faire de l'aérobic et de manger une petite salade légère avant de se coucher, coucher qui devait intervenir pas trop tard et toujours à la même heure. Bref, O'Hanlon et Majella ne s'entendaient pas.

Dans sa bouche, son pouce s'était ramolli et ridé. Elle avait sucé tout le sel et la graisse qui restaient et il n'y avait plus que le goût de la peau. Son mal de crâne commençait à peine à diminuer. Allongée, savourant les opiacés qui peu à peu s'écoulaient dans ses vaisseaux sanguins, elle a repensé au renard qu'elle avait vu à la porte la nuit précédente. Son père était gentil avec les renards, il les nourrissait. Les autres étaient moins cléments. Elle s'est rappelé la semaine avant sa disparition, quand on avait trouvé des cadavres de renards éparpillés dans le lotissement. Empoisonnés, avait dit son paternel – les renards étaient trop rusés pour se laisser piéger. Toutes ces morts l'avaient affecté. Il avait donné un coup de main à John Murphy pour les ramasser et prélever les peaux. Il n'était pas là pour voir la population des renards augmenter de nouveau au cours des années suivantes. Sa mère avait interdit à Majella de continuer à les nourrir, comme son père. Et elle avait refusé qu'elle adopte un autre chat.

Blackie manquait toujours à Majella. Elle avait survécu au régime des pâtées de chez Spar (huit pence la boîte ordinaire, sept en promo) pendant six ans, sans compter ses trois portées de chatons par an. Majella se rappelait surtout la première. Ça lui avait fait l'effet d'un miracle lorsqu'elle était entrée dans la remise et qu'elle avait découvert ces cinq créatures minuscules qui se tortillaient autour de Blackie. Elle avait couru prévenir son papa, qui regardait la télé, rideaux tirés, car sa mère était allongée sur le canapé avec une de ses migraines. Elle avait beau être près de faire pipi dans sa culotte tellement elle était excitée, elle savait qu'il ne fallait pas crier, ni même parler trop fort devant sa maman endormie. Alors, elle avait pris son père par la main en lui disant de venir parce qu'elle voulait lui montrer quelque chose. Dans la remise, elle s'était mise à quatre pattes pour compter les chatons, les sortant l'un après l'autre pour mieux les regarder. Avec le recul, Majella voyait bien que son père était aussi excité qu'elle.

— Qu'est-ce qu'y s'passe ?

Sa mère était debout à la porte de derrière, elle les regardait, la main en visière pour se protéger les yeux. Majella s'était tue et n'avait plus bougé. C'était le problème de son papa. C'était à lui de parler.

— La chatte a fait des p'tits.

Sa mère avait levé les yeux au ciel en soupirant :

— Putain. J'en étais sûre. Y en a combien ?

— Cinq. Y z'ont des jolies couleurs. Y sont vraiment mignons.

Elle était restée plantée là encore quelques secondes :

— On peut pas les garder. J'vais app'ler John Murphy quand ma tête ira mieux.

Puis elle était rentrée, laissant Majella et son père seuls dans la remise, à écouter les chatons ronronner.

### *11 h 30*
### *Liste des trucs bien*
### *Objet 9.1. Le sexe – Se branler*

Majella s'est réveillée un peu shootée à la codéine. C'était une sensation agréable. Elle s'est étirée de tout son long, et ses pieds bien au chaud sont sortis de sous la couette. Elle adorait s'étirer et bâiller en privé, mais elle trouvait que bâiller en public avait quelque chose d'inconvenant. Elle détestait la manière dont certains parfois ouvraient leur bouche et poussaient un grand *uh uh oaaaahhh*, en finissant sur un petit frisson. Si la personne en question était à la messe, ou en classe, ou à une veillée, l'instant d'après les autres s'y collaient à leur tour. Elle avait lu une fois dans le journal qu'on n'avait jamais vu la reine bâiller en public. Ensuite, par curiosité, Majella s'était entraînée à contrôler ses bâillements. Elle parvenait à arrêter la plupart d'entre eux avant qu'ils ne débutent et elle les étouffait à l'intérieur en gardant la bouche fermée et en tirant les oreilles en arrière, laissant les sensations lui glisser dans le dos et autour du ventre. Elle trouvait que les bâillements c'était un peu comme prendre son pied. Et Majella aimait prendre son pied. Elle avait toujours aimé ça, depuis la première fois. Il lui avait fallu des semaines pour arriver à jouir, toute seule, dans son lit. Elle avait quinze ans, et elle en avait marre que presque tous les élèves dans sa classe soient obsédés par la branlette. Tout le monde en parlait, mais tout le monde niait pratiquer. Elle se souvenait de la fois où Paddy Daly était venu la voir dans la cour à la récré devant tout le monde.

— Jelly, tu sais qu'cinquante pour cent des gens chantent sous la douche, et les aut' cinquante pour cent, ils se branlent.

— Ah ouais, chavais pas.

— Ben ouais, c'est vrai. Et tu sais quelle chanson qu'y chantent ?

— Ben non. C'est quoi ?

— Ha ha ha, c'est qu't'es une branleuse alors, ha ha ha, Jelly-la-Branleuse, ha ha ha…

Au final, Majella avait conclu que si c'était si génial que ça, elle voulait essayer elle aussi. Mais ça avait été plus compliqué que prévu : elle ne savait pas du tout comment on s'y prenait. Les magazines que sa mère lui achetait à la maison de la presse contenaient plein de trucs pour dire à son petit copain qu'on n'était « pas prête », ou comment mettre un préservatif lorsqu'on « était prête ». Mais y avait que dalle pour expliquer comment se « faire jouir » toute seule quand on n'était « pas tellement intéressée par les mecs ». Alors elle avait essayé au pif, chaque soir, après avoir dit son rosaire.

Elle faisait son signe de croix, rangeait son rosaire sous son oreiller et elle attendait quelques minutes, le temps que les prières se soient envolées, avant de plonger sa main vers ce que sa mère appelait ses « parties intimes ». Majella détestait cette expression. Ça lui renvoyait l'idée qu'il y avait un truc de cassé – que ces *parties intimes* avaient besoin d'être recollées au reste. Quand elle avait appris que le mot « con » ne désignait pas seulement une personne débile, elle l'avait adopté, et toutes les nuits, elle se caressait, se frottait, se triturait, se tripotait, se titillait, se palpait, s'explorait, se doigtait, jusqu'au soir où une vague de plaisir brûlante l'avait emportée tout entière, la faisant se raidir des pieds à la tête avant de se cambrer sur son matelas, pantelante. Une fois son souffle retrouvé, elle avait alors remarqué ce lien ténu entre l'orgasme et le bâillement, et lorsqu'elle avait remarqué que ça l'aidait à dormir, elle avait rajouté la masturbation à la fin de ses rituels du soir – se branler avant de dire son rosaire lui semblait un peu sacrilège.

Majella a senti qu'elle avait les pieds tout froids, et ça, elle en avait marre. Soudain, elle a décidé de s'acheter une nouvelle couette. La rapidité de sa décision, sa détermination l'ont laissée pantoise. Mais déjà elle la voyait dans sa tête, sa nouvelle couette : un bon gros truc sous lequel se nicher et disparaître. Même l'idée de se rendre en ville pour l'acheter n'arrivait pas à dissiper son enthousiasme. Elle a froncé les sourcils de concentration en répétant chaque étape de l'entreprise dans sa tête, prévoyant les différentes répliques de la conversation, imaginant la fin du calvaire quand enfin elle serait de retour chez elle, bien en sécurité dans sa petite chambre.

*12 h 39*

*Objet 14.7. Trucs médicaux – Les procédures médicales*

Majella était toute rose, et moite, et chaude après sa douche. En bas, la télé piapiatait, indiquant que sa mère avait réussi à se lever toute seule. Majella espérait qu'elle ne serait pas d'humeur geignarde. Elle souffrait du syndrome prémenstruel, et malgré le Codoliprane, elle était sur les nerfs. Ses règles devaient arriver samedi et, si elle détestait les symptômes prémenstruels, avec cette sensation d'être toute gonflée, les seins douloureux, elle détestait encore plus la douleur et la puanteur de ses règles. Elle a allumé le sèche-cheveux. Elle avait horreur d'avoir les cheveux mouillés, surtout en cette période de l'année. Ça lui rappelait l'époque où elle rentrait de Saint Christopher sous la pluie. Trempée, elle enlevait son uniforme dès qu'elle avait franchi le seuil de la maison, avant même d'avoir bu une tasse de thé ou mangé une tartine de fayots. C'est à cette époque que sa mère lui avait acheté son premier sèche-cheveux, un des rares cadeaux qu'elle ait vraiment appréciés au cours de sa vie. Sa première découverte, c'était qu'en dépit de leur nom, les sèche-cheveux ne servaient pas qu'à ça. On pouvait s'en servir pour réchauffer son lit ou ses vêtements, voire se sécher la raie du cul correctement après la douche. Elle adorait cette sensation d'être parfaitement sèche, qui durait seulement jusqu'au moment où elle attrapait une suée en se rendant au boulot. Elle a éteint le sèche-cheveux et brossé vigoureusement sa chevelure ondulée. Quand elle était gosse, elle était toute frisée. Mais plus elle vieillissait, plus ses cheveux poussaient et épaississaient, moins ils frisaient. Majella aimait les porter longs. Petite, elle avait été obligée de les garder courts. Sa mère n'avait pas la patience de s'occuper d'une longue chevelure – les tresses, et le brossage, et les rubans – aussi elle les lui coupait comme à un garçon. Majella avait passé son enfance à rêver de longs cheveux bouclés qu'elle pourrait suçoter. Elle se rappelait encore la claque que lui avait flanquée le vieux Mr Bradley à l'école parce qu'elle avait sucé la queue-de-cheval de Fionnuala Quinn pendant le temps calme. Elle avait beau être grande pour ses cinq ans, Mr Bradley était également très grand pour ses cinquante-cinq ans, et elle avait eu mal.

Son estomac grommelait. Elle a déverrouillé la porte de sa chambre, l'a ouverte et a tendu l'oreille. Sa mère n'était pas seule au salon. Une voix de femme chaude et claire, pétrie de sagesse, résonnait jusque dans l'escalier. Majella s'est arrêtée pour l'écouter :

> *... c'est VOTRE vie. VOTRE responsabilité. Il faut faire de votre mieux TOUT DE SUITE, à L'INSTANT, pour être exactement là où il faut dans la minute qui suit, l'heure qui suit, le jour qui suit...*

Une redif d'Oprah. Majella soupçonnait sa daronne de ne pas vraiment écouter les sages paroles qu'Oprah lui répétait en ronronnant jour après jour. N'empêche, c'était toujours ça de pris, parce que quand Oprah apparaissait, sa mère devenait placide et Majella pouvait descendre sans avoir rien à craindre. En allant à la cuisine, elle s'est arrêtée pour prendre la pub glissée dans la boîte aux lettres qui s'était accumulée sur le paillasson.

— Je-llah ? T'es l'vée ?

Elle a passé en revue les enveloppes. Il n'y en avait qu'une pour elle. Du cabinet médical, à première vue. Et puis une pub pour son père. Et toutes sortes de conneries pour sa mère, qui passait son temps à répondre à des offres commerciales.

— Ouais.

Majella a emporté le courrier à la cuisine.

— Je-llah ?

Tant qu'elle ne s'était pas débarrassée des pubs en les foutant dans la poubelle pour l'incinérateur, elle a ignoré sa daronne.

— Quoi ?

Pas de réponse, juste un bruit de toux. Alors Majella a pris la bouilloire et tourné le robinet à fond. Avec le bruit de l'eau, impossible d'entendre si sa mère continuait à lui parler, mais de toute façon elle devait être en roue libre, à lui raconter ses conneries habituelles, qui se résumaient au fait qu'une petite tasse de thé ne lui aurait pas déplu. Et en fermant le robinet, elle a entendu en effet la fin de la phrase :

— … et une p'tite tasse de thé ?

Elle a mis la bouilloire à chauffer et pris quatre tranches de la miche posée sur le comptoir. Le pain datait de lundi, il était un peu rassis. Majella a vérifié qu'il n'avait pas moisi mais n'a rien vu de suspect. Elle savait que toasté il serait parfait mais qu'il ne passerait pas une journée de plus.

— Majel-lah ?

Elle a fourré les tartines dans le grille-pain, puis elle est allée au salon. Le feu n'était pas allumé et sa mère était allongée sur le canapé, une couverture sur elle. Oprah serrait dans ses bras une blanche toute maigrichonne qui pleurait derrière ses grosses lunettes, découvrant des dents trop nombreuses. Oprah avait l'air bien nourrie, bien payée, satisfaite d'elle-même. Majella la trouvait chouette.

— Qu'est-ce tu veux ?

— J'te disais juste qu'un p'tit toast et une tasse de thé, ça m'déplairait pas.

— C'est d'jà en route. Tu veux d'la confiture, sur ton toast ?

— Oh, non. J'le prends nature. Mon estomac arriv'ra pas à l'digérer sinon.

Majella a acquiescé, déjà décidée à passer outre cette dernière demande, et elle est retournée à la cuisine où l'odeur du pain grillé réchauffait l'atmosphère. Elle a attrapé la théière et jeté les vieux sachets à la poubelle avant de la reposer. Elle a sorti deux mugs du placard et versé un peu du lait de sa daronne au fond. Ni elle, ni sa mère, ni son père ne mettaient de sucre, en tout cas plus depuis le carême de ses huit ans. Cette année-là, sa mère avait hésité pendant des semaines entre renoncer au thé et renoncer au sucre dans le thé. Finalement, elle avait préféré la seconde option, et le mercredi des Cendres, elle avait obligé Majella et son papa à faire pareil. Au bout de quarante jours, plus personne ne pouvait encaisser le thé sucré, du coup, ils avaient continué ainsi. C'était drôle comme c'était différent avec les bonbons – à chaque carême, Majella avait dû renoncer aux sucreries, pourtant ça ne l'avait jamais empêchée de recommencer à en manger après.

Elle contemplait les volutes de vapeur qui montaient de la bouilloire, essayant de ne pas prêter attention au bruit de l'eau furieuse qui se démenait contre le plastique blanc. Elle a soupiré quand le bouton rouge s'est éteint et que tout s'est calmé. Elle a versé un peu d'eau bouillante au fond de la théière et l'a fait tourner pour la réchauffer. Elle l'a ensuite vidée dans l'évier avant d'y laisser choir deux sachets de thé et de la remplir d'eau et elle l'a reposée sur la plaque chauffante, au minimum – juste à ce moment-là, les tartines sont remontées. Elle a posé celle de sa mère sur une assiette, puis a beurré et nappé les siennes de confiture, les disposant sur une autre. Une fois le thé infusé, elle l'a versé dans les deux grands mugs. À l'odeur, elle savait que ce serait un bon thé fort, bien goûtu. Majella a songé que c'était bizarre que le thé infusé dans la théière soit meilleur que si on mettait le sachet directement dans le mug. Bien sûr, on n'allait pas s'enquiquiner à utiliser chaque fois la théière, mais de temps en temps, c'était sympa. Le petit déjeuner était prêt lorsqu'elle s'est rappelé l'enveloppe kraft à son nom.

— Ma-je-llah ? Le p'tit dej est prêt ?

Majella a pris son enveloppe.

— Ouais, une minute.

Elle a attrapé un couteau propre pour fendre le papier, d'où elle a sorti la lettre à laquelle elle a aussitôt jeté un coup d'œil. Elle avait à nouveau rendez-vous dans deux semaines. Son estomac s'est retourné, révulsé. Elle a foutu la lettre dans la poubelle pour l'incinérateur, par-dessus les pubs, puis elle a emporté le plateau du petit déjeuner au salon et elle a tout posé sur la table basse, à côté de sa mère.

— J'ai mis du beurre et d'la confiture sur ta tartine. T'es pas à Lough Derg, tu sais.

— Ah, t'as raison. T'es trop bonne pour moi, Jellah, trop trop bonne.

Majella a pris son mug de thé et ses toasts et s'est installée dans son fauteuil à elle. Oprah faisait sa pause, et les pubs de Noël scintillaient sur l'écran poussiéreux de la télé. Elle n'a pas eu le temps d'avaler sa première gorgée que la sonnette a retenti. Sa mère et elle se sont regardées. Aucun des voisins ne sonnait. C'est sa mère qui a parlé la première :

— C'est les poulets.

Majella n'a rien répondu. Elle connaissait la chanson. Elle a reposé le plateau du petit déjeuner sur la table et s'est levée pour aller ouvrir.

### *14 h 02*
### *Objet 19.1. Achats – Faire du shopping*

Majella faisait la queue devant le distributeur automatique. Comme une imbécile, elle avait décidé d'aller s'acheter sa nouvelle couette au moment du coup de feu du déjeuner à Aghybogey, et il y avait trois personnes devant elle. Elle n'en connaissait aucune, ce qui signifiait que c'était sûrement des réformés. D'habitude, ils allaient au tire-fric de l'autre côté du pont, à la Banque d'Ulster, mais on savait qu'ils fréquentaient aussi celui de la Banque d'Irlande dans la journée quand ils avaient des trucs à faire côté catho. Majella a observé leurs nuques et leurs oreilles. Des réformés, pour sûr. Satisfaite, elle a baissé les yeux par terre pour ne plus les relever, comme ça personne n'essaierait de lui parler. Majella savait que parfois elle avait du mal à lire les expressions des visages pour décrypter si les gens étaient tristes ou en colère. Par contre, elle était capable de reconnaître un réformé de dos. Au bout de quelques minutes, la queue s'est dissoute, et Majella s'est approchée de l'écran. Elle a rentré sa carte de retrait dans la fente et tapé son code. Elle a demandé un reçu, puis elle a attendu. Elle ne savait pas exactement combien coûtaient une couette et une housse, donc elle a retiré quatre-vingts livres. Il était rare qu'elle sorte plus de quarante livres d'un coup, et en général c'était en prévision d'une soirée bien arrosée. Quatre-vingts livres, c'était une somme énorme pour du linge de maison. Elle a ressenti un frisson d'audace en pliant les billets pour les fourrer dans la poche de son jean. Elle s'est éloignée du distributeur et a consulté son solde.

*Banque d'Irlande*

| | |
|---|---|
| *DATE :* | *21/11/04 HEURE 14:07* |
| *903587* | *395720 93725* |
| *GAB :* | *903587 Autorisation : 13128729* |
| | |
| | *CARTE N° : 3857982* |
| *RETRAIT* | *80 £* |
| *SOLDE* | *5 679 £* |

*Merci de votre visite*

L'absence de point à la fin de « Merci de votre visite » la perturbait toujours. Elle a froissé le reçu et l'a enfoncé dans sa poche avant de repartir. Le solde n'était pas trop mal, même après avoir retiré l'argent de la couette. Et jeudi, c'était jour de paye, donc elle aurait quelque chose à mettre sur son compte pour le renflouer. Parfois, Majella imaginait ce qu'elle pourrait faire de ses économies. Voyager toute une année, peut-être. S'acheter une voiture. Oui, elle pourrait, et il lui resterait encore de l'argent. Elle savait qu'elle avait même assez pour effectuer le premier versement pour une petite maison. Mais en fait, elle n'avait pas vraiment d'objectif. Depuis qu'elle s'était offert son lecteur de DVD et sa télé, rien ne lui faisait particulièrement envie. Parfois, elle se disait qu'elle claquerait son fric quand elle atteindrait six mille livres. Elle escomptait y arriver dans un mois, environ. Elle était payée en liquide le jeudi, elle rangeait aussitôt l'argent des courses et des clopes dans le porte-monnaie des courses, et déposait le reste à la banque. Quand le dimanche soir elle allait au pub, elle retirait ce dont elle avait besoin pour la soirée. Comme ça, elle savait toujours où elle en était de ses dépenses, et elle ne claquait pas plus même si elle était complètement bourrée. N'importe quelle autre dépense – un nouveau haut acheté en ville, ou des baskets – était couverte par ses retraits occasionnels ici et là. Même si elle ne gagnait pas grand-chose (elle avait été payée une livre cinquante jusqu'à six mois après que le salaire minimum fut mis en place, et il avait fallu qu'elle et Marty menacent de se mettre en grève pour que Madame Connasse se sente obligée de doubler leurs salaires), elle ne se trouvait pas si mal lotie que ça. Elle ne payait rien à sa mère, ni sous forme de loyer ni en faisant le ménage, parce que le petit emprunt qui avait été contracté pour acheter la maison avait été remboursé avant la disparition de son père, et que si elle donnait quoi que ce soit à sa daronne, ça finirait dans le tiroir-caisse de la boutique d'alcool. Elle se rappelait que le jour où ils avaient fini de payer la maison, ils avaient fêté ça en s'offrant un dîner à emporter, ça signifiait qu'elle était vraiment à eux – toute à eux. Ils comptaient parmi les rares personnes du lotissement à être propriétaires de leur maison, et on voyait les mines déconfites quand sa mère se vantait que le prêt était remboursé. Certains se demandaient comment son père avait fait, vu ce qu'on payait à l'usine. Ils montraient du doigt la mère de Majella, qui n'avait jamais bossé un seul jour de sa vie. Pas une fois elle n'avait mis les pieds à l'usine, jamais on ne l'avait vue tenir la caisse au supermarché du coin, ni même faire du baby-sitting. Mais Majella savait que son papa gérait bien son pognon et que sa maman n'avait jamais eu besoin de gagner sa vie – rien qu'avec ses allocs et sa pension d'invalidité, elle touchait plus que Majella en travaillant au fish-and-chips. Voilà comment l'emprunt avait été remboursé. Ensuite, son père avait utilisé l'argent consacré au prêt pour faire des petits travaux dans la maison. Il avait installé la douche électrique. Commencé à changer les carreaux de faïence. Il avait des projets pour la cuisine. Des idées pour la bicoque de Garvaghy. Mais tout s'était arrêté le jour où Bobby s'était fait exploser la tronche.

— Ça va, Jellah ?

Elle a cligné les paupières et levé les yeux vers Peader Devine. Elle était restée sans bouger trop longtemps.

— Pas de souci, Peader.

Il a continué en direction de la caserne et Majella est partie à l'opposé. Elle se demandait si les experts de la division spéciale de la police, la Serious Crime Unit, étaient stationnés là, ou s'ils avaient déjà pris la tangente et fonçaient sur l'autoroute en direction de Belfast. Lorsqu'ils étaient passés chez elle, elle avait tourné et retourné dans sa tête le nom de leur unité. Est-ce qu'il fallait entendre ça comme « Unité des crimes sérieux », ou « Unité sérieuse des crimes » ? Elle s'était bien gardée de le leur demander et avait laissé sa daronne répondre aux questions. Elle s'est aperçue que son cœur battait plus vite et a préféré penser à autre chose. Elle a claqué des doigts sans les sortir des poches de sa polaire, et son attention s'est tournée vers sa destination. Il n'y avait qu'un magasin en ville où on pouvait acheter une couette : Hector's Hardware & Household Goods. Majella n'y était pas allée depuis des années. Elle avait remarqué qu'ils avaient fait des travaux pendant l'été. On avait redonné un coup de peinture à la façade, mais au bout du compte, ça n'avait pas l'air d'avoir changé tant que ça, aussi, dans sa tête, c'était toujours la même boutique ringarde, avec les mêmes parquets, les mêmes peintures, les mêmes rouleaux, les mêmes ampoules, les mêmes papiers peints à fleurs qui montaient jusqu'au plafond à l'avant du magasin, tandis que derrière on trouvait des couettes à fleurs, des coussins humides et des rideaux. Majella s'est représenté Hector qui s'affairait derrière son comptoir dans son bleu de travail, arborant le sourire du Salut. Bien qu'il fasse partie de ceux qui avaient trouvé le Salut et ait la réputation de vouloir « sauver les autres » (les cathos, surtout), Majella le trouvait correct pour un réformé. Il n'avait jamais tenté de la sauver, elle, ce qui lui convenait à merveille, même si elle se demandait s'il avait trop peur d'elle pour essayer, ou si elle représentait à ses yeux une cause perdue. Elle s'est arrêtée devant la vitrine pour regarder à l'intérieur. Les changements ne se limitaient pas à un simple coup de peinture. Des lumières aveuglantes illuminaient des couettes imprimées et des coussins éparpillés aux couleurs semblables à des bijoux. Les draps étaient disposés en éventail, à la manière d'un nuancier, allant du plus clair au plus foncé. D'épaisses couvertures s'empilaient, semblables aux pages d'un magazine de luxe. Pire : aucun prix n'apparaissait. Majella a repris une grande inspiration, poussé la porte et est entrée. Hector n'était plus là. À sa place, un grand type dégingandé aux très jolis yeux bleus et aux cheveux décolorés qui n'avait pas du tout l'air d'avoir trouvé le Salut. Il lui a souri.

— 'Jour. Y fait pas trop moche, aujourd'hui.

Majella a évité son regard.

— Nan. C'est pas trop mal.

Elle se sentait toute rouge, alors elle a plongé les mains au fond de ses poches et s'est enfoncée direct dans le magasin. C'était éclairé comme dans un stade, et beaucoup plus grand que dans son souvenir. Le mur du fond était tapissé de housses de couette. Une bordeaux avec des petites fleurs crème a attiré son attention, suivie d'une marron avec des motifs de vagues bleues. Elle était impressionnée qu'il y ait autant de choix ; bien sûr, il y avait toujours ces mochetés avec des fleurs et des dentelles, mais la plupart des housses étaient aussi jolies que celles du catalogue Argos. Son regard allait des vagues bleues aux fleurs crème, même si elle savait déjà qu'elle n'achèterait ni l'une ni l'autre car elle avait horreur des imprimés. Elle en a pris une, empaquetée, et a glissé le doigt sous l'emballage pour sentir le tissu. Il était lisse et assez épais pour durer.

— Je peux p'têt' vous aider ?

Majella s'est crispée, puis elle a rougi encore une fois.

— Ça va, ça va. Je regarde juste les couettes.

Le gentil jeune homme lui a souri. Majella a senti qu'elle attrapait une suée.

— Celles-là, c'est la nouvelle collection. Elles ont pas mal de succès. Ça vaut le coup à ce prix-là.

— Elles sont chères ?

— Pas spécialement. La simple est à vingt livres, la double à trente, et la king size à quarante.

Majella a retiré ses doigts du plastique.

— Pas donné.

Elle sentait la transpiration tremper son tee-shirt là où il lui collait au dos.

— Ben ouais, on en a pour son argent. Quelle taille vous cherchez ?

Majella s'est éclairci la gorge. Elle aurait été tout à fait heureuse de prendre son temps pour trouver par elle-même. Maintenant, elle se sentait stressée.

— Chais pas. Y m'faut aussi une nouvelle couette. La mienne est trop p'tite. C'est une simple.

Hélas, elle ne pouvait pas se permettre de claquer des doigts et se balancer d'avant en arrière en plein milieu du magasin.

— Une simple, ça couvre à peine une gosse, sans parler d'une femme bien charpentée. Prenez une double ou une king size.

Majella a apprécié sa façon de parler de femme bien charpentée. Dans sa bouche, sa taille devenait enviable et non plus encombrante. Elle l'a suivi vers d'autres étagères et l'a vu étaler par terre plusieurs couettes.

— Y a différents modèles. D'abord, le duvet de canard, puis le duvet d'oie, et enfin la fibre creuse. La fibre creuse, c'est le moins cher, mais ça dure pas longtemps. Ça s'aplatit à toute vitesse. Et une fois que l'air est parti, la chaleur part avec.

— Combien ça coûte ?

— King size ou double ?

— Chais pas.

— Donc, vot' lit, c'est un lit d'une personne ?

— Ouais.

— Alors, une double c'est sûrement ce qu'y a de mieux. Une king size, ça va complètement noyer vot' lit.

Majella a acquiescé. Soupçonnant même qu'une king size aurait noyé toute sa chambre, sans parler du lit.

— Une double en duvet de canard, c'est quarante-cinq livres. La housse, c'est trente. Mais je vous les donne pour soixante-dix le tout.

Majella a eu envie de lui dire qu'il ne les lui *donnait* pas pour soixante-dix : elle les payait. Mais elle a retenu sa langue et s'est contentée de plisser les yeux.

— Je peux vous faire aussi une couette en fibre creuse avec un oreiller gratis pour seulement vingt livres, ce qui ferait en tout cinquante livres.

Le jeune mec s'est redressé pour la regarder.

— Mais franchement, si vous voulez mon avis, y a pas de comparaison entre les deux.

Il a étalé les couettes par terre en hochant la tête.

— Venez donc là une minute pour voir la différence par vous-même.

Majella s'est agenouillée à côté de lui et elle a tâté la couette en duvet. On sentait les nuits de sommeil profond et calme. Puis elle a tâté la fibre creuse. On sentait la faim et le vide, et les coussins plats comme des crêpes écrasés par le cul tout en os de sa daronne.

— Vous avez des oreillers d'plume ?

Le jeune homme a souri.

— On fait les deux oreillers en duvet de canard pour vingt livres.

Majella n'avait pas besoin qu'il l'aide à calculer : elle voyait déjà ses quatre-vingts livres s'envoler dans une nuée de plumes.

— J'ai pas assez sur moi. C'est possible de vous en prend' un seul ?

Le vendeur a froncé les sourcils tout en réfléchissant.

— On les vend par deux. Mais donnez-moi une minute. Faut qu'j'aille vérifier un truc.

Il s'est engouffré par une porte latérale. Majella est restée quelques instants agenouillée, sentant l'argent dans sa poche qui lui rentrait dans la hanche. Quand elle s'est trouvée mieux, elle s'est levée et elle est retournée voir les housses. Elle n'avait pas encore fait son choix définitif. Il y en avait une bordeaux unie, et une autre, bleu marine. Ses préférées. Elle les a regardées à nouveau pour les comparer. Le bleu était trop froid pour elle. Elle ne l'imaginait pas s'intégrer à sa chambre de la taille d'une cellule. Alors que la bordeaux promettait d'être chaleureuse même en novembre. Elle a pris la double et l'a fourrée sous son bras. Puis elle a attrapé la couette double en duvet et a tout emporté vers la caisse.

— Je suis là ! Laissez-moi porter tout ça !

Le jeune gars est arrivé derrière elle et lui a pris la couette.

— Je vous ai trouvé un oreiller d'exposition, si ça vous gêne pas. Du coup, je vous le fais à cinq livres.

— Ah ouais. Comme ça, ça va. Merci.

Majella a regardé le jeune vendeur à l'autre bout du comptoir, qui enregistrait les articles dans la caisse. Elle lui a donné son argent et a récupéré un billet de cinq un peu sale. Ensuite, il lui a emballé sa couette, son oreiller et sa housse et lui a tendu le tout, sans pour autant lâcher le paquet.

— Et voilà.

Majella a hoché la tête et posé la main sur le sac, mais l'autre n'a pas bougé. Elle a essayé de le remercier.

— Merci à vous.

Il avait toujours la main sur le sac. C'est alors qu'il s'est penché et lui a dit à voix basse :

— J'voulais juste vous dire que j'suis désolé pour vot' grand-mère. J'espère que vous et vot' famille, vous trouverez du réconfort auprès de Not' Seigneur Jésus-Christ.

Majella s'est écartée. À nouveau, elle a senti le rouge lui remonter dans le dos, le cou, et s'étaler sur son visage. Un ruisselet de sueur lui a coulé le long de la colonne. Elle a acquiescé.

— Pour sûr.

Puis elle a attrapé le sac dans ses bras et s'est dirigée vers la porte avec maladresse. Soudain elle s'est vue dans un miroir et s'est arrêtée. Elle s'est retournée et, en le regardant dans les yeux :

— Pardon. J'voulais dire merci. Pour la couette et tout ça.

Une fois dehors, le poids du coton et des plumes qu'elle trimballait dans ses bras l'a surprise. C'était lourd, de plus en plus lourd à mesure qu'elle avançait. Comme le cercueil de sa grand-mère pesant sur son épaule.

## *15 h 33*
## *Objet 34.2. Disputes – Jouer à qui gueulera le plus fort*

Majella a reculé pour contempler la pièce. Elle était différente maintenant, avec la nouvelle couette et sa housse bordeaux : plus chaleureuse, plus accueillante. La couette tombait jusque par terre, recouvrant le vieux lit tout entier, et même le gros oreiller de plumes. Sur les murs les plus proches, la riche couleur du tissu donnait à la peinture écaillée un reflet rouge qui adoucissait la pièce. Majella a ôté ses baskets et s'est mise au lit. Elle a tapé dans la couette pour faire comme une grotte autour d'elle, puis elle n'a plus bougé, laissant les plumes retomber sur elle. La température a commencé à monter sous la couette, qui était plus grande, plus lourde et plus dense que l'ancienne – celle-ci, elle s'en rendait compte à présent, n'était plus que l'ombre d'elle-même, vieille chose passée et pleine de grumeaux. Majella s'est étirée de tout son long. Elle a souri en s'apercevant que ses pieds ne dépassaient pas mais qu'ils étaient bien au chaud au bout du lit. Elle est remontée à la surface chercher de l'air frais et, tout doucement, elle a posé la tête sur son nouvel oreiller, sentant avec délice l'air qui s'en échappait à mesure que les plumes ployaient sous son poids. Elle a regardé le reste de la chambre. Le placard en contreplaqué miteux. Les rideaux mangés de moisissure, qui pendaient devant la fenêtre crasseuse. La vieille commode bancale posée sur la moquette des années 1980 à motifs en spirale. Sa vieille couette gisait mollement par terre. Elle ne pouvait pas faire grand-chose pour le reste de la pièce, mais elle pouvait au moins se débarrasser de cette putain de couette. Elle s'est arrachée à son lit et a renfilé ses baskets. Elle a grossièrement roulé la vieille couette puis elle est sortie en prenant soin de refermer derrière elle. Elle avait réussi à rapporter toutes ses nouvelles affaires en loucedé sans que sa mère voie rien, et elle espérait virer les vieux trucs tout aussi discrètement. Au craquement de la première marche, sa mère s'est écriée :

— Ma-je-llah ?

Majella a eu terriblement envie de claquer des doigts. Elle a continué à descendre et laissé choir la vieille couette devant la porte d'entrée avant d'aller au salon. Sa daronne gisait sous sa couverture, une collection de mugs vides s'étendant sur la table basse et jusque par terre, auprès du canapé. Majella est restée debout à la porte, les yeux fixés sur la télé.

— Coucou.

— Cht'ai pas entendue rentrer. T'as pas dû faire beaucoup d'bruit.

— Nan.

Dans ses poches, Majella a serré les poings très fort autour de ses pouces. À nouveau Oprah était à l'écran, ce qui signifiait que sa mère avait besoin de plus de soutien qu'elle ne pouvait en trouver dans les redifs d'*EastEnders*. Majella n'entendait pas ce que disait Oprah, néanmoins, elle observait bien l'écran dans l'espoir que sa mère ne lui parle pas de la visite de la police.

— Tu bosses ce soir ?

— Ouais. À six heures.

— OK. J'suppose qu'tu vas pas manger avant ?

— Chais pas. P'têt' une tartine. Comment qu'tu t'sens ?

— Ah, chuis pas trop dans mon assiette. J'ai l'estomac à l'envers. Et ces flics, ça m'a pas trop r'donné l'moral.

Majella s'est mise à frotter son pouce contre ses autres doigts, d'avant en arrière, d'arrière en avant. Elle a regardé sa mère. Elle avait son air tristounet, ce qui montrait qu'elle était mal. Majella a décidé de lui accorder un peu d'attention.

— Comment qu'ça va, ton pied ?

Sa daronne avait l'air de souffrir et elle a repoussé la couverture pour lui montrer. Son pied était tout jaune, comme s'il avait perdu tout son sang. Mais bon, tout chez elle avait l'air jaune à présent – depuis ses dents et sa peau jaunies par la nicotine, jusqu'à ses cheveux pisseux, et même le blanc de ses yeux.

— Alors, quèque t'en penses ?

Majella s'est bien gardée de dire ce qu'elle en pensait et a répondu par une phrase qu'elle entendait régulièrement dans la bouche des voisines.

— Ben, chuis pas docteure, hein, mais j'pense que tu vas survivre. À quelle heure qu'tu retournes au cabinet, demain ?

— Elle a dit que j'pouvais passer n'import' quand entre dix heures et quatre heures. J'parie qu'tu s'ras dans ton pieu à c't'heure-là, toi.

Cette réflexion a irrité Majella.

— Tu pourrais essayer d'y aller à pattes ?

— Ouais. Et j'pourrais aussi essayer d'courir ce putain d'marathon d'Belfast tant qu'on y est, pas vrai ?

Majella s'est levée. Elle n'avait pas la patience d'encaisser les conneries de sa daronne aujourd'hui, pas après s'être tapé les flics le matin. Elle est retournée dans le couloir et a pris la vieille couette tandis que sa mère continuait à gueuler dans le salon.

*… et moi chuis là, avec mon handicap, et toi tu t'moques ben de ta pauv' mère, si ton père était là, tu f'rais moins ta maligne, espèce de p'tite pute…*

Majella a ouvert la porte de derrière et elle est sortie dans la cour où la grosse poubelle à roulettes patientait dans son coin, presque vide. Passant outre le sentiment de révulsion que ce geste lui causait, elle a soulevé le couvercle et fourré la vieille couette dedans. Puis elle l'a laissé retomber et a secoué les mains, à croire qu'elle pouvait se préserver ainsi de toute contamination. Quand elle s'est retournée, elle a fait un bond en découvrant sa mère, appuyée contre le chambranle de la porte, sourcils froncés. Elle a senti la panique monter en elle, alors elle s'est mise à claquer des doigts et à se balancer d'avant en arrière, là où elle se trouvait.

— Et qu'est-ce que tu fous, là ?

— Rien.

— Tu claques toujours des doigts, hein ? J'croyais qu't'avais arrêté c'truc-là ?

Majella savait que sa mère ne supportait pas de la voir faire ça, ni se balancer. Il en avait toujours été ainsi. Elle aurait voulu s'arrêter, mais c'était impossible, pas avec la panique qui battait dans sa poitrine.

— J'espère qu't'as pas j'té mes affaires à moi.

Du haut de ses quarante-cinq kilos toute mouillée, sa daronne lui barrait l'accès à l'intérieur. Majella voulait désespérément rentrer, ne plus être ainsi exposée en pleine lumière, dans cet espace immense sous le ciel, soumise aux regards des voisins et au bruit des voitures.

— J'fais rien d'mal. Main'nant, tu veux bien dégager d'mon ch'min ?

Sa mère n'a pas bougé. Mais Majella n'en pouvait plus, alors elle est rentrée en la bousculant. Sa mère s'est mise à trembloter, comme si elle allait tomber.

— Arrête un peu tes conneries. Si tu t'casses la gueule, j'viendrai pas t'relever.

Majella savait que sa mère n'avait pas envie de se retrouver par terre, sur le sol crasseux de la cuisine – elle préférait de loin être dans le salon, sous sa couverture, à se lamenter sur son sort en regardant Oprah ou le télé-achat, ou à s'envoyer le whiskey premier prix vendu chez Tesco pour apaiser sa douleur en attendant qu'une de ses voisines vienne la voir pour l'écouter lui raconter tous ses malheurs. Majella a quitté la cuisine en trombe et grimpé l'escalier à toute vitesse jusqu'à sa chambre où elle s'est mise à faire les cent pas – un-deux-trois-quatre-retour… un-deux-trois-quatre-retour… – en se moquant bien que sa daronne puisse l'entendre. Au bout d'un moment, elle a commencé à se calmer et s'est assise sur son lit en soupirant. Elle détestait s'engueuler avec sa mère. Aucune d'elles ne gagnait jamais.

Des fois, elle se demandait comment son père avait fait pour la supporter, alors qu'il avait aussi sur les bras sa propre mère, sa sœur Marie, et puis elle par-dessus le marché. Mais elle savait qu'à la fin, il avait baissé les bras. Après la mort de Bobby, il rendait visite à sa mère à Garvaghy de moins en moins souvent. Il était resté un an sans aller voir sa sœur à Clonbogey. Il passait de moins en moins de temps chez lui, et de plus en plus dehors. Les derniers jours, en rentrant de l'école, Majella trouvait sa maman là-haut, dans son lit. Parfois, à quelques minuscules changements à travers la maison, Majella décelait qu'elle s'était levée au moins une fois. D'autres fois, elle devinait qu'elle n'avait pas bougé de la journée, ni de la précédente, ni de celle encore avant ça. Dans les derniers temps où son père revenait à la maison après une journée passée à bricoler des machines, à ramener des moteurs à la vie et réparer toutes sortes de choses à l'usine, il posait sa boîte à outils à la porte et repartait fissa, avant même que Majella ait pu lui dire bonjour. Parfois, il ne rentrait même pas du tout. Des gens venaient voir s'il pouvait leur réparer un truc, ou donner un coup de main sur leur bagnole, et Majella était obligée de répondre qu'elle ne savait pas où il se trouvait.

Elle se rappelait la dernière fois où elle avait su où il était. C'était presque Halloween. Majella faisait ses devoirs devant la télé quand elle l'avait entendu ouvrir la porte, puis lâcher ses outils par terre. Son cœur avait cessé de battre lorsqu'elle avait réalisé qu'il n'était pas aussitôt reparti, comme les soirs précédents. Au lieu de cela, il était entré dans le salon. Elle lui avait souri. Se forçant à ne pas en faire toute une histoire.

— Salut, p'pa.

Il était visiblement fatigué, mais il lui avait adressé un petit sourire.

— Salut, Jellyta.

Majella était trop contente de l'avoir tout à elle, peu importait son humeur. Elle avait fait de son mieux pour ne pas l'embêter. Elle l'avait regardé s'asseoir dans son fauteuil et monter le son de la télé. C'était le début des infos. Majella se souvenait très précisément des nouvelles de ce jour-là. L'IRA avait touché le jackpot médiatique avec ce qu'ils appelaient un attentat par procuration. Les journalistes racontaient qu'un peu plus tôt ce matin-là, trois familles avaient été prises en otages à Derry, Armagh et Tyrone. Les femmes et les enfants restaient chez elles, sous la menace des armes, tandis que les hommes de la maison étaient emmenés par l'IRA. Les terroristes les attachaient dans des véhicules chargés d'explosifs et leur donnaient des cibles spécifiques. Les trois bombes étaient actionnées à distance en arrivant à destination. Deux avaient explosé, tuant sept hommes. Les forces de l'ordre avaient expliqué que sans un détonateur défectueux à Omagh, le nombre des victimes aurait été beaucoup plus élevé. Majella s'était interrogée sur ces détonateurs défectueux. Il semblait y en avoir beaucoup dans le coin. L'enquête sur la mort de Bobby avait révélé que le détonateur avait activé la bombe qu'il transportait nettement trop tôt.

Après avoir regardé le journal sur la BBC, UTV et RTÉ, le papa de Majella avait éteint la télé. Ça n'arrivait pas souvent que la télé soit éteinte, et Majella se souvenait de la drôle d'atmosphère qui s'était installée dans la pièce tandis qu'elle attendait qu'il dise quelque chose.

— Les bombes par procuration, c'est pas nouveau, 'jella. Écoute pas c'que racontent les journalistes. Ça fait longtemps qu'ça s'passe comme ça.

Majella avait hoché la tête. Elle avait l'habitude. Elle regardait les infos, et ensuite elle apprenait la vérité par son père ou un voisin. Elle savait qu'on ne pouvait pas faire confiance aux journalistes.

— Mais avant ça, on laissait toujours une chance aux gars d's'en sortir.

Majella avait bien mémorisé l'information, à croire qu'elle était à l'école.

— C't'histoire-là, c'est différent. Si tu veux mon avis, c'est du sale boulot.

Majella avait acquiescé pour montrer qu'elle avait compris, même si elle n'avait pas vraiment compris. À ses yeux, toutes ces histoires de bombes, de fusillades et de bastonnades, c'était du sale boulot. Les attentats et les représailles. Prendre parti, agiter des drapeaux, battre les tambours. Les affirmations, les réfutations, les rumeurs, les verdicts. Elle se rappelait le silence qui s'était alors instauré entre elle et son père, enflant jusqu'à occuper tout l'espace dans la pièce. Chaque jour, elle regrettait ces minutes-là. Car c'était à ce moment précis qu'il s'était levé, et qu'il était parti.

Majella s'est aperçue qu'elle se berçait d'avant en arrière au bord du lit, en faisant grincer le sommier. Elle a inspiré profondément et essayé de se reprendre. Elle s'est levée et a ouvert l'armoire. Elle s'est penchée pour attraper ses vieilles baskets qui traînaient au fond, et elle a glissé la main à l'intérieur de l'une d'elles. Son visage s'est détendu quand elle a trouvé ce qu'elle cherchait : une barrette de shit enroulée dans un sachet en plastique. Elle s'est redressée, a allumé la télé et vérifié que la porte de sa piaule était bien fermée à double tour avant d'insérer un DVD dans le lecteur. Pendant qu'il se mettait tout seul en marche, elle a activé le son.

Il neigeait à Dallas, Texas. Lucy Ewing se rendait à la boîte aux lettres, à cheval. Majella a fouillé dans sa table de nuit à la recherche du briquet, du tabac et des feuilles qu'elle gardait avec ses comprimés à la codéine, ses mouchoirs et sa petite monnaie.

Après avoir mis la main sur la pochette en question, elle a attrapé sous son lit le couvercle métallique de la boîte à biscuits qu'elle utilisait en guise de plateau. Elle a sorti du tabac, l'a disposé sur la feuille, a déballé son shit et l'a passé sous la flamme du briquet. Sur l'écran de télé, Lucy avait récupéré le courrier et brûlait une lettre. Les cendres se dispersaient sur la neige immaculée, sur fond de flammes pâles dans la blanche lumière du petit matin. Majella a effrité le shit par-dessus le tabac, et repassé la barrette sous la flamme. Elle sentait la douce fumée chaude du cannabis monter jusqu'à ses narines. Elle a encore effrité un peu de shit avant de le remettre dans son sachet, et elle a roulé son pétard. Du bout de la langue, elle a humecté la fine couche adhésive en prenant garde au fin papier. Puis elle a déchiré le surplus de la feuille à rouler et elle a tassé son joint. Au moment où Pam Ewing essayait de gagner les bonnes grâces de Lucy, Majella a allumé son pétard et pris une bonne taffe, son couvercle en métal posé sur les seins, protégeant la couette des étincelles qui risquaient de tomber.

### *17 h 04*

### *Objet 23.1. Crasse et désordre – Le lait tourné*

Bien au chaud sous sa couette, Majella agitait ses orteils. Les légers effets du pétard s'étaient dissipés, et elle avait regardé deux épisodes de *Dallas*. La stoïque Miss Ellie avait piqué une crise et cassé quelques assiettes pendant le dîner en réalisant que son bien-aimé Jock ne reviendrait pas. Tout le monde comprenait car, sans corps, Miss Ellie ne pouvait pas organiser les obsèques ni faire son deuil. Majella appréciait particulièrement cet épisode. Quand le générique de fin s'est arrêté, elle a mis la télé sur pause, plongeant la pièce dans un crépuscule de lampadaire. Elle s'est demandé si elle pourrait elle aussi se mettre en colère au point de faire un truc complètement dingue, par exemple ravager Salé, Pané, Frit ! Elle en doutait. Elle ressemblait plus à son père, du genre à se recroqueviller sur elle-même et rechercher le silence. Sa mère, au contraire, voulait boire, avoir de la compagnie, avec plein de bruit, pour oublier tout ce qui lui trottait dans la tête. Les gens et le bruit étaient les dernières choses dont Majella avait besoin quand elle ne se sentait pas bien. Comme la semaine précédente, dans la petite maison de tatie Marie, à la veillée de sa mémé. La journée, ça allait, les visiteurs venaient au compte-gouttes. Elle avait réussi à gérer le truc en faisant comme si elle était au boulot, avec cette fois des plateaux de tasses de thé et de café.

*Un peu d'lait et d'sucre avec vot' thé ?*

Mais vers cinq heures, lorsque les gens avaient vraiment commencé à arriver, Majella s'était rendu compte qu'elle était exténuée par toutes ces platitudes, toutes ces larmes, cette curiosité malsaine concernant les détails de l'agression et de la mort. Elle avait envie d'aller se promener pour se détendre la tête, mais il faisait nuit et il n'y avait nulle part où aller. De chaque côté, la route était bordée de voitures, et pourtant les frontaliers continuaient à foncer à quatre-vingt-dix à l'heure. Tatie Marie disait qu'ils n'avaient aucun respect pour les morts, non, aucun respect. Majella se demandait comment on pouvait respecter les morts, vu que leur seule activité, c'était de rester allongés sans bouger. Elle trouvait bizarre que sa grand-mère ait passé toute sa vie à se plaindre de la fermeture des routes qui franchissaient la frontière, en se rappelant le bon vieux temps où il y avait des magasins, et d'autres maisons, et où ça circulait entre Tyrone et le Donegal. Seulement quand les routes en question avaient été rouvertes, peu de temps avant son décès, elle s'était montrée encore plus fâchée. Majella avait lu des articles dans les journaux où des politiciens locaux expliquaient que le prix de l'immobilier allait grimper, promettaient que les temps de trajet seraient réduits, que ce serait un coup de jeune pour la ville, et que les vieilles traditions seraient remises au goût du jour. Majella se demandait ce que sa mémé en pensait. Elle n'allait plus la voir très souvent. Quand elle était enfant, son père l'emmenait plusieurs fois par semaine dans sa petite Ford Fiesta rouge. Après sa disparition, Majella avait pris l'habitude de couvrir les huit kilomètres à vélo, une fois par semaine au début. Et puis, pendant l'hiver, c'était tombé à une fois par mois. L'année suivante, elle n'y était plus allée que pour les grandes occasions. Maintenant, elle ne faisait plus de vélo. Ce jour-là, elle avait pris un taxi. Et c'était bien comme disaient les journaux : il y avait de la circulation.

Majella était descendue au bout du chemin de terre qui menait à la caravane de sa grand-mère – il n'avait jamais été goudronné, et les taxis refusaient de s'y engager. Elle était arrivée devant le tas de parpaings qui s'élevait entre la caravane et la vieille maison. L'œuvre de son paternel. Ou tout au moins, le début. Il avait déménagé sa mère dans la caravane dès qu'il avait fini de rembourser l'emprunt pour sa maison à lui, afin de pouvoir s'occuper de rénover la sienne à elle. Hélas, les travaux s'étaient arrêtés net à la mort de Bobby.

Majella s'était tournée vers la caravane, elle détestait le bruit que faisaient ses semelles dans la boue collante. La saleté, les odeurs et ces immenses espaces sans limite de la campagne qui s'ouvraient autour d'elle, lui donnant l'impression d'être minuscule, tout ça avait provoqué en elle un vent de panique. Elle se souvenait qu'elle avait gratté à la porte en plastique verglacée de la caravane. Alors elle avait entendu le pas traînant de sa mémé. Quand celle-ci lui avait ouvert, une vague de chaleur humide avait enveloppé Majella. Sa grand-mère portait le cardigan bleu marine qu'elle lui avait offert à Noël. Elle avait plissé les yeux pendant quelques secondes, puis sa bouche s'était ouverte et elle avait souri. Majella avait immédiatement remarqué qu'elle ne portait pas son dentier.

— Oh, Majella, ma p'tite chérie, comment va ?

Majella a souri à sa mémé :

— Oh, super, tout va bien. Et toi ?

— Oh, pour sûr, j'vais très bien. Allons, finis donc d'entrer. Approche-toi un peu.

Majella a pénétré dans la petite caravane, qui a craqué sous son poids. Elle s'est tournée vers sa grand-mère, qui a tendu les bras pour lui faire un câlin. Majella n'aimait pas qu'on la serre comme ça, mais avec sa mémé, c'était différent. Quand elle l'a lâchée, la vieille dame a vacillé et s'est appuyée sur la table pour retrouver son équilibre.

— Eh ben, t'as pas perdu ta force, hein !

Majella a souri :

— Nan. J'suis toujours en pleine croissance.

— Va falloir que j'te nourrisse alors.

Sa mémé s'est approchée de l'évier et elle a pris la bouilloire qu'elle a remplie et mise à chauffer, avant de se retourner vers Majella.

— Faut que j'remette mes dents. Attends-moi une minute.

Elle a clopiné jusqu'à la minuscule salle d'eau. Majella a entendu tinter le verre où la vieille dame a repêché son dentier. Les appareils dentaires la mettaient mal à l'aise. Les gencives rose layette. Le blanc plus éclatant que celui des vraies dents. Ça lui rappelait les dentitions parfaites dans *Dallas*. Le genre qui ne correspondait pas aux visages ravagés d'Aghybogey. Sa grand-mère est revenue en faisant claquer ses dents. Puis elle a mis son pouce dans sa bouche pour rajuster la partie supérieure. Majella a détourné les yeux vers la bouilloire furieuse, qui crachotait en arrivant à ébullition.

— Alors, dis-moi, quèque y a d'nouveau dans l'monde ?

— Bof, pas grand-chose. Y s'passe rien d'spécial.

Sa mémé est à nouveau allée vers l'évier où elle a versé un peu d'eau bouillante dans la théière pour la chauffer :

— Tu préfères une tartine ou ben un p'tit gâteau ?

— Une tartine, si ça t'dérange pas.

— Et tu veux-t'y d'la confiture dessus ?

— Ouais. D'la rhubarbe.

Chez sa grand-mère, la confiture était faite maison. Elles en préparaient déjà ensemble quand Majella était si petite qu'elle ne dépassait pas les feuilles de rhubarbe. Elle se souvenait de sa mémé, arrachant les grandes feuilles dans la bouillasse où elles poussaient, puis elle en donnait une à Majella, qui paradait à travers la cour en se protégeant avec la feuille comme si c'était un parasol. La confiture était facile à faire : moitié fruits, moitié sucre, avec un petit peu de gingembre. Après la cuisson, sa mémé la versait dans des pots ébouillantés qu'elle fermait bien et entreposait dans le frigo cassé de la cour. Majella n'aimait pas trop la confiture de rhubarbe – trop gluante, trop fibreuse. Elle préférait le cassis. Mais là, il ne s'agissait pas seulement de goût : ce qui comptait, c'était qu'on la faisait soi-même.

— Assieds-toi donc, Jellah.

Majella s'est assise sans proposer son aide : la caravane était trop exiguë pour que deux personnes s'y affairent en même temps. Quand elle venait avec son père, ils restaient assis tous les deux tandis que sa grand-mère faisait ses trucs, beurrait les tartines, bouinait avec ses sous-mugs en tissu, chauffait la théière. La télé était toujours branchée sur RTÉ. Apparemment, elle ne regardait que ça. Majella se demandait comment elle faisait. Elle serait morte d'ennui si sa mère ne s'était pas abonnée au bouquet Sky, et si elle-même ne s'était pas acheté son lecteur de DVD. D'ailleurs elle se demandait comment sa daronne aurait survécu dans cette caravane, dans le trou du cul du monde, avec rien que RTÉ pour compagnie.

— Et voilà. Et voilà. Une bonne tasse de thé et pis une petite tartine pour t'donner un peu d'énergie pendant un p'tit moment.

— Mille mercis.

Elles ont commencé à siroter leur thé. Aux fenêtres, les rideaux à fleurs étaient propres mais passés. Sur la table, la toile cirée était lardée de coups de couteau.

— Tu t'rappelles, Jellah, comme ton papa y voulait m'construire la p'tite maison pour moi ?

— Ah ouais, pour sûr que j'm'en souviens.

— L'était doué d'ses mains, ton papa.

— Ah ouais, pour sûr qu'y l'était.

Dans le silence, le chauffage au gaz ronronnait.

— Tu parles qu'il avait pas les deux pieds dans l'même sabot. L'aurait pu faire des études, tu sais.

— Ah ouais, je sais, y racontait des fois qu'on lui avait proposé d'faire des études.

— Pour sûr. Il était doué avec les livres. Quel gâchis qu'y l'a point fait. Ou qu'il a pas appris un vrai métier. L'usine, c'est bien, mais tu peux rien faire d'aut'. P'têt' que s'il avait été plombier, par exemple, ça aurait changé les choses.

— C'est vrai, on sait jamais.

Long silence. Majella sentait sa tasse de thé refroidir entre ses mains.

— Tu sais qu'y m'avait promis d'rev'nir vivre ici quand est-ce qu'il aurait fini d'construire la p'tite maison ?

Majella l'a regardée en écarquillant les yeux. Elle faisait ça, des fois, sa mémé. Tout d'un coup, elle partait loin de leurs conversations habituelles et elle sortait un truc que Majella n'avait jamais entendu. Un truc qui changeait complètement sa manière de voir le monde.

— Mais non, chavais pas du tout !

— Ah ouais. L'avait tout prévu. Y m'avait fait des p'tits dessins et tout. Y voulait faire une espèce d'extension avec une salle de bains et une aut' chambre, et après j'aurais eu ma maison à moi, et vous seriez tous v'nus vivre ici avec moi.

Majella était au courant des projets de rénovation. Elle ignorait tout des plans de son père pour revenir vivre à Garvaghy.

— Mon Dieu, sûr que ça aurait été génial pour toi.

— Ah oui. J'aurais eu d'la compagnie, tu vois.

— Ouais, d'la compagnie.

— Ouais. Assez près pour vous voir, mais avec mon chez-moi, rien qu'à moi.

— Ça aurait été hyper bien.

Sa grand-mère s'est tue et a regardé par la fenêtre. Elle avait une vue magnifique sur la route de la frontière, jusqu'aux champs bordant la Bogey, qui descendait des montagnes jusqu'en ville. Là-haut, c'était un mince filet d'eau, couleur de rouille à cause des tourbières. Elle grossissait, se faisait plus sombre, plus sanglante à mesure qu'elle descendait des collines à travers la vallée, jusqu'en ville.

— Bah, c'était y a longtemps quand est-ce qu'y m'a montré ses plans. Et tu sais aussi qu'c'est jamais arrivé. Ta maman, ça lui plaisait couci couça, à c'que j'sais. Mais ton papa, y fonçait. Y disait qu'y mettrait l'chauffage central, et pis des tuiles su'l'toit, et qu'y aurait une p'tite cuisine rien qu'pour moi. Tu vois ça d'ici ?

— Sûr. Il était vachement doué pour ce genre de trucs.

— L'avait d'mandé une autorisation. Tu vois, ça fonctionnait correctement dans sa tête. Y roupillait pas, ton papa.

— Pour sûr.

— Sauf que après que Bobb Dieu-ait-son-âme est mort, il a perdu toute son énergie.

— C'est vrai.

Parfois, lorsque la rivière débordait et que le soleil brillait, les champs en contrebas luisaient comme s'ils étaient nappés d'or liquide.

— Et pis l'a disparu.

Majella a senti sa gorge se nouer.

— J'peux pas dire qu'y m'manque pas, parce que c'était l'dernier d'mes gars. Mais j'préfère croire qu'il est heureux là où qu'il est.

Sa mémé hochait la tête en parlant, à croire qu'elle savait où il se trouvait et jugeait que c'était un bon endroit.

— Des fois, faut pas les attacher, les hommes.

— Nan, faut pas.

Le père de Majella avait pêché avec Bobby dans cette rivière. Ils y avaient appris à nager.

— Nan, faut pas les attacher, les hommes, faut les laisser libres.

— Ouais. Lib' d'aller où c'est qu'y veulent.

Majella a attrapé la théière et rempli la tasse de sa grand-mère en clignant furieusement les paupières.

— Ah là là. Et toi, donc. Où qu't'en es ? T'as-t'y mis l'grappin sur un bonhomme ?

Majella s'est trémoussée sur son siège, cherchant la réponse appropriée parmi son stock habituel :

— Faudrait déjà qu'j'en trouve un qui vaut l'coup.

Sa mémé a souri. Majella aimait bien faire sourire sa mémé. Quatre voitures sont passées à toute vitesse sur la route, faisant frémir les haies dans leur sillage. Majella a désigné la route d'un geste de la tête.

— C'est une sacrée veine, c'te route, y paraît.

Le visage de sa grand-mère s'est froissé de mépris.

— Sacrée veine, mon cul. Chais pas quelle mouche les a piqués quand y z'ont tout rouvert. C't'une folie, cette circulation. Va y avoir un mort, un d'ces jours, tu peux m'croire, vu comment qu'y conduisent, les jeunes d'aujourd'hui. Y roulent à tombeau ouvert. Va y avoir un mort.

Un tracteur est passé en toussotant, Foncey Logue au volant, avec sa fillette de cinq ans à ses côtés. Il a levé la main pour saluer la grand-mère de Majella, qui lui a rendu son salut. Personne d'autre n'a salué parmi la file des voitures qui suivaient.

— J'croyais qu'tu voulais absolument qu'la route soit rouverte ?

Sa mémé a fait *tss-tss* en secouant la tête :

— Rouvrir les routes, ça nous sert p'us à grand-chose, main'nant. Quand est-ce qu'y les ont fait sauter, les commerces y z'ont crevé avec, et la terre valait p'us un pet d'lapin. Et non, on n'avait p'us rien. Et alors, on s'est habitués au calme d'ici. Les p'tits oiseaux qui chantent, et pis l'vide. Rien qu'nous là-haut. Main'nant, on connaît pas la moitié des automobiles qui passent sur la route. Et comment qu'y foncent ! Y aura un mort avant la fin d'l'année, tu peux m'croire.

Majella s'est détournée de la route. La petite maison tenait à peine debout à présent. Elle s'écroulerait complètement si on ne faisait rien. Mais qui allait se charger des réparations ? Tout avait commencé avec la route, et la disparition de son père. Une nouvelle file de voitures est passée à toute vitesse. Dans le champ voisin humide, une vache s'est mise à meugler. Majella a regardé son cul maculé de merde, ses sabots et ses pattes boueuses.

— Et l'aut', là, Maguire, y loue toujours les champs ?

— Ouais. Y loue toujours. Et y passe son temps à m'torturer pour que j'y vende.

— Et tu vas l'faire ?

— Foutre non ! C'te terre-là, ça fait un paquet d'temps qu'elle est à nous. Ton grand-père Dieu-ait-son-âme, y la t'nait d'son père, et son père avant lui. C'est pas riche, mais c'est à nous, et ça a toujours été à nous.

Majella a regardé les champs marécageux couverts de roseaux qui les entouraient, semés de petits arbres noueux. Sa grand-mère possédait quatre hectares et demi. Quand Majella était petite, elles les arpentaient ensemble, la fillette transportait la hache de la vieille dame pour abattre le lierre. Celle-ci ne supportait pas que le lierre étouffe les arbres – elle disait qu'ils avaient déjà assez à faire avec le vent. Dès que Majella en voyait enlacer un tronc, elle donnait l'outil à sa mémé et la regardait couper la tige le plus près possible du sol. Majella voyait à présent le lierre grimper sur les arbres les plus proches de la caravane. Elle ignorait totalement ce qu'était devenue la hache.

— Mais tu sais, tu pourrais vendre et t'trouver une jolie p'tite baraque près d'la ville. Avec le chauffage central et tout, même qu't'aurais toujours quelqu'un pour veiller sur toi. Et j'pourrais v'nir te voir tous les jours Et Marie, avec sa bagnole, è pourrait v'nir aussi.

Sa grand-mère a fait *tss-tss* et rejeté la tête en arrière :

— Et qu'est-ce tu veux qu'une vieille de la campagne comme moi aille faire en ville ? Chuis née à Garvaghy, et j'mourrai à Garvaghy.

Majella se souvenait d'avoir regardé l'heure sur son portable. Elle n'était là que depuis une demi-heure, mais ça lui paraissait bien plus long. Aucun réseau. Elle se souvenait que l'idée de devoir remonter le chemin jusqu'à la route afin d'avoir au moins une barre pour appeler un taxi l'avait énervée. Dehors, les nuages passaient sur les collines, avalant le soleil blafard. Une averse avait suivi, balayant les champs, martelant la petite caravane. Majella avait envie de rentrer chez elle. Voilà ce qu'elle se rappelait lorsqu'elle songeait à sa dernière visite à sa mémé, à Garvaghy. L'envie de repartir. Elle a enfoui sa tête dans le doux tissu de sa nouvelle couette au point de ne plus voir que du rouge foncé.

### *17 h 29*

### *Objet 34.2. Disputes – Jouer à qui gueulera le plus fort*

Le téléphone de Majella a commencé à vibrer sous son oreiller. Elle s'est détournée vers l'ombre du mur, mais il a continué à vibrer jusqu'à ce qu'elle l'attrape et arrête l'alarme. Elle a grogné. Elle n'avait pas l'intention de se rendormir. Maintenant, elle risquait d'être dans le coltard toute la soirée. Elle bossait dans une demi-heure, aussi elle s'est relevée pour se préparer. Elle était arrivée à la porte d'entrée quand elle a entendu sa mère l'appeler :

— Ma-jel-lah.

Elle a hésité :

— Quoi ?

— Où c'est qu'tu vas ?

Elle a lâché la poignée de la porte pour claquer des doigts.

— J'vais bosser.

— Et tu files à l'anglaise en m'laissant tout' seule, sans rien à becqueter ?

La main de Majella est retombée. Elle est allée au salon. Sa mère s'était redressée sur le canapé. Elle avait l'air fatiguée. Il y avait un album photo posé à côté d'elle, un album d'autrefois, de l'époque où Majella était enfant.

— Qu'est-ce tu veux ?

Sa mère s'est renfoncée et a secoué la tête :

— Ah, chais pas. Chais pas c'qui pourrait passer.

Majella a enroulé ses doigts autour du sac plastique qu'elle tenait à la main.

— Tu veux un toast ?

— Ah, ras-l'bol des toasts. C'est toujours la même chose.

— Un curry d'poulet ?

— Ah, chais pas. Ça s'rait p'têt' un peu lourd pour mon estomac. C'est pas top. J'crois qu'les médocs pour mon pied, ça m'fout l'appétit en vrac.

Majella sentait le passage des secondes comme des petits coups de couteau.

— M'man, faut qu'j'aille au boulot. J'vais êt' en retard. J'te mets un hachis parmentier au four.

— Ah, si tu risques d'êt' en r'tard au boulot, t'inquiète donc pas pour moi, j'vais rester allongée là toute seule sans rien à bouffer toute la sainte journée et…

Majella a quitté le salon et s'est dirigée droit vers le congélo. Une boîte de parmentier surgelé attendait sous une couche de glace. Majella l'a sortie, a retiré l'emballage en carton, puis elle a fait des trous avec une fourchette dans la pellicule de plastique. Ensuite, elle l'a mis au micro-onde en le programmant sur quarante minutes. C'est alors qu'elle a repensé à sa lessive, qui traînait encore dans le panier à linge. Elle a soulevé un tee-shirt. Il puait à force d'être resté à moisir dans son jus.

*… espèce de grosse feignasse de bonne à rien d'fille! J'me débrouillerais mieux sans toi. Pas étonnant qu'ton père soye parti à c'moment-là…*

Elle a déplié l'étendoir, a jeté ses vêtements par-dessus et elle a tout approché du radiateur pour profiter au mieux de la chaleur.

*… salope d'égoïste, y a que l'pognon qui t'intéresse…*

Elle a posé un couteau, une fourchette et une assiette sur un plateau qu'elle a laissé là, prêt pour sa mère. En repassant devant le salon, elle a crié sans s'arrêter:

— Ton hachis s'ra prêt dans quarante minutes.

Elle a claqué la porte. Dehors, elle a entendu sa mère gueuler:

— MA-jell-AHHHH?

À l'extérieur, il faisait froid. Le début de soirée s'annonçait glacial. Soudain, Majella a eu envie de faire un tour. Mais il n'y avait aucun endroit où elle ait envie d'aller se promener. Personne qui souhaiterait la voir. À part Marty et ses clients habituels. Alors elle a pris la direction de Salé, Pané, Frit! en marchant encore plus vite que d'habitude.

*18 h 02*

*Objet 15.1. Le temps – Être en retard*

Même en se dépêchant, Majella était en retard en arrivant à son travail. Marty n'était pas content.

— Désolée pour l'heure, Marty. Ma mère avait besoin d'moi.

Il a secoué la tête en griffonnant une commande.

— Ben c'est pas la seule. Grouille-toi d'te préparer et ramène tes fesses par ici.

Majella s'est retirée dans la réserve. Elle a sorti sa combinaison de travail de la housse en plastique, l'a secouée et l'a enfilée par-dessus sa tête. Après s'être autant pressée, elle était en nage, et le tissu s'est coincé au niveau de ses seins. Majella détestait se sentir prisonnière de sa combi quand elle l'enfilait. Elle s'est démenée, arquant le dos jusqu'à ce que ça passe. Essoufflée, elle a rassemblé ses cheveux en chignon, les a enveloppés dans le filet puis a mis sa casquette, qu'elle a accrochée avec des épingles. Majella détestait le stress que lui causait le fait d'être en retard, ça turbinait trop vite dans sa tête, et tout partait en couille. Elle n'avait pas la force de se présenter au comptoir dans cet état, alors elle s'est mise à claquer des doigts et à se balancer d'avant en arrière dans la pièce minuscule pour se calmer. Quand elle s'est sentie mieux, elle a ouvert la porte et s'est ramenée vers Marty.

Elle a tendu la main vers lui :

— Laisse, j'vais m'en occuper, main'nant.

Marty a posé le stylo et le carnet de commandes et sans rien dire s'en est allé voir les friteuses. Majella espérait qu'il n'allait pas bouder pendant tout le service. La soirée pouvait devenir vraiment chiante lorsqu'il était de mauvaise humeur. Majella a envisagé de retourner se cacher dans la réserve, mais finalement elle a pris le stylo et le carnet et s'est tournée vers Strawberry Donnelly :

— Qu'est-ce que j'peux t'servir ?

Strawberry a froncé les sourcils et s'est ramoné les bronches d'une manière qui a donné la nausée à Majella.

— Faut qu'tu m'laisses une minute. J'ai pô encore choisi.

Majella a soufflé tandis que Strawberry lisait lentement la carte à voix haute, depuis le menu poisson jusqu'aux boissons, avant de recommencer du début. La sonnette a retenti et Damien Devine est entré. Majella a savouré le courant d'air froid sur son front en sueur. Damien s'est patiemment rangé derrière Strawberry, mais Majella lui a dit :

— Ben, j'vais prend' ta commande en premier si tu sais qu'est-ce que tu veux.

Damien a acquiescé et s'est approché du comptoir.

— Des frites au curry, du coleslaw et un burger à papa, s'te plaît, Majella.

— Pas d'souci.

Elle a rédigé la commande et l'a piquée sur le tableau tout en criant à Marty :

— Des frites au curry, une barquette de coleslaw et un burger à papa, Marty.

— Y a p'us d'coleslaw d'prêt. Et j'ai pas quat' mains.

Il n'a même pas levé les yeux vers elle. Majella a aspiré sa joue entre ses dents et s'est mordue, puis elle s'est approchée du plan de travail, et a ouvert le seau de coleslaw qui avait été livré un peu plus tôt. Elle a pris une dizaine de boîtes en polystyrène, a fourré dans chacune une grosse portion de coleslaw, et les a fermées avec les couvercles. C'était pas une mince affaire, car les couvercles étaient rétifs. Mais elle s'en est acquittée sans difficulté. Elle est repassée derrière Marty pour revenir au comptoir, où Strawberry Donnelly réfléchissait toujours en sifflant à travers ses dents pourries, pour aspirer l'air à nouveau à travers ses narines pleines de poils. Tout le monde le trouvait un peu bizarre. C'était un vieux garçon qui vivait tout seul sur sa ferme, dans les collines de Meenkeeragh, près de chez la mémé de Majella. On l'appelait Strawberry parce qu'à la naissance, il avait une tache en forme de fraise sur la joue, qu'on lui avait enlevée à l'hôpital quand il avait cinq ans. Il n'avait jamais paru s'intéresser à quelqu'un d'autre qu'à lui-même et à sa petite ferme avec ses moutons, là-haut dans les collines. Un jour, Marty avait dit qu'il avait là-bas tout ce qu'un homme pouvait désirer, mais rien qu'une femme voudrait.

Strawberry s'est raclé la gorge à nouveau et s'est approché de Majella.

— J'vais prend' deux saucisses géantes panées et pis une grosse portion d'frites.

La porte s'est ouverte pendant que Majella écrivait la commande, et la sonnette a retenti furieusement dans sa tête. Elle a jeté un coup d'œil pour voir qui c'était, et son estomac a vrillé. Agnes Ferguson, avec ses grands yeux mouillants qui clignaient sous les néons. Majella, en toute hâte, a arraché la page de commande et est allée voir Marty.

— S'te plaît, tu pourrais pas prend' la commande à Agnes, pa'ce que j'peux vraiment pas la sacquer, elle.

Marty a levé les yeux vers le comptoir, puis les a baissés à nouveau vers les bains d'huile.

— Va t'faire foutre et grandis un peu.

Majella a eu l'impression qu'il lui avait collé une claque. Elle est restée plantée là, la bouche ouverte pendant au moins trois semaines avant de se reprendre.

— Putain, commence d'abord par grandir, toi, espèce de gros bébé boudeur.

Elle a laissé tomber la commande de Strawberry aux pieds de Marty, et elle est retournée au comptoir, le cœur battant, le sang chaud dans les oreilles. Elle n'arrivait pas à croire que Marty soit assez con pour lui faire la gueule comme ça, juste parce qu'elle avait eu cinq minutes de retard. Agnes Ferguson l'attendait au comptoir. À l'instant où elle a ouvert la bouche, Marty a crié :

— Menu poisson pour Brenda McLoughlin.

Majella s'est hâtée de revenir vers lui et elle a pris la nourriture bien emballée, pour la ranger dans un sac en plastique. Brenda McLoughlin attendait elle aussi au comptoir. Majella ne l'aimait pas non plus. Elle avait la réputation d'être une petite salope à qui on ne pouvait pas faire confiance. Elle était du clan McLoughlin, de la ville haute, tout le monde disait que si vous les regardiez, ils étaient capables de vous voler vos yeux dans leurs orbites. Majella ne savait pas si Marty avait déjà fait payer Brenda, mais il était hors de question qu'elle aille lui poser la question. Elle préférait encore filer un repas gratos à Brenda.

— T'as d'jà payé ?

Brenda n'a pas cillé :

— Ouais.

— Tiens, alors.

— Merci, Majella.

Brenda lui a adressé un de ces sourires qui ne montent pas jusqu'aux yeux avant de repartir avec son dîner. Agnes s'est approchée de Majella. Celle-ci savait qu'elle n'était pas venue pour s'enfiler un bon morceau de morue frite.

— Hello, Majella.

— Qu'est-ce que j'peux t'servir, Agnes ?

— Eh bien, je suis pas là pour manger un morceau de morue frite. Tu me connais, tu sais que je mange bio et des produits renouvelables. Et ce n'est pas seulement à cause du cancer.

— Ouais.

Majella a pris son chiffon et s'est mise à frotter le comptoir, obligeant Agnes à lever les coudes et à reculer. Celle-ci a attendu que chaque centimètre carré du comptoir ait été scrupuleusement briqué, puis s'est approchée à nouveau de la caisse. Majella a jeté son chiffon dans l'évier et l'a rincé à l'eau froide, les mains brûlantes sous le jet. Après avoir essoré jusqu'à la dernière goutte, elle s'est tournée vers Agnes.

— Qu'est-ce tu veux, alors ?

— Je ne veux rien, Majella. Je suis juste venue te présenter mes condoléances pour ta grand-mère, et tout ça. J'ai pas pu venir à la veillée ni à l'enterrement à cause de mes rendez-vous à l'hôpital et de mon système immunitaire.

Soudain, Majella a senti que ça la démangeait furieusement sous l'aisselle gauche. Elle a plongé la main sous son bras pour frotter le plus fort possible.

— Merci.

— Et tu sais, si jamais je peux faire quelque chose pour toi ou ta famille, si jamais tu as besoin de parler, ou peut-être de l'aide d'une thérapie, je suis là pour toi.

Majella détestait le bruit du grattement sec de ses ongles sur son uniforme en nylon.

— Merci à toi. J'te dirai.

Elle a cessé de frotter.

— Je veux dire, je te parle pas d'un truc payant et tout, hein. C'est juste si tu as besoin.

Agnes continuait son blabla, et Majella a eu envie de se balancer d'avant en arrière.

— Pour sûr.

— Et comment ta mère vit tout ça ? Elle a toujours été du genre fragile, d'après ce qu'on raconte.

Majella a haussé les épaules :

— Ça va bien. Elle reste allongée à la maison, comme d'hab. Ça la gêne pas des masses.

— Mmmm. Je vois. Il est possible qu'elle réagisse au choc a posteriori. C'est un truc qui peut toucher tout le monde. Le trauma peut être si profond que…

— Frites au curry et burger à papa, c'est prêt, Jellah.

— J'arrive.

Majella s'est détournée d'Agnes et elle est allée chercher la commande de Damien Devine. Elle l'a fourrée dans un sac en plastique et a rajouté une barquette de coleslaw par-dessus. Quand elle s'est retournée, Damien était à la caisse.

— J't'ai pas encore encaissé, hein ?

— Nan. J'peux avoir aussi une canette de Coca ?

Majella a hoché la tête et s'est dirigée vers le frigo où elle a pris un Coca.

— Ça fait six livres quatre-vingt-dix, Damien, s'te plaît.

Damien a fouillé au fond de ses poches et en a ressorti un wagon de monnaie.

— La ferraille, ça t'gêne pas ?

— Pas du tout.

Il a compté la somme exacte et laissé choir les pièces chaudes dans la main de Majella. Elle a recompté et hoché la tête :

— Mille mercis à toi. À plus.

— Salut.

Majella avait à peine refermé le tiroir-caisse qu'Agnes est revenue à la charge.

— Je me disais juste, Majella, faut que vous fassiez attention, toi, ta mère et ta tante. Vous avez déjà traversé tellement de choses, et maintenant, ça. Faut que vous preniez soin de vous. Et rappelle-toi que je suis là pour vous trois.

Majella a gardé une expression neutre. Elle ne comprenait vraiment pas ce qu'Agnes attendait d'elle. Et Agnes ne comprenait vraiment pas ce que Majella attendait d'elle : c'est-à-dire qu'elle se casse et lui foute la paix. Derrière Agnes, la porte s'est ouverte et la sonnette a retenti. Un groupe de jeunes sortant du parc a débarqué, tout en maquillage brillant et moue boudeuse.

Derrière Majella, Marty a gueulé :

— Deux saucisses panées géantes et une grosse portion d'frites !

Majella a regardé Agnes. Elle luttait pour ne pas froncer les sourcils.

Agnes a cligné les yeux puis soupiré :

— Bon, Majella. Je vois que tu es occupée. Je vais te laisser tranquille.

Majella n'a rien répondu. Agnes est sortie et Majella est allée chercher la commande de Strawberry. La sonnette lui a confirmé qu'Agnes était bien partie. Elle a apporté son sac à Strawberry et enregistré la vente. Elle ne l'avait pas vu à la veillée funèbre ni à l'enterrement, ce qui était surprenant de la part d'un voisin si proche. Mais bon, Marty disait que Strawberry était aussi bizarre que deux pieds gauches, configuration anatomique que Majella s'était souvent représentée et qui lui avait toujours parue non seulement étrange mais également dérangeante. Elle a regardé Strawberry traverser le groupe des jeunes en agitant son sac comme s'il passait au milieu d'un troupeau de moutons. Elle était contente qu'il soit parti. Elle a repris son stylo, lissé son carnet de commandes et s'est adressée à l'ado la plus proche :

— Qu'est-ce que j'peux vous servir ?

### *18 h 47*
### *Objet 7. La sueur*

Majella a regardé sortir un des jeunes Devlin qui déjà dévorait ses frites. Depuis qu'elle était arrivée, c'était le premier instant de tranquillité. Elle s'est appuyée au comptoir et a pris une serviette en papier pour essuyer la sueur sur son visage et dans son cou. Le papier s'est déchiré, un morceau est resté collé sur son visage. Majella l'a retiré, et l'a froissé avec le reste de la serviette qu'elle a jetée à la poubelle.

— Ça va ?

Majella a ouvert les yeux. Depuis l'autre bout du comptoir, Marty la regardait. Elle a refermé les yeux.

— Génial.

Un silence gêné a suivi. Majella avait envie qu'il retourne à ses friteuses et la laisse tranquille.

— Et ta daronne, ça va ?

Majella s'est redressée, a soupiré et haussé les épaules :

— Toujours pareil.

Elle s'est aperçue que ses doigts tremblaient. Elle a repris son souffle :

— Je sors fumer une clope.

Elle a ouvert le frigo, pris une canette de Coca et elle est sortie dans la cour. Là, elle s'est assise lourdement sur un tonnelet de bière. Le métal froid la brûlait à travers sa combinaison en nylon et son jogging. Elle a ouvert son Coca et l'a posé par terre en équilibre, le temps d'allumer sa cigarette, puis elle l'a repris et avalé trois longues gorgées. Elle a senti le froid du soda envahir son estomac et le pétillement lui remonter jusque dans le nez. Elle a collé la canette contre son front. Enfin, elle a versé dans sa bouche ce qui restait, avalant tout d'un coup. Elle a ensuite laissé tomber la canette par terre pour l'écraser sous son pied. L'extrémité de sa cigarette luisait dans la nuit, Majella la contemplait, ainsi que la cendre blanchie qui grandissait, taffe après taffe. Son ventre s'est mis à gargouiller et elle a renversé la tête en arrière pour laisser sortir un long rot qui a fait trembler tout son corps, jusqu'à faire choir la cendre.

### *19 h 15*

### *Objet 26. Veillées, mariages, baptêmes, enterrements*

Tête-de-chou McAteer s'est arrêté devant le fish-and-chips pour attacher ses cinq chiens à son vieux vélo rouillé. Majella ne l'aimait pas trop. C'était un vieux tout rabougri qui ne se lavait pas, il vivait sur la route des tourbières, dans une chaumière au toit à moitié moisi. Il n'avait ni l'électricité ni l'eau courante, et il était assiégé par une armée d'assistantes sociales qui voulaient à tout prix le faire déménager dans un logement plus moderne et plus confortable. Mais Tête-de-chou voulait rester chez lui. Marty disait qu'il avait acquis ce surnom à force de raconter comment il réussissait chaque fois à entourlouper les assistantes sociales, parce que ses histoires finissaient invariablement sur ces mots :

*L'vieux Mickey, s'il a une tête de chou c'est pa'ce qu'il est toujours vert !*

Marty avait expliqué à Majella que cela signifiait que sa tête allait plus vite que ses jambes, ce qui voulait dire qu'il avait beau être vieux, il avait encore une cervelle en état de marche. Majella ne comprenait pas pourquoi les gens parlaient ainsi à Aghybogey, par codes et énigmes. C'était dur de tout comprendre. Tête-de-chou venait tous les mercredis soir chercher un menu poisson. Marty était persuadé que c'était son seul repas chaud de la semaine. Majella essayait de ne pas penser à ce qu'il pouvait bien manger les autres jours. Elle l'a regardé traverser la boutique en boitant, puis il s'est arrêté pour observer le tableau où étaient affichés les menus en plissant les yeux. Marty lui avait expliqué qu'il était non seulement à moitié aveugle, mais aussi sourd comme un pot, et qu'il ne savait pas lire car il n'était allé à l'école que pendant quelques mois dans les années 1930. Pourtant, chaque fois qu'il venait, il s'arrêtait pour contempler le tableau d'affichage des menus, manifestation de dignité qu'appréciait Majella. Quand Tête-de-chou renversait la tête en arrière, tout ce qu'il y avait dans son nez coulait dans le même sens. Majella s'est détournée quand il s'est redressé pour évacuer toutes sortes de glaires dans sa gorge.

— 'soir.

Tête-de-chou s'adressait toujours de manière générale car il ne voyait pas qui se trouvait derrière le comptoir.

— Qu'est-ce que j'peux t'servir, Mickey ?

— J'vas prend' un m'nu poisson et pis une pinte de lait frais.

— Ça marche, Mickey. Ça marche.

Majella a noté la commande, l'a affichée sur le tableau, et l'a criée à Marty, qui était sorti faire sa pause clope. Elle est allée au frigo et a sorti une pinte de lait qu'elle a tendue à Tête-de-chou. Il l'a prise et s'est dirigé vers la fenêtre. C'était son habitude de contempler la petite ville d'Aghybogey, et Majella imaginait qu'il était émerveillé face à toutes ces belles choses. Les lumières électriques éclatantes. Les rues goudronnées. Les bancs en métal financés par le gouvernement. Les petits immeubles à trois étages, avec leurs toits d'ardoises et leurs larges portes. Les voitures qui passaient à toute vitesse, et les jeunes avec leur façon de vivre moderne. Il restait là, le regard fixe, pendant cinq bonnes minutes, et puis il secouait la tête. Majella se disait parfois que ce n'était peut-être pas de l'émerveillement – peut-être bien qu'il était comme elle : malade à force de se taper ce putain de bled.

*21 h 09*

*Objet 20.2. Forces de l'ordre – La police nord-irlandaise*

À genoux, Majella remplissait le frigo de boissons. En effet, pour une raison qu'elle ignorait, il était vide. Elle n'aimait pas faire ça : c'était froid et humide. Elle préférait largement garnir les barquettes. Elle s'est mise en position accroupie, histoire de faire une pause, et elle a vu que Marty la regardait d'un drôle d'air.

— Dis, tu crois qu'y a des mecs qui vont s'pointer chez les flics pour faire leur putain d'test ADN ?

Majella a haussé les épaules. Marty a froncé les sourcils.

— T'es pas curieuse ?

Majella a remis la tête dans le frigo.

— M'en fous.

— Comment ça, tu t'en fous ?

Majella a continué de ranger les briques de lait, tête baissée. Il y avait des moisissures là où du lait avait coulé quelques semaines plus tôt. Ça la démangeait de tout nettoyer, mais elle n'avait pas le temps pour l'instant.

— Ben ouais, j'en ai rien à branler. Elle est morte et enterrée, qu'est-ce tu veux qu'ça lui foute, un procès ?

Majella sentait dans son dos le regard réprobateur de Marty. Elle aurait mieux fait de la fermer et de garder son opinion pour elle, ainsi qu'elle le faisait d'habitude. Elle savait depuis longtemps qu'il valait mieux ne pas dire ce qu'elle pensait.

— Mais si on laisse ce fils de pute en liberté, y va s'en prend' à quelqu'un d'aut'. Tu sais pas qui ce s'ra, l'suivant !

Majella a replié le carton vide à côté d'elle en l'écrasant, puis elle s'est lentement relevée. Elle a refermé la porte du frigo et s'est tournée vers Marty. Sa frange masquait ses sourcils.

— Alors faut qu'tu saches un truc. On a eu la visite des flics, c'matin. Z'ont dit qui z'allaient commencer à arrêter des suspects. Z'ont dit ça comme si y nous rendaient service, à nous.

— Nom de Dieu ! Tu sais qui c'est qu'y vont arrêter ?

— Aucune idée. Tout c'que j'sais, c'est qu'y savent rien, mais quand y vont commencer à serrer les gars, ma daronne et moi on va l'avoir quelque part.

Marty s'est approché, les mains tendues, pareil à une statue à l'église :

— Ah, Jelly, c'est pas vrai... les flics y vont pas...

— Stop, Marty, on arrête là. J'ai pas envie d'en parler.

Elle a porté la main à sa poche de poitrine.

— Je sors m'en griller une.

Et Majella est sortie dans le noir. La nuit était plus claire et plus froide. Les étoiles brillaient dans le trou au-dessus de sa tête. Elle a pris ses cigarettes dans sa poche et en a fourré une dans sa bouche. Ses mains tremblaient à nouveau – ça l'a fait chier. Elle a allumé sa clope et inspiré fort, des larmes plein les yeux. Majella n'avait pas pleuré depuis des années. Pas depuis la disparition de son papa, parce qu'elle ne savait pas si elle devait. Et puis elle avait continué à se retenir de pleurer. Ça avait duré quelques jours, quelques semaines, des mois et, sans qu'elle s'en aperçoive, des années. Elle a penché la tête en arrière et soufflé sa fumée vers les étoiles tout en les contemplant. Les larmes ne coulaient pas si on regardait les étoiles assez longtemps. Son cerveau turbinait pendant ce temps, il essayait de les compter. Elle n'avait jamais cru qu'il en existait plus que de grains de sable sur une plage. Elle était allée à la plage un jour, quand elle était enfant, à Bundoran, et elle avait eu beaucoup plus de mal à compter les grains de sable que les étoiles. Le meilleur endroit, pour les regarder, c'était dans la campagne reculée. Elle se souvenait d'avoir observé les étoiles, petite, lorsqu'elle allait dormir chez sa mémé. Ça lui arrivait plusieurs fois par an, presque toujours pendant les grandes vacances. Chaque fois, ça se passait exactement de la même manière, aussi à présent tous ces jours dans sa mémoire n'en faisaient plus qu'un seul, très long. Son père l'emmenait en voiture. Avec sa grand-mère, ils allaient tous les trois se balader du côté de la frontière, longeant les panneaux qui indiquaient les impasses. Son père égrenait les noms des ponts qui avaient sauté, des rivières qu'on avait creusées, combien de fois ils avaient rafistolé les routes et comblé les rivières, et combien de fois les Rosbifs avaient tout fait péter à nouveau. Sa mémé lui parlait de la viande goûteuse et des légumes frais qu'on achetait autrefois dans les boutiques désormais fermées.

Puis elle citait les noms des gens qui étaient partis en Angleterre, en Australie, en Amérique, tous ces bons voisins qu'elle avait perdus, qui n'avaient pas eu d'autre choix que de partir, laissant leur maison tomber en ruine. Après, tous trois rentraient à la caravane et ils mangeaient du chou, du bacon, des saucisses et des petites patates nouvelles, avant que son papa franchisse la frontière pour aller à la pêche avec Bobby. Majella jouait aux cartes avec sa mémé jusqu'à l'heure du *Père Dowling* à la télé. La série terminée, elles buvaient un chocolat chaud, disaient leurs prières et allaient se coucher. C'était difficile de s'endormir par ces longues soirées où il faisait encore jour. Parfois, Majella veillait jusqu'à la nuit, alors elle restait là à regarder les étoiles par la fenêtre, et à écouter ronfler sa grand-mère.

Majella a redressé la tête et contemplé le sol de la cour. Ses yeux étaient secs à nouveau, sa cigarette presque consumée. Elle a pris une dernière taffe, l'a laissée choir et l'a écrasée du talon de sa basket. Ensuite elle a repris une grande inspiration et elle est revenue derrière le comptoir sans dire un mot à Marty. Il tripotait ses cheveux dans sa nuque. Il faisait toujours ça quand il ne s'était pas très bien comporté avec elle, et elle détestait ça. Elle s'est appuyée au comptoir en faisant ressortir son cul.

— Fait frisquet, c'soir.

— Ouais, j'trouve aussi.

Puis la porte s'est ouverte et la sonnette a retenti. Iggy Connolly est entré. La tête à demi dissimulée sous sa capuche, l'air d'avoir pleuré, le visage tuméfié. Majella s'est tournée vers Marty, désignant les friteuses de la tête :

— Tu voudrais pas envoyer un grand menu saucisse, Marty ?

Il a acquiescé et est retourné à son poste.

— Comment qu'ça va, Iggy ?

— Ça va. Et toi, Jellah ?

— C'est rude. Mais bon, comme tout l'monde, hein ?

— T'as b'soin d'quèque chose à la supérette ?

— Ouais, pour sûr. J'ai une bonne liste pour toi, c'soir. Tu peux attendre une seconde pendant que j't'écris tout ça ?

Iggy a acquiescé et Majella s'est mise à dresser la liste de ses courses en commençant par des bonbons, des cigarettes, du lait, du pain et du papier toilette. Tout en notant, elle jetait des regards en coin à la tête d'Iggy, illuminée par les néons. Il avait dû se prendre une bonne trempe.

— T'es sûr que ça va, Iggy ?

Il s'est détourné.

— Ouais, pas d'souci.

Majella a terminé sa liste qu'elle lui a donnée avec un billet de vingt livres :

— Ça fait beaucoup, Iggy. Si tu peux pas tout m'prendre, t'as qu'à garder la monnaie.

Iggy a acquiescé puis il s'est dirigé vers la porte et s'est glissé dehors, en direction du centre-ville. Après son départ, Marty est revenu au comptoir.

— Tu crois qu'y va bien ?

— Chais pas. Le pauv' gosse, on dirait qu'y s'est pris une sacrée raclée.

Marty a soupiré :

— Sa mère, elle s'rait pas capable d'élever des clébards, alors des gamins…

Majella connaissait la réponse à ce genre de réflexion, et elle l'a aussitôt balancée :

— Pour élever des chiens, faut une licence.

Marty a hoché la tête, et il est retourné s'occuper du dîner d'Iggy. Majella s'est adossée aux carreaux froids du mur et elle a contemplé les poissons dessinés, si longtemps qu'ils ont commencé à nager et à tourbillonner autour d'elle. Il n'était que vingt et une heures trente. Marty a emballé la saucisse et les frites d'Iggy. Il a rajouté quelques doses de ketchup et une petite barquette de mayonnaise à l'ail sur le paquet brûlant, ensuite il est revenu au comptoir attendre avec Majella. Bientôt, Iggy est revenu en tenant deux sacs de courses remplis. Majella a soulevé le comptoir et pris les sacs.

— Tu veux l'ticket ?

— Nan, c'est bon.

Elle a remis le comptoir en place et Marty a donné son dîner à Iggy.

— Tiens, mon grand. J't'ai mis un peu d'mayo à l'ail. 'tention à pas grossir, hein !

Un petit sourire s'est dessiné sur le visage d'Iggy, puis il s'est retourné et a franchi la porte discrètement en serrant contre lui son paquet tout chaud. Majella l'a observé traverser la grand-place comme un renard, en regardant bien tout autour de lui.

*22 heures*

*Objet 8.4. Blagues – Le comique de répétition*

Jimmy Neuf-Pintes a posé son billet de cinq sur le comptoir.

— Un menu saucisse, ma bonne dame, un menu saucisse.

Majella savait que les frites et la saucisse de Jimmy étaient déjà dans la friteuse.

— Ça marche, Jimmy.

Le tiroir-caisse a tinté en s'ouvrant. Majella y a rangé le billet crasseux de Jimmy, a refermé la caisse et attendu en silence. Jimmy s'est trémoussé, puis il s'est penché sur le comptoir :

— Eh, tu veux pas goûter à ma saucisse ?

Il a gloussé en crachotant, et tapé un coup sur le comptoir.

Majella a attendu les cinq secondes habituelles avant de lui balancer :

— Ta saucisse, j'm'en vais te la faire frire, si tu fais pas gaffe à toi.

Marty a rigolé aussi tandis que l'huile crachotait et frisait autour du menu saucisse du mercredi de Jimmy.

*23 h 11*
*Objet 12.10. Conversation – Flirter*

Marty et Majella étaient tous les deux au comptoir, d'où ils regardaient les vieux sortir en traînant de leur soirée bingo dans la salle paroissiale. Ces gens-là ne la dérangeaient pas. En général, ils étaient de bonne humeur, qu'ils perdent ou qu'ils gagnent, car ce qu'ils appréciaient le plus, en fait, c'était la sortie.

— J'imagine que dans pas longtemps, toi aussi, tu vas te taper les soirées bingo, hein, Jelly ?

Elle lui a foutu un coup de pied en guise de réponse. Elle aurait aimé que sa mère se mette au bingo pour changer de l'alcool. La sonnette a retenti quand Mrs Rankin et son mari, Charlie, sont entrés. Comme d'habitude, ils sont restés près de la porte tandis que Mrs Rankin examinait le tableau des menus et que Charlie comptait la monnaie dans sa poche. Ensuite, Mrs Rankin s'est approchée du comptoir, suivie de Charlie quelques instants plus tard. Marty était toujours vautré sur place, alors Majella a pris le carnet de commandes et un stylo.

— Qu'est-ce que j'peux vous servir ?

— Un menu poisson avec un supplément frites, s'il te plaît, Majella.

— Ça marche.

Majella a griffonné la commande et l'a affichée sur le tableau tandis que Charlie continuait à compter ses pièces. Mrs Rankin ne payait jamais. Même si parfois, lorsqu'il manquait quelque chose à Charlie, elle sortait le complément de son petit sac à main noir.

— Ça f'ra quat' quatre-vingt-dix.

Pause tendue le temps que Charlie recompte sa monnaie pour être sûr qu'il ne s'était pas trompé.

Puis il a froncé les sourcils et donné la somme exacte à Majella. Elle avait compté en même temps que lui et savait que c'était bon, mais elle a pris quelques secondes pour faire semblant de recalculer.

— Quat' quatre-vingt-dix, c'est bon. Merci, Charlie.

Il a souri, et sa femme et lui sont allés s'asseoir sur le banc devant la fenêtre, se touchant presque l'un l'autre, les yeux rivés sur le tableau des menus. Les gens du bingo ne prenaient guère de risque en matière alimentaire. La plupart étaient retraités. De vieux couples qui en général se partageaient un menu poisson ou saucisse. La sonnette a retenti et les trois sœurs McQuaid sont entrées l'une après l'autre, arrivant toutes en même temps au comptoir. Majella savait qu'elles préféraient avoir affaire à Marty, aussi elle lui a donné le carnet de commandes et le stylo et elle est allée préparer le dîner des Rankin.

— Bonsoir Martin.

— Bonsoir, mesdames. Un menu saucisse pour Bridie, un demi-menu poisson pour Bernie, et un p'tit blanc d'poulet pour Mary, c'est ça ?

— Oui ! T'as tout bien enregistré, Marty, pour sûr, t'as tout bon.

Marty leur a adressé un grand sourire chaleureux et les trois vieilles filles lui ont souri en retour.

— Alors, comment qu'vous allez, c'soir, mesdames ? Z'avez-t'y eu d'la veine au bingo ?

— Ah, franch'ment, est-ce qu'on peut avoir d'la chance au bingo ? Et si c'était l'cas, est-ce que ça s'rait pas Marian Lynch qui s'en tir'rait l'mieux ?

Les trois femmes ont continué à bavarder au comptoir, chacune essayant de capter une seconde de plus que les autres l'attention de Marty. Majella s'est demandé ce qui se serait passé si elle avait eu des sœurs. Et qu'elle ait vieilli avec elles. Il lui était récemment venu à l'esprit qu'elle était une vieille fille. Pas une vieille fille qui était quand même une dame, comme Miss Deeny qui enseignait la flûte à bec à Saint Christopher, et s'occupait plus particulièrement de la classe de soutien. Non, juste une vieille fille. Majella n'aimait pas cette expression. Toute petite déjà, elle l'entendait, d'abord à propos de tatie Marie, puis d'autres femmes qui vivaient seules dans les collines ou à Aghybogey. Pour elle, ça voulait juste dire qu'elles vivaient toutes seules. Mais ensuite Miss Deeny lui avait enseigné la vraie signification de l'expression :

*... une femme qui n'est pas mariée, et qui a passé l'âge de l'être...*

C'était une expression plutôt neutre en apparence, mais qui en réalité en disait long. Une expression assez peu engageante, tout en sons qui vrillent et en « l » comme des remparts, contrairement au mot *célibataire*, clair et ouvert. Majella contemplait les frites qui rissolaient dans l'huile, et les lumières éclatantes qui se reflétaient sur la surface dorée.

— JELLAH ?

Elle a sursauté.

— Pardon. J'te d'mandais si t'avais déjà lancé les m'nus à ces dames ?

— Ah, non. Désolée. J'm'y mets tout d'suite.

Majella a dosé trois portions de frites généreuses et les a plongées dans l'huile bouillante. Les sœurs McQuaid avaient bien besoin de se remplumer.

## *Minuit*
## *Objet 42. L'hypocrisie*

Majella contemplait la pluie qui avait dévalé des collines. Elle sautillait sur la chaussée et sur les bancs, éclaboussant la fenêtre. Pour un mercredi, c'était tranquille, la pluie renvoyait tout le monde à l'intérieur. Une fourgonnette blanche HiAce s'est garée dehors. Un homme en est sorti en hâte et s'est précipité à l'intérieur. Paddy FitzSimon. Le néon a clignoté comme un fou pendant quelques secondes, s'est éteint, puis s'est mis à vibrer et s'est rallumé de manière aléatoire.

Majella ne savait jamais comment s'adresser à Paddy FitzSimon. Quand elle était petite, c'était une sorte de croquemitaine, quelqu'un qu'on dépassait en hâte dans la rue, qui régulièrement se faisait choper par les petites frappes du coin, même si les jeunes ne savaient pas pourquoi ils le torturaient, seulement que, puisque leurs parents étaient méchants avec lui, ils pouvaient l'être aussi sans qu'on les réprimande. On avait appris un jour que Paddy était « gay ». La manière dont les gens le traitaient avait changé au fil du temps. Majella l'avait remarqué lorsque la série *Queer as Folk* avait fait un tabac à la télé. Après, il y avait eu cet homo à la voix aiguë dans *Coronation Street*. Ensuite, ce western avec les deux cow-boys qui se roulaient des pelles – qui n'était pas passé dans les cinémas de Derry, du coup tout le monde s'était précipité à Lifford, dans l'État libre pour le voir, afin de pouvoir donner son opinion sur tout ce bazar-là. Ces dernières années, Majella avait remarqué que de plus en plus de gars faisaient leur coming-out à Aghybogey. On les voyait traîner du côté de chez Paddy FitzSimon, parfois ils avaient même les couilles d'aller boire un coup au pub. Mais tôt ou tard, même les plus appréciés d'entre eux se prenaient une raclée par les frères Daly, et ils finissaient par quitter Aghybogey pour les lumières plus vives et plus accommodantes du *Kremlin*, à Belfast. Paddy

FitzSimon était donc toujours officiellement le gay de service à Aghybogey. Il n'était invité à aucune cérémonie officielle, ni chez les cathos ni chez les réformés. Mais Majella le voyait rarement seul. Et jamais il ne prenait de menu poisson – toujours des nuggets, un double burger à papa, ou une saucisse panée géante.

— Salut, Majella, ça va ma chérie ?

Elle a cligné les yeux et pris son carnet.

— Qu'est-ce que j'peux t'servir ?

— Deux menus saucisse et une grosse barquette de mayo à l'ail, s'il te plaît, mon chou.

— Ça marche.

*0 h 59*

*Liste des trucs bien*

*Objet 8. Nettoyer*

C'était presque l'heure de la fermeture et apparemment les frères Daly ne foutraient pas leur bordel habituel ce soir-là. Majella espérait que leur cuite de la veille les avait calmés et qu'ils glandaient quelque part. Elle préférait ne pas imaginer autre chose. C'était si tranquille ce soir-là que Marty et elle avaient déjà tout nettoyé. Ils étaient tous les deux appuyés au comptoir et regardaient l'horloge avancer, les dernières secondes s'écouler avant la fermeture, tandis que leurs dîners rissolaient dans l'huile bouillante derrière eux. La petite aiguille est arrivée sur le 1, et Marty a aussitôt appuyé sur le bouton commandant le volet. Le rideau métallique est descendu lentement, dérobant à la vue de Majella les rues d'Aghybogey battues par la pluie.

## *1 h 22*
## *Objet 28.2. La mort – Les animaux de compagnie*

Majella était arrivée devant le paillasson de sa maison, qui portait l'inscription *Fáilte*, « Bienvenue », et elle cherchait des yeux le renard de la veille. Comme elle ne le voyait pas, elle est rentrée. Il faisait un froid de canard à l'intérieur, et ça signifiait que sa lessive devait être aussi humide que lorsqu'elle l'avait étendue. Elle entendait sa daronne ronfler dans le salon par-dessus le chuchotement de la télé. Majella est allée jeter un coup d'œil. Sa mère était allongée sous une couette, la bouche ouverte. Il a fallu quelques instants à sa vue pour s'ajuster à la lumière bleue vacillante que l'écran diffusait à travers la pièce en chantier. Elle a aperçu le hachis parmentier à moitié mangé sur la table basse, la fourchette encore plantée dedans, la bouteille de whiskey vide à côté de sa daronne, un verre renversé au milieu des tasses et des mugs. Elle a soupiré et elle est allée vérifier dans quelle position elle était installée. Elle avait pour règle de la laisser à l'endroit où elle s'était empaffée du moment qu'elle était suffisamment couverte et ne risquait pas de tomber. Elle était complètement rétamée, mais dans un état stable. En repartant, Majella a reconnu sa vieille couette, celle qu'elle avait foutue à la poubelle. Sa mère était allée la récupérer et s'était enveloppée dedans. Dégoûtée, elle a enroulé autour de ses doigts les anses du sac plastique de plus en plus fort. Elle ne voyait pas ce qu'elle pouvait faire, du coup elle est allée à la cuisine, a pris une assiette, un grand verre, et elle est montée dans sa chambre.

Majella se réchauffait tout doucement sous sa nouvelle couette lorsqu'elle a réalisé qu'elle n'avait pas vérifié si sa mère avait avalé des médicaments. C'était assez typique d'elle de s'envoyer un cocktail whiskey-médocs quand elle se sentait en manque d'attention. Majella a plongé une frite dans la mayonnaise à l'ail et l'a fourrée dans sa bouche. Elle hésitait à aller vérifier, pour les médocs. Puis elle s'est rappelé ce que J.R. Ewing faisait lorsqu'il retrouvait Sue Ellen dans un état similaire. Il l'abandonnait à son destin, s'en remettant aux bons soins du Seigneur, là-haut. Majella a repassé dans sa tête tous les signes des semaines et des jours précédents avant d'arriver à la conclusion que sans doute sa daronne s'était juste pris une cuite et n'avait aucune envie qu'on l'envoie aux urgences. Leurs virées aux urgences en famille avaient atteint un niveau historiquement bas, en partie parce que Majella ne conduisait pas, mais également parce qu'elle n'était pas aussi prompte que son père à appeler les secours. Quand elle trouvait un flacon de médicaments vide, elle ne supposait pas aussitôt qu'ils avaient fini dans l'estomac de sa mère. Elle ne croyait pas un instant qu'elle puisse se jeter dans la Bogey parce qu'elle savait très bien que sa daronne craignait beaucoup trop l'eau froide. Elle comprenait ce qu'elle voulait dire quand elle déclarait qu'elle avait envie de mourir. Et elle savait que ni l'une ni l'autre ne ferait quoi que ce soit pour réaliser ce souhait. L'hôpital était incapable de guérir ce qui n'allait pas chez sa mère.

Majella a terminé les dernières frites écrabouillées au fond du sac, et elle a posé par terre le sachet et le reste de son poisson à moitié mangé. Elle se demandait si un animal de compagnie pourrait aider sa mère. Un chat par exemple : chaud, doux, tranquille. Sauf que sa mère n'aimait pas tellement Blackie, autrefois. Elle ne la laissait jamais entrer dans la maison. C'était elle qui avait appelé John Murphy pour s'occuper des bébés de Blackie. Son père s'était assuré qu'elle soit dans sa chambre la première fois que John Murphy était venu. Majella n'avait pas compris ce qui se passait, elle était restée en haut, à les écouter. Elle ne distinguait pas grand-chose, juste un murmure assourdi. Puis elle les avait entendus traverser la cuisine, et quelques minutes plus tard, les miaulements des chatons étaient parvenus à ses oreilles. Elle sentait l'odeur de la pipe de John, et elle avait entendu le cliquetis des pièces que son père lui avait remises, à la porte. Quand celle-ci s'était refermée, Majella était allée à la fenêtre et elle avait regardé John repartir chez lui avec une boîte en carton. Elle avait pleuré, bien que son père lui ait dit qu'il ne fallait pas. Elle avait continué même lorsque sa mère s'était mise en colère et qu'elle avait commencé à lui flanquer des coups de ceinture. Ensuite elle s'était enfuie dans la remise où elle avait pleuré, pleuré, pleuré, en se balançant dans la pénombre avec Blackie.

Quand celle-ci avait eu à nouveau des petits, Majella s'était enfuie avant que John ne vienne. Elle l'avait attendu devant chez lui. John était un grand costaud tranquille, pas très soigné, qui vivait de la chasse. Les gosses du lotissement ne le faisaient pas chier. C'était le genre de type que personne n'emmerdait jamais, même des années plus tard, quand il était tout voûté et à moitié aveugle. Marty disait qu'il avait toujours le sentiment que John aurait pu lui lier les pattes et le pendre pour le mettre à sécher.

Ce jour-là, John n'avait pas été surpris en découvrant Majella assise devant sa porte.

— Tu veux récupérer les p'tits chats ?

Majella a secoué la tête et le front de John s'est plissé d'une manière qu'elle a cru exprimer de la surprise.

— Qu'est-ce tu veux ?

— J'veux savoir qu'est-ce que tu vas leur faire.

John a gardé le silence un moment.

— J'vais les foutre à l'eau.

Majella était toujours assise sur le pas de la porte de John, en attente. Il a fini par lui demander :

— Tu veux voir ?

Elle a hoché la tête. Elle l'a suivi à l'intérieur de sa maison mal éclairée où régnait une odeur bizarre, et qui était la jumelle de la sienne, même si elle était complètement différente. Des lapins morts pendaient dans la cuisine. Des peaux de renards sur les chaises. Un crâne de chèvre la matait depuis la cheminée, ses cornes puissantes se recourbant vers ses orbites vides. Ça puait le poisson, le sang et la pisse. Il a ouvert la porte de derrière et l'air frais s'est engouffré.

Majella est sortie et a vu John poser par terre le carton avec les chatons qui miaulaient, puis il a ouvert un robinet extérieur pour remplir d'eau un grand seau jaune. Elle se rappelait parfaitement ce seau. Il avait l'air tout neuf et – si propre, si éclatant – jurait sur le sol plein de pièges rouillés, d'os, de sacs de toile et de morceaux de bric et de broc.

— J'fais gaffe qu'y en ait assez pour met' le couvercle par-d'ssus.

John a alors appuyé un couvercle crasseux avec des petits trous dans le seau. Il est descendu sous le niveau de l'eau, qui a débordé. Les trous laissaient passer des bulles d'air qui éclataient à la surface.

— Pile poil. Main'nant, j'vais y balancer les p'tits chats.

Il s'est arrêté, et a regardé Majella, la tête inclinée d'un côté.

— T'es sûre qu'tu veux voir ça ?

Elle était sûre d'être sûre, aussi elle a hoché la tête. John a haussé les épaules et ouvert la boîte. Les bébés de Blackie se sont mis à miauler plus fort dans la lumière. John leur a donné une rude caresse.

— Pauv' petits couillons.

Puis il a ramassé les cinq chatons et les a lâchés dans le seau. Ils ont sombré au fond en se tortillant. John a pressé le couvercle par-dessus et y a posé une pierre. Majella a regardé les bulles d'air remonter à travers les trous du couvercle et éclater à la surface. Elle entendait le bruit des pattes minuscules des chatons qui griffaient le seau d'un jaune éclatant, elle imaginait leurs toutes petites gueules s'ouvrir et se fermer dans l'eau. Au bout d'un moment, il n'y a plus eu de bulles. John a désigné le seau d'un mouvement de la tête.

— Ayé.

Majella a hoché la tête. John avait l'air désemparé.

— Faut les laisser un moment. Pour êt' sûr.

Majella a hoché la tête à nouveau, sans bouger. John a passé sa main crasseuse sur sa grosse figure toute ridée.

— Tu veux-t'y d'la limonade ?

Majella a hoché la tête une dernière fois et a suivi John à la cuisine. Elle l'a vu chercher un verre. Les premiers étaient sales. Enfin, il en a trouvé un, d'une contenance d'une pinte, qui était loin d'être le plus malpropre, et il l'a passé sous le robinet. Il l'a essuyé avec un torchon crasseux, il l'a rempli à ras bord de soda crème et le lui a tendu. Jamais de sa vie elle n'en avait bu autant. Elle s'est assise sur une chaise de la cuisine et elle a dégusté son soda crème en silence. John s'est servi un verre de ce que sa mère aurait qualifié de remède médicinal. Ils sont restés assis ainsi pendant très longtemps, bien après que Majella eut fini sa pinte de soda crème. Elle essayait de réprimer ses rots quand John s'est enfin levé.

— Ça d'vrait êt' bon, là.

Il s'est levé et il est ressorti. Majella l'a suivi. Le soleil était aveuglant après la cuisine obscure. Elle a regardé John soulever la lourde pierre. Puis le couvercle du seau, et le mouvement a fait remonter les chatons à la surface. Majella s'est demandé pourquoi, vivants, ils coulaient, alors que morts ils flottaient. John les a sortis, deux par deux, et les a fourrés dans un sac en plastique. Majella a demandé à voir le sac, pour regarder à l'intérieur. Ils étaient si petits, les chatons noyés, beaucoup plus qu'avant leur mort. Pas comme les moutons boursouflés qui descendaient la rivière, et qui avaient l'air encore plus gros une fois crevés. Ça l'a rendue triste.

— Qu'est-ce que t'en fais, main'nant ?

John a haussé les épaules :

— J'vais les larguer dans un fossé. C'est l'mieux. Comme ça, une aut' bête les bouffera, ou ben y z'iront engraisser les prés.

Majella a senti que son visage l'avait trahie, car John lui a dit sèchement :

— C'est ça, les animaux. Y sont plus utiles morts que vivants.

Majella se souvenait d'avoir hoché la tête, même si elle savait bien qu'elle n'était pas d'accord.

# JEUDI

## *9 h 33*
## *Objet 31.1. Appels téléphoniques – Le téléphone qui sonne*

Majella a enfoui la tête sous son oreiller en appuyant bien sur ses oreilles pour étouffer le bruit de la sonnerie du téléphone, au rez-de-chaussée. Elle s'est aperçue avec satisfaction que son nouvel oreiller était beaucoup plus efficace pour cela que l'ancien. Au bout de quinze sonneries, l'engin s'est tu, et dans le silence qui a suivi, elle a soupiré et s'est à nouveau détendue sous sa couette. Elle se demandait qui pouvait les appeler à une heure pareille, et même d'ailleurs qui pouvait les appeler tout court. C'était rare qu'elles reçoivent des coups de fil, et quand ça arrivait, elle laissait sa mère répondre parce qu'elle détestait parler au téléphone. Mais ce matin-là, il ne fallait pas compter sur sa daronne, vu la quantité de whiskey qu'elle s'était enfilée la veille. Majella a fermé les yeux et s'est nichée au milieu de son lit. Au bout d'une minute, elle a senti qu'elle se rendormait, tout en essayant de se rappeler la voix de son père.

### *9 h 47*
### *Objet 31.1. Appels téléphoniques – Le téléphone qui sonne*

Le téléphone a sonné à nouveau, réveillant d'un coup Majella qui ne s'était pas rendormie profondément. À présent, elle fulminait, et elle voulait que la personne qui appelait lui Foute La Paix. En grognant, elle a renfoncé la tête sous son oreiller et appuyé sur ses oreilles jusqu'à ce que le silence revienne, tout en contemplant les points noirs qui dansaient derrière ses paupières bien fermées. Il lui a fallu beaucoup plus longtemps pour se détendre, cette fois, et elle a gardé les sourcils froncés jusqu'au moment où elle a sombré dans le sommeil.

### *10 h 03*
### *Objet 31.2. Appels téléphoniques – Devoir répondre et parler à une personne inconnue*

Quand le téléphone a sonné pour la troisième fois, Majella s'est dressée dans son lit :

— Putain, les salopards !

Elle a écarté la couette sans ménagement, et mis les pieds par terre. Elle a ouvert la porte, laissant rentrer l'air froid du palier, et elle a descendu l'escalier au pas de charge. À la dernière seconde, elle a hésité, puis repris une inspiration profonde.

— Allô ?

— Bonjour, puis-je parler à Nuala O'Neill ?

Bien sûr, c'était pour sa mère.

— Nan, c'est pas possible. Elle est couchée.

— Vous êtes Majella O'Neill ?

— Ouais.

— Bonjour, Majella. Je suis Mary McGrory de l'étude notariale McConville, en ville.

La secrétaire s'est tue un instant. Majella se grattait le cou, mais soudain elle a réalisé qu'elle était censée remplir ce silence en saluant Mary.

— 'jour, Mary.

— Majella, je vous appelle pour savoir si vous et votre mère seriez disponibles pour venir à un rendez-vous demain à midi et demi ?

— Pour quoi faire ?

— On va procéder à la lecture du testament de votre grand-mère. Vous faites toutes les deux partie des bénéficiaires, et il est dans votre intérêt de venir à ce rendez-vous.

Majella a froncé les sourcils. Elle ignorait complètement que sa grand-mère avait rédigé un testament. Il n'y en avait pas besoin : tout le monde savait que la ferme revenait à sa tante Marie.

— D'accord.

— OK. Dans ce cas, je confirme que vous viendrez demain, Majella ?

Majella n'en était pas certaine, mais elle sentait poindre une légère impatience dans la voix de Mary.

— Ouais, ouais bien sûr. J'serai là.

— Et votre mère ?

À présent, c'était sûr, elle sentait son impatience. Mary faisait semblant d'être cool, elle avait le genre de ton qu'employaient les profs en classe avec Majella, ton qui attirait l'attention de tout le monde sur elle par dérision. Majella n'aimait pas ça.

— J'm'assur'rai qu'elle vienne.

— OK. Donc à demain, à midi et demi, dans nos bureaux en ville.

Majella ne voulait plus entendre cette voix dans son oreille.

— Super. Merci, Mary.

— Parfait, Majella. Merci à vous…

Soudain, une pensée l'a frappée :

— Qui c'est d'aut' qui s'ra là ?

Silence au bout du fil. Majella s'est demandé si Mary était agacée par cette interruption, ou si elle n'était pas sûre de pouvoir divulguer cette information.

— Eh bien, nous n'avons pas réussi à entrer en contact avec votre père. Votre tante Marie a accepté de venir, elle aussi. Ce sera donc juste vous deux, et elle.

Majella a encaissé l'information et hoché la tête toute seule.

— Génial. Mille mercis.

— Je vous en prie. Au revoir.

— R'voir.

Majella a remis le combiné à sa place. Elle a retenu son souffle et tendu l'oreille pendant dix secondes pour voir si sa mère avait été réveillée par la sonnerie ou par la conversation, mais aucun bruit ne lui parvenait, ni d'en bas ni d'en haut. Majella s'est remise à respirer et a poussé la porte du salon. Sa daronne n'était pas sur le canapé – ouf ! Elle a remonté l'escalier et est passée aux toilettes. Elle a verrouillé la porte, et s'est assise sur la lunette moite. Tout en faisant pipi, elle a commencé à réfléchir à ce coup de fil. Sa grand-mère n'avait jamais mentionné de testament ni même parlé d'héritage, quoi qu'il en soit, Majella, comme tout le monde à Aghybogey, comprenait qu'en l'absence de son père et de Bobby, la ferme revenait à Marie. Elle n'arrivait donc pas à se figurer ce que sa mémé avait bien pu décider de leur laisser, à elle et à sa mère. Majella connaissait par cœur l'inventaire de tous les biens de son aïeule, elle aurait pu en dresser la liste pour les flics sans même retourner à la caravane. Il y avait sa collection de cardigans bleu marine et de magazines religieux, sa petite télé carrée, tout un stock de médailles saintes et un vieil album photo. Majella aurait adoré récupérer les photos, mais elle doutait qu'elle réussisse à en avoir une seule : Marie avait sûrement déjà fait la razzia. Elle se sentait épuisée, alors elle est retournée tout droit dans sa chambre, a mis en marche son radiateur et s'est vautrée dans son lit encore chaud. Elle raconterait tout ça plus tard à sa mère, quand elle se lèverait pour de bon. Pour l'instant, tout ce qu'elle voulait, c'était roupiller.

*13 h 43*

*Objet 26. Veillées, mariages, baptêmes, enterrements*

Majella avait mal à force de s'obliger à garder les yeux fermés. Elle a laissé tomber et les a ouverts. Son regard s'est fixé sur la trappe du grenier, au-dessus de sa tête. Son père rangeait là-haut des trucs comme les décorations de Noël. Personne à part la police n'y était monté depuis des années parce que c'était trop chiant de grimper là-haut. Elle a jeté un œil à la peinture qui s'écaillait et s'est demandé si elle ne devrait pas passer l'aspirateur au plafond. Mais elle a vite abandonné l'idée, craignant de tout faire s'écrouler.

C'était incroyable de penser que ça faisait une semaine qu'on avait enterré sa mémé. Elle se revoyait assise dans le centre de l'Association athlétique gaélique, après les obsèques, tandis que tout le monde se restaurait. Elle, elle ne pouvait rien avaler. Elle était restée écouter les conneries que racontait Blister McGovern, le fossoyeur, à propos de l'argile du cimetière de Meenkeeragh, qui avait la vertu de préserver le bois des cercueils et la chair des corps, ce qui faisait de son boulot tout un art. Majella avait songé à un documentaire qu'elle avait vu à la télé, sur les corps retrouvés dans les tourbières. Des gens qu'on aurait crus taillés dans la tourbe, avec des têtes de fœtus écrabouillés à la gorge tranchée. Elle se rappelait cette corde grossière trouvée autour des mains d'une fille, contact rude sur la peau lisse. Elle s'est demandé si un jour on trouverait des corps magnifiquement préservés dans le cimetière de Meenkeeragh et si l'on s'émerveillerait devant les doigts aux rosaires entrelacés. Sauf qu'elle était toujours sur son matelas bancal. Et elle se rejouait l'enterrement dans sa tête, encore et encore. Le dernier jour de la veillée funèbre, elle était complètement perdue après le rosaire du soir, quand le père Travers les avait appelées toutes les trois, elle, sa mère et tatie Marie. Il leur avait appris que malgré toutes les recherches, on n'avait pas réussi à retrouver son père. Ils avaient fait passer un appel dès qu'on avait eu connaissance de l'agression de sa grand-mère, relevant l'alerte au niveau maximal au moment de son décès, hélas, il était au regret de leur apprendre que personne n'avait vu ni entendu parler de son père depuis la nuit où il avait disparu. Majella ignorait que l'Église catholique disposait d'un réseau qui s'étendait ainsi dans tous les foyers où était accroché un crucifix, un réseau bien plus vaste, bien plus profond et bien plus flippant que celui de la police. Malgré le regard plein de tristesse du père Travers, il était possible que l'Église n'ait tout simplement pas trouvé son père. Elle se l'imaginait apprenant la nouvelle d'une manière ou d'une autre, dans un pays chaud et lointain. Quittant sa nouvelle vie, abandonnant le nom qu'il s'était choisi pour embarquer à bord d'un minuscule avion. Puis elle se le représentait montant à bord d'un jumbo-jet bondé à destination de Dublin. Il frissonnerait de froid en remontant vers le nord, se préparant à affronter les rumeurs. Elle avait continué à surfer sur cette pensée. Mais le soir était tombé et il n'était toujours pas arrivé. La dernière nuit de la veillée – la longue nuit d'attente auprès de sa grand-mère – était un peu brumeuse. Majella s'était assise et elle s'était envoyé un thé allongé au Jameson. Elle était carrément murgée quand le taxi l'avait ramenée chez elle au petit jour, le lendemain matin, afin qu'elle se prépare pour la cérémonie. En revenant, elle avait senti poindre le mal de crâne. Elle avançait en direction de la maison derrière sa mère. Celle-ci était magnifique dans son manteau noir, avec son plus gros collier en or et ses yeux charbonneux.

Elle avait salué certaines personnes d'une longue poignée de main et de quelques mots murmurés au passage. Elle était née pour jouer le rôle de la belle et jeune veuve. Sauf qu'elle était restée coincée dans les limbes. Elle n'était pas veuve, pourtant elle n'avait plus de mari. Il ne lui restait plus rien que ses vêtements encore accrochés dans la penderie et ses chaussures qui moisissaient dans la remise, de vieilles photos et des coupures de presse, et les rumeurs marmonnées dans son dos. Une fois à l'intérieur, Majella s'était assise à la table de la cuisine et elle avait laissé les autres vaquer à leurs occupations.

À dix heures, on l'avait appelée dans la petite chambre de tatie Marie pour dire adieu à sa mémé, avant que les employés des pompes funèbres ne « referment » le cercueil. Elle savait qu'ils ne se contentaient pas de le fermer, mais qu'ils allaient le visser. Elle ne comprenait pas qu'on ne le fasse pas devant elle. Elle imaginait que le clouer puisse être une expérience difficile, avec le bruit, la violence du geste. Mais les vis, c'était une autre histoire. Majella trouvait qu'il y avait quelque chose de rassurant dans le fait de visser. Elle aimait la sensation de la vis qui s'enfonçait à mesure qu'on tournait. Elle aimait placer l'extrémité du tournevis dans la tête de la vis et tourner en rythme jusqu'à ce que celle-ci soit bien fixée. Majella aurait préféré visser le couvercle du cercueil de sa grand-mère plutôt que faire ce qu'on attendait d'elle avant ça. Elle a regardé tatie Marie s'approcher et embrasser le front du cadavre, caressant les pommettes meurtries du bout des doigts avant de s'écarter, en larmes. Sa mère venait en deuxième position dans la hiérarchie. À l'allure de celle-ci, Majella savait qu'elle avait conscience de tous les regards posés sur elle. Elle l'a vue verser quelques larmes avant d'embrasser à son tour le cadavre. Puis est venu le tour de Majella. Elle se sentait énorme et maladroite dans la petite pièce, et en s'approchant du cercueil, elle a piqué un fard. Elle n'avait pas envie d'embrasser le front cireux de sa mémé. Elle ne voulait pas regarder les joues creuses, les yeux scellés, le visage couvert d'ecchymoses sous le plâtre du maquillage. À la place, elle a tendu la main et touché celles de sa grand-mère, son deuxième rosaire préféré entrelacé entre ses doigts. En touchant la chair froide, elle a senti son estomac se retourner. Malgré tout, elle a laissé sa main là, et elle a compté jusqu'à dix les yeux fermés, pour faire croire qu'il se passait quelque chose en elle, n'importe quoi. Ensuite, elle l'a retirée et s'est signée légèrement, en essayant de ne pas se toucher elle-même parce qu'elle éprouvait encore la sensation de cette chair froide.

Quand elle est sortie avec sa mère et sa tante de la petite maison, la foule à l'extérieur froufroutait et se préparait. Les fumeurs ont pris une dernière taffe avant de laisser choir leurs mégots dans la boue. Certains se sont mouchés bruyamment. Quelques-uns ont rajusté leur cravate, d'autres leur foulard. L'équipe de la BBC s'est déplacée pour avoir un meilleur angle, et les murmures se sont tus. Voilà le moment que tout le monde attendait. Majella a cligné dans la lumière du soleil froid. Elle n'avait pas assisté à beaucoup d'enterrements. Elle ne savait pas très bien ce qu'elle devait faire et se sentait telle une amatrice parmi les pros. Une bourrasque glacée a fouetté l'assistance, les gens ont serré leur manteau autour d'eux et remonté leur col.

Il y avait du mouvement à l'intérieur, et Majella a vu qu'on déplaçait le cercueil à travers l'espace exigu pour le faire sortir. Malhabiles mais sûrs d'eux, les employés des pompes funèbres ont réussi à l'extraire de la maison sans égratigner la peinture. À la porte, quatre hommes – des voisins – se sont approchés pour hisser sa grand-mère sur leurs épaules, posant la main sur l'épaule de celui qui était devant. Puis ils se sont stabilisés en attendant que le prêtre officie. Le père Travers a entamé les prières tout en aspergeant le cercueil d'eau bénite, et les fidèles lui ont emboîté le pas. Une goutte d'eau bénite a atterri sur le visage de Majella et elle l'a aussitôt essuyée de crainte qu'on croie qu'elle pleurait. Le père Travers s'est écarté et les hommes ont lentement descendu l'allée avec le cercueil. Sa tante et sa mère se sont engagées à leur suite. Majella a suivi, sentant la chaleur de la foule se refermer derrière elle.

À mi-chemin de l'allée, sa mère a reniflé bruyamment, s'est arrêtée et s'est accrochée au bras de Majella. Celle-ci s'est raidie. Elle l'aurait bien envoyée paître, mais elle avait conscience de la caméra qui les filmait, et de tous les regards braqués sur elle. La procession est arrivée au carrefour, où les porteurs se sont arrêtés devant le corbillard noir et ont déposé le cercueil sur une espèce de rampe grâce à laquelle il est entré sans encombre à l'intérieur du véhicule. Tout le monde s'est dispersé pour retourner à sa voiture. Tremblante de soulagement, Majella a senti la main de sa mère se détacher d'elle, et celle-ci s'est dirigée vers la voiture qu'elle partageait avec Marie en faisant claquer ses talons. Elle l'a suivie et elle est montée devant. Le conducteur a fait signe à l'employé des pompes funèbres, qui a fait signe au chauffeur du corbillard, qui a démarré au pas. Leur chauffeur à elles a attendu, puis démarré à son tour. Derrière, les autres voitures se sont ébranlées les unes après les autres, rejoignant le cortège qui peu à peu a parcouru le chemin jusqu'à l'église de Meenkeeragh.

Majella était toujours allongée dans son lit sans bouger, les yeux fixés au plafond, se demandant si une nuit la peinture qui s'écaillait pourrait tomber sur son visage, comme de la neige.

*14h30*
*Objet 32.2. Vomir – S'étrangler*

Majella a été réveillée par sa mère, qui vomissait dans les toilettes. Elle n'avait jamais su être discrète. Elle toussait et s'étranglait si violemment qu'on devait l'entendre jusque dans la rue.

Le silence est revenu pendant quelques secondes. Majella savait que sa daronne avait maintenant la tête sur la lunette, qu'elle devait s'apitoyer sur son sort, et qu'il fallait s'attendre à un accès de plaintes. Elle a entendu la chasse d'eau cascader, et c'est là que sa mère s'est mise à geindre. Majella s'est arrachée à son lit, elle a enfilé sa polaire, ses baskets et elle est sortie de sa chambre. La porte de la salle de bains était grande ouverte. L'eau s'écoulait encore dans les toilettes, et sa mère serrait la cuvette entre ses bras en reniflant. Majella supposait qu'elle en avait encore pour un moment, alors elle est descendue à la cuisine. Elle a rempli la bouilloire tout en jetant un coup d'œil à son linge. Toujours humide. Elle a soupiré, a attrapé un sac en plastique sous l'évier et l'a secoué dans l'air pour s'assurer qu'il n'était pas troué. Il avait l'air étanche, du coup elle l'a emporté dans le salon où elle a ouvert les rideaux pour faire entrer le soleil. Ensuite elle s'est mise à genoux et elle a pelleté les cendres de l'âtre dans le sac. La tâche terminée, elle a pris le petit balai et a donné un coup, soulevant un nuage poudreux, qui a bientôt été aspiré par la cheminée. Le ramonage, voilà un des trucs auxquels Majella veillait. Elle ne s'en chargeait pas elle-même comme son père naguère, mais elle payait Tommy, le vendeur de charbon, pour s'en occuper. Elle a pris le sac de cendres, le seau à charbon, et elle a traversé la cuisine pour aller jusqu'à la poubelle, dans la cour. Elle y a laissé choir le sac, et une volute de poussière s'est élevée, avant de se disperser dans l'air.

Après, elle est allée à la réserve à charbon remplir son seau. Puis elle a traversé la maison pour le rapporter dans le salon. Là-haut, on entendait l'eau couler et le ronron de la douche électrique. C'était bon signe que sa mère prenne une douche, mais cela ne garantissait pas qu'elle ait dessoûlé. Majella a posé trois allume-feu au milieu de l'âtre, les a enflammés, et a jeté par-dessus trois pelletées de charbon avant de remettre le pare-feu en place. Elles utilisaient le charbon le moins cher, du genre qui crachotait et qui puait quand on l'allumait. Majella a regardé ses mains. Noires de suie et de poussière de charbon. Elle est allée les laver à la cuisine. Elle adorait les voir passer du noir au blanc-rose, toutes propres et mouillées – au même moment, sa mère a glapi, là-haut, car l'eau chaude était soudain devenue froide. La bouilloire avait fait son job de bouilloire et la vitre était couverte de buée, transformant le ciel bleu en une jolie brume. Majella s'est essuyé les mains et elle est retournée dans le salon. Le soleil éclairait les ruines : bouteille de whiskey, verres sales, mugs de café et de thé où apparaissaient des moisissures. Les magazines de sa mère s'étaient affalés là où elle les avait laissés choir, et la vieille couette puante de Majella gisait par terre, en bouchon. Elle a pris un plateau et a posé dessus les mugs et les verres pour les rapporter à la cuisine. Puis elle est revenue s'occuper des magazines, qu'elle a remis en pile. Elle a pris une éponge et nettoyé les taches de café et de thé sur la table basse, ainsi que les miettes collées. Elle a ensuite éloigné le canapé de la cheminée, et replié sa vieille couette. La pièce présentait déjà vachement mieux. Là-haut, le ronron de la douche s'est arrêté, ainsi que l'eau. Un bruit de chute a suivi : sa mère avait laissé tomber un truc. Majella l'a écoutée jurer de sa voix éraillée, et la porte de la salle de bains a claqué.

*15 h 31*

*Objet 32.3. Vomir – Le vomi*

Le feu avait pris, des flammes orange léchaient le charbon noir. Mais la mère de Majella n'était pas descendue. Majella a soupiré, puis elle s'est levée et a délaissé le feu pour retourner à la cuisine. Elle savait qu'avaler un petit déjeuner ferait le plus grand bien à sa daronne. Elle a pris un toast dans le grille-pain et l'a posé sur un plateau, avec un mug de café noir, une de ses petites bouteilles de yaourt et quatre comprimés de Codoliprane 500. Elle a monté le plateau en renversant un peu de café. Majella savait qu'elle n'était pas douée pour ça, une des raisons pour lesquelles elle avait rayé de sa liste une potentielle carrière de serveuse (l'autre raison, plus indiscutable encore, était le fait qu'il y avait un seul restaurant à Aghybogey, et qu'il n'embauchait que les filles les plus jeunes, les plus minces et dotées des poitrines les plus plantureuses). Devant la porte de la chambre de sa mère, elle s'est retournée et a appuyé sur la poignée à l'aide de son coude. La porte s'est ouverte, et un brouillard d'haleine alcoolisée, de fumée de cigarette et de relents de vomi a saisi Majella à la gorge. Sous sa couette, sa mère a bougé en grognant. Majella a posé le plateau par terre et ouvert à moitié les rideaux au ciel bleu. Elle a regardé la table de nuit, retiré d'autres mugs sales et des flacons de pilules vides. Le cendrier débordait. Majella l'a vidé dans un mug envahi de moisissures, puis elle a pris tous les mugs et les a posés dans le couloir. Ensuite, elle a attrapé un magazine, l'a ouvert, elle y a fourré tous les flacons de comprimés vides et autres détritus, et elle a tout mis par terre. Elle a remonté le plateau pour le déposer sur la table de nuit et le délicieux arôme du café a envahi ses narines, mais les odeurs de whiskey et de vomi sont revenues à la charge. Ça schlinguait vraiment. Majella a ouvert la fenêtre et inspiré le flot d'air frais qui s'y engouffrait.

— J't'ai apporté du café et un toast.

Sa mère a grogné à nouveau et sorti la tête de sous sa couette. Elle avait l'air complètement cuite.

— Y a aussi tes pilules et ton espèce de yaourt.

Sa mère a vaguement ouvert un œil mais l'a refermé en soupirant.

— J'me sens pas très bien.

Majella a relevé un sourcil, mais n'a rien dit. Les relents de vomi surpassaient ceux du whiskey à présent. Les cheveux mouillés de sa mère avaient laissé une empreinte humide sur son oreiller. Ses boucles épaisses étaient emmêlées à force de ne pas être brossées. Majella a remarqué qu'elle avait d'affreuses racines grises.

— J'me d'mande si j'couve pas quèque chose.

Majella a fait le tour du lit pour ranger un peu du côté qui était naguère celui de son père. Elle a eu un haut-le-cœur en s'apercevant que sa daronne avait gerbé de ce côté-là. Du vomi liquide plein de whiskey tachait le tour de lit et la moquette. Elle a reculé jusqu'à la porte.

— Bon, t'as ton café et ton toast. Les laisse pas r'froidir.

Sa mère a grogné une fois de plus, et essayé de se redresser pour s'asseoir, la tête droite. Majella savait qu'il n'y avait rien à faire au sujet du vomi tant qu'elle était dans sa chambre.

— Vas-y. Bois-le, c'café. Ça va t'faire du bien.

Sa mère a tendu une main tremblante vers le mug à demi plein. Elle l'a pris et l'a porté à ses lèvres, buvant d'abord une petite gorgée de café brûlant, avant de se jeter dessus.

— Tu crois qu'j'ai chopé la grippe, Jellah ?

Son père lui avait appris les ficelles de ce petit jeu auquel se livrait sa mère : *Jouons à « Maman n'a pas la gueule de bois ! »*

— P'têt'.

Sa daronne a hoché la tête faiblement et pris une longue gorgée de café.

— Quelle heure il est ?

— Quatre heures moins l'quart. J'vais y aller, j'commence à quatre heures.

Sa mère a avalé une autre gorgée, puis elle a reposé le mug sur le plateau. Sur la table de nuit, elle a attrapé ses cigarettes, en a allumé une et s'est renfoncée dans ses oreillers, les yeux fermés.

— Mary McGrory de l'étude McConville a appelé tout à l'heure.

Sa mère a aussitôt rouvert les yeux.

— Pourquoi donc ?

— È veut qu'on aille à leurs bureaux demain à midi et d'mi. Y vont lire le testament à mémé.

— Ta mémé a pas laissé d'testament, si ?

Majella s'étonnait toujours de cette habitude qu'avait sa mère d'entendre une phrase et de dire le contraire, tout en demandant qu'on lui confirme l'affirmation d'origine. C'était comme si on lui disait : Il pleut dehors. Et sa mère de répondre : Y pleut pas, dehors, si ? Majella savait qu'alors il lui fallait répéter l'affirmation d'origine en insistant, par exemple en disant : Mais si, il pleut dehors. Tout ça pour que sa daronne accepte enfin cette idée et réponde un truc du genre : Oh mon Dieu, et main'nant, y pleut.

— Mary McGrory a insisté pour qu'on vienne.

Majella s'est tue pour laisser à sa mère le temps de répondre.

— Bon Dieu, et v'là un testament, main'nant !

Majella a patiemment acquiescé.

— Toi, moi et tatie Marie, on est d'dans. On a rendez-vous au cabinet d'main à midi et d'mi.

La mère de Majella s'était redressée, son visage tendu d'intérêt. Des cernes violets prononcés lui soulignaient les yeux. Autour de sa bouche, la peau était flasque, tirant vers le bas les commissures de ses lèvres.

Elle a pris une longue bouffée en hochant la tête :

— Ah ben merde alors, va falloir que j'me r'mette debout sur mes jambes, dis donc. J'me d'mande ben c'que c'est qu'cette affaire. P'têt' que Maggie nous a laissé quèques billets, qu'est-ce t'en penses, Jellah ?

Majella s'est imaginé sa grand-mère assise toute seule dans sa petite caravane, l'odeur chimique des toilettes, le froid mordant de la nuit d'hiver.

— Ça m'étonnerait.

— Bah, tu sais jamais avec les vieux. Tu s'rais surprise de savoir tout c'qu'y peuvent bien planquer sous leurs mat'las.

Majella a haussé les épaules. S'il y avait quelque chose de caché sous le matelas de sa grand-mère, ça s'était envolé depuis longtemps, dépensé par celui qui lui avait défoncé le crâne à coups de pied avant de la laisser pour morte.

— Bon. Faut qu'j'te laisse, main'nant. Ça va aller ?

— Oh ouais, faut juste que j'me r'pose pour p'us êt' malade demain.

Majella a hoché la tête et s'est dirigée vers la porte :

— Salut.

Sa daronne a pris son café, toussé un peu et fait au revoir à Majella de la main dans laquelle elle tenait sa cigarette.

— À tout à l'heure.

Majella est passée par-dessus la pile de mugs à la porte, et elle est allée dans sa chambre. Elle a rangé son porte-monnaie dans sa poche et fourré son uniforme, ses barrettes et son filet à cheveux dans un sac en plastique. Elle était prête. Mais soudain elle s'est laissée tomber sur son lit, s'accrochant au matelas des deux mains, la tête penchée. Elle ne savait pas ce qu'elle avait. Elle n'avait pas envie d'aller travailler. Non qu'elle ait jamais vraiment envie d'aller travailler, évidemment. Mais là, c'était au-dessus de ses forces. Elle avait l'estomac vrillé et les jambes en coton. Quelque chose de brûlant lui broyait la poitrine. Elle a fermé les yeux. Jamais elle n'avait raté un seul jour de travail avant la mort de sa grand-mère. Jamais elle n'avait manqué une seule journée volontairement – qu'elle soit malade, fatiguée ou qu'elle ait la gueule de bois. C'était pareil à l'école : elle n'avait jamais raté une seule journée à Saint Christopher, même après la disparition de son père. Elle s'est levée et s'est frotté les yeux. Puis elle s'est mise à se balancer et à claquer des doigts, jusqu'à ce qu'elle se sente mieux. Enfin, au bout d'un moment, elle est sortie de sa chambre et a descendu l'escalier. Dehors, il faisait beau et le ciel était bleu, avec quelques traînées roses vers l'ouest.

Elle a baissé les yeux et pris la direction du centre-ville : un truc bien lourd et bien dur lui calcinait la poitrine.

*15 h 55*

*Objet 28.1. La mort – Les gens*

Majella marchait dans le centre quand elle s'est sentie à nouveau prise de vertiges. Coincée entre le salon de bronzage de Tara et le salon de coiffure Ryan Hair, elle a couru se réfugier dans l'église. Elle s'est frayé un chemin par la porte latérale et s'est assise au fond, sur un banc, le cœur battant et la tête qui tournait. Elle a inspiré à fond l'air immobile, goûtant au parfum d'encens, claquant des doigts dans ses poches. Le silence s'est fait en elle et, au bout d'un moment, elle s'est sentie mieux. Quand les vertiges ont cessé, elle a essayé de se lever, mais ses jambes ne la portaient plus. Elle en tremblait de frustration. Elle a pris son téléphone dans la poche de sa polaire et a écrit à Marty :

A la bour pour taf a+ Dsolée Majella

Elle s'en voulait de faire faux bond à Marty encore une fois, mais c'était jeudi, donc ce n'était pas encore l'heure du coup de feu, et en plus le jeudi le jeune Johann-Pol venait leur donner un coup de main. Elle a contemplé l'unique message dans sa boîte de réception. C'était Aideen. Elle n'avait pas eu de ses nouvelles depuis des années.

Vu lentermen 2 ta gm à la télé. Tro triste. Spèr xa va.
Tenvoi 1 carte. *lol* Aideen

Majella a trouvé que ce *lol* avait une gueule de pom-pom girl agitant ses pompons en l'air, ce qui ne collait pas avec la teneur du message. Elle savait qu'il fallait choisir entre deux sens : *Laugh out Loud*, c'est-à-dire « morte de rire », ou bien *Lots of Love*, c'est-à-dire « plein d'amour ». Évidemment, elle avait une idée de ce qu'Aideen avait en tête, mais elle regrettait qu'elle n'ait pas simplement écrit « bisous », ce qui faisait certes un caractère de plus, mais qui était nettement plus clair. Sa carte de condoléances n'était pas encore arrivée. Majella doutait de jamais la voir. Aideen était pleine de bonnes intentions, mais elle était toujours occupée. Trop occupée pour revenir ne serait-ce que pour Noël. Ça faisait trois ans que Majella ne l'avait pas vue, elle et son Anglais si chic et mal à l'aise au Bogey Inn, bourré après quatre pauvres pintes, pendant que Majella s'enfilait ses huit habituelles sans sourciller.

Elle a effacé le message et remis le téléphone dans sa poche. L'église était fraîche et calme, avec juste quelques vieux ici et là, assis sur les bancs. Bridget Dolan faisait les stations de la croix, son rosaire à la main. Majella a jeté un coup d'œil aux poutres d'acier au-dessus d'elle. Parfois, quand elle était petite, un oiseau voletait pendant la messe, alors tous les fidèles étaient distraits, excités par le bruit de son vol désordonné, et ils faisaient gaffe à éviter les fientes. Le prêtre continuait à dire la messe comme si de rien n'était, mais on voyait qu'il en voulait à cet oiseau d'avoir investi son église, ce qui augmentait encore la dissipation de ses ouailles.

Majella n'aimait pas tellement cette église. C'était un bâtiment moderne, tout en verre et en béton. Elle avait été construite grâce aux fonds d'aide à la reconstruction suite à l'attentat du 1er avril qui avait détruit l'ancienne, laissant intacte la cible de l'attentat : la caserne voisine de la gendarmerie. Cette nouvelle église était un progrès à plus d'un titre. Il n'y avait pas de fuites. Le chauffage et la sono fonctionnaient bien. Tout le monde avait la place de s'asseoir. Il y avait même une rampe d'accès pour les fauteuils roulants, et les agenouilloirs étaient beaucoup plus confortables.

Sauf que la vieille église manquait à tout le monde, de même que manquait aux vieux le pub d'autrefois, avec ses relents de tabac et de pisse, ses traces de nicotine depuis que le Bogey Inn avait fait peau neuve.

Après l'inauguration de la nouvelle église, Majella attendait toujours avec impatience les quelques fois où on l'emmenait à celle de Meenkeeragh, près de chez sa grand-mère. Là-bas, c'était du vrai : plein de chandeliers en cuivre, des saints en marbre blanc grandeur nature, et des anges pareils à des poupées. Toutes les surfaces étaient recouvertes de peintures, de tissus, de rosaires accumulés. Les vitraux scintillaient comme des joyaux, rubis, saphir, émeraude, l'atmosphère était réchauffée par de vraies bougies, et les murs couverts d'une douce moisissure. Quand elle allait avec sa mémé allumer un cierge, Majella glissait sa pièce crasseuse dans le tronc, et elle l'entendait tinter en tombant sur les autres, cachées tout au fond. Ensuite, elle prenait une bougie dans la boîte, dépliait la mèche pour l'allumer, et choisissait à quel autre cierge enflammer le sien. Elle le gardait un petit moment dans sa main, imaginant qu'il s'imprégnait de sa prière, avant de le poser à la place la plus éminente. Les gens aimaient les fixer sur la rangée la plus haute. Plus près de Dieu, avait un jour pensé Majella, à croire que vos prières pouvaient passer devant celles des autres et griller la queue. Mais ce qu'elle aimait le plus avec les cierges, c'est que sa mémé lui avait expliqué que si un jour Majella avait besoin d'en mettre un pour elle, et qu'elle soit perdue au loin, ou même si elle était chez elle mais qu'elle n'ait pas un penny en poche, eh bien elle pouvait malgré tout en allumer un. Dieu comprendrait qu'elle n'avait pas l'argent nécessaire sur elle et qu'elle reviendrait plus tard verser son obole, quand ça irait mieux. Avec l'appareil électrique et les fausses bougies de la nouvelle église, on ne pouvait pas faire ça. Si on n'avait pas de pièces, on ne pouvait pas appuyer sur un bouton pour faire briller un cierge électrique pendant vingt minutes.

Majella a soupiré et s'est agenouillée sur le nouvel agenouilloir en skaï, comme si elle s'apprêtait à prier. Elle ne savait pas vraiment ce qu'elle fichait dans cette église. Elle ne priait plus depuis des années, en tout cas pas de la bonne manière, et elle était à peu près sûre que se branler après avoir dit son rosaire annulait tout le bénéfice de ses prières. Elle avait la tête encore pleine des obsèques. Ça ne la quittait pas et la scène repassait indéfiniment dans son esprit. Elle se rappelait s'être assise là, à la fin de la messe, et avoir regardé l'employé des pompes funèbres organiser la dernière levée du cercueil. C'est là qu'elle avait compris ce qu'elle attendait. Elle attendait que son père arrive afin de porter sa mère en terre. Mais il n'était pas venu. Et alors Majella avait su que son père était mort. Car s'il avait été vivant, s'il avait été quelque part en ce monde, il aurait su que sa mère était morte, et il aurait trouvé le moyen de rentrer. Elle le savait. En revanche, elle ne savait pas pourquoi elle s'était soudain levée, causant un vent de surprise à travers l'église. Elle ne savait pas pourquoi elle s'était approchée d'Oisín McGlinchey, sentant dans son dos le poids de tous les regards. Elle lui avait touché le bras pour attirer son attention. Il s'était tourné vers elle, calme et grave, complètement différent de ce qu'il montrait d'habitude au pub.

Elle avait murmuré :

— J'veux porter l'cercueil.

Oisín avait été choqué, mais il l'avait bien caché.

— Euh… t'es sûre, Majella ? J'ai déjà les gars qu'y faut.

— J'veux la porter en terre.

Oisín avait marqué un temps d'arrêt pour jauger sa stature, puis il avait acquiescé :

— OK. Donne-moi une minute.

Il était allé voir les hommes qui attendaient et avait dit un mot à l'un d'entre eux. Celui-ci avait hoché la tête et il était retourné s'rasseoir. Ensuite, Oisín était revenu vers Majella.

— Tu vas prend' la place de d'vant, avec Gerry Doherty. Y fait la même taille que toi.

Majella avait hoché la tête. Oisín lui avait alors touché le bras à son tour, laissant son poids reposer sur elle :

— Si t'y arrives pas, si tu veux qu'on change, tu m'fais un signe, à moi ou à Seán.

Majella avait à nouveau acquiescé. Jusqu'à la dernière minute, elle était restée dos aux fidèles, qui s'entassaient derrière elle. Enfin elle avait pris place près du cercueil. Quand il avait été relevé, elle s'était avancée et l'avait accueilli sur son épaule, prenant le bras de Gerry. Ils avaient retrouvé leur équilibre, et tandis que le chœur se mettait à chanter, ils avaient lentement commencé leur procession à travers l'église. Majella ne voyait rien autour d'elle. Elle sentait juste le réconfort du cercueil, ferme contre sa joue, la tension du bras de Gerry dont les doigts lui pétrissaient l'épaule. Elle avait entendu le frou-frou des vêtements et les claquements de talons des endeuillés qui peu à peu les suivaient dans l'allée centrale. Dehors, il avait plu, et le sol était mouillé. Ils marchaient lentement, le pas ferme dans la boue. Majella sentait son pantalon humide bouger sur ses chevilles tandis qu'elle avançait en rythme avec les hommes, emportant sa grand-mère jusqu'au bord de la fosse qu'on avait creusée pour elle au fond du cimetière de Meenkeeragh.

### *16 h 41*

### *Objet 4.1. Lumières trop fortes – Les néons*

Majella a ouvert la porte du fish-and-chips et pénétré dans la chaude atmosphère. Elle trouvait ça bizarre, mais quand c'était elle qui déclenchait la sonnette, elle lui paraissait moins forte. Peut-être était-ce parce qu'elle anticipait le bruit. Marty était derrière le comptoir. Elle a regardé l'heure sur la pendulepoisson qu'ils avaient eue gratis avec une livraison de morue par un nouveau fournisseur. Il était moins vingt passé. Le néon continuait à clignoter tout seul dans son coin. Majella s'est plaquée contre le mur pour remonter la file des clients qui attendaient de passer leur commande, jusqu'à la caisse, et elle a attendu que Marty relève le comptoir pour elle.

— Merci, Marty.

— Pas d'problème, m'dame. Ça va-t'y ?

— Super.

Majella a essayé de chasser l'air crispé qui lui fronçait le front. Elle est partie dans la réserve, croisant au passage le jeune Johann-Pol, qui lui a fait un grand sourire.

— Je vois que vous êtes en retard, Miss O'Neill. Je crois que vous devriez faire attention, sans quoi vous risquez de perdre votre emploi.

Majella a souri à Johann-Pol. Il prononçait son nom d'une drôle de manière : Yaun-Paul. Il disait que ça se prononçait comme ça en Pologne.

— J'suppose que t'as une frangine ou un frangin ou une cousine qui cherche du boulot, pas vrai, Yaun ?

Johann-Pol lui a souri à nouveau. Majella a secoué la tête pour couper court à toute conversation, et elle est entrée dans la réserve. Elle a refermé la porte, allumé la lumière, gardant les yeux clos jusqu'à ce que les néons soient stabilisés. Son front s'est froncé encore plus fort lorsqu'elle a sorti sa combinaison de son sac et l'a enfilée. Elle a retenu son souffle en remontant le zip sur le devant et a lentement inspiré, sentant sa chair forcer sur les coutures. Encore un truc : attacher ses cheveux. Ils étaient sales, donc plus faciles à fixer en chignon. Une fois prête, elle s'est mise à frotter contre elle le dos de ses mains encore tremblantes, jusqu'à ce qu'elle soit calmée. Elle faisait déjà ça à l'école primaire, avant que les maîtresses lui fassent passer l'habitude.

Maintenant, elle savait qu'elle ne pouvait le faire que derrière une porte fermée.

Elle a inspiré un grand coup, pris le seau de mayonnaise à l'ail et ouvert la porte. Sur le plan de travail, une file de barquettes attendaient. Majella aimait bien remplir les barquettes doubles, aussi elle en a aligné seize sur le comptoir, qu'elle a garnies tour à tour. Elle n'en a pas raté une seule, ni n'en a mis à côté. Ensuite, elle a pris les couvercles et les a fixés sur chaque barquette, appréciant le petit *clic* de fermeture. Elle avait prévu d'en remplir une cinquantaine avant de passer aux barquettes simples, et après de s'occuper du coleslaw. Depuis la partie réservée aux clients elle a entendu le petit Devlin demander :

— Et pis une grosse portion d'frites.

— Pas d'problème. Dans cinq minutes.

### *18 h 09*
### *Objet 27. Les surnoms*

Majella rangeait les barquettes de mayonnaise qu'elle venait de garnir. Les doubles à gauche, les simples à droite. Elle savait, à force de les remplir, qu'on en avait plus pour son argent en achetant deux simples plutôt qu'une double. Sauf que pas grand monde prenait des simples : ils voulaient tous des doubles. Marty lui a donné une claque sur les fesses. Elle a lâché la dernière barquette, qui a dégringolé jusqu'au bord du comptoir mais elle l'a rattrapée juste avant qu'elle tombe plus bas.

— Putain, Marty, tu fais chier. J'ai failli la fout' par terre à cause de toi !

Marty a éclaté de rire :

— Mais t'arrives toujours à les rattraper. J't'ai jamais rien vu laisser tomber.

Majella a aussitôt cherché une réponse acceptable. Elle savait que c'était malin de reprendre ce que l'autre avait dit et, avec une pirouette, le retourner à l'envoyeur. Elle a aussitôt trouvé la bonne réplique :

— C'est ça, ben si tu continues à m'emmerder, moi j'vais t'laisser tomber toi, et la tête la première avec ça.

Elle l'a laissé continuer à se marrer et s'est appuyée au plan de travail. C'était calme, mais elle savait que ça n'allait pas durer. Dehors, il faisait nuit et le vent se levait. Une bande de gamins courait autour du monument aux morts, jouant à se balancer de l'eau avec des bouteilles. Marty l'a rejointe et a commencé à lui faire un discours sur leur « comportement antisocial ». En elle-même, Majella trouvait que se balancer de l'eau, c'était un passe-temps plus sain que fumer du shit, mais à écouter Marty, on n'en était pas loin.

Les mômes se sont calmés quand ils ont été à court de flotte, certains se sont assis sur les bancs, d'autres sont restés debout, à rigoler et secouer leurs fringues dans la lumière orange. Il faisait bien trop froid pour ce genre de conneries. Majella les a vus reluquer le fish-and-chips. Elle savait que bientôt, ils iraient harceler les gens pour leur gratter quelques pièces et s'acheter des frites à se partager entre eux. Ils ne crevaient pourtant pas de faim, car de même que la plupart des jeunes d'aujourd'hui, ils étaient gras comme des gorets. Après quelques tergiversations, trois d'entre eux se sont détachés du groupe pour se diriger vers le snack. Sans bouger, Majella a glissé devant elle le carnet de commandes et pris son stylo. La sonnette a retenti lorsque les jeunots sont entrés, affichant un air futé. Ils se sont plantés devant le comptoir, l'air gauche, ont regardé le tableau des menus, puis le plus grand a poussé les deux autres devant Majella, et ils se sont mis à gueuler :

*Jelly on the plate,*
*Jelly on the plate.*

*Wibble wobble*
*Wibble wobble*
*Jelly on the plate*[1]

Marty avait relevé le comptoir avant qu'ils arrivent au deuxième *wibble wobble*. Il les a coursés jusque dehors, en les abreuvant d'un flot de « gros lards » et de « salopards de bâtards ». Majella est restée appuyée au comptoir, à regarder les gamins traverser la rue en courant et s'asseoir en rigolant. Marty a continué à tonitruer pendant un moment depuis la porte, puis il est rentré, jurant toujours. Il a refermé le comptoir, et serré le bras de Majella au passage. Dans sa tête, elle en était déjà au deuxième couplet de la comptine.

*Sausages in the pan*
*Sausages in the pan*
*Sizzle Sizzle*
*Sizzle Sizzle*
*Sausages in the pan*[2]

Derrière elle, les friteuses protestaient en sifflant et crachant contre la dernière plâtrée de frites congelées.

### *19 h 07*
### *Objet 12.12. Conversations – Toujours les mêmes conneries*

Le calme était revenu. Il y avait eu un rush de folie juste avant sept heures : une des vieilles dans *Coronation Street* allait se faire

1. « Gelée dans l'assiette,/Gelée dans l'assiette./Ça ballotte, ça tremblote/Ça ballotte, ça tremblote/Gelée dans l'assiette ».

2. « Saucisses dans la poêle/Saucisses dans la poêle/Rissolent Rissolent/Rissolent Rissolent/Saucisses dans la poêle ».

dézinguer, et tout le monde dans les quartiers populaires voulait venir chercher son dîner avant le début de l'épisode. Majella a profité de l'accalmie pour s'étirer. Elle ne pouvait pas y aller à fond car elle n'était pas sûre que les coutures de sa combinaison résisteraient. Elle reconnaissait qu'elle avait dû prendre du poids, résultat du syndrome prémenstruel. Elle avait vraiment les seins gonflés. Après s'être étirée, elle a pris ses clopes, et s'est dirigée vers le fond de la boutique. Yaun-Paul ne fumait pas. Du coup, quand il avait besoin d'une pause, il faisait des trucs comme nettoyer le plan de travail. Il était carrément doué pour le ménage, et à la fin de la soirée, ils n'avaient plus rien à faire. Et il était toujours d'excellente humeur : il chantait la moitié du temps. Des conneries bizarres en polonais, mais il avait une belle voix grave pour un mec aussi fluet, du coup Majella aimait bien l'entendre en fond sonore. Majella a trouvé Marty qui bouinait dans la réserve.

— Marty ?

— Quoi ?

— Pause clope ?

— Ouais. J'arrive.

Majella a ouvert la porte de derrière et elle est sortie. Elle a aussitôt eu la chair de poule et senti ses tétons se rétracter. Comment ces petits cons faisaient-ils pour rester dehors par ce froid après s'être balancé de la flotte, elle n'en savait rien. Elle a sorti une cigarette et l'a allumée. Derrière elle, la porte s'est ouverte et Marty est sorti, la clope au bec.

— Polaire, hein ?

— Fait pas très chaud, c'est vrai.

Marty a gratté une allumette et tiré sur sa cigarette, dont le bout s'est illuminé. Majella s'est assise sur un tonnelet de bière, sentant le froid la brûler malgré son uniforme et son jogging.

— J'ai vu qu'Yaun-Paul s'est r'mis à nettoyer.

Majella a reconnu cette conversation : elle en connaissait les répliques par cœur.

— Ouais. Il est doué pour le nettoyage, le p'tit.

Cette conversation, elle l'avait vue évoluer ces dernières années, après l'arrivée des Polonais. Au début, les gens se méfiaient, ils craignaient pour leur boulot. Mais rapidement, les Polonais avaient gagné le respect des locaux car ils ne faisaient pas la fine bouche et prenaient tout le travail qui se présentait. Pareil pour la picole.

— C'est vrai, ouais. Y nous laisse pas grand-chose à faire en fin d'soirée.

— Ouais, y fait presque tout à not' place.

— Pour sûr. Y t'piquerait presque ton boulot.

— Ouais. Presque. C'est des bons travailleurs, les Polonais.

— Ouais. Des bons travailleurs. Et des gros buveurs, aussi.

— Ouais. L'malheur, c'est qu'y conduisent après avoir picolé. Tu m'étonnes qu'y en a autant qui sont tués sur la route.

— Ouais. Ils se bourrent la gueule, et après, v'là qu'y conduisent du mauvais côté.

— Ouais. Enfin, tant qu'y tuent qu'eux-mêmes.

— Ouais. Tant qu'y nous tuent pas, nous.

— Ouais.

— Mais c'est des bons travailleurs.

— Pour sûr.

Majella trouvait ça intéressant de constater comme tout le monde y allait de sa petite histoire avec les Polonais, qui ils étaient, comment ils étaient. C'était un peu pareil qu'avec les réformés : toute une liste de stéréotypes et de clichés. Personne ne disait ce qui pourtant paraissait évident à Majella : les Polonais étaient acceptés parce qu'ils n'étaient pas réformés. Chaque Polonais qui débarquait en Irlande du Nord faisait pencher un tout petit peu plus la balance en faveur des catholiques. Majella savait que ça aurait été une autre histoire si les Polonais avaient été musulmans.

Elle a fini sa clope et laissé tomber son mégot qu'elle a écrasé. Elle se demandait si un jour Madame Connasse se mettrait en tête de leur interdire de fumer dans la cour. Elle voyait déjà le tableau : tout pour leur rendre la vie ne serait-ce qu'un petit peu plus misérable. Elle regardait la porte quand Johann-Pol l'a ouverte.

— Martin, Majella, nous avons des clients !

Majella est rentrée. Derrière elle, Marty contemplait son mégot à elle écrabouillé par terre, tandis que le sien terminait de se consumer entre ses doigts.

*20 h 27*

*Objet 4.1. Lumières trop fortes – Les néons*

Le néon était de plus en plus épileptique. À présent, il vrombissait bruyamment, et il clignogno-tait-tait-gnogno-taaaait-gno-taitgnotaitgnotait.

Chaque fois que Majella se disait Ça y est, c'est bon, il est cuit, il va nous foutre la paix, cette saloperie se remettait à vibrer et clignogno-tait-tait-gnogno-taaaait. Ça lui donnait la migraine. La sonnerie a retenti quand deux clients sont entrés. La grosse Suzy Loughlin et son minuscule petit ami tout maigrichon dont Majella ne se rappelait jamais le nom.

— Salut, Majella.

Suzy la saluait toujours en regardant le tableau des menus.

— Salut, Suzy.

Majella la saluait toujours en regardant dans la rue.

Suzy a dévoré des yeux le tableau, depuis les nuggets de poulet jusqu'aux boissons, ses prunelles bougeant à toute vitesse dans son visage replet. Son mec s'est approché du comptoir et s'y est appuyé, trop près pour Majella. Elle n'a pas bougé.

Long silence, que seule l'arrivée de Suzy au comptoir a rompu. Son copain s'est serré contre elle :

— Qu'est-ce qu'on prend, chouchou ?

Suzy l'a ignoré et s'est adressée à Majella :

— Un menu poisson, un menu burger escalope de poulet, un burger à papa, des pois cassés au curry, pis des frites et une bouteille de deux lit' de Coca. Avec beaucoup d'sel, les frites.

Majella a tout écrit en vitesse.

— Ça marche.

— Et pis tu nous mets aussi une barquette de mayo à l'ail.

— Pas d'souci.

Majella a transmis la commande à Marty, et elle est revenue au comptoir où Suzy et Truc étaient toujours accoudés. Suzy regardait le plafond en fronçant les sourcils.

— Il est en voie d'crevaison, c'néon.

Majella a acquiescé.

— Tu peux rien y faire ? Ça m'fiche la migraine.

*21 h 29*

*Objet 3.4. Bruit – Chanter comme une casserole*

La sonnette a retenti et Majella a levé les yeux. Arlene, Darlene et Jolene Logue sont entrées en troupeau dans le fish-and-chips. Jolene tenait son petit garçon par la main. Elles étaient toutes accoutrées avec leur panoplie western, la totale.

— Jellah.

— 'soir Majella.

— 'soir, m'dame.

Majella a adressé un signe de tête aux trois sœurs :

— 'soir.

Elles se sont arrêtées pour regarder le tableau des menus et Majella les a examinées. Les sequins sur leurs vêtements scintillaient dans la lumière. Majella se demandait toujours où elles trouvaient leurs sapes. Peut-être sur eBay. Elle était à peu près sûre que ça n'était ni Chez Friggs Fringues, ni chez New Look, à Strabane. Les minijupes en jean avec des machins brillants. Les crop-tops chatoyants. Les chapeaux de cow-girls. Les santiags fantaisie. Comme dans une série B américaine. Même le môme était déguisé en cow-boy miniature, car il faisait partie du show. Marty avait expliqué qu'elles avaient la country et le western dans le sang car leur père avait été un chanteur connu autrefois, avant son accident, qui depuis l'obligeait à bouffer en continu des antidouleurs. Majella a pris son stylo en voyant Arlene s'approcher.

— Qu'est-ce que j'peux vous servir ?

— Un menu poisson avec un Coca ?

— Un burger à papa et un Fanta, et un menu enfant nuggets pour mon p'tit homme.

— Pas d'souci.

— Des beignets d'oignons et des champignons à l'ail et des frites pour moi, Jellah, merci.

Jolene était la végétarienne de la famille et elle savait qu'il valait mieux éviter les burgers végé.

— Ça marche.

Majella s'est redressée et elle est allée donner la commande à Johann-Pol. Marty est sorti de la réserve :

— Y a du monde ?

— Nan. Juste les filles Logue.

— Les cow-girls Logue, tu veux dire ? Yee-ha !

Marty a sorti un lasso imaginaire et l'a fait tourner dans les airs. Puis il a attrapé Majella et l'a ramenée vers lui. Elle savait bien qu'elle devait se laisser ainsi tirer sur quelques pas, ensuite ils éclataient de rire tous les deux, seulement elle est restée là maladroitement, sans bouger, avec la sensation d'être une vache.

— Ah, t'es pas marrante c'soir, Jellah.

Elle a eu envie de lui expliquer, mais s'est contentée de hausser les épaules et de retourner au comptoir. Les trois filles Logue s'étaient assises le long de la fenêtre et répétaient leurs chansons, tandis que le petit hochait la tête en cadence sous son Stetson, acquiesçant apparemment au fait que parfois, c'était dur d'être une femme.

Le néon clignogno-tait-tait-gnogno-taaaait.

*22 heures*
*Objet 4.1. Lumières trop fortes – Les néons*

Jimmy Neuf-Pintes a posé son billet de cinq sur le comptoir.

— Un menu saucisse, ma bonne dame, un menu saucisse.

Majella savait bien que les frites et la saucisse de Jimmy rissolaient déjà dans la friteuse. Le néon épileptique clignogno-tait-tait-gnogno-taaaait.

— Ça marche, Jimmy.

Le tiroir-caisse a tinté en s'ouvrant. Majella y a rangé le billet crasseux de Jimmy, a refermé la caisse et a attendu en silence. Le néon vrombissait comme un fou, crescendo, mais enfin il s'est tu. Jimmy s'est trémoussé, puis il s'est penché sur le comptoir :

— Eh, tu veux pas goûter à ma saucisse ?

Il a gloussé en crachotant, et tapé sur le comptoir. Majella a attendu les dix secondes habituelles avant de lui balancer :

— Ta saucisse, j'm'en vais te la faire frire, si tu fais pas gaffe à toi.

Ils se sont tous mis à rigoler tandis que le néon clignogno-tait-tait-gnogno-taaaait, et que l'huile crachotait et frisait autour du menu saucisse du jeudi à Jimmy.

*23 heures*

*Objet 4.1. Lumières trop fortes – Les néons*

McCanny la Gerbe était venu chercher son truc habituel (*une portion de frites sans sel ni vinaigre*). Il regardait le vide par la fenêtre, parce qu'il ne se passait absolument rien dehors, hormis la pluie qui tombait. Marty fixait le néon qui cligno-gno-tait-tait-gnogno-taaaait-gno-taitgnotaitgnotait avec fureur.

— Putain, j'm'en vais aller chercher un marteau pour le finir, c'connard.

Majella savait que Marty n'avait pas de marteau et qu'il y avait peu de risque qu'il s'en prenne au néon. Elle n'était pas certaine de la relation potentielle entre le fait qu'il ne défonce pas le néon à coups de marteau et le fait qu'elle baise avec lui. C'était une manière très compliquée de se dire qu'il trouvait ce néon très chiant.

— Putain, ça m'donne mal au crâne.

Majella a fermé les yeux pour échapper au clignotement et à Marty. Mais elle entendait toujours le *vrrrrroooombiiiiissssseeeem-mmment* du néon qui bégayait, et elle savait que Marty n'en avait pas fini.

— Y a qu'à lui balancer un bon coup pour s'en débarrasser.

Il s'est levé et a jeté son torchon sur le comptoir.

— Et merde. J'vais m'fumer une clope.

Il est sorti dans la cour en claquant la porte derrière lui. À l'instant même, le néon a vrillé et éclaté. Tout à coup, le fish-and-chips s'est retrouvé plongé dans le silence et la pénombre. Majella a retenu son souffle aussi longtemps qu'elle a pu. Il ne se rallumait pas. Johann-Pol a crié depuis le fond :

— C'est prêt !

Majella a expiré longuement, lentement, et elle est allée chercher les frites de McCanny la Gerbe. Il avait déjà payé.

— Ta commande.

— Merci.

Il paraissait hésitant.

— On dirait qu'la lumière s'est éteinte.

— Ouais, t'as raison.

— Va falloir la changer, main'nant.

— Ouais. On l'f'ra.

Il a toussoté, puis s'est penché vers Majella :

— Eh, j'en ai une bonne. Tu sais combien qu'y faut d'gars du Sinn Féin pour changer une ampoule ?

Majella a haussé les épaules.

— Zéro. Les ampoules irlandaises ont l'droit d'décider d'leur prop' gouvernement à elles.

McCanny la Gerbe s'est mis à rigoler de son vieux rire enroué.

— T'as pigé ? Les ampoules irlandaises ont l'droit d'décider d'leur prop' gouvernement à elles !

Majella lui a souri même si elle ne comprenait pas la blague. Mais le néon était mort, et ça, ça la mettait vraiment en joie.

### *0 h 12*

### *Objet 12.1. Conversation – Rigoler et faire les cons*

À l'arrière, Majella s'occupait des friteuses. Elle avait sa dose du bavardage incessant qui se déroulait au comptoir. Johann-Pol faisait de son mieux pour comprendre les commandes qu'on lui passait. Il ne se débrouillait pas mal pour un mec qui n'était dans le pays que depuis six mois. Sauf que Majella doutait que l'anglais qu'on lui avait appris à l'école soit le même que celui qu'il entendait à présent.

— Un m'nu saucisse panée des frites pis d'la sauce.

— Donc, un menu saucisse panée avec des frites et de la sauce. Voulez-vous boire quelque chose avec ?

— J'vais prend' du lait.

— Une bouteille de lait. Ce sera tout ?

— Ouais, ça l'fait.

— Majella ! J'ai une nouvelle commande !

Elle a pris la commande de Johann-Pol, qui est aussitôt retourné à son poste.

— Personne suivante ?

Majella voyait que deux petites minettes le dévoraient des yeux. Elles étaient complètement soûles et se donnaient des coups de coude.

— Salut, Yaun-Paul. Eh, tu sais quoi, è t'kiffe grave, ma pote.

— Putain, ta gueule, Sinéad ! Ta gueule ! Fais pas gaffe à c'qu'è dit, Yaun-Paul. Elle est murgée.

Majella savait que Johann-Pol devait froncer les sourcils de confusion tout en les écarquillant de curiosité. Il adorait apprendre de nouveaux mots.

— Mur-gée ? C'est un mot nouveau, mur-gée ?

— Murgée ! Genre, elle est raide, quoi ?

— Raide ? Comme un bâton ?

Rires au comptoir.

Marty s'est ramené :

— Ça veut dire ivre. Comme toute la bande, là. Bourrées. Cuites. Pétées.

Johann-Pol s'est retourné vers Marty en souriant, la tête inclinée de côté tel un chien intelligent.

— Tous ces mots-là veulent dire ivre ?

— Qui c'est qu'tu dis qu'est schlasse ?

Marty s'est lentement retourné vers Seamus Dunne :

— Bah, j'dirais pas qu't'es schlasse, toi. Ou brindezingue. T'es un peu fait. T'as chaud aux plumes, quoi.

— Schlasse ? Brindezingue ? Fait ?

— Pour sûr, t'as pas la moitié des mots, là. Tu peux être rond comme une queue d'pelle, ou beurré comme un coing, ou encore dans les vignes au Seigneur.

— Rond comme une queue de pelle ?

Sabrina Carr s'est jointe à eux au comptoir.

— Ouais, ben moi, chuis pompette.

— Au moins, t'es pas biturée et t'as pas du vent dans les voiles.

— Bi-tu-rée ?

À présent, tout le monde écoutait. Ciara Maguire a lancé d'une voix flûtée :

— Avoir un coup dans l'aile.

Sa copine a renvoyé :

— Avoir les dents du fond qui baignent.

Franci Boyle que tout le monde croyait profondément endormi a levé la tête :

— Torché.

Marty l'a regardé et a donné un coup de coude à Johann-Pol :

— Poch'tronné. Poivré. Rétamé.

— Ah putain, la s'maine dernière, j'étais dans un d'ces états. J'en avais un sacré coup dans la trompette.

Majella était toujours près des friteuses quand la porte du fond s'est ouverte, et que de l'air frais est entré. Mr O'Naas l'a suivi.

— Un coup dans l'nez.

Mr O'Naas a regardé Majella :

— La recette ?

Majella s'est tournée vers lui :

— Tout de suite.

— Plein comme un œuf.

Majella lui a tendu la caisse du soir :

— Voilà.

— Plein comme un boudin.

Mr O'Naas s'est raclé la gorge, mal à l'aise.

— Merci, Majella. Merci à vous et bonne nuit.

— S'pique l'nez.

Majella a souri à l'oreille de Mr O'Naas.

— Bonn' nuit, Mr O'Naas.

— Soûl comme un Polonais !

Il est reparti sans demander son reste.

*1 h 52*

*Objet 12.4. Conversation – Les réminiscences*

Majella est arrivée dans son lotissement et a traversé le jardin pour rentrer chez elle. On aurait dit que toutes les lampes de la maison étaient allumées, signe que sa mère était bourrée et qu'une voisine était venue. Elle a introduit sa clé dans la serrure et ouvert la porte. Dans l'entrée, il faisait bon.

— C'est toi, Majella ?

Elle a refermé derrière elle.

— Ouais.

Sa mère n'a rien ajouté, aussi Majella est allée à la cuisine. La vaisselle qu'elle avait laissée empilée avait été lavée et rangée. C'est sûr : une voisine était passée. Majella a attrapé une assiette et mis son dîner dans le micro-onde, puis elle s'est versé un Coca et s'est assise à la table de la cuisine. C'est là qu'elle a reniflé l'odeur. Elle a regardé ses pieds, sous la table, ses semelles : elle avait marché dans une crotte de chien. Elle a juré et a aussitôt enlevé ses chaussures. Elle a regardé le lino de la cuisine : les traces se succédaient là où elle avait posé le pied, de moins en moins visibles. Elle a pris une paire de gants en caoutchouc, une éponge, l'a arrosée de javel et s'est mise à frotter le sol. Le micro-onde a sonné, mais elle a poursuivi son récurage dans le couloir, jusqu'à la porte. Quand tout a été nettoyé, elle est revenue à la cuisine, a jeté l'éponge à la poubelle, retiré les gants, et s'est longuement lavé les mains pour chasser l'odeur de caoutchouc.

Quand son estomac a été pleinement remis, elle a avalé une grande gorgée de Coca, pris son poisson et ses frites, et elle est allée au salon. Sa mère était assise sur le canapé, enveloppée dans la vieille couette de Majella, le visage humide et gonflé à force d'avoir pleuré. Elle avait tous les albums de photos de famille ouverts devant elle.

— Coucou.

Sa daronne n'a pas répondu, elle a détourné les yeux et passé la main sur son visage pour essuyer ses larmes. *Les plus belles chansons d'amour des années 80* gueulait sur la chaîne VH1. Sa mère a pris son mouchoir trempé et s'est mouchée dedans, avant de le laisser choir par terre et de lever son verre d'une main tremblante :

— Tu veux un verre, Jellah ?

— Nan, ça ira, merci.

Sa mère a reniflé et tourné une des pages rigides de l'album :

— Tu bois jamais beaucoup avec moi, hein ? Des fois, ça m'plairait d'avoir un peu d'compagnie.

Majella a mastiqué ses frites, puis elle a avalé.

— J'aime pas trop boire à la maison.

— Ah. C'est ça. T'es comme ton père. Y buvait pas beaucoup à la maison. Y préférait sortir, chercher la compagnie.

Majella a pris un morceau de poisson et l'a examiné. Elle savait qu'il représentait la combinaison parfaite entre le sel, le vinaigre, la panure et la morue. Elle a salivé quelques secondes avant de l'enfourner. Elle a mâché lentement, goûtant l'acidité du sel et du vinaigre opposée au moelleux humide de l'intérieur de la pâte et à la fermeté de la morue.

— Ouais. Il aimait la compagnie. À une époque, moi aussi j'aimais ça, la compagnie. Mais bon, tout a changé avec toi.

Majella a acquiescé et plongé une frite dans le ketchup. Elle se demandait ce qui avait changé à sa naissance. La vie devait être trépidante auparavant, si les disputes dont elle se souvenait dans son enfance étaient une amélioration par rapport à la situation antérieure. Elle se rappelait comment son père gueulait sur sa mère quand elle revenait à la maison après avoir passé toute la nuit dehors. Les mariages où ils étaient allés et où on l'avait laissée dormir dans la voiture, dans le parking de l'hôtel, pendant que son père essayait d'arracher sa mère à la compagnie de Dieu sait qui. La frite de Majella s'est cassée, et une moitié est retombée dans le ketchup. Elle l'a rattrapée et a tout fourré dans sa bouche.

— Te marie jamais, Majella. Te marie jamais.

Majella a vu sa mère s'enfiler une bonne rasade de whiskey. La flasque sous la table basse était vide. De toute façon il ne devait plus lui rester grand-chose dans les veines car sa cuite de la veille avait dû la calmer. Majella a fourré dans sa bouche un morceau de pâte qui était tombé et a mastiqué lentement.

— Le mariage, ça rend pas heureuse, Majella. Pas heureuse, non. Tu t'y perds. Tu perds tout. T'as ben raison d'rester vieille fille. De prend' la même voie qu'tatie Marie. Avoir ton chez-toi qu'est rien qu'à toi, avec tes affaires à toi, et après toi l'déluge.

Sa mère a laissé choir son verre dans les replis aplatis de la couette sale et elle a regardé Majella.

— Est-ce que tu t'rends compte c'que c'est qu'd'arriver à mon âge et d'avoir aimé qu'une seule fois ?

Majella comprenait qu'il s'agissait d'une question rhétorique, aussi elle n'a pas répondu, et a regardé sa mère s'avachir sur le canapé, en larmes avant de revenir à son dîner. Il ne lui restait plus que quelques frites. Elle les a rassemblées et les a enfournées. Sa mère pleurnichait toujours, allongée, les yeux fermés. D'habitude, Majella ne supportait pas de la voir ainsi, parce qu'elle faisait du bruit et foutait un sacré bazar. Des fois pourtant, comme ce soir, elle se contentait de verser des larmes – pas de sanglots ni de reniflements intempestifs – rien que les pleurs qui coulaient sur ses joues. Majella l'a contemplée ainsi pendant une minute puis s'est remise debout.

— Bon. C'est l'heure d'aller s'coucher.

Sa mère n'a pas bougé. Majella est allée à la cuisine jeter les restes de son dîner. Le sol était sec à présent, et elle voyait, là où elle avait frotté, des zones propres se détacher sur l'ensemble crasseux. Elle savait que ce ne serait pas du luxe de tout récurer à fond. Elle est retournée au salon.

— Bon. Allez. Il est temps d'monter. J'm'en vais t'aider.

Sa mère l'a regardée de ses yeux humides. Majella a doucement écarté la vieille couette et lui a tendu la main. Sa mère l'a repoussée :

— Ça va. J'peux m'lever toute seule. Ça ira.

Elle s'est en effet mise debout sans aide et a quitté la pièce en titubant. Elle ne tenait pas bien sur ses jambes, mais ne courait pas de vrai danger. Majella est restée dans le salon, attendant de voir si sa daronne était trop soûle pour faire sa toilette et allait directement dans sa chambre. Puis elle a entendu le sol craquer dans la salle de bains, alors elle s'est assise sur le canapé pour patienter. Elle a jeté un coup d'œil aux albums sous ses yeux. Il y avait longtemps qu'elle ne les avait pas regardés. Ses préférés, c'étaient les plus vieux, ceux des années 1970, quand tout le monde était jeune et portait ces fringues démentes. Elle n'avait pas feuilleté le dernier depuis des années. Sa mère l'avait longtemps tenu caché. À une époque, elle l'emportait partout avec elle : au lit, pour faire les commissions, et le gardait avec elle lorsqu'elle était assise à la maison. Cet album couvrait la période la plus longue, après la première communion de Majella. Elle l'a ouvert. Ils étaient là, tous les trois, ils fêtaient ses huit ans. C'était sa mémé qui avait pris la photo, voilà pourquoi ils apparaissaient tous les trois, mais le gâteau était hors champ. Son papa aimait faire des photos avec le gâteau, ce qui était plus facile pour dater les photos. Elle a tourné les pages de l'album, suivi son père, sa mère et la petite Jella vus sous différents angles, jusqu'à ses onze ans. Sa daronne avait pris la photo. On ne voyait pas le gâteau non plus – son père n'était pas là pour la prendre. Majella était grosse et elle avait l'air malheureuse avec cette horrible coiffure. Sa mère lui avait fait une mise en plis pour son anniversaire, et Majella détestait ces boucles qui lui donnaient l'allure d'un caniche renfrogné. Puis les photos s'arrêtaient, et des coupures de presse leur succédaient. La première datait de 1990. Elles étaient vieilles et commençaient à jaunir. Elle a commencé à lire l'article. Il s'agissait juste de brèves au départ. La police nord-irlandaise lançait un appel à témoins pour retrouver un homme disparu. Les articles étaient de plus en plus longs à mesure que l'inquiétude grandissait, c'est-à-dire lorsque les flics avaient admis être préoccupés pour la sécurité de l'homme en question. Quand les journalistes avaient eu vent des rumeurs qui circulaient, ils avaient commencé à ajouter des photos. Majella a passé les articles trash qui prétendaient que son père avait une liaison avec une autre femme. Elle a lu les plus politiques, qui mettaient en lumière les liens de sa famille avec les républicains, et fini par tomber sur une vieille photo de tonton Bobby O'Neill, dit le Goupil, et là elle s'est interrogée sur le fait qu'un membre de l'IRA avec autant d'expérience ait pu être victime de l'explosion prématurée de la bombe qu'il allait poser, ce qui laissait planer la possibilité d'un sabotage par un informateur. Elle s'est aussi posé la question des sources anonymes qui faisaient des déclarations cryptiques au sujet de son père, du genre : « On ne peut pas frayer avec les renards et chasser avec les chiens. » Elle a froncé les sourcils devant le lien qu'un journaliste établissait entre la disparition de son père et la bombe par procuration, insinuant qu'il s'était enfui avant de se retrouver enchaîné à l'une de ses propres bombes. Ensuite, il y avait cet article affreux publié pour les dix ans de sa disparition, au moment du vingt et unième anniversaire de Majella.

Mère et fille demandent des nouvelles

L'article les montrait toutes les deux assises sur le canapé. Sa mère, sur son trente et un, serrant une photo encadrée de son mari. Sur ce portrait, le père de Majella portait un maillot de l'Association athlétique gaélique vieux de dix ans, et une moustache comme on n'en voyait plus que sur la chaîne payante Gold. Majella a sauté directement aux dernières pages. Son cœur s'est mis à battre plus fort en découvrant le dernier article de l'album – tout frais du mois.

Une veuve âgée battue à mort dans une caravane
isolée – la police enquête sur les mobiles

Majella était trop fatiguée pour considérer les mobiles éventuels. Elle a replié l'article et refermé l'album. Puis elle s'est levée, a éteint la lumière et elle est montée se coucher.

# VENDREDI

## *9 h 30*
### *Objet 3.6. Bruit – Les alarmes et les sirènes*

Le téléphone de Majella s'est mis à vibrer sous son oreille droite. Elle a fouillé, a mis la main dessus et arrêté l'alarme. Putain, neuf heures et demie. Quelle heure barbare ! Majella s'est recroquevillée sous sa couette et s'est nichée au plus profond de son lit, tout en se demandant dans quel état serait sa mère. Elle se doutait qu'elle ne serait pas fraîche, aussi elle a décidé de commencer par s'occuper d'elle-même avant d'aller la réveiller. Elle a repoussé la couette et s'est traînée jusqu'à la salle de bains. Assise sur les toilettes, elle s'est interrogée sur ce qu'elle devait porter pour aller chez le notaire. Les seuls vêtements corrects qu'elle possédait étaient la tenue de cérémonie qu'elle avait mise pour l'enterrement. Elle savait qu'elle ne se sentirait pas très à l'aise avec ces fringues dans lesquelles elle s'était bourré la gueule, mais elle n'avait pas vraiment le choix. Elle a soupiré en se levant et s'est regardée dans la glace. Elle avait les yeux injectés de sang et le teint plâtreux. Un peu d'eau fraîche lui ferait du bien, donc elle a fait couler le robinet et s'est aspergé le visage et le cou. Puis elle a bâillé tout grand, a ouvert la porte de la salle de bains et s'est dirigée vers la chambre de sa mère. Là, elle s'est arrêtée, et elle a frappé avec fermeté.

— C'est l'heure d'se l'ver, on a rendez-vous chez l'notaire !

Elle est restée plantée là, tendant l'oreille pour voir si sa daronne était réveillée. Pas un bruit. Elle a frappé à nouveau.

Cette fois, sa mère a répondu :

— Ahhh. Laisse-moi encore une minute ! J'arrive bientôt !

Majella a levé les yeux au ciel. Ça signifiait qu'elle avait des trucs à faire :

— J'm'en vais met' la bouilloire à chauffer. Quand j'remonte, t'as intérêt d'êt' prête !

Elle a descendu l'escalier pour aller préparer le petit déjeuner.

Dans la cuisine il faisait froid et une lumière bleue venant du nord illuminait la pièce. Majella est allée voir où en était son linge. Il était enfin sec, et l'odeur de moisi avait à peu près disparu. Elle a rempli la bouilloire et l'a mise à chauffer. Pas de café ce jour-là. Ce serait une grande théière, assez pour elle et sa mère. Elle savait que celle-ci n'était pas en état de manger, mais Majella, elle, avait envie de ses toasts. Elle s'est arrêtée en entendant le pas irrégulier de sa daronne dans sa chambre, qui se dirigeait vers la salle de bains. Le cœur de Majella s'est serré, mais elle a mis ses tartines dans le grille-pain et sorti la vaisselle dont elle avait besoin. À l'instant où les toasts sont remontés, la douche s'est mise en marche en couinant. Majella a beurré ses tartines et étalé ce qui restait de confiture de framboise par-dessus. Ensuite elle a emporté son assiette et son mug dans le salon, puis elle est revenue à la cuisine chercher celui de sa mère, ainsi que la théière et les médicaments – là, elle s'est arrêtée pour réfléchir. Visiblement sa mère était en état de se déplacer, donc elle n'était pas mourante. Mais elle devait quand même avoir un peu mal aux mèches. Majella avait besoin que sa daronne soit en état, sans être trop remontée quand même, aussi elle a opté pour le Solpadeine. Ça coûtait cher, alors que sa mère avait son

Codoliprane 500 gratos, mais Majella savait que le mélange de caféine et de codéine du Solpadeine en valait la peine. Elle a tout apporté sur la table basse et s'est installée dans le fauteuil de son père. Elle a allumé la télé et s'est enfoncée dans le fauteuil avec son plateau devant elle. Elle a entendu sa mère sortir de la salle de bains. Aussitôt que la porte s'est ouverte, Majella a gueulé en direction de l'escalier :

— Y a ton thé qui t'attend !

Elle a entendu sa mère descendre laborieusement l'escalier. Elle est arrivée dans le salon emmitouflée dans sa robe de chambre grise, les cheveux enroulés dans une petite serviette rose passé. Elle s'est assise au bord du canapé et a tendu les deux mains vers la théière. Du coin de l'œil, Majella a vu celle-ci trembler, et sa mère en a renversé sur la table basse et sur ses magazines. Elle a ensuite pris deux comprimés de Solpadeine, les a fourrés dans sa bouche et avalés avec du thé. Même au bout de toutes ces années, Majella admirait la manière dont sa daronne gérait ses médicaments. Elle l'a regardée assise là, tremblante, les mains serrées sur son mug, les yeux braqués sur la télé où Phillip Schofield et Fern Britton s'esclaffaient devant la forme suggestive d'un légume racine.

*10 h 27*

*Liste des trucs bien*

*Objet* 2. Dallas

Majella avait enfilé son pantalon noir et un haut noir. Après s'être regardée dans le miroir, elle a rajouté sa polaire grise en espérant que ça lui donnerait moins l'air d'aller à un enterrement. Elle avait dans l'idée qu'il lui fallait un sac à main pour se rendre chez le notaire, aussi elle a sorti le seul qu'elle possédait. Elle avait fini de se préparer, ce qui était bien – elle ne stressait pas à l'idée d'être en retard. Elle n'était pas non plus inquiète pour sa mère car entre l'envie de savoir ce qui allait lui revenir et son goût immodéré pour se faire belle, Majella savait qu'elle serait prête longtemps avant le rendez-vous. Du coup, Majella avait du temps à tuer. Elle a pris le portefeuille où elle rangeait son salaire, a sorti les billets et les a comptés. Le compte y était, jusqu'au dernier penny. Il fallait concéder ça à Madame Connasse : au cours de toutes ces années où elle lui avait versé son salaire, elle n'avait jamais volé Majella. Elle ne lui avait jamais donné trop non plus, hein, mais elle ne l'avait jamais entubée du moindre penny. Majella a rangé l'argent et tout mis dans son sac. Elle passerait à la banque avant d'aller chez le notaire. Mais il était trop tôt. Sa daronne était encore vautrée devant la télé en robe de chambre, soignant sa gueule de bois avec son thé. Majella ne pouvait imaginer rester assise en face d'elle. Sauf qu'elle allait devenir folle si elle demeurait dans sa chambre à regarder son putain de plafond. Elle s'est jetée sur le lit et a attrapé les télécommandes du lecteur DVD et de la télé. Le générique de *Dallas* a retenti et Majella s'est allongée. Pam Ewing avait rendez-vous avec un camion d'essence, Majella le savait.

### *12 h 01*
### *Objet 3.8. Bruit – Les gosses qui pleurent*

Majella faisait la queue à la banque, elle se sentait mal à l'aise avec son sac à main et son pantalon noir de cérémonie. Elle espérait que personne ne remarquerait qu'elle s'était habillée si classe. Le mec juste devant elle n'était pas du tout habillé, lui. C'était un fermier des collines, maculé de boue jusqu'aux cuisses. Il donnait la main à un petit garçon qui arrivait à peine à la hauteur des bottes de son père. Majella n'aimait pas les paysans. Elle n'aimait pas cette manière qu'ils avaient de toujours se plaindre de ne pas avoir d'argent quand ils étaient au pub, alors qu'ils venaient déposer des grosses sommes à la banque. Elle n'aimait pas non plus le fait qu'ils soient plus grands et plus costauds que les gens de la ville, à croire qu'ils étaient taillés dans une étoffe plus résistante. Mais surtout, elle n'aimait pas leur odeur, surtout après qu'ils avaient fait cuire leurs bottes couvertes de bouse de vache pendant un quart d'heure devant le chauffage. Caitriona Meehan a fini ce qu'elle avait à faire et s'est écartée du comptoir, aussi Majella a ravalé ses pensées et avancé avec la file. Elle voulait déposer la plus grosse partie de son salaire pour combler le trou laissé par l'achat de sa couette. Il n'y avait plus que ce fermier devant elle. Le petit garçon lui avait faussé compagnie et se trouvait maintenant dans le coin réservé aux enfants où il regardait une blondinette qui s'adressait à des briques en plastique avec un accent américain. Majella avait déjà entendu les mômes de son lotissement parler ainsi. En imitant l'accent anglais ou américain. Et maintenant, il y avait les ados qui s'exprimaient comme dans la série *Friends*. Le petit garçon a tendu la main pour prendre une brique.

La fillette d'un geste extrêmement rapide la lui a reprise :

— Pardon, mais je joue avec ces briques ?

On aurait dit qu'elle lui posait une question alors qu'en fait elle lui disait d'aller se faire foutre. Son assurance a impressionné Majella malgré son âge. Le petit paysan l'a longuement regardée, ainsi que la maison qu'elle construisait, jaugeant l'ensemble de la situation. Soudain il a levé le poing, et celui-ci s'est abattu sur la maison, qui s'est écroulée. Tout le monde s'est retourné, et la gamine s'est mise à hurler. Sa mère a terminé ce qu'elle avait à faire au comptoir et s'est précipitée à son aide. Le garçon était toujours planté là, tranquille. Il ne souriait pas, n'avait pas l'air effrayé, il se contentait de regarder la fillette en pleurs et sa mère, en fureur.

— Gerard ?

Il s'est tourné vers son père.

— Viens un peu là, c'est not' tour.

Gerard a suivi son père jusqu'au comptoir. Majella a laissé passer la mère, traînant sa môme pleine de morve, et elle s'est avancée au-devant de la queue. Elle a jeté un coup d'œil au jeune Gerard, debout près de son père, les joues rouges. Lui aussi a regardé Majella un instant. Elle lui a lancé un clin d'œil. Il a froncé les sourcils, l'air perplexe, puis s'est retourné. Majella a eu envie de sourire.

*12 h 39*

*Objet 30.1. Trucs juridiques – Les notaires*

Majella, sa mère et tatie Marie étaient toutes les trois à l'étude de Paddy McConville. La lecture du testament était prévue pour midi et demi mais Paddy, fidèle à sa réputation, était en retard. Majella espérait que son beau fils dégingandé serait aussi présent. Elle supposait que oui, car la mort de sa grand-mère était la première d'envergure en ville depuis le cessez-le-feu de 1994, et c'était un sujet qu'il pourrait évoquer à Belfast avec ses amis de la bonne société. Sa mère était assise à sa gauche, elle grattait la peau sèche de ses bras nus. Elle s'était faite belle pour l'occasion, vêtue de son pantalon gris et d'un haut noir. Elle avait mis ses plus beaux bijoux et pris le temps de se maquiller. Elle présentait bien et sentait bon, surtout quand on savait la dose de whiskey qu'elle s'était enfilée dans le cornet la veille.

— Sapristi, y prend son temps, hein ?

La mère de Majella a regardé sa fille et sa belle-sœur, attendant une réaction. Marie est restée impassible, le regard dans le vague. Ses yeux bleus liquides étaient rouges, et elle était toute vêtue de noir.

— C'est-y qu'y croient qu'on a rien d'aut' à faire ?

Marie a décoché un regard mauvais à sa belle-sœur, puis elle s'est retournée vers le mur. Elle ressemblait au grand-père de Majella. Elle avait son nez crochu, son petit corps râblé, ses épaules et ses bras musculeux. Le genre de femme qui ne déclenchait pas l'enthousiasme des foules à Aghybogey, même avant qu'Internet ait mis les filles des Philippines à la portée des célibataires les plus versés en informatique. Elle ne s'était jamais mariée, même si elle avait eu quelques propositions après la mort de Bobby et la disparition de son autre frère, d'hommes qui espéraient que les terres leur reviendraient. Mais elle leur avait tourné le dos à tous, et au bout du compte, elle avait loué une petite maison à quelques kilomètres de chez sa mère, où elle semblait heureuse de vivre toute seule comme ça dans son coin. Marie et la mère de Majella ne s'étaient jamais entendues. Sa daronne disait que Marie ne lui avait pas pardonné d'avoir épousé son grand frère et de lui avoir fait quitter les collines pour la ville. Tatie Marie disait que sa belle-sœur était une catin. Majella comprenait leurs deux points de vue. Suite à la disparition de son père, sa tante avait pris sa place au moment de sa confirmation, mais très vite elle avait renoncé à ses devoirs de marraine. Majella ne lui en avait jamais voulu car elle avait toujours considéré que Marie était tellement chiante que le jeu n'en valait pas la chandelle. Majella s'est tournée pour regarder dehors. Depuis les locaux de McConville, on avait une belle vue sur la grand-place. Ça ne l'aurait pas dérangée de bosser là, dans un bureau, à regarder tout le monde passer sans qu'on puisse la voir en retour, et en n'ayant que des contacts virtuels avec les gens. La porte s'est ouverte et elles se sont retournées toutes les trois vers Paddy McConville qui est entré en hâte.

— Désolé de vous avoir fait attendre, mesdames. Absolument désolé. J'ai eu…

Il s'est tu. Elles sont restées muettes, l'oreille tendue.

— J'ai eu… des affaires à traiter. Des affaires.

Il a hoché la tête pour lui-même d'un air grave.

— Tout va bien, Paddy, vous en faites pas.

La mère de Majella lui a adressé son célèbre sourire. Majella se souvenait des ravages qu'il faisait autrefois, dans les magasins et dans les pubs. Les hommes se battaient pour pouvoir l'aider, et les femmes la détestaient autant qu'elles l'aimaient.

— Hum. Nous sommes donc réunis aujourd'hui pour procéder à la lecture du testament qui rassemble les dernières volontés de Margaret Anne O'Neill, dont le décès prématuré fut un crime ! Un terrible crime !

Paddy a gardé le silence quelques instants. Majella a vu Marie froncer les sourcils, ses bajoues tremblantes. Sa mère a acquiescé en soupirant.

— C'est tellement choquant. Un truc horrible pour une veuve. Vraiment horrible.

Paddy a hoché la tête en regardant la mère de Majella. Le silence est retombé tandis qu'il passait en revue ses papiers.

— Mesdames, vous avez été appelées car vous êtes citées parmi les bénéficiaires du testament de Margaret O'Neill.

Paddy a chaussé ses lunettes et scruté la feuille posée devant lui. Tout à coup on a entendu frapper doucement à la porte et la poignée a tourné. Michael, son fils, est entré.

— Désolé de vous avoir fait attendre, mesdames. Je terminais un appel téléphonique.

Majella s'est trémoussée sur son siège. Sa mère a lancé un grand sourire au jeune Michael McConville.

— Tout va bien, mon grand.

Michael McConville a adressé un sourire professionnel à sa mère, et Majella s'est raidie. Puis il s'est installé à la gauche de son père. Paddy McConville a levé les yeux de ses papiers pour regarder les trois femmes.

— Pouvons-nous commencer ?

La mère et la tante de Majella ont acquiescé et Paddy a baissé les yeux vers le testament.

— Il y a un moment que Margaret m'a confié ses dernières volontés. C'est un testament simple et nous allons procéder aussi rapidement que possible. Le premier nom sur la liste des bénéficiaires est Nuala O'Neill, habitant au 7, Dreggish Park.

Du coin de l'œil, Majella a vu que sa mère, soudain nerveuse, tripotait son alliance en or.

— Il est noté ici que Nuala O'Neill est la belle-fille de la défunte, il lui a été laissé la somme de cinq cents livres pour faire ériger une pierre tombale à la mémoire de son mari.

Majella a cligné les yeux, et s'est lentement tournée vers sa mère, soudain blanche comme un drap propre.

— Avez-vous des questions concernant votre héritage, Mrs O'Neill ?

Celle-ci a secoué la tête.

— L'argent a été placé auprès d'un fonds géré par cette étude. Quand vous serez prête, vous pourrez nous présenter votre demande.

Silence. Les trois femmes étaient assises bien droites, sans ciller.

— La deuxième bénéficiaire du testament est Marie O'Neill, résidant au 49, Drumcarney Road, à Drumcarney. Il est noté que Marie O'Neill est la dernière enfant de la défunte, et que celle-ci lui laisse la somme de trois mille livres à dépenser de la manière qu'elle voudra.

Les joues rebondies de Marie se sont empourprées. Majella a cligné les yeux. Trois mille livres ? Jamais elle n'aurait imaginé que sa mémé ait plus que l'argent de sa retraite, qui lui permettait de vivre au jour le jour. Comment diable avait-elle fait pour économiser trois mille livres ? Paddy a hoché la tête d'un air grave en direction de Marie, qui a serré son sac à main contre elle afin de masquer le tremblement qui secouait tout son corps.

— Je vous transférerai les fonds de la manière que vous souhaiterez, Miss O'Neill. Avez-vous des questions concernant votre héritage ?

Marie a secoué la tête. Majella a remarqué qu'elle luttait pour se contrôler. Elle a eu envie de poser la main sur la sienne pour l'aider à se calmer, mais elle n'a pas réussi à bouger, paralysée par vingt-sept années de rejet. Paddy est revenu au testament.

— La dernière bénéficiaire citée dans le testament est Majella O'Neill, habitant au 7, Dreggish Park.

Majella a sursauté en entendant prononcer son nom. Elle avait oublié qu'elle aussi était concernée par l'affaire.

— Il est noté que Majella O'Neill est la petite-fille de la défunte, qui n'avait pas d'autres petits-enfants et qui lui laisse ses terres et ses biens. Ce qui inclut quatre hectares de terres agricoles sur lesquelles demeurent une maison, en mauvais état, et une petite caravane, en bon état. Une rente de mille deux cents livres par an est en général générée par ce bien.

Pendant quelques instants tout est devenu noir autour de Majella. Puis elle s'est aperçue que Paddy et son fils la dévisageaient gentiment. Elle a tourné la tête pour regarder sa tante et sa mère, bouches bées. Majella a voulu s'excuser, mais aucun son n'est sorti. Tatie Marie l'a fusillée du regard et s'est retournée vers Paddy McConville.

— C'est *elle* qui hérite de la ferme ? C'est *elle* qui hérite de *mes* terres à moi ?

La mère de Majella la fixait toujours, encore sous le choc.

— Jellah ? Ça va ?

— C't'espèce de grosse andouille, là, qui va ou tout vendre ou tout laisser tomber en ruine ? C'est *elle* qui hérite de la ferme ?

Majella a réussi à se reprendre.

— Est-ce qu'y a des conditions attachées ?

Derrière les vociférations de tatie Marie, Paddy ne semblait pas avoir entendu Majella.

— PADDY !

Tout le monde s'est tu, les regards étaient braqués sur Majella. Elle a piqué un fard, mais a poursuivi.

— J'demandais, est-ce qu'y a des conditions à respecter pour qu'j'hérite de la ferme ?

Il a secoué la tête.

— Non, Majella. Il est stipulé ici que vous pouvez en faire ce que bon vous semble. Elle est à vous.

Majella sentait sur elle le regard de braise de sa tante. Sa mère, elle, avait les yeux fixés sur Paddy McConville. Majella espérait qu'elle n'allait pas poser la question qui devait lui brûler les lèvres. Pas devant Marie.

— Paddy. Dis-nous. Combien qu'ça vaut-y ces terres-là ? À la vente ?

Majella s'est levée avec gaucherie. Tout le monde l'a regardée à nouveau. Elle s'est sentie rougir une fois de plus.

— J'sors fumer une clope.

Elle a pris son sac, s'est faufilée devant sa mère et sa tante, et elle a dégringolé l'escalier jusque dans la rue. Elle s'est mise à l'abri de l'aveuglant soleil d'hiver, et elle a cherché à tâtons ses cigarettes. Elle en a allumé une d'une main tremblante. La première taffe a envahi ses poumons en profondeur et créé dans sa tête un vide dans lequel elle aurait aimé plonger, la tête la première.

### *13 h 23*
### *Objet 16. Boire*

Après la visite chez le notaire, Majella a fini chez Hey Good Cooking avec sa daronne. Ce n'était pas bien d'aller au restaurant après avoir reçu pareille nouvelle. Tous ceux qui avaient un peu plus qu'un pois chiche dans la tête croiraient qu'elles fêtaient ça.

N'empêche, c'était toujours mieux que d'aller au pub, où tous ces connards trop curieux réussiraient à faire parler sa mère dès que quelques verres lui auraient délié la langue.

— Et un p'tit verre de rouge, Theresa.

Majella a ronchonné intérieurement. Elle n'avait pas envisagé que le pinard serait au menu.

— Tu veux boire quèque chose, Majella ?

— Nan, juste de l'eau, merci.

— Pas d'souci.

La serveuse est repartie au bar avec sa commande. Sa mère a allumé sa cigarette et ses bijoux en or ont étincelé.

— Eh ben, c't'une sacrée surprise, hein ? Et pis une bonne surprise en plus, pour une fois.

Majella a haussé les épaules.

— Au moins, t'es récompensée pour toutes les fois où qu'tu t'es tapé cette putain de route à vélo quand t'étais gosse.

Majella a pris sa serviette et s'est mise à la triturer.

— Et la Marie qu'en pouvait p'us ! Elle était enragée, prête à cracher des clous !

— Ben è s'attendait à hériter d'la ferme.

— T'as raison, è s'attendait à hériter d'la ferme. C'est à peu près la seule chose qu'elle a attendu d'toute sa vie, c'te putain d'ferme.

Sa mère s'est penchée vers Majella en se tapotant la tête :

— J'crois qui lui manque une case.

Majella a haussé les épaules, bien qu'elle ait été d'accord avec sa daronne. Il y avait un truc bizarre chez tatie Marie, elle était différente. Elle a commencé à lisser la serviette entortillée sur sa cuisse.

— Et c'que t'a laissé mémé, à toi ?

Sa mère a froncé les sourcils en secouant la tête :

— D'l'argent pour une pierre tombale ? C'te blague !

Majella, elle, était convaincue que sa grand-mère avait réfléchi à ses dernières volontés très sérieusement et que ça n'avait rien d'une blague. Cette pierre tombale était un message adressé à sa belle-fille. Un message qui visiblement n'avait pas été compris.

— Chais pas à quoi è jouait, ta mémé, mais chuis déjà assez occupée comme ça. J'ai pas la santé pour aller courir partout planter des pierres tombales.

Majella s'est imaginé sa mère se précipitant à travers Aghybogey en érigeant des pierres tombales à droite, à gauche. On était loin de la stèle unique qu'elle se représentait mentalement, surplombant la tombe fraîchement creusée de sa grand-mère, avec les noms de son mari et de ses deux fils gravés dessus.

Theresa est revenue avec un grand verre de vin pour sa mère et une carafe d'eau pour elles deux. Majella doutait que sa mère soit capable de la soulever.

— Oh, merci, Theresa. T'es vraiment une chic fille.

— Pas d'souci, Mrs O'Neill. Pas d'souci.

Elle est aussitôt repartie en cuisine.

— Une chic fille, vraiment. Elle aide toujours sa mère. Vera m'disait l'aut' jour qu'è lui ramène de l'argent et tout.

— Tant mieux pour elle.

Le silence est tombé. Sa mère a porté son verre de vin à ses lèvres et l'a goûté, gardant le vin en main, le temps d'avaler et d'en jauger la qualité.

— Pas trop mal. Pas aussi bon qu'la bouteille que Monica m'a ram'née de chez Tesco à Noël dernier, n'empêche.

Elle a porté à nouveau le verre à ses lèvres et bu une autre gorgée. Puis elle l'a tendu à Majella.

— Tu veux-t'y goûter ?

Elle a secoué la tête :

— J'travaille tout à l'heure. J'peux pas.

— Toi et ton putain d'boulot. Tu peux pas t'lâcher un peu pour une fois, après une nouvelle pareille ? Prend' le temps pour réfléchir à des choses, et pis fêter ça un p'tit peu, non ?

Majella a haussé les épaules. Sa mère a bu à nouveau une gorgée. Le verre n'avait pas encore touché la table. Elles sont ainsi restées assises en silence jusqu'à ce que Theresa apporte les entrées.

— Pain à l'ail et soupe aux champignons ?

— Pour moi la soupe, le pain, c'est pour elle.

Theresa a renversé un tout petit peu de soupe en déposant le bol devant la mère de Majella, qui s'est jetée sur son pain à l'ail pendant que sa mère chassait la serveuse qui voulait nettoyer. Theresa repartie, sa daronne a soupiré :

— Ouais, une chic fille. Elle aide rudement bien sa famille.

### *14 h 30*
### *Objet 23. La crasse et le désordre*

Majella était de retour chez elle, assise dans le fauteuil du salon. Elle ne comprenait pas comment c'était arrivé. Elle avait eu beau hâter les choses, elle avait fini à deux heures et quart. Pourtant, sa mère n'avait pas mangé grand-chose. Elle avait touillé sa soupe, et au final elle en avait mangé moins que Theresa n'en avait renversé. Après, elle avait picoré son poulet et ses frites pendant que Majella s'envoyait une part de gâteau au chocolat et même un café. Enfin bref, à deux heures vingt, sa mère était en train de se gratouiller les bras en contemplant son verre vide. C'était le deuxième. Majella était assise sans rien dire. Elles n'avaient pas échangé un mot depuis que Theresa avait débarrassé les assiettes du plat de résistance et apporté la note, que Majella avait payée. Ensuite, sa daronne avait dit qu'elle pensait aller faire un tour au pub, histoire de s'en enfiler un petit dernier pour la route. Majella avait haussé les épaules et elles étaient reparties chacune de leur côté. Elle savait qu'à l'heure où elle irait bosser, toute la ville ne parlerait plus que de ça. Heureusement, elle commençait à quatre heures. Et elle pouvait également arriver un peu en avance, pour se faire pardonner auprès de Marty ses deux retards consécutifs. Même si le vendredi, c'était une longue journée.

Majella s'est étirée dans le fauteuil et a bâillé à s'en décrocher la mâchoire. Elle s'est abandonnée aux frissons qui l'ont parcourue et s'est levée pour aller à la cuisine. Elle en avait marre de la voir aussi crade. Elle a pris la bouilloire, l'a installée sur son socle et a appuyé sur Marche. Puis elle s'est approchée de l'évier et a mis l'eau chaude à couler. Elle a essoré l'éponge sous le jet, l'a aspergée de liquide vaisselle et a commencé à frotter l'évier. Mais la crasse était tellement incrustée qu'au bout d'un moment, elle a bien dû admettre que l'éponge et le liquide vaisselle n'étaient pas à la hauteur. Ce qu'il lui fallait, c'était ce produit industriel que Madame Connasse achetait par bidons entiers pour Salé, Pané, Frit ! Et un truc plus efficace que cette éponge en guise de grattoir. Sans oublier quelques jours de tranquillité, sans sa mère dans les pattes. La bouilloire glougloutait derrière elle, alors Majella a laissé tomber l'éponge dans l'évier, a rincé un mug et elle s'est préparé une bonne tasse de thé.

### *15 h 32*
### *Objet 26. Veillées, mariages, baptêmes, enterrements*

En passant, Majella a jeté un coup d'œil dans la vitrine de Ryan Hair. D'habitude, le vendredi, le salon était rempli de gars qui voulaient se faire beaux pour sortir le soir, du coup le spectacle était intéressant. Mais ce jour-là, il était à moitié vide. Encore tout à sa déception, elle a sursauté à cause de coups de klaxon en rafale provenant d'une file de voitures qui suivaient une Land Rover tirant une remorque autour de la grand-place, tous phares allumés. Un type était attaché dans la remorque, tête baissée, il était couvert de bouse de vache, de paille et de farine. Majella a repris sa route en écoutant les jeunes, garçons et filles, hurler tandis que la Land Rover faisait et refaisait le tour de la grand-place, avant de se diriger vers les lotissements. Majella a de nouveau regardé la remorque, mais le mec était trop maculé de bouse pour qu'elle puisse le reconnaître. Marty saurait. Elle est arrivée devant Salé, Pané, Frit !, s'est préparée à affronter la sonnerie et est entrée. Johann-Pol était au comptoir, sourcils froncés. Visiblement, Marty n'était pas là et Johann-Pol avait dû faire l'ouverture tout seul.

— Ça va-t'y, Yaun ?

— Ça va, Majella. Et toi comment vas-tu ?

— Pas mal.

Johann-Pol a ouvert le comptoir pour la laisser passer.

— Qu'est-ce qu'il arrive à l'homme dehors ? Pourquoi est-il puni ?

Majella a regardé dehors, ne comprenant pas de quoi il parlait.

— Qui ça ?

— L'homme qui fait le tour de la ville derrière la Land Rover. Est-ce qu'ils vont le tuer ?

— Ah, lui ! C'est juste un enterr'ment d'vie d'garçon pa'ce qu'y va s'marier !

— Un enterrement ?

Yaun regardait toujours Majella, l'air inquiet.

— Ouais. Y va s'marier, du coup, ses potes l'ont attaché dans la remorque et l'ont couvert de merde. Et main'nant, y l'font défiler à travers la ville pour rigoler un peu.

Johann-Pol a regardé dehors en fronçant les sourcils. La Land Rover est passée sur un dos-d'âne et, dans la remorque, le garçon est tombé à la renverse.

— Pour rigoler un peu ?

— Ben ouais.

Majella était mal à l'aise. Elle comprenait qu'aux yeux de

Johann-Pol, ça pouvait paraître cruel, alors elle a répondu ce qu'elle avait entendu d'autres dire dans la même situation.

— Bah, c'est rien qu'des gars qui déconnent entre eux.

Johann-Pol a souri, mais ses sourcils étaient toujours froncés.

— Oui.

Majella s'est gratté la cuisse. Elle n'était pas très douée pour toutes ces explications interculturelles, même si elle avait appris beaucoup sur l'univers d'Aghybogey depuis que Johann-Pol travaillait au fish-and-chips. Il posait les mêmes questions qu'un gosse, et Marty prenait beaucoup de plaisir à tout lui expliquer dans un anglais lent, sonore et simple.

— J'f'rais mieux d'aller met' ma combi.

— Oui, Majella. Je reste là.

Au moment où elle entrait dans la réserve, la sonnette a retenti et le bruit des klaxons s'est trouvé amplifié pendant quelques secondes, le temps que la porte se referme.

— Oh putain ! Vous avez vu qu'est-ce qui z'y ont mis à Jimmy Kelly ? Ça va pas plaire à la p'tite Kerry McCoy ! Faudra qu'y s'lave bien derrière les oreilles avant d'se pointer à l'église, demain !

Marty venait d'arriver.

— Dans la merde jusqu'aux yeux ! Y l'ont pas raté !

Marty avait l'air enchanté. Majella s'est retournée, et elle l'a vu qui regardait la Land Rover et la remorque, tandis que le jeune Johann-Pol contemplait Marty. Elle a pris son uniforme dans son sac.

### *16 h 30*
### *Objet 46. Le snobisme*

Majella a vu le premier car de ramassage scolaire s'arrêter sur la grand-place pour laisser descendre les élèves qui allaient au collège en dehors de la ville. Majella trouvait ça bizarre que tout le monde fréquente les mêmes écoles primaires mais qu'après le passage de l'examen de fin de primaire, une division profonde sépare les élèves. Ceux qui rataient l'examen, en effet, restaient à Aghybogey et allaient à Saint Christopher ; ceux qui réussissaient devaient s'acheter un uniforme coûteux, se lever pratiquement deux heures plus tôt que les autres, et passer une heure dans un bus poussif avec tout un tas d'autres ados qui s'en allaient dans Dieu sait quels collèges où leurs mamans et leurs papas avaient décidé de les inscrire. Majella avait réussi son examen, mais elle avait refusé d'être envoyée chez les bonnes sœurs passer les cinq années suivantes dans une classe remplie de filles, avec que des dames et des bonnes sœurs comme profs. Elle avait obtenu ce qu'elle voulait et s'était retrouvée à Saint Christopher. C'était bizarre comment un uniforme pouvait tourner la tête aux gens. Des gosses qui étaient normaux à la fin du primaire et échangeaient des cartes avec les autres enfants du lotissement, dès Noël, cessaient de s'adresser à ceux qui fréquentaient Saint Christopher. Même leur accent se transformait, passant du bon vieil accent d'Aghybogey à celui d'Omagh, tellement plus chic. La sonnette a retenti et Majella s'est retournée pour voir entrer un groupe de filles. Sales petites snobinardes, s'est-elle dit rien qu'en les regardant. N'empêche, elles venaient toujours chez Salé, Pané, Frit ! les soirs où elles voulaient grailler quelque chose. Des frites la plupart du temps, parfois un curry de pois cassés qu'elles se partageaient. Elle a attendu tandis qu'elles contemplaient le menu. Une bande d'anorexiques, toutes pareilles – à elles quatre, elles faisaient à peine une Majella.

— On voudrait une grande frite avec du sel et du vinaigre, s'il vous plaît.

— Ça marche.

Majella a crié la commande à Johann-Pol, mais à entendre le sifflement des friteuses, il l'avait lancée au moment où la fille l'avait passée. Les quatre collégiennes sont allées s'asseoir près de la fenêtre, leurs jambes maigrichonnes dépassant de leurs uniformes. Aideen avait fait partie de ces collégiennes. Elle avait passé une année là-bas, puis avait refusé d'y retourner. Sa mère avait fini par l'inscrire à Saint Christopher. Elle sortait complètement du lot en ce début de classe de cinquième. À part Majella, toutes les filles étaient assises à côté d'une autre fille, amie ou simple camarade de travail. Majella s'entendait mieux avec les garçons qu'avec les filles de la classe car elle les trouvait plus francs du collier. Les profs avaient collé ensemble Aideen et Majella en ce début d'année, et allez savoir comment, elles s'étaient habituées l'une à l'autre. Majella aimait bien les histoires de collège que lui racontait Aideen à propos de la prof de sport lesbienne, de la prof de sciences psychopathe, et de la vieille bonne sœur qui avait perdu la boule, mais comme c'était la dernière des nonnes encore vivante, on lui passait tout car on considérait que ses actes ne regardaient plus que le Seigneur. Tout cela confortait Majella dans son choix d'aller à Saint Christopher.

— C'est prêt !

Majella est venue chercher les frites des collégiennes, que Johann-Pol avait emballées pour les rapporter au comptoir.

— Merci, Yaun.

Toujours assises devant la fenêtre, les filles ignoraient Majella. Elle a posé les frites sur le comptoir.

— V'là vos frites, les filles.

Elles ont toutes levé les yeux vers elle, puis se sont toutes détournées. La cheffe du groupe s'est levée et a pris le paquet.

— Merci.

Pas une fois elle n'a regardé Majella, ni en lui parlant, ni en payant, ni en prenant sa monnaie. Majella n'en avait rien à foutre en soi qu'elle ne la regarde pas, mais elle savait bien que de la part de la gamine, c'était une manifestation de mépris. Elle les a observées s'en aller vers la grand-place. Elles se sont assises sur un des bancs et se sont partagé les frites. Elles ont mangé lentement, comme si elles n'avaient pas faim, avant de mettre à la poubelle l'emballage et de repartir dans la rue. Majella était à peu près sûre que très bientôt l'une d'entre elles irait vomir derrière la porte verrouillée des toilettes. De si bonnes frites, quel gâchis.

### *17 h 10*
### *Objet 18.1. Les règles – Le syndrome prémenstruel*

Majella était sortie de derrière le comptoir pour nettoyer la grande fenêtre. Ce n'était pas une tâche dont elle s'acquittait en temps normal, mais elle avait mal au ventre et au dos, et elle voulait se concentrer sur autre chose. Elle savait qu'elle allait avoir ses règles, mais elle ne savait pas très bien quand. Parfois, elle était mal pendant des jours avant de vraiment commencer à saigner. Elle a arrêté de frotter la vitre et à la place s'est frotté le dos pendant une minute. C'était difficile à travers le nylon de sa combinaison. Elle s'est remise à nettoyer la vitre, observant un vieux couple qui sortait de chez le bookmaker pour aller au pub. À leur allure, Majella a su qu'ils avaient gagné. Le pas lent, ils prenaient leur temps, savourant l'argent dans leurs poches, riant un bon coup. Les perdants sortaient toujours en vitesse, sans demander leur reste, ils fonçaient chez eux, à croire qu'une mouche les avait piqués, ou filaient boire un coup s'il leur restait encore quelques sous. Majella s'est demandé où pouvait être sa mère à cette heure-là, et elle a soupiré.

— Qu'est-ce y s'passe, Jelly ? T'es fatiguée ?

Majella s'est retournée et elle a vu Marty accoudé au comptoir.

— C'est rien. J'en ai marre, c'est tout.

— Allez, raconte.

Ils sont restés comme ça une minute sans bouger. Puis Majella s'est remise à frotter la fenêtre.

*18 h 01*

*Objet 1. Bavardages, commérages et autres conneries*

Majella était appuyée au comptoir et se curait les ongles. C'était moins efficace que de claquer des doigts, mais ça lui procurait un certain soulagement. Depuis la réserve, Marty lui a crié :

— C'est pas toi qu'j'ai vue rentrer chez Paddy McConville, tout à l'heure, Jell-ah ?

Elle a fermé les yeux très fort.

— Chais pas ? Tu m'as vraiment vue ?

Marty est arrivé au comptoir, à côté d'elle :

— Ben, j't'ai p'têt' pas vue d'mes prop' z-yeux. Mais j'ai ouï dire qu't'étais allée chez Paddy McConville aujourd'hui.

Majella a ouvert les yeux et scruté le plafond maculé de gras.

— Ben alors tu sais très bien où qu'j'étais.

— Et donc, t'as été l'voir ?

Majella a sorti un grain de sel de sous l'ongle de son index, et elle a acquiescé. Marty s'est appuyé sur le comptoir, nonchalamment vautré sur son bras gauche.

— T'avais des affaires à régler avec lui ?

— Ouais.

— Genre, un testament, quoi ?

— Ouais.

— Le testament à ta grand-mère ?

Majella a acquiescé, puis elle est passée aux ongles de sa main droite.

— Donc, ta grand-mère, elle a fait un testament ?

— Ouais.

— Eh ben, un testament, c'est pas rien, ça. Ça coupe l'herbe sous l'pied à toutes les rumeurs. On peut pas contester un testament.

— Chais pas.

Il valait mieux être sourde que d'entendre ça. Marty fonçait tête baissée.

— D'accord. Y a eu du bisbille sur qui qu'a quoi ?

— Pas vraiment.

Marty n'a plus rien dit pendant un moment, le temps de trouver un nouvel angle d'attaque.

— Ouais, j'imagine que ta mère et toi, vous z'avez pas contesté les droits à Marie sur la ferme, pas vrai ?

— Nan.

— Alors, qu'est-ce qu'è t'a laissé, ta grand-mère ?

— Pas grand-chose. Quelques photos, des trucs, quoi.

— Ah, c'est super. C'est sympa d'avoir les photos en souvenir.

Majella avait fini de se curer les ongles. Elle a tendu les doigts devant elle, puis elle a fait tomber la minuscule pile de saleté par terre.

— Ouais. Les photos, c'est chouette.

— Est-ce que ton paternel était mentionné dans l'testament ?

Majella s'est tournée vers le poisson auquel on avait dessiné une bite. Quelqu'un avait rajouté des poils et une giclée de foutre.

— Ben oui, pourquoi ?

Là-dessus, Majella s'en est allée dans la réserve, compter les nuggets de poulet.

### *19 h 14*
### *Objet 6. Madame Connasse*

Majella a donné à Patsy Mulherne la bouteille de ketchup pour qu'elle mette la dose qu'elle voulait sur son hamburger de poulet. Patsy a secoué le flacon pour faire descendre la sauce jusqu'au bouchon-poussoir. Elle a visé et lâché un gros blob de ketchup en plein milieu de son hamburger et a fait deux fois le tour du périmètre. Majella s'est demandé si elle avait jamais pensé à écrire son nom. Parfois, elle-même dessinait un M à l'intérieur du hamburger, puis elle appuyait le *bun* par-dessus très fort, avant que quiconque ait pu le voir. Patsy a rendu la bouteille à Majella.

— Merci Majella, c'est sympa.

— Pas de souci, Patsy.

Patsy a reposé avec soin le *bun* par-dessus la viande et elle a refermé le couvercle en polystyrène. Elle est partie en tenant la boîte à deux mains pour la maintenir bien droite. Majella ne comprenait pas pourquoi elle faisait tant de chichis avec la sauce, et la fermeture de la boîte, et la manière de la tenir, alors qu'elle bouffait la merde qu'il y avait entre les deux moitiés du *bun*. Majella savait que les hamburgers de poulet étaient décrits comme *Hamburger de filet de poulet – le meilleur de l'aiguillette* sur le menu, mais que sur les cartons dans la réserve il était écrit : *Hamburgers de poulet premier prix*. Un jour, elle avait lu un article sur la viande reconstituée, et plus jamais elle n'en avait mangé. Elle se limitait au poisson. Elle s'est écartée du comptoir et s'est étirée, le tissu de sa combinaison prêt à craquer au niveau des coutures. Soudain, elle a senti un liquide chaud descendre dans sa culotte. Elle a retenu un grognement.

— M'en vais faire un tour au fond du jardin, Marty. Tu t'occupes du comptoir un moment, s'te plaît ?

Marty a acquiescé, et Majella est sortie par la porte de derrière dans la cour sombre, où elle a cherché à tâtons la porte des toilettes. Elle l'a ouverte et a tiré sur la cordelette pour allumer. Une ampoule nue s'est mise à briller tout près de sa tête. Elle a refermé derrière elle, tiré le verrou, défait son uniforme et baissé son jogging et le reste. Elle s'est assise sur la lunette glaciale et a jeté un œil à sa culotte. Les Anglais avaient débarqué. Elle a entendu le sang dégouliner dans les toilettes. Elle est restée assise le temps de pisser et de laisser la première vague de sang s'écouler, puis elle a attrapé un tampon dans la poche de son jogging. Elle n'avait jamais tellement aimé ces trucs-là. Ça ne lui avait jamais paru tellement naturel. À l'école, les filles se racontaient à voix basse des histoires terribles sur les tampons.

*Ma maman m'a dit que quand elle était à l'école, y avait une fille qui utilisait des tampons et un jour elle est tombée dans les pommes et elle est morte, et tout ça, c'était à cause d'un tampon… ma maman dit que le père McAteer dit que les filles qui utilisent des tampons, elles sont plus qu'à moitié vierges du coup les hommes voudront pas d'elles… ma sœur, elle dit qu'y avait une fille dans sa classe qui avait mis un tampon et il s'est perdu à l'intérieur et on a dû l'amener à l'hôpital et lui faire une grosse opération pour le lui retirer et même que c'est des hommes qui ont fait l'opération… y avait cette fille au collège et elle avait utilisé ce tampon que lui avait filé une dame en Angleterre, eh ben elle a attrapé le sida…*

Il avait fallu des années à Majella avant de se résoudre à en utiliser. Aucun des conseils qu'elle avait lus sur les notices ou dans les magazines pour ados comme se détendre et poser un pied sur le rebord d'une baignoire dans une salle de bains chauffée avant d'insérer doucement le tampon, rien n'avait jamais marché pour elle. Alors un soir elle s'était bourré la gueule avec Aideen et elles s'étaient rendues à Donegal pour essayer. Là, elle avait réussi – même si picoler chaque fois qu'elle avait besoin de mettre un tampon n'était pas une tactique envisageable sur le long terme.

Majella s'est levée et s'est frotté les fesses pour se réchauffer avant de remonter sa culotte et son jogging. Elle s'est lavé les mains et les a secouées. Madame Connasse n'avait jamais pris la peine de mettre un essuie-mains dans les toilettes extérieures. En revanche, elle avait fait installer un sèche-mains électrique dans les toilettes à l'intérieur. Il y avait même du savon. Mais la porte était verrouillée, car elles servaient seulement à elle, à son mari et aux services de l'hygiène lorsqu'ils passaient. Majella s'est dépêchée de rentrer. Le jeune Johann-Pol s'occupait des friteuses. Majella a jeté un œil vers le comptoir : Marty bavardait avec Serena Lynch, qui a regardé Majella d'un drôle d'air. Majella détestait qu'on la regarde comme ça. Déjà qu'il était difficile de comprendre ce que les mots des autres signifiaient, décrypter les regards relevait de l'impossible. Elle n'a pas prêté attention à Serena et a pris une serviette en papier pour s'essuyer les mains. Marty a donné à Serena son paquet :

— Allez, prends donc tes frites, sinon è vont êt' froides.

Il avait un ton bizarre que Majella n'a pas réussi à identifier. On aurait dit un acteur débutant dans *Coronation Street* qui ne maîtrisait pas encore son personnage.

— Merci, Marty. C'vieux Billy va m'gueuler d'ssus si j'me grouille pas un peu. Salut, Majella.

— Salut.

Majella l'a vue sortir à toutes jambes du fish-and-chips, déclenchant la sonnette au passage.

— C'est quoi, son problème ?

— Comment ça, c'est quoi son problème ?

— Pourquoi è m'a r'gardée comme ça ?

Soudain, Marty lui a paru tout en fausseté.

— Ah ? J'ai rien vu.

Majella l'a fixé, impassible. Elle pouvait rester ainsi un temps indéfini. En général, Marty finissait par craquer et crachait le morceau.

— Eh bien, je suis heureuse de voir que vous ne vous tournez pas les pouces, tous les deux.

— Bonjour, Mrs O'Naas.

— Majella. Marty. Il semblerait que le jeune Johann-Pol, ici présent, est le seul à travailler.

Majella n'a pas répondu. Madame Connasse trouverait à redire quoi qu'il advienne. Mais Marty n'a pu se contenir.

— Oh, mais, Mrs O'Naas, tout est OK, on est bons, à la minute près.

Majella a fermé les yeux, imaginant un chiffon rouge agité sous le mufle d'un taureau. La voix de Madame Connasse a retenti à nouveau, grimpant douloureusement de quelques octaves.

— Vraiment ? Vous n'avez plus rien à faire ?

Elle a commencé à regarder autour d'elle.

— Le sol a grand besoin d'être lavé. Et à quand remonte la dernière fois que vous avez récuré le comptoir ? La réserve a-t-elle été balayée cette semaine ? Quelqu'un a-t-il nettoyé les toilettes depuis la dernière fois que j'y suis passée ?

Rien n'était jamais assez propre, rien n'était jamais assez bon pour elle. Majella s'est approchée du comptoir, elle a revêtu son masque de neutralité parfaite, et elle a fixé les yeux sur l'oreille gauche de Madame Connasse. Elle savait que l'autre ne supportait pas ça. Puis elle a vu son regard glisser sur elle et continuer, jusqu'à ce que ses yeux s'écarquillent soudain et qu'elle devienne toute rouge.

— MAIS qu'est-ce que c'est que ÇA ?

Majella s'est retournée. Elle avait oublié les poissons avec une bite et une chatte. Elle a tenté de réprimer le sourire qui remontait des tréfonds de ses entrailles. Marty a aussitôt embrayé :

— Ah, c'est juste des jeunes, l'aut' soir, on avait l'dos tourné, et du coup, on les a pas vus faire.

— Ah ! Mais à présent vous le voyez ? Alors que comptez-vous faire ?

Marty a regardé Majella. Elle a haussé les épaules, du coup il a dû continuer :

— Ben on allait vous informer qu'y fallait r'peind' par-d'ssus ?

Madame Connasse était toujours aussi rouge et ses sourcils froncés formaient deux rides profondes.

— Eh bien moi je vais vous dire ce que vous allez faire. Vous allez prendre un seau et une éponge et nettoyer ces horreurs qui défigurent mes murs, voilà ce que vous allez faire.

Elle les fixait tous les deux de ses yeux bleu pâle qui lançaient des éclairs. Le sourire de Majella s'était noyé dans le bain acide de son ventre. Madame Connasse a pivoté sur elle-même et elle est partie.

Marty a regardé Majella en fronçant les sourcils à son tour :

— J'vais chercher l'seau.

Majella n'a rien répliqué.

*20 h 11*

*Objet 1. Bavardages, commérages et autres conneries*

Marty et Majella étaient dans la cour. Le jeune Johann-Pol avait été chargé de laver par terre. Marty disait que ça suivait la règle du procédé de délégation et que c'était une opportunité intéressante pour un employé junior d'acquérir de l'expérience. Majella appelait ça perdre son temps. Marty s'est penché pour allumer la clope de Majella, puis il a allumé la sienne avec la même allumette. Il aimait bien faire certains trucs à l'ancienne. Par exemple, utiliser des allumettes plutôt que des briquets. Majella adorait l'odeur des allumettes qui s'enflammaient. Marty s'est assis sur un tonnelet de bière et a pris plusieurs petites taffes rapides avant de souffler la fumée. Majella frissonnait dans le froid.

— Alors, qu'est-ce que j'entends ? Qu'tu serais une héritière, main'nant ?

Majella a froncé les sourcils.

— De quoi qu'tu parles ?

— Oh allez, Jelly, on m'a juste raconté qu't'avais eu un coup d'pot.

Majella a longuement tiré sur sa cigarette :

— Ah ouais ?

— Ben ouais.
— Et qui c'est qui t'a raconté ça ?
— Allons, on dit juste que t'as hérité un peu d'terre.
— C'est Andrea Gurney ?
Marty a commencé à se trémousser sur son tonnelet.
Majella a ricané :
— Pour sûr qu'c'est Andrea Gurney.
— Ben, elle me l'a p'têt' raconté, mais y m'est rev'nu toutes sortes de choses aux oreilles aujourd'hui.
— Mémé m'a laissé la ferme. Tu l'sais déjà. Chais pas c'que tu cherches à savoir d'aut'.
Majella a laissé tomber sa clope à moitié fumée et elle est retournée à l'intérieur en claquant la porte derrière elle.

*20 h 30*
*Objet 43. Les Anglais*

C'était le coup de feu. Un tas de gens avaient débarqué à Salé, Pané, Frit ! et tout le monde en avait marre d'attendre – Majella savait de longue date que les gens affamés n'avaient aucune patience. Elle avait écrit ses commandes à la hâte, pour que les choses aillent vite et que les clients se sentent au moins pris en considération. Mais maintenant, elle était face à Fidelma O'Brien, qui s'interrogeait d'une voix chantante pour savoir si elle préférait des beignets d'oignons ou des champignons à l'ail. Majella savait parfaitement qu'elle finirait par choisir les champignons, comme d'habitude. Elle savait aussi que derrière Fidelma, Seán McCormick, mort de faim, était prêt à commander ses habituels curry, frites, oignons et pois cassés, et encore derrière, il y avait Mary Byrne, qui ne prenait jamais rien d'autre qu'un menu poisson. Majella savait également que puisqu'il y avait la queue, tout le monde s'attendait à ce qu'elle prenne les commandes dans l'ordre – pratique qui n'était pas forcément toujours logique. Un peu plus tard dans la soirée, quand les gens commençaient à être bien faits, elle pouvait lancer un clin d'œil à Seán McCormick et lui glisser : « Comme d'hab ? », alors il lui adressait un petit signe de tête, et elle faisait passer sa commande avant celle de Fidelma ni vu ni connu. Mais si jamais elle tentait ça à cette heure-là, ce serait l'émeute. Dehors, une bande de mecs gueulaient *Hey Baby*. Presque tout le monde à l'intérieur s'est retourné pour regarder Jimmy Kelly qui se pintait la gueule avant son mariage, le lendemain matin. Marty avait expliqué à Majella qu'il avait déjà enterré sa vie de garçon à Newcastle, mais que ses cousins anglais étaient là pour le mariage et qu'il leur faisait faire la tournée d'Aghybogey.

Majella a vu passer une bande de gars habillés presque tous de la même façon, en jeans et chemises à carreaux, qui criaient : « Oh ! Ah ! » Ils étaient pétés comme des coings, avec Jimmy Kelly au beau milieu. Il avait l'air de s'être parfaitement nettoyé depuis tout à l'heure. Un des Anglais s'est arrêté pour frapper à la vitre, puis il a remonté sa chemise et il a agité sa bedaine ballottante avant de repartir en titubant. Majella était à peu près certaine que ni elle ni aucune des filles présentes n'aurait voulu sortir avec lui.

— Des champignons à l'ail. J'vais prend' les champignons à l'ail.

Majella a senti le soulagement de Seán McCormick. Elle a griffonné la commande de Fidelma, sans cesser de penser à la brioche de cet Anglais, tremblotant mollement à la fenêtre.

### *21 h 39*

### *Objet 11.2. Mauvaises odeurs – La mauvaise haleine*

Marty s'en était bien tiré avec les poissons à queue et à con. Il avait frotté si fort qu'à présent on ne voyait plus guère qu'une tache pâle à la place des organes sexuels. Majella a sursauté quand la sonnette a retenti. La grosse Suzy Loughlin est entrée lourdement. Pour une fois, elle n'a pas pris le temps de regarder les menus. Elle est venue droit vers Majella, le souffle court. Majella a pris en pleine figure son haleine chargée, puanteur répugnante qui l'a aussitôt crispée et fait s'écarter le plus possible.

— Salut, Suzy.

— Majella.

Suzy n'avait pas l'air dans son assiette. Elle a tourné la tête et roté un bon coup. Un nouveau nuage odorant est arrivé aux narines de Majella.

— Ça va, Suzy ?

— Nan, chuis pas en forme. J'ai passé la journée à chier et à gerber. Chuis malade à crever.

— Ah.

— Et l'seul truc que j'ai bouffé hier, c'est la merde qu'on est v'nus ach'ter ici.

— Ah.

— Putain, j'ai été malade comme un chien toute la journée. À rendre. Courir aux chiottes.

Majella n'avait jamais vu Suzy courir. Elle a essayé de ne pas l'imaginer vomissant dans les toilettes.

— Mmmm.

— Et c'pauv' Eamonn. Il est encore au lit. Même pas capab' d'se l'ver.

Eamonn. Voilà donc comment il s'appelait. Eamonn Machinbidule.

— Ah, le pauvre.

— L'est dans l'même état qu'moi. La chiasse et la gerbe.

— Mmmmm.

Suzy a marqué un temps d'arrêt. La sueur luisait sur son front. Elle s'est essuyé le visage, puis elle a roté à nouveau. Majella a jeté un coup d'œil aux serviettes en papier et lui en a donné un bon paquet.

— Alors. Qu'est-ce que vous allez faire à propos d'mon intoxication alimentaire ?

L'une des rares cessions de formation que Madame Connasse avait payées à Majella et Marty concernait justement les prétendus cas d'intoxication alimentaire. Par conséquent, Majella savait exactement quoi répondre.

— J'regrette, mais Salépanéfrit ! peut pas endosser la responsabilité d'vot' intoxication alimentaire. N'empêche, l'établissement va faire un geste commercial envers vous, vu vot' condition, et vous offrir un r'pas gratuit.

— Un r'pas gratuit ?

Majella a acquiescé.

Suzy avait l'air furieuse, mais tout à coup elle a blêmi. Elle s'est approchée de la fenêtre et s'est assise sur le rebord pour se reposer :

— Faut que j'réfléchisse à qu'est-ce que j'vais prend'.

— Super.

Majella s'est concentrée sur ce qui se passait dehors tandis que Suzy laissait échapper un nouveau rot retentissant, avant de jeter sur le tableau des menus un regard concupiscent. Majella était à peu près sûre qu'elle ne s'était même pas aperçue que le néon avait été réparé.

### *22 h 05*
### *Objet 47. La tromperie et la duplicité*

Majella a regardé l'heure. Il était dix heures passées et Jimmy Neuf-Pintes n'avait pas encore déposé son billet de cinq sur le comptoir en échange de son menu saucisse.

Elle s'est tournée vers Marty :

— Aucun signe de Jimmy Neuf-Pintes, c'soir ?

Marty a bougé, mais sans perdre des yeux les friteuses :

— Nan. Aucun signe.

Le fish-and-chips était bondé, et c'était difficile d'avoir une conversation suivie avec Marty, mais Majella a insisté :

— C'est pourtant pas son genre d'sauter son dîner ?

Marty a arraché une autre commande du tableau et s'est mis à la lire avec attention.

— Nan. L'a dû arriver un truc.

Marty a poursuivi sa besogne. Majella parvenait à entendre les rires fantômes de Jimmy et Marty par-dessus les crachotements et le grésillement de l'huile.

*23 h 01*

*Objet 3.3. Bruit – Les volets qui grincent*

Majella et Marty étaient tous les deux au comptoir. L'heure passée s'était avérée très chargée. Un paquet de jeunes stationnaient à l'intérieur. La moitié venait manger avant d'aller se biturer, l'autre était tout simplement rentrée pour se protéger du froid. Un tas de gens étaient rassemblés sur la grand-place, en attendant que les portes des bus s'ouvrent. Mais jamais elles ne s'ouvraient avant l'heure du départ, même quand il gelait. Majella savait que c'était une sage politique car plus les gens restaient dans le bus, plus il était crade en fin de soirée. Les filles n'étaient pas nombreuses dehors – la plupart étaient assez intelligentes pour rester à l'intérieur des bars, bien au chaud. Julie-Anne Peoples s'est éclairci la gorge pour signifier à Majella qu'elle était prête à passer sa commande.

— Qu'est-ce que j'peux t'servir ?

— Juste des frites.

Majella a rédigé sa commande. Julie-Anne Peoples avait à

peine quinze ans. Et ses petites copines n'étaient guère plus âgées. Majella s'imaginait qu'elles se partageaient les frites et gardaient leur argent pour se payer à boire. Elle a jeté un coup d'œil dehors. Des mecs picolaient, ils s'étaient rassemblés autour de quelques réformés qui buvaient leurs bières devant le Duke Inn. Les Anglais étaient là eux aussi, à gueuler et jouer les durs. Majella s'est dit qu'ils feraient mieux de faire gaffe à leurs miches car si une bagarre se déclenchait, il y en aurait plus d'un qui serait trop content de se payer un Rosbif.

Julie-Anne Peoples regardait dehors également, un sourcil relevé :

— Y en a qui cherchent la baston.

Majella a acquiescé et, de derrière ses friteuses, Marty a lancé :

— Qui c'est qui cherche la baston ?

— Ceux-là, dehors.

Marty s'est ramené au comptoir, et il est resté auprès de Majella à observer tout le bordel à l'extérieur. Majella a continué à prendre les commandes en gardant un œil sur la grand-place. Quand ça commençait, tout allait très vite. Quelqu'un a jeté une bouteille vers les réformés et, à l'instant où elle a éclaté contre le mur, tout est parti en couille. Majella et Marty assistaient au spectacle avec détachement, jusqu'à ce qu'un Anglais vienne ricocher contre la vitrine et s'écroule à terre en se tenant le visage. Marty a bondi :

— J'm'occupe de la porte. Toi, Jelly, tu fermes les volets.

Majella a immédiatement appuyé sur le bouton pour baisser le rideau de fer, tandis que Marty relevait le comptoir et se précipitait pour verrouiller l'accès. Le volet est descendu en grinçant. Majella voyait les bouteilles voler au-dehors. Un groupe de mecs en avait mis un par terre et ils se lâchaient sur lui.

Johann-Pol est arrivé, lâchant les friteuses :

— Il y a de la bagarre, hein ?

— Ouais.

Majella regardait quelques gonzesses qui hurlaient en s'accrochant à leurs mecs pour les empêcher de s'en mêler. La dernière chose qu'ils ont vue avant que le rideau ne touche le sol, c'est un Anglais gisant à terre tandis que deux réformés se défoulaient sur lui à coups de pompes. Une fois le rideau en place, Marty a déverrouillé la porte et l'a rouverte. Julie-Anne Peoples était ennuyée.

— Mais comment qu'on va sortir ? Faut qu'j'attrape mon bus pour Letterkenny !

— J'te f'rai sortir par la porte de derrière dès qu't'auras récupéré ta commande.

Johann-Pol est reparti s'occuper des friteuses, tandis que Marty se rapprochait de la fente aménagée pour le courrier dans le rideau métallique.

— J'vais prend' les commandes, Jelly.

Majella savait bien que Marty ne voulait rien rater du spectacle : rester à la porte pour les commandes signifiait qu'il gardait un œil sur ce qui se passait à l'extérieur. Le vieux Brendy O'Donnell qui reluquait entre les lattes du volet est venu s'accouder au comptoir, juste devant Majella. Celle-ci s'est tendue. Elle n'aimait pas trop Brendy O'Donnell.

— Y a pire comme endroit où êt' coincé, pas vrai ? Au moins, on mourra pas d'faim.

Majella a fui son haleine aillée.

— Nan.

On a raclé le rideau métallique :

— Eh, z'êtes ouverts ?

Marty s'est penché vers la fente du courrier :

— Qu'est-ce qu'on peut vous servir ?

— Un burger à papa, des beignets d'oignons et des frites avec d'la sauce.

— Pas d'souci.

Majella avait déjà rédigé la commande. Le rideau a de nouveau retenti quand quelqu'un s'est écrasé dessus. Majella est allée donner la commande à Johann-Pol. Elle était fatiguée, en sueur. Et elle avait bien besoin d'un verre.

*23 h 59*

*Objet 5.6. Trucs parfumés – L'après-rasage*

Majella est sortie dans la cour. Il faisait maintenant un froid de canard et elle frissonnait. Elle a allumé sa clope et s'est collée contre le mur pour se protéger du vent. Elle a serré ses bras contre elle et pris une taffe vite fait avant de lentement souffler la fumée. Le froid avait coupé court à la bagarre, dehors. Ils s'étaient tous tirés Dieu sait où, laissant les flics patrouiller dans leurs voitures blindées. Majella s'est retournée quand la porte du Full Cup s'est ouverte. Elle espérait que ce serait Peader, sortant un tonnelet, mais non, c'était Damien Devine, qui bossait là de temps à autre. Il tenait par la main une fille en minijupe. Majella avait bien noté que les minijupes étaient revenues à la mode après avoir été éclipsées pendant une courte période par les pantalons sexy. De là où elle était, elle sentait les relents de l'après-rasage de Damien. Elle l'a vu pousser la fille contre le mur du fond, près de la pile de tonnelets, et ils ont commencé à se rouler des pelles. Majella les observait en fumant sans bruit. Il n'a pas fallu longtemps avant que Damien remonte la jupe de la fille et que celle-ci baisse sa culotte. Majella a même entendu tinter la boucle de la ceinture de Damien quand il l'a défaite. Elle se demandait vraiment comment ils faisaient avec ce froid. Elle a tiré une taffe pendant qu'ils tiraient leur coup. Et puis soudain, à la surprise de Majella, tout a été fini. Elle a laissé choir son mégot et l'a écrasé. À l'extrémité de la cour, les deux autres ne l'ont pas entendue. Majella en revanche a entendu Damien remonter sa braguette et reboucler sa ceinture. La gonzesse s'est recoiffée et rhabillée, l'air boudeur. Damien est rentré sans se retourner, elle l'a suivi. Grelottante, Majella est retournée en hâte à l'intérieur, elle aussi. Il a fallu plus longtemps que d'habitude pour que ses tétons se détendent en rentrant dans la chaleur huileuse de l'atmosphère du fish-and-chips.

### *0 h 20*
### *Objet 9.7. Maquillage – L'autobronzant*

Majella balayait le fond du local. Elle avait mal au ventre et elle ne pouvait plus supporter de s'adresser aux clients au comptoir, même si c'était calme. Elle avait déjà balayé la réserve et elle avait laissé la porte ouverte pour aérer un peu. Johann-Pol s'occupait des friteuses tandis que Marty tenait le fort du comptoir, d'où il admirait le bronzage de Breda McElvaney.

— Sacrées couleurs que t'as c'soir !

— Pas mal, hein ?

— Ah ouais ! Et ça sort pas d'une bouteille, ça, pas vrai ?

Majella se demandait toujours comment Marty réussissait à faire la différence entre celles qui utilisaient de l'autocuisant et celles qui étaient vraiment allées au soleil.

— Ah que non. Sauf si t'arrives à caser deux semaines à Ko Kut dans un flacon ! Ah, la Thaïlande…

— Nom de Dieu ! J'ose pô imaginer !

Marty et Breda ont éclaté de rire ensemble. Majella a tiqué en entendant ce nom. Elle trouvait que c'était un nom mal foutu, comme le loch Con, dans le comté de Mayo. Mais bon, ils devaient faire avec, de même que les habitants du loch Con, qui avaient leur festival et leur club de plongée. Sauf que le loch Con n'avait pas la chance d'avoir le même climat que l'île Ko Kut. Majella avait compris à la couleur de Breda McElvaney qu'il devait y avoir pas mal de soleil en Thaïlande. Les vacances, c'était devenu la folie ces dernières années, tout le monde prenait l'avion pour les quatre coins du monde à n'importe quelle période de l'année. Quand elle était petite, ils ne faisaient pas grand-chose, à part aller un jour par-ci par-là à Bundoran, au cours des deux semaines où l'usine leur donnait congé. Elle se rappelait les vraies vacances qu'ils avaient prises une fois, après que son papa avait réparé la vieille Ford de Brian Carey pour qu'il puisse faire l'aller-retour en Angleterre. En échange, Brian leur avait prêté sa caravane à Bundoran. Majella le revoyait arrivant à la maison avec un seau rouge et une pelle bleue dans les mains, qu'il avait triomphalement brandis devant elle et sa mère.

— On part en vacances !

Sa mère était assise à la table de la cuisine, où elle buvait son café :

— En vacances ? Comme si on avait les moyens d'aller faire les marioles en vacances ?

— Brian Carey m'file les clés d'sa caravane pendant la s'maine où l'usine est fermée. È s'ra rien qu'à nous.

— Sa caravane à Bundoran ?

— Ouais.

Majella se rappelait le frisson qui l'avait alors traversée. Une caravane au bord de la mer.

— Ouais, enfin c'est pas Ténériffe.

Majella avait vu s'éteindre l'étincelle dans les yeux de son père. Sa mère avait continué, s'en fichant complètement.

— Et où c'est qu'y va s'il a pas b'soin d'ses clés ?

— Il emmène Caroline et les mômes voir son frangin qu'a chopé l'cancer, à Dagenham.

Sa mère avait ricané et pris une gorgée de café. C'était ce jour-là que son père avait donné à Majella le seau rouge et la pelle bleue. Elle était sortie dans la cour bétonnée et elle avait commencé à s'entraîner à creuser, histoire d'être prête. En fin de compte, même sa mère avait fini par se réjouir à l'idée de ces vacances et elle était allée en ville s'acheter de nouveaux habits. Majella se souvenait de l'avoir vue étaler sa collection de minishorts, de jolis tee-shirts et de minijupes. Lorsqu'ils étaient montés dans la petite voiture de son père, prêts à partir pour Bundoran, sa maman était très en forme, tout sourire et rouge à lèvres, battant des cils derrière ses nouvelles lunettes de soleil, en faisant au revoir aux voisins. À l'arrière, avec son seau rouge et sa pelle bleue, Majella se sentait ridicule dans le short rose trop petit que sa mère l'avait forcée à enfiler. Ils avaient mis la radio à fond pendant toute la durée du trajet, sa mère chantait, les vitres étaient baissées et le soleil chauffait à faire fondre le goudron. Ils s'étaient arrêtés pour manger une glace dans une petite ville et s'étaient baladés en dégustant leurs cônes. Arrivés à Bundoran, le papa de Majella s'était garé à côté de la caravane. Elles étaient à côté de lui lorsqu'il avait ouvert la porte, et sa mère s'était précipitée à l'intérieur en retirant ses lunettes de soleil. Majella l'avait suivie, serrant son seau et sa pelle. Il régnait une drôle d'odeur dans la caravane. C'était humide et ça sentait le poisson. Il y avait même des relents de gaz qui étaient restés dans la bouche de Majella comme un mauvais goût. Mais rien de tout ça n'avait d'importance. Ils étaient en vacances, le soleil brillait et la mer autour d'eux murmurait doucement.

— Et les travestis. T'imagines pas comment qu'y sont bien gaulés ! Y en avait partout chez Pat Pong's. T'as honte de toi, en tant qu'nana, tellement qu'y sont canon !

— Ah, Breda. Nous, les Irlandais, on veut que des vraies gonzesses. Y a qu'ça qui nous intéresse.

Majella a jeté un coup d'œil à Marty et Breda qui bavardaient toujours au comptoir, puis elle s'est retournée vers le tas de saletés qu'elle avait balayées.

— Paraît qu'ces mecs-là, y font ça encore mieux qu'les nanas !

*1 h 27*
*Objet 16. Boire*

Le fish-and-chips était plein à craquer. Il y avait longtemps que Majella ne demandait plus aux gens ce qu'elle pouvait leur servir. Elle essayait juste de prendre les commandes dans l'ordre, sans faire de connerie, en s'assurant bien de n'en enregistrer qu'une par personne, car certains étaient tellement torchés qu'ils ne se souvenaient plus de ce qu'ils avaient commandé ni même s'ils l'avaient fait.

*menusaucisseœufetrizfrit*
*burgeràpapadesbeignetsdoignonsetdesfritesarroséesdsauce*
*desfritesaufromagedespoiscassésetd'lasauce*
*unedoublebarquettedemayoàl'ail*
*maisputaincombiendtempsquyfautattend' ?*
*menupoissonetdeuxCocasivousplaît*
*unburgerpanéetdesfritesavecdelasauce*
*laissetesmainsoùkèsontespècedenculé*

Sur le mur, la pendule gratuite continuait d'égrener les secondes.

*2 h 23*
*Objet 34.1. Disputes – En venir aux mains*

Majella a ouvert la porte. Aussitôt, elle a compris que sa mère était restée en ville à la fermeture des pubs. Elle est néanmoins demeurée sur ses gardes car elle pouvait revenir à tout instant. Elle s'est précipitée à la cuisine et a fourré sa bouffe au micro-onde. Après, elle est montée dans sa chambre, a mis en route le radiateur soufflant pour avoir chaud, et a retiré ses baskets et son soutif. Elle avait les seins douloureux à présent qu'ils étaient libres, et elle les a massés doucement. Elle a entendu le micro-onde sonner, en bas, et son premier mouvement a été de courir chercher son assiette. Mais elle savait qu'il valait mieux tout organiser pour n'avoir plus qu'à se mettre au lit sans bouger avec son dîner. Donc elle est allée aux toilettes enlever son tampon et a mis une protection spéciale nuit à la place, puis elle s'est lavé les mains et la figure en vitesse. Elle a ensuite avalé deux comprimés de Codoliprane 500. Elle savait qu'elle devrait se brosser les dents, mais elle n'avait pas envie de gâcher le goût de son dîner. Elle est enfin redescendue, a pris son assiette dans le micro-onde. Le nuage odorant qui est sorti en même temps lui a mis l'eau à la bouche, alors elle est remontée quatre à quatre. L'escalier a protesté contre cette rupture avec la tradition, mais Majella a foncé malgré tout. Elle a fermé la porte de sa chambre à clé et elle a soupiré de soulagement.

L'atmosphère dans sa chambre s'était réchauffée, aussi du bout du pied elle a éteint le radiateur et s'est installée dans son lit. Ça la gênait un peu de prendre son repas blottie sous sa nouvelle couette, mais au moins elle était au chaud et en sécurité. Elle a commencé à manger, enfournant les frites et le poisson dans sa bouche, avalant vite fait la nourriture bien chaude, se délectant de la sentir lui remplir le ventre. Elle aurait voulu ne penser à rien. Mais elle ne cessait de revoir la caravane dans sa tête : sa mère ne buvait que du thé et son père lisait le *Mirror*. Elle revoyait la scène, tous les trois sur la plage, sa maman allongée sur sa serviette, avec son petit bikini et ses grosses lunettes, ignorant tout en s'en délectant les regards des types posés sur elle. Elle se rappelait que son papa se mettait en maillot de bain même quand il y avait des nuages, que son dos blanc avait rougi, tandis que son cou et ses bras brunis fonçaient encore davantage. Ils mangeaient dehors tous les jours, écoutaient les nouvelles à la radio de la République, et l'Irlande du Nord paraissait soudain faire partie de ces pays lointains, ravagés par la guerre, dont on entendait parler de temps à autre, et envers lesquels on éprouvait un sursaut de sympathie avant de les chasser de son esprit. Elle se souvenait d'avoir regardé la pluie tomber dans le café où ils s'étaient réfugiés, puis ils étaient allés aux arcades glisser quelques pennies dans les machines à sous. Dans la caravane, ils jouaient au poker avec des allumettes et ils mangeaient tous les jours des glaces. Leurs petites vacances s'étaient avérées à la fois ennuyeuses et merveilleuses, jusqu'au jour où un type qui disait être son tonton Paddy était venu les voir au Sea Shell Café où ils mangeaient en fin de journée. Majella se souvenait que son père n'avait pas l'air très content de le voir et que sa mère lui avait à peine adressé la parole. Mais il les avait collés comme une mouche à merde, racontant des trucs auxquels Majella ne comprenait rien, pérorant alors que tout le monde autour d'eux se taisait. Il avait demandé à Majella dans quelle caravane ils se trouvaient et elle le lui avait dit. À voir la tête de sa maman, elle avait compris que répondre était une erreur. Tonton Paddy avait souri à Majella en disant qu'il passerait les voir et sa mère lui avait balancé « Fous le camp ! », aussi il avait pris l'air offensé, et le papa de Majella avait dit : « Du calme, Nuala, du calme. » Tonton Paddy avait quitté le café tout en demandant à la cantonade ce qu'il avait bien pu faire et s'il avait blessé quelqu'un ? Après son départ, la maman de Majella avait allumé une cigarette. D'habitude, quand elle était contrariée, c'était un vrai moulin à paroles. Ce jour-là, elle était restée là à fumer, sans rien dire. Elle avait retrouvé sa bonne humeur un peu plus tard lorsqu'elle avait gagné le jackpot dans une machine à sous – cinq livres. Elle avait acheté une énorme barbe-à-papa qu'elle avait partagée avec Majella. Tout s'était passé normalement jusqu'au lendemain, où ils étaient allés tous les trois à la plage. Majella avait envie de faire pipi. Seulement elle n'aimait pas les toilettes publiques de la plage, qui puaient, surtout depuis qu'elle avait entendu sa mère raconter à quelqu'un qu'une femme y avait accouché et qu'elle avait laissé le bébé mourir par terre. Majella sentait le fantôme du bébé partout autour d'elle chaque fois qu'elle y allait, alors ce jour-là, elle a préféré courir jusqu'à la caravane pour faire pipi chez elle. Elle n'était pas verrouillée car personne ne fermait à clé dans le camping pendant l'été. Majella a ouvert la porte mince et elle est entrée. Les rideaux étaient tirés, bloquant la lumière, et elle l'a flairé avant de le voir.

— Alors, Majella. Tu viens-t'y pas dire bonjour à ton vieux tonton Paddy ?

Il était assis dans le fauteuil de son père et fumait une cigarette. Majella a hésité, puis elle a fait un pas vers lui. C'est l'odeur de bière qui l'a arrêtée. À côté de tonton Paddy, un sac plastique rempli de canettes, posé par terre.

— Ben t'embrasses pas tonton Paddy ?

Majella a secoué la tête. Paddy s'est penché, a pris sa bière et bu un coup.

— Tu r'ssemb' pas beaucoup à ta maman.

Majella n'a pas bougé, elle observait les yeux injectés de sang qui glissaient sur son corps.

— T'es pas du tout comment qu'j'aurais imaginé sa fille.

Majella ne bougeait toujours pas. Elle n'aimait pas tonton Paddy. Et pas seulement à cause de l'odeur. Elle l'observait qui la regardait, l'air de rien. Feignant de s'intéresser à sa bière. Elle avait déjà vu sa mère faire ça. Faire semblant de boire son thé ou de lire un magazine alors qu'en fait, elle suivait des yeux Majella, prête à lui sauter dessus. C'est là que tonton Paddy a bondi. Mais Majella était prête. Elle a sauté de côté, et il est retombé dans le fauteuil.

— Ben c'est pas très gentil, ça, hein ? Tu t'barres quand est-ce que ton tonton y veut t'faire un câlin ?

Majella n'a rien dit, elle est restée plantée là, près de l'évier. Ce qui ne lui plaisait pas du tout parce que son tonton se trouvait entre elle et la porte.

— Nan. T'es pas une bonne petite fille. T'es sûrement rien qu'une sale gosse pourrie-gâtée par sa manman et son papa.

Tonton Paddy a fini sa bière, puis il a écrasé la canette entre ses doigts et l'a balancée par terre. Ça n'a pas du tout plu à Majella. Ce n'était pas sa caravane. Ce n'était même pas leur caravane à eux. Et ils en prenaient grand soin.

— Il faut ramasser.

Tonton Paddy l'a dévisagée :

— Qu'est-ce tu racontes ?

— Il faut ramasser. C'est pas vot' caravane.

Tonton Paddy est resté là, à la regarder, bouche bée.

— Et c'est pas non p'us ta caravane à toi d'après c'que j'ai entendu, espèce de p'tite pisseuse. Pis d'abord j'y fais c'que j'veux dans c'te putain d'caravane.

Majella l'a vu ouvrir sa braguette et sortir sa quéquette.

— J'f'rai c'que j'veux dans c'te putain d'caravane.

Il s'est levé et a fait un pas vers Majella, son zguègue à la main. Soudain il s'est arrêté, l'a regardée droit dans les yeux, et il s'est mis à pisser par terre. Majella s'est aussitôt sentie écœurée par l'odeur. Il venait à peine de finir quand la porte de la caravane s'est ouverte. La maman de Majella est entrée, son papa derrière elle. Il a fallu quelques secondes à leurs yeux pour s'adapter à la pénombre. Majella a reculé pour s'éloigner de la moquette trempée.

— Espèce de salopard ! Qu'est-ce tu fous dans ma caravane ! Et putain qu'est-ce que tu fous avec ma môme ! Espèce de sale bâtard de mes deux !

Tonton Paddy est resté planté là, rangeant tranquillement son engin dans son pantalon. Il n'a pas eu le temps de remonter sa braguette que la mère de Majella s'est jetée sur lui, lui griffant le visage. Tonton Paddy lui a balancé un coup de poing puis un coup de pied. Mais il n'a pas eu le temps de faire plus car le père de Majella lui est tombé dessus. Majella a reculé le plus possible et a regardé les deux hommes se battre, faisant trembler la caravane tout entière. Finalement, son papa a réussi à foutre dehors tonton Paddy, qui a atterri le cul dans l'herbe et s'est éloigné en rampant. Le père de Majella l'a poursuivi et l'a chassé du camping. Sa mère était assise par terre et elle pleurait sur la moquette pleine de pisse. Un peu plus tard dans la soirée, elle a ouvert les bières que tonton Paddy avait laissées et se les est enfilées une par une, jusqu'à ce qu'il n'en reste plus.

Le lendemain, Majella s'en souvenait, sa maman est restée au lit. Donc, c'est son papa qui l'a amenée à la plage. Rien que tous les deux. Ils ont barboté dans l'eau, et il lui a acheté une glace. Ce jour-là, il a vraiment été aux petits soins avec elle. Il n'arrêtait pas de vérifier que tonton Paddy ne l'avait pas embrassée, ni ne lui avait fait des câlins. Il n'arrêtait pas de lui dire que son tonton n'était pas près de revenir, qu'il y veillerait. Lorsqu'ils sont rentrés à la caravane pour le déjeuner, la mère de Majella n'était plus là. Son papa lui a préparé vite fait un sandwich à la confiture, puis il l'a ramenée à la plage et il a commencé à creuser un trou avec elle. Quand il a pensé qu'elle était suffisamment absorbée par la tâche, il a dit qu'il allait faire un tour en ville pour chercher sa maman, qu'il en avait pour une minute, et qu'après il reviendrait la chercher. Majella a continué à creuser son trou en le regardant s'éloigner, au cas où il se retournerait. Elle a encore persisté un moment, au cas où il reviendrait aussi vite qu'il l'avait dit. Quand le trou a été assez profond pour qu'elle s'assoie dedans, elle a posé la pelle bleue et s'y est installée pour attendre. Elle a patienté jusqu'à ce qu'elle ait vraiment trop faim. Alors, elle a pris le seau et la pelle et elle est retournée à la caravane, où elle s'est préparé un autre sandwich à la confiture et s'est mise au lit.

## SAMEDI

### *10 h 07*
### *Objet 18.4. Les règles – Le sang*

Majella s'est réveillée en sursaut. Elle était à peu près sûre que le fracas qu'elle avait entendu venait de la cuisine. Elle est restée immobile, l'oreille tendue. Au bout d'un moment, elle a reconnu le pas de sa mère, qui montait sur la première marche de l'escalier. Elle a fermé les yeux et s'est étirée, le visage enfoui dans l'oreiller. Nouveau bruit de chute quand sa daronne s'est laissée choir sur son lit. Majella a soupiré et s'est tournée vers le mur. Erreur : le sang s'est mis à couler. Elle a coincé sa main droite entre ses cuisses et elle s'est levée en serrant les jambes pour retenir le flux, le temps d'arriver aux toilettes. Là, elle a baissé sa culotte et s'est assise, soulagée. Elle a examiné la serviette. Elle avait tenu bon, si bien que sa culotte et son jogging n'étaient pas foutus. Mais elle avait eu de la chance en se levant pile au bon moment. Elle a attendu que la dernière goutte de sang ait fini de dégouliner, puis elle s'est nettoyée et elle est retournée se coucher encore quelques heures.

## *11 h 11*
## *Objet 16.2. Boire – Gérer la gueule de bois des autres*

Majella a ouvert les yeux. Elle écoutait les gamins dehors qui piaillaient en jouant. Elle s'est demandé ce que ça ferait d'en avoir, elle aussi. Elle a essayé de s'imaginer avec disons cinq ou six mômes, voire une douzaine. Elle avait peu de chances d'en faire cinq, à moins de rencontrer quelqu'un et de passer à l'action dans l'année qui venait. Elle avait décidé il y a très longtemps que si elle faisait des gosses un jour, elle ne s'arrêterait pas à un. Un, c'était vraiment trop nul. Elle avait certes apprécié d'avoir son lit à elle, sa chambre à elle, pendant toute son enfance. On lui disait qu'elle avait de la chance de ne jamais avoir à partager ses jouets, ni ses livres, ni ses parents. Seulement Majella n'aimait pas être fille unique. À l'école, elle était la seule dans cette catégorie, la plupart des autres avaient au moins trois ou quatre frères et sœurs.

*T'es pourrie-gâtée… ta maman et ton papa, y t'ont pourrie-gâtée pa'ce que t'es fille unique.*

Longtemps, Majella y avait cru et s'était considérée ainsi qu'une petite fille gâtée, elle se sentait réconfortée à l'idée que la vie était plus facile pour elle que pour ses camarades de classe. Une fois en âge de comprendre ce qui se passait chez les autres, elle avait réalisé qu'elle n'était pas une enfant gâtée. Ça n'était pas possible dans une maison où sa maman prenait déjà toute la place et occupait tout l'espace. Plus tard, elle avait compris les monologues de sa mère dans la cuisine, au sujet de la naissance difficile de Majella, et ses références précises à « Ça s'est mal passé là en bas ». Elle entendait trop bien ce que celle-ci dépeignait comme la déception de son père de ne pas avoir eu le petit garçon dont il rêvait. Elle disait également que c'était triste de penser que du fait que Bobby était mort sans descendance et que Marie moisissait dans son coin, vieille fille dans les collines, le nom de famille allait s'éteindre avec Majella. Celle-ci ne pigeait pas pourquoi le nom de son père s'éteindrait si elle se mariait. Au début de l'adolescence, elle avait décidé qu'elle se marierait uniquement avec le genre de gars qui prendrait son nom à elle et donnerait à leurs enfants son nom à elle. Elle acceptait, si jamais elle trouvait le bon, qu'il garde, lui, son nom de naissance, ce qu'elle ferait elle aussi, tandis que leurs enfants prendraient le sien. Majella a souri toute seule. Elle avait de sacrées idées à cet âge-là. Elle a soupiré et s'est retournée. Elle n'arrêtait pas de bouger. Se réveiller tôt, ça signifiait que la journée était d'autant plus longue. Des heures et des heures à s'emmerder, à traîner à la maison en écoutant sa mère se plaindre de sa gueule de bois. Son ventre a gargouillé, alors elle s'est dit qu'elle ferait mieux d'aller prendre son petit déjeuner avant que sa daronne se réveille. Comme ça, au moins, elle aurait la paix.

### *11 h 21*
### *Objet 33. Les décorations*

En arrivant dans la cuisine, Majella a marché sur un truc. Elle s'est agenouillée pour regarder. D'un côté, une minuscule tête en porcelaine, de l'autre un morceau de jupon en dentelle rose. Elle s'est aperçue que c'était une des décorations de Noël représentant un couple de danseurs que sa grand-mère leur avait offertes une année. Il s'agissait de deux aristocrates d'un temps passé, l'homme portait perruque et culotte, la femme arborait des anglaises et une jupe à crinoline, les deux ayant les joues et les lèvres bien fardées de rouge. Sa mère avait dû la prendre sur la cheminée puis la laisser choir dans la cuisine. Elle était en petits morceaux. Même son père, qui était tellement doué pour tout réparer, n'aurait pas pu la remettre en état. Majella est passée par-dessus les morceaux épars, a pris le petit balai et la pelle et elle en a fait un tas.

### *13 h 28*
### *Objet 23. La crasse et le désordre*

Après avoir pris son petit déjeuner au salon, Majella est revenue dans la cuisine poser son assiette et son mug dans l'évier. Elle s'en occuperait plus tard. Elle a ouvert le deuxième tiroir où elle a cherché une paire de ciseaux. C'étaient de vieux ciseaux de tailleur que son père avait récupérés à l'usine quand ils en avaient commandé de nouveaux. Presque tout le monde dans le lotissement avait les mêmes, qui marchaient toujours bien alors que l'usine, elle, était depuis longtemps à l'abandon. Majella est retournée dans le salon et s'est assise sur le canapé. Là, elle a pris sa vieille couette sur les genoux et elle a entrepris de la découper en morceaux.

### *14 h 31*
### *Liste des trucs bien*
### *Objet 8. Nettoyer*

Majella a rassemblé les bouts de couette éparpillés autour d'elle et les a fourrés dans deux grands sacs en plastique bleu. Une fois découpée, la couette ne prenait plus beaucoup de place. Des flocons de garniture traînaient ici et là, accrochés à ses vêtements. Elle avait une ampoule, à force de manier les ciseaux. Elle a transporté les sacs à travers la cuisine, et elle a ouvert la porte de derrière. Elle a relevé le couvercle de la poubelle à roulettes et lâché les sacs dedans. Puis elle est revenue à l'intérieur, elle est allée chercher l'aspirateur dans le placard sous l'escalier. Elle l'a branché dans l'entrée, mais là elle a eu un instant d'hésitation. Elle s'est représenté sa mère, endormie là-haut dans sa chambre, et elle a marqué un temps d'arrêt, claquant des doigts, se balançant d'avant en arrière. Enfin, elle a pris sa décision. Elle a appuyé sur Marche et s'est mise à chantonner à l'unisson de l'aspirateur tout en avançant dans le salon.

*14h39*
*Objet 23. La crasse et le désordre*

L'aspirateur était foutu : malgré le filtre il soufflait davantage de poussière qu'il n'en aspirait. Majella a appuyé sur Arrêt et l'engin s'est tu peu à peu. Toujours pas un bruit là-haut. Elle s'est agenouillée et lui a ouvert le ventre. Le sac était plein comme une tique, au bord de l'explosion. Ça n'a guère surpris Majella – elle ne se rappelait pas la dernière fois où il avait été changé. Elle est allée voir dans le tiroir du bas de la cuisine, à la recherche d'un autre sac. Comme d'habitude, l'humidité avait fait gonfler le bois et le tiroir ne voulait pas s'ouvrir. Quand elle a enfin réussi à le forcer, elle a sorti le plastique qui contenait les sacs : vide. Elle a soupiré et flanqué à la poubelle l'enveloppe inutile. Puis elle est revenue vers l'aspirateur, a retiré le sac bourré à craquer et l'a foutu à la poubelle à son tour. Ensuite, elle a rangé l'aspirateur sous l'escalier, mais en retirant le tuyau afin que sa mère comprenne qu'il y avait un problème avant de l'utiliser et n'aggrave pas la situation. Majella est retournée au salon et elle est restée plantée là, à claquer des doigts. C'était toujours autant le bordel car elle n'avait réussi à se débarrasser que du plus gros de la couette, et l'état général de la pièce était toujours aussi désastreux. Elle ne pouvait supporter l'idée de rester là, à contempler cette merde, toute la journée, alors elle est revenue dans le couloir et elle a décroché le téléphone.

— Bogey Taxis, où est-ce que vous voulez aller ?

Majella a hésité et, d'une voix plus forte qu'elle ne le souhaitait, elle a répondu :

— À Garvaghy. Sur la route de la frontière.

### *15 h 05*

### *Objet 1. Bavardages, commérages et autres conneries*

Assise à la fenêtre, Majella attendait son taxi en observant les mamans et les vieux qui rentraient chez eux après avoir fait leurs commissions en ville, saluant au passage les enfants et les ados qui s'en allaient dans l'autre sens. Elle s'est rappelé l'époque où Aideen et elle faisaient partie de ces jeunes. Elles prenaient des heures pour dépenser leur argent en petites conneries inutiles dont elles n'avaient pas vraiment besoin. Une horde de mômes couraient sur la pelouse en se disputant. Majella s'est demandé où tous ces gens puisaient leur énergie. Elle a fermé les yeux, jusqu'à ce qu'elle entende klaxonner. Elle a regardé dehors pour voir s'il s'agissait bien de son taxi, a attrapé son sac et pris la direction de la porte.

— Ma-jel-lah ?

Ah putain ! Sa mère gueulait depuis son lit. Majella a hésité un instant au pied de l'escalier.

— Ma-jellah ?

Elle a écouté les petits crier dehors. Puis elle a ouvert la porte, et elle est sortie.

— MAH-JELL-AHHHHH ?

Elle a claqué la porte derrière elle et remonté la rue au pas de charge, sans saluer ses voisins.

Kevvy Breen affichait un sourire moqueur lorsqu'elle est montée dans son taxi :

— Où c'est-y qu'y a l'feu ?

Majella n'aimait pas Kevvy Breen.

— Y a pas l'feu. J'voulais pas t'faire attend', c'est tout.

— OK. Où c'est qu'on va, m'dame ?

— Garvaghy. Sur la route de la frontière.

Majella n'avait pas besoin de regarder Kevvy pour deviner la petite flamme qui s'était allumée dans ses yeux.

— Pour sûr.

Il a démarré et bientôt, ils ont traversé la ville, Kevvy levant deux doigts et tenant la tête droite chaque fois qu'il croisait un véhicule catholique. Ce genre de truc, ça faisait penser Majella aux chiens qui se reniflent mutuellement le cul.

Elle n'avait pas envie de discuter avec Kevvy, mais elle connaissait la chanson :

— Comment ça va l'boulot aujourd'hui ?

Kevvy n'avait pas envie de discuter avec Majella mais lui aussi connaissait la chanson :

— Ça va pas trop mal.

Majella a claqué des doigts avant de livrer la dernière réplique :

— Sûr qu'ce s'rait pire si y avait rien à faire.

Kevvy a vigoureusement hoché la tête :

— Bien pire. Faut pas s'plaindre.

Majella trouvait que ça suffisait amplement comme conversation et elle s'est renfoncée dans son siège. Elle avait toujours aimé rouler en voiture. À la sortie de la ville, ils se sont retrouvés coincés derrière un tracteur. Kevvy s'est mis à jurer et a fait vrombir le moteur dans l'espoir de pouvoir doubler, mais chaque fois il était obligé de se rabattre. Aller lentement ne dérangeait pas Majella. Ils sont passés le long de Saint Christopher et ça lui a donné l'occasion d'observer les bâtiments. La façade avait changé. Elle était désormais flanquée de lourdes portes sécurisées et d'un panneau fantaisie : *Ardscoil Naomh Críostóir.* En passant près du terrain de sport, elle a eu un choc. La moitié était occupée par un lotissement. Elle savait que la nouvelle proviseure avait vendu ces terres-là pour renflouer les finances de l'école, mais elle n'était jamais allée voir ce que ça donnait. Tommy Baxter, qui était quelques années au-dessus d'elle à Saint Christopher, avait acheté le terrain et fait construire. Tommy Baxter qui savait à peine écrire son nom à l'époque, et qui avait grandi au milieu d'une palanquée de frères et sœurs, dans un trou à rats que la municipalité avait fini par condamner. Là, il s'agissait de belles maisons. Toutes identiques. Entourées de jardins. Majella estimait qu'une maison aussi grande, c'était beaucoup trop d'entretien. Le tracteur a tourné sur Kilcleen Road au moment où la radio passait une chanson d'Eminem. Kevvy a augmenté le volume, appuyé sur le champignon et ils ont filé loin de la ville. Majella connaissait la route comme sa poche. Elle a tourné la tête et contemplé les champs qui s'étendaient vers les montagnes, verts, bruns, jaunes.

*15 h 20*
*Objet 28.1. La mort – Les gens*

Kevvy s'est garé à côté de la caravane de sa grand-mère.
— Combien qu'ça fait pour un aller-r'tour ?
— Six livres.
Majella a sorti de sa poche un billet de cinq et des pièces :
— Voilà. Mille mercis.
— Pas d'souci.
— Tu peux rev'nir me chercher dans une heure à peu près ?
— Ouais, bien sûr. Si y a un problème, tu m'appelles.
— Putain, ça capte rien, ici, Kev. Viens juste me récupérer

dans une heure. Et t'imagine pas que j'vais faire des kilomètres pour capter quèque chose.

— Pas d'souci. Donc à tout', dans une heure.

Majella a ouvert la portière et a mis les pieds dans la boue.

— Salut.

— À plus.

Kev a fait marche arrière sur le chemin, et il est reparti à toute vitesse sur la route. Majella a frissonné dans le vent humide qui fouettait la caravane et la maison en ruine. Elle n'avait aucune idée de ce qu'elle était venue faire là. Mais elle a songé que pour l'instant, mieux valait se mettre à l'abri de ce damné froid. Elle s'est dirigée vers la caravane. Quelqu'un avait pris soin de colmater la fenêtre brisée avec des planches. Elle a cherché la clé qu'elle avait prise à la maison. C'était en cas d'urgence, avait dit son père bien des années plus tôt quand il avait fait faire le double. Elle a ouvert la porte et elle est entrée. La première chose qu'elle a notée, c'était le vide et le froid. Jamais de sa vie elle ne s'était retrouvée dans la caravane sans sa mémé. Elle s'est approchée du chauffage et a pris la boîte d'allumettes longues. Elle a mis le gaz en route, a gratté une allumette et l'a tendue. Des flammes bleues ont commencé à lécher les parois du radiateur, puis elles ont forci, sont devenues orange, diffusant une chaleur sifflante dans l'air immobile de la caravane. Majella s'est mise au plus près des flammes, laissant ses mollets rôtir. Elle est restée là tant qu'elle a supporté la chaleur. Enfin, elle a jeté un coup d'œil à la petite caravane. Rien n'allait. Le lit avait été fait, mais la couette avait été bordée au bout, et elle ne recouvrait plus les oreillers, et Majella a pensé que c'était une manière réformée de faire son lit. La vaisselle avait été faite, mais on l'avait laissée sécher à côté de l'évier au lieu de l'essuyer et de tout ranger comme il convenait. Sur les étagères on distinguait encore la poudre blanche utilisée pour repérer les empreintes digitales. Les journaux et les magazines religieux formaient un tas, tous ensemble au lieu d'être séparés. Il y avait une pile de courrier sur la table, près de la fenêtre. Majella s'est assise et a commencé à éplucher les lettres. Son cœur s'est mis à battre plus vite en reconnaissant l'écriture de son père sur une grande enveloppe adressée à sa mémé. Elle était déjà ouverte si bien que Majella s'est sentie autorisée à regarder à l'intérieur. Elle en a retiré une liasse de papiers. On aurait dit des plans. Il lui a fallu un moment pour comprendre qu'il s'agissait des dessins de son père pour la nouvelle maison. La cuisine et le salon. La petite annexe pour sa grand-mère. Une belle grande chambre. Puis elle a vu son nom à côté d'une flèche qui pointait vers une petite pièce qui, elle le savait, avait une belle vue sur la rivière. Une averse est arrivée du nord et a commencé à marteler la caravane, l'eau dégoulinant le long de la vitre encrassée du devant. Majella a frissonné dans son blouson. Elle possédait toutes les terres qui s'étendaient devant elle. Et derrière elle. Elle possédait les haies et les pierres et les herbes. Elle possédait la maison en ruine et la caravane déserte. Elle possédait le reflet des nuages gris sur l'eau des fossés. Elle possédait les souris, les lapins, les rats qui crapahutaient et grelottaient dans les environs. Elle possédait les vers, la terre, les arbres, les buissons, et l'été, elle posséderait peut-être des fleurs. Quand le taxi de Kevvy Breen s'est garé là, une heure plus tard, Majella était toujours assise devant les plans de son père, le chauffage au gaz éteint, silencieux.

*16 h 40*

*Liste des trucs bien*

*Objet 1.1. Manger – Les bonbons*

Majella revenait du centre-ville, l'eau à la bouche. Elle avait demandé à Kevvy de la déposer devant la boutique McHugh et elle avait acheté des sacs d'aspirateur, une nouvelle brosse à dents et des tas de friandises. Wham Bars. Chewing-gums. Sucettes. Et plein de trucs qui pétillaient sur la langue. Elle comptait rentrer chez elle, se mettre au lit et se gaver de sucreries.

*17 h 05*

*Objet 26. Veillées, mariages, baptêmes, enterrements*

Majella était sous sa couette. Elle avait mangé la moitié des saloperies qu'elle avait achetées et s'était seulement arrêtée parce qu'elle avait la langue qui saignait. Elle n'avait pas l'estomac plein, mais il lui paraissait gonflé. Manger des bonbons, c'était moins pire que se droguer, mais elle trouvait quand même que le sucre vous montait à la tête. Elle s'est demandé si la boutique de bonbons et de biscuits existait encore à Saint Christopher. À l'école primaire, il n'y en avait pas. Majella avait bien aimé l'école primaire. C'était différent de la merde qu'on se tapait dans le secondaire. La première année, on était censé apprendre l'alphabet, les couleurs, à compter un peu, mais surtout à ne pas faire pipi ou caca dans sa culotte. La deuxième année, c'était plus difficile. La maîtresse avait décidé qui était dans le groupe « spécial », dans le groupe des « bons » et dans le groupe des « moyens ». Majella avait été classée parmi les « bons », et elle devait fournir plus de travail que les gosses des autres groupes. Elle était censée être fière d'elle – son papa et sa mémé étaient aux anges. Mais elle détestait attirer ainsi l'attention, sans parler du travail en plus, et elle avait été soulagée d'arriver en troisième année, où il n'y avait plus qu'un seul groupe, parce que c'était l'année de la première communion. Tous les exercices de lecture et d'écriture étaient abandonnés parce qu'ils devaient apprendre à manger Jésus. Leur maîtresse, Mrs McGlinchey, leur parlait beaucoup de Dieu et des anges. Elle leur expliquait que Dieu était « partout » (oui, même dans les toilettes – des prêtres en

Italie avaient vérifié), que votre « ange gardien » était toujours là pour vous aider, même quand vous ne saviez pas faire vos lacets (on apprenait à faire ses lacets en deuxième année, mais Francie Kingh, Orla Mooney et Charley Daly n'y arrivaient toujours pas et à chaque récré on les envoyait s'entraîner chez les petits, jusqu'à ce qu'ils y parviennent). Mrs McGlinchey les préparait à la première communion. Elle devait s'assurer que tout le monde sache se signer pour ne pas faire n'importe quoi devant le prêtre. On apprenait à se signer en première année, bien avant de savoir faire ses lacets, pourtant il y en avait encore quelques-uns dans la classe qui le faisaient à l'envers. De temps en temps, le père McAteer venait visiter l'école. Comme ils faisaient leur première communion, et les septième année leur confirmation, on leur accordait une attention particulière. Le père McAteer frappait doucement à la porte avant de l'ouvrir. Mrs McGlinchey se levait aussitôt ou cessait ses activités et disait : « Oh, entrez, mon père. » Puis elle se retournait vers eux et les contemplait de ses grands yeux. C'était le signal : ils reculaient leurs chaises, se levaient et déclaraient : « Bonjour, père McAteer. » Ravi, il leur répondait : « Bonjour, les enfants. » Ensuite, ils se rasseyaient tandis que le prêtre allait dire quelques mots à Mrs McGlinchey. Après, celui-ci se retournait vers eux et leur disait : « Maintenant, les enfants, nous allons prier. » Alors ils devaient à nouveau reculer leurs chaises, se lever et se tenir prêts à faire le signe de croix. Il y en avait toujours un pour le faire à l'envers. En première et en deuxième année, on considérait que c'était la faute de la maîtresse, et le prêtre disait à Mrs McCanny ou à Mrs Kearny d'un ton déçu : « Ah, je vois que Francie Kingh ne sait pas encore faire son signe de croix. » Alors, la maîtresse rougissait, prenait l'air mortifié, et dès que le prêtre avait tourné les talons, Francie Kingh recevait quelques bons coups de règle. Mais en troisième année, si vous ne saviez pas vous signer, c'était votre faute, et le prêtre s'en prenait à vous avec la maîtresse. Majella détestait tout ça. Et l'histoire de la première confession ne lui plaisait pas davantage. On y parlait beaucoup de « péché », il fallait s'entraîner pour savoir ce qu'on allait dire et répéter ses pénitences. Mrs McGlinchey s'était assurée que Francie Kingh dise bien : « Bénissez-moi mon père parce que j'ai péché. J'ai proféré le nom du Seigneur en vain, j'ai raconté des mensonges à ma maman et j'ai volé des bonbons. » En revanche, elle ne s'inquiétait pas tellement pour la partie pénitences. D'après elle, le fait que Francie dise ou pas ses *Notre-Père* et ses *Je vous salue Marie*, c'était entre lui et Dieu. Majella avait été particulièrement irritée par toute la partie vestimentaire de la première communion. Pour les garçons, c'était facile : ils devaient juste mettre un costume. Mais les filles devaient porter une robe de mariée miniature. Les mamans et les gamines avaient parlé de robes, de sacs et de chaussures pendant des mois. Majella et sa mère n'avaient pas grand-chose à se dire à ce sujet. Majella était la plus grande de sa classe, et aucune des jolies robes en vitrine chez McAnea ne lui allait. Sa mère avait dû demander à Donna Murphy, la couturière, de lui en confectionner une spécialement pour l'occasion, ce qui était très embarrassant. Le seul truc qui lui avait plu, c'est quand ils transformaient la classe en église, en mettant les pupitres sur le côté pour créer une allée centrale. Mrs McGlinchey disait : « Venez recevoir le corps du Christ. » Alors ils attendaient un moment pour montrer qu'ils étaient bien élevés puis ils se levaient – le rang de devant en premier – et ils allaient recevoir le corps du Christ. Quand ils arrivaient près de Mrs McGlinchey, ils se rangeaient en file devant elle. S'il n'y avait pas de place, ils devaient rester derrière et attendre, et il était interdit de s'intercaler entre deux personnes parce que c'était malpoli. Une fois leur tour venu, Mrs McGlinchey poursuivait le cérémonial en disant : « Le corps du Christ. » Alors il fallait prendre un air inspiré et répondre : « Amen. » Ensuite, on tirait la langue et elle y déposait une soucoupe volante. Après, on se signait et on retournait à son pupitre. C'était ça, le meilleur : la soucoupe volante. Majella adorait ça. Mrs McGlinchey les utilisait à la place des hosties parce qu'elles étaient de la même taille et qu'elles avaient le même goût – sauf que les hosties ne pétillaient pas sur la langue. Elle leur expliquait que dans l'hostie, en quelque sorte, c'était Jésus qui remplaçait la poudre pétillante de la soucoupe volante. Assise à son pupitre, Majella essayait de garder la soucoupe volante au sec le plus longtemps possible, puis elle la laissait fondre dans sa bouche. Quand la pâte se délitait, elle répartissait le pétillement acide et doux partout sur sa langue, pour y goûter le mieux possible, imaginant qu'elle goûtait à Jésus. Ce n'était guère étonnant qu'elle ait été déçue par la « vraie hostie ». Parce que la « vraie hostie » avait bien le goût de la coque de la soucoupe volante, mais il n'y avait pas de poudre pétillante à l'intérieur. Le jour de sa première communion, Majella se souvenait d'être restée longtemps assise dans l'église avec Jésus collé au palais, qu'elle essayait de décoller avec sa langue. Elle savait que ça ne se faisait pas d'y mettre les doigts.

### *17 h 55*
### *Objet 17.3. Douleur – La douleur des autres*

Majella marchait dans la rue en ville quand quelque chose lui a rappelé l'odeur des pommes. Elle adorait leur parfum. Ça lui faisait penser à la foire aux pommes, lorsque les gros camions des marchands d'Armagh arrivaient en ville en vrombissant, le dernier vendredi précédant Halloween. Majella trouvait que la foire ne ressemblait plus à grand-chose : pendant des années, elle s'était limitée aux camions, aux pommes et aux costauds qui les cueillaient. Mais son père disait qu'autrefois, c'était très différent : on dansait, il y avait des jeux, et ça buvait sec. Agnes Ferguson avait réussi depuis quelque temps à y injecter de l'argent des fonds pour la paix, aussi à présent on y trouvait des jongleurs, des danses irlandaises, sans oublier son stand à elle. Ça n'était toujours pas grand-chose, mais Majella aimait bien. Son père avait un faible pour la foire aux pommes, car il avait passé un automne à bosser dans un verger à Armagh et connaissait certains des gars qui arrivaient avec les camions. Elle se souvenait d'un jour en particulier. Elle était petite, son père la tenait par la main, et il l'avait emmenée au milieu des gars avec leurs casquettes qui transportaient des cageots débordant de pommes vertes jusqu'à des stands en bois. Francie Kingh était là, qui grignotait une pomme. Majella avait l'habitude de le voir manger ce qu'on leur donnait à l'école : une mini-bouteille de lait le matin avec une petite paille bleue pour l'aspirer, et puis le repas de la cantine.

Elle se souvenait d'avoir observé ce jour-là son crâne rasé, qui laissait voir la cicatrice en zigzag datant de la fois où sa mère l'avait frappé à coups de poêle à frire, et ça avait fait toute une histoire avec les assistantes sociales. Francie lui avait renvoyé son regard, la fixant jusqu'à ce que le père de Majella l'emmène plus loin. Il s'était arrêté pour bavarder avec un vendeur de pommes tandis que Majella suivait des yeux une protestante qui tâtait des fruits dans une caisse.

Le vendeur lui avait dit :

— C'est moi qui les ai ramassées. C'est pô des machines ni des jeunots qu'ont fait l'boulot. J'les ai cueillies, j'les ai examinées. È sont pô abîmées, m'dame. Ouvrez donc la caisse et jetez-y un œil.

Même Majella voyait que le vendeur n'avait pas envie que la réformée ouvre la caisse pour y jeter un œil. Elle l'avait fait quand même. La caisse était remplie à ras bord de grosses pommes vertes bien dures – une pomme un peu rouge jetant son éclat au milieu, dans la lumière déclinante. Le vendeur avait posé la main sur le couvercle de la caisse comme pour la refermer. La dame ne lui en avait pas laissé le temps et avait plongé le bras à la recherche des fruits du fond. Juste en dessous, ils étaient plus petits. Plus bas, ils étaient difformes. Enfin, tout au fond, il y avait les fruits tombés qui s'étaient abîmés. Relevant un sourcil, la cliente en avait brandi un. Une tache brune s'étendait, telle une carte du monde qui aurait mal tourné. Majella avait entendu Francie Kingh éclater de rire. Le vendeur avait arraché la pomme de la main de la dame. Majella s'était retournée vers Francie, observant le contraste entre la blancheur de ses dents et sa belle peau mate. Soudain, le fruit pourri avait explosé à la figure de Francie. Elle avait vu les grumeaux bruns et collants dégouliner sur son pull. Francie avait bondi du mur en hurlant, s'était précipité vers le premier stand venu et avait commencé à renverser toutes les caisses par terre et à jeter les pommes sur les hommes. La justesse de son tir avait impressionné Majella. Mais pas les vendeurs. Furieux, ils avaient couru après Francie, qui avait détalé en vociférant sur tous les tons. Ensuite, les choses s'étaient calmées, le père de Majella avait acheté des pommes à un type qu'il connaissait. Il les avait rapportées à la maison et stockées sur une étagère dans la remise, hors du passage de Blackie. Majella adorait le parfum qui s'en dégageait et elle aimait aller dans la remise toute seule, juste pour sentir la douce odeur et s'assurer qu'aucune pomme ne pourrissait.

Au début de l'hiver, elle avait repéré pour la première fois des moisissures sur un fruit : une tache d'un doux brun sur la peau. Pendant des jours elle avait observé la lente progression de la pourriture, comptant les points de poils blancs qui apparaissaient comme des cristaux de sucre glace. La pomme avait beau se gâter, les autres restaient dures, propres, vertes. Mais un beau jour, les autres aussi avaient été contaminées : toutes celles qui la touchaient présentaient des taches. Majella avait alors couru prévenir son papa qui était arrivé dans la remise. Il avait mis les fruits sains dans un seau et les avait rapportés dans la maison. Ceux qui étaient pourris avaient fini à la poubelle. Il avait préparé une pâte et l'avait aplatie avec son rouleau à pâtisserie pour la garnir ensuite de tranches de pomme. Ensuite, il les avait recouvertes avec la pâte, qu'il avait mouillée avec de l'eau avant de laisser Majella saupoudrer du sucre par-dessus, enfin il avait pratiqué des trous avec une fourchette pour que la vapeur puisse s'échapper. Un peu plus tard, ils avaient dégusté la tourte brûlante, sortant du four. Même la mère de Majella aimait ça. La pâte croustillante se brisait sous la fourchette, et les pommes se mélangeaient avec la crème. Après avoir terminé, son papa avait défait sa ceinture, fait une pause, puis s'était servi une seconde part. Majella se demandait toujours si Francie Kingh avait jamais dégusté une tarte aux pommes préparée pour lui. Connaissant sa famille, elle en doutait. Elle ne le saurait jamais avec certitude car Francie s'était pendu le jour de son vingt et unième anniversaire, quelques semaines avant la naissance de son second bébé.

Majella a poussé la porte de Salé, Pané, Frit ! et la sonnette a retenti.

— Ça va, Jellah ?

— Ça va, Marty ?

La douce odeur du fish-and-chips a envahi ses narines et elle s'est mise à saliver.

*18 h 42*

*Objet 1. Bavardages, commérages et autres conneries*

Shauna Baird venait d'entrer avec son gamin.

— Shauna.

— Tout va bien, Majella ?

Elle n'a rien répondu. Personne ne s'attendait à ce qu'elle réponde. Parfois, ça lui arrivait. Mais c'était rare.

— Un m'nu poisson pour moi et des nuggets pour mon p'tit gars.

— Ça arrive.

Majella a écrit la commande tout en la criant à Marty. Elle est demeurée derrière le comptoir, tandis que Shauna allait s'asseoir près de la fenêtre. Le gosse, lui, est resté planté devant le jeu d'arcade, dont il essayait d'attraper les manettes. Elle avait l'air fatiguée, Shauna. La sonnette a retenti à nouveau et deux vieilles sont entrées à petits pas.

— Bonsoir, Majella.

— 'soir.

Les deux vieilles sont restées à regarder le menu pendant un moment, jusqu'à ce qu'une des deux découvre le petit de Shauna.

— Ouh, mais c'est qui ce p'tiot-là ? Qui donc c'est, ce p'tit gars ?

Majella a vu Shauna piquer un fard.

— Je m'appelle Seán.

— Oh, alors c'est Seán ? Mais qu'est-ce que t'es mignon tout plein, dis donc ! Et quel âge que t'as ?

— J'ai quatre ans et d'mi.

Seán souriait de toutes ses dents aux deux vieilles, qui lui ont rendu son sourire avant de lever les yeux et de découvrir Shauna.

— Ah mais qu'est-ce qu'il est trognon ! On a envie de l'manger tout cru !

— Quel petit chou. C'est ton p'tit frère ?

— Nan. Il est à moi.

Silence. Les trois femmes ont souri au petit Seán.

— Ah mais r'gardez-le. Le p'tit chou. Y va en briser des cœurs, lui, un jour, hein ?

Marty a donné à Majella la commande de Shauna qui, voyant cela, s'est précipitée vers le comptoir pour payer. Elle a pris son paquet, empoigné la menotte et foncé dehors. Le petit garçon a souri et fait au revoir en passant devant la fenêtre. Les deux vieilles à l'intérieur l'ont salué en retour.

— Au r'voir !

Dès que Shauna a disparu, elles se sont retournées vers Majella :

— Quelle âge qu'elle a, cette petite ? Elle est à peine sortie de l'adolescence, pas vrai ?

Majella a haussé les épaules. Elle n'en savait rien et elle s'en foutait.

Marty est arrivé au comptoir :

— C'est d'la jeune Shauna qu'vous parlez ?

— C'est comme ça qu'elle s'appelle ? Et qui c'est donc ?

— Ah. C'est une McSorley, de la ville haute. Sa mère est une Carr, dans la direction de Black Bridge.

— Ah oui, oui. Elle est pas bien vieille, hein ?

— Oh non. P'têt' dix-neuf ans, main'nant ?

— Encore une gamine, elle aussi.

— Ah oui. Y s'y mettent tôt, d'nos jours. Vraiment tôt.

Majella s'est grattée sous le bras. Ces vieilles la fatiguaient.

— J'sors.

Marty a hoché la tête, puis s'est penché sur le comptoir :

— Paraît qu'elle fréquentait deux des frères Dolan en même temps, et ça a fait tout un scandale, mais quand è s'est rabibochée avec la famille, tout s'est arrangé. Les deux frangins sont copains comme cochons main'nant, pis elle, elle est coincée en attendant les résultats des tests ADN rapport à la pension, pa'ce que pour sûr, c'est une aut' paire de manches quand c'est deux frangins qu'on doit départager.

Majella a fermé la porte, étouffant la voix de Marty, et elle a respiré l'air frais. D'abord les toilettes et ensuite, une clope.

*19 h 50*

*Objet 41.1. Météo – La pluie*

Marty et Majella étaient dans la partie réservée aux clients. Dehors, il pleuvait comme vache qui pisse. C'était une de ces longues et misérables soirées qu'on préférerait passer allongé dans son lit, ou assis sur son cul au pub.

— Putain d'soirée.

— Ouais.

Marty a soupiré. C'est à ce moment que Rose Murphy a surgi devant la fenêtre et qu'elle est entrée, dégoulinante.

— Mon Dieu, Rose, quelle soirée ! T'es complètement trempée.

— Oh, ça va. Quelques frites, ça va m'réchauffer.

— Ben t'es pile à l'endroit qu'y faut. J'vais m'occuper d'toi.

Majella n'a rien dit et elle s'est retirée vers le fond du magasin pour les laisser discuter tranquilles.

— Sacré temps pour un mois d'novembre. Pas vrai ?

— Ouais, sacré temps.

Majella est entrée dans la réserve et elle a refermé la porte derrière elle. On n'entendait pas bien ce que disaient les autres, dans la réserve. Le bruit des friteuses ressemblait alors à celui de la mer. Elle s'est hissée sur le congélo, les pieds ballants. Elle a fermé les yeux et elle est restée là, sentant sa poitrine respirer dans l'enveloppe trop étroite de sa combinaison.

*20 h 32*

*Liste des trucs bien*

*Objet 1.5. Manger – La cantine*

Lizzie Breen est entrée. Ça perturbait toujours un peu Majella de la voir. Elle se souvenait d'elle, du temps de l'école : à l'époque c'était elle qui dirigeait la cantine. C'était une géante, armée d'une louche monstrueuse. À présent, c'était une petite chose toute ratatinée, recroquevillée sur elle-même.

— 'soir, Mrs Breen.

— Bonsoir.

Lizzie a jeté un coup d'œil oblique à Majella, puis elle a levé les yeux vers le tableau des menus. Majella savait qu'elle ne se souvenait pas d'elle. Majella ne mangeait pas tout le temps à la cantine car son papa bossait à l'usine, ce qui signifiait qu'elle devait apporter son propre déjeuner, ou alors de l'argent pour payer la cantine. Elle venait avec son propre déjeuner quand sa maman allait bien et qu'elle était capable de préparer un bon repas pour le soir. On lui donnait de l'argent pour payer la cantine lorsque sa mère était alitée, ou clouée sur son canapé.

— Qu'est-ce que j'peux vous servir ?

— Un triple menu saucisse, s'il vous plaît.

Majella a noté la commande et l'a transmise. Lizzie s'est assise sur le bord de la fenêtre, son énorme sac à main sur ses genoux. Ça plaisait à Majella que Lizzie se commande un plantureux dîner au fish-and-chips. Elle n'avait pas l'air de se contenter de manger des sandwichs, ce que Majella avait toujours trouvé nul. Les repas que sa mère lui préparait pour l'école consistaient en général en tranches de pain de mie recouvertes d'une espèce de mayonnaise spéciale sandwich agrémentée de bouts de légumes, ou de confiture, ou d'une tranche de fromage avec des cornichons, accompagnées en guise de dessert d'un gâteau Penguin ou d'un Mars. Elle se souvenait qu'il lui fallait moins d'une minute pour tout avaler, ensuite elle devait attendre en essayant de ne pas regarder les autres finir de manger. Quand elle apportait son pique-nique de la maison, invariablement, elle avait encore faim après. La cantine, c'était bien mieux, à part les prières. Le surveillant général amenait tout le monde s'asseoir à sa place dans la grande salle où Lizzie les observait, sourcils froncés, les bras croisés sur la poitrine, prête à distribuer des coups de louche. Toutes les autres dames de la cantine continuaient à jacasser et à crier dans la cuisine, derrière le gros comptoir. Seule Lizzie avait le droit de le franchir, afin d'aider le surveillant général à maintenir l'ordre. La condensation dégoulinait le long des vitres, et le surveillant général courait à droite, à gauche, tout rouge, pour essayer de faire taire tout le monde.

*Au nom de – John Murphy, si tu ne t'assois pas tout de suite, je te tue. Au nom de – Fionnuala O'Neill, pose ta fourchette et ton couteau et assieds-toi comme une chrétienne pour une fois dans ta vie ! Au nom du Père et des – Meehan ! Meehan ! Si tu ne t'assois pas et ne te tais pas, c'est la potence assurée !*

Ils avaient à peine fini de se signer que déjà tout le monde se jetait sur la bouffe. Ce n'est pas que c'était bon, mais les portions étaient généreuses – une bonne quantité de patates, une ration correcte de ragoût ou Dieu sait quoi d'autre. Et toujours, un dessert. On ne choisissait pas le menu, on vous mettait votre assiette sous le nez : crumble aux pommes un peu pâteux arrosé de crème anglaise, ou un bol de glace à moitié fondue avec une gelée sans goût. La seule boisson à table, c'était l'eau du robinet, servie dans des pichets de métal géants. Majella adorait la cantine : une nourriture costaude servie par une femme costaude. On pouvait bien déconner avec le surveillant général, mais personne ne se foutait de la gueule de Lizzie Breen, sinon on risquait de finir en ragoût.

— Un triple menu saucisse.

Lizzie s'est levée. Majella entendait presque ses articulations grincer. Elle est venue payer au comptoir.

— Merci.

Majella l'a regardée s'en aller, tête baissée pour affronter la pluie. Petite, elle n'avait jamais considéré les cantinières comme des dames qui faisaient leur travail. Dans sa tête, c'étaient des créatures qui préparaient les repas, mangeaient et dormaient dans les cuisines. Désormais, elle savait que même si la paye était mauvaise, cantinière était une bonne place car c'était un boulot stable qui vous donnait droit à une retraite. Il y avait eu une place vacante à Saint Christopher, et Majella avait envisagé de proposer sa candidature, mais ça n'était pas pour elle. Ce n'était pas l'idée d'éplucher des pommes de terre qui la rebutait, d'autant plus que d'après ce qu'on lui avait dit, de nos jours la bouffe de la cantine se limitait à ce qu'on servait dans les fast-foods : il n'y avait plus que deux bonnes femmes à présent, qui faisaient cuire des nuggets et des frites, et réchauffaient des plâtrées de fayots. Ça, elle savait faire. En revanche, elle n'était pas taillée pour affronter les gamins, le bruit, faire la conversation aux autres dames de la cantine ni au reste du personnel. Sa place était au fish-and-chips.

### *21 h 09*
### *Objet 44. Les abstinents chiants*

Feely la Touffe est venu chercher un menu poisson. Majella avait pitié de ce pauvre gars. C'était un petit homme chauve, à qui on avait donné ce surnom dans les années 1970, à une époque où il arborait une magnifique chevelure bouclée. Feely la Touffe montrait une véritable passion pour la picole. Il avait fini chez les Alcooliques anonymes.

— Vot' menu poisson.

Feely la Touffe s'est ramené vers le comptoir en traînant les pieds et a pris son dîner. Puis il est retourné s'asseoir devant la fenêtre et a commencé à manger. Madame Connasse n'aimait pas que les clients s'installent comme ça. Elle n'arrêtait pas de répéter qu'elle ne tenait pas un café. Mais bon, un peu plus tard dans la soirée, la moitié des clients un peu pétés restaient bouffer sur place et ils en foutaient partout, du coup Majella ne voyait pas quel mal il y avait à laisser Feely la Touffe grignoter dans son coin. Il était la seule personne à la connaissance de Majella que les Alcooliques anonymes aient vraiment guérie. Ça faisait des années qu'il ne buvait plus, ce qui était super, sauf que maintenant qu'il était abstinent, il était devenu chiant. Majella se souvenait de lui quand elle était gosse, à l'époque où il buvait. Tout en sourires et bouclettes, il rigolait tout le temps et donnait la petite monnaie qui lui restait en sortant du pub. Depuis qu'il était entré chez les Alcooliques anonymes, il ne parlait pratiquement plus à personne. Ce n'était pas comme si une fois sevré il était parti loin, s'était marié, avait trouvé du taf ni rien. Non, il vivait toujours chez sa mère, dans leur petite maison. Majella imaginait que celle-ci devait être rudement soulagée qu'il ait arrêté de boire. Il y avait sans doute un peu plus d'argent dans la maison. Mais c'était devenu un vrai bonnet de nuit, et ça c'était vraiment dommage. La docteure O'Hanlon avait obligé la mère de Majella à se rendre chez les Alcooliques anonymes après la disparition de son mari. Elle disait qu'elle ne s'occuperait plus d'elle tant qu'elle n'aurait pas réglé son problème d'alcool. On lui avait dit qu'elle pouvait se faire accompagner, histoire d'avoir un soutien. Naturellement, c'était Majella qui avait hérité de cette nouvelle responsabilité et elle avait dû se cogner le bus avec sa daronne jusqu'au T & F – l'hôpital du district d'Omagh, que sa mémé appelait toujours l'« asile des fous ». Avant les hospitalisations à domicile, sa mère avait ses habitudes au T & F. Mais aller là-bas pour assister à une réunion des Alcooliques anonymes, c'était une autre histoire, aussi sa daronne en faisait des tonnes, elle jouait les infirmes, faisait l'enfant, comme si elle n'était pas capable d'acheter toute seule un ticket de bus, ou de sortir son porte-monnaie pour payer le taxi. La première fois, elles étaient arrivées en retard et Majella avait dû demander où avait lieu la réunion, puis trouver le chemin pour y aller. Elle n'aimait pas se balader dans le T & F. Ça la déstabilisait de voir les vieux devenus gâteux, les jeunes qui avaient perdu la boule, et les autres dingos, perdus quelque part entre les deux. Elle était contente d'arriver dans la salle. La porte était ouverte, mais il n'y avait pas l'air de se passer grand-chose à l'intérieur. Juste un groupe de mecs assis en rond sur des chaises en plastique, qui pour la plupart buvaient du thé en bavardant.

Enfin, un type qui paraissait chargé de l'organisation les a aperçues :

— Qu'est-ce que vous cherchez ?

— La réunion des Alcooliques anonymes.

— Vous êtes au bon endroit.

— Super.

Majella est entrée d'un pas lourd. Elle avait envie de pisser ou de fumer une clope. Il y avait une grosse pancarte *Interdiction de fumer*. La moitié des sièges étaient vides, les autres, occupés par des types à l'air endurci, comme si on les avait laissés trop longtemps dehors, exposés à la pluie et au vent. Sa mère est entrée en titubant, perdue. Majella ne savait pas quoi faire, alors elle s'est assise. Elle détestait les chaises en plastique parce que quand elle avait trop chaud, en se relevant, elle avait une marque de sueur visible le long de la raie des fesses. Sa daronne était toujours debout, clignant les yeux, en équilibre instable.

Le type sans doute chargé de l'organisation a de nouveau pris les choses en main :

— Ça va, ma belle ?

— Oui. Non. Chais pas.

— Allez, prenez une chaise et asseyez-vous donc.

La mère de Majella s'est laissée choir sur la première chaise venue, elle a croisé les jambes et agité ses cheveux tout en faisant tinter ses bracelets. Majella a vu que parmi les plus vifs, certains des mecs la regardaient. Elle a croisé les bras.

— Une p'tite tasse de thé ?

— Oh, oui, merci beaucoup, ce s'rait super.

— Et vous ?

Majella a pensé qu'une tasse de thé lui ferait du bien. Un truc chaud à tenir au creux de ses mains, pour faire sécher la sueur.

— Ça ira, merci.

— Vous êtes sûre ?

Une bonne tasse de thé très chaud avec un nuage de lait.

— Nan, merci. Ça va.

Majella a cligné.

— Bon, si vous êtes sûre.

Majella a regardé le type aller chercher la théière dans un coin, agacée contre elle-même de ne pas avoir été capable d'accepter une tasse de thé. Elle a jeté un coup d'œil à sa daronne. Elle farfouillait dans son sac, l'air concentrée mais un peu paumée. Majella a songé qu'elle ne savait pas ce qu'elle cherchait, en réalité. Finalement, elle a sorti un miroir de poche et a commencé à se remettre du rouge à lèvres d'une main tremblante. Ensuite, elle a repris une grande inspiration et posé son sac par terre, à côté d'elle, juste au moment où le gars lui apportait son thé.

— Et voilà, vot' thé.

— Oh, c'est magnifique, merci beaucoup.

Le type possiblement responsable de la réunion s'est rassis et a regardé autour de lui. Les autres se taisaient, dans l'expectative. Il n'a rien dit. Quelques-uns se trémoussaient sur leur chaise. Et puis un des plus âgés a pris la parole :

— Bon. On la met au parfum ?

Le type peut-être responsable a longuement hoché la tête avant de s'exprimer :

— Conal, p'têt' que tu peux nous raconter un peu comment qu'ça s'passe main'nant qu't'es en période d'essai ?

Conal s'est penché en avant et il a pris la parole. Majella s'est retournée vers la porte, toujours ouverte derrière sa mère. Tandis que Conal, au bord des larmes, commençait à énumérer une liste de choses qu'il avait faites ou qu'on lui avait faites (qui comportait notamment le fait qu'il avait temporairement perdu sa femme et ses gosses), Majella s'est aperçue qu'elle mourait d'envie de s'enfiler une bonne pinte de Smithwick's.

Un peu plus tard, dans le bus, sa mère s'est liquéfiée. En arrivant à la maison, elle s'est étendue sur le canapé et s'est mise à chouiner en disant qu'elle n'était pas comme ça : non, elle n'était pas une alcoolo pareille que tous ces types, elle. Elle n'avait jamais fait de mal à personne, n'avait jamais été portée disparue, n'était jamais allée en prison et ne s'était jamais retrouvée à la rue. Elle aimait la compagnie, c'est tout. Elle aimait bien boire un coup. Il lui avait fallu des semaines pour se remettre de cette réunion. Après ça, elle avait commencé à mentir sur la quantité d'alcool qu'elle ingurgitait. Quatorze doses, réparties dans la semaine avec régularité. Tout le monde savait qu'elle mentait. Personne n'y pouvait rien, et surtout pas Majella.

— Mes papiers sales, Majella.

Feely la Touffe a posé les emballages repliés de son dîner sur le comptoir. Majella les a pris. Feely la Touffe ne disait jamais Ouais ou Nan ou Salut, il se contentait de s'en aller sous la pluie. Majella a froissé les emballages et les a jetés à la poubelle.

### *22 h 05*
### *Objet 45. La monnaie*

Majella a regardé l'heure. Il était dix heures passées et Jimmy Neuf-Pintes n'était pas encore venu poser son billet de cinq livres crasseux sur le comptoir pour payer son menu saucisse.

Elle s'est tournée vers Marty :

— Aucun signe de Jimmy Neuf-Pintes ce soir non plus.

Marty s'est tourné vers elle sans perdre des yeux les friteuses.

— Nan, aucun signe.

Le fish-and-chips n'était pas surpeuplé et les commandes se succédaient à un rythme tenable, alors Majella a lancé à Marty un long regard :

— C'est pas son genre de louper un dîner, encore moins deux d'suite.

Marty lui a jeté un coup d'œil en rougissant. Puis il a scruté la dernière commande qu'elle avait épinglée sur le tableau.

— Nan. Doit y avoir quèque chose.

Majella a froncé les sourcils. Oui, il avait dû se passer quelque chose. Et elle voulait savoir quoi.

*23 h 23*

*Objet 41.2. Météo – Le froid*

Majella grelottait, assise sur le siège des toilettes où elle essayait de fumer sa clope. Il faisait un froid de loup, mais son ventre était vrillé de crampes et elle avait besoin de s'asseoir un moment. Elle a tiré sur sa cigarette jusqu'au filtre, puis l'a laissée choir dans le lavabo et a ouvert le robinet. Le mégot a sifflé quand l'eau a coulé dessus. Majella a enroulé ses bras autour d'elle et s'est mise à se balancer. La douleur ne diminuait pas. Il était temps de passer au Codoliprane. Elle s'est rhabillée, s'est lavé les mains, et elle est rentrée. Au comptoir, Marty s'occupait de tout le monde comme il convenait.

— Ça va, Jelly ?

Majella a fait signe que oui à Marty et s'est dirigée vers le frigo. Elle a pris un Coca et elle est retournée derrière, là où elle avait laissé son sac plastique. Elle a sorti une tablette de Codoliprane 500 et en a extrait quatre cachets qu'elle a enfournés un par un dans sa bouche avant de les avaler avec le Coca. En se retournant, elle a vu que Johann-Pol la regardait.

— Je vois que tu prends des antidouleurs.

— Ouais.

— Qu'est-ce qui ne va pas ?

— J'ai mal au ventre.

— Ah. Je comprends. Ce sont les problèmes des femmes, hein ?

Majella a acquiescé en fronçant les sourcils.

— Ne t'inquiète pas. Je comprends. Mais tu vas être endormie avec ces médicaments. Très endormie.

— Nan. Ça va aller. L'Coca va m'réveiller.

Johann-Pol a hoché la tête.

— Oui, le Coca va t'aider à te réveiller.

Il s'est retourné vers les friteuses et Majella a souri à son dos, savourant son étrangeté. Elle n'avait pas encore baisé avec lui, mais elle avait bien envie d'essayer. Elle a senti le gaz remonter depuis son ventre et elle a roté, puis elle a porté la canette à ses lèvres et l'a liquidée. Les médicaments ne faisaient pas encore effet, mais elle savait que dans vingt minutes, ce serait bon, elle serait enveloppée dans la douceur de la codéine. Elle a soupiré et s'est dirigée vers le comptoir.

— Un hamburger pané, des frites, pis du ketchup.

Majella a repris son stylo et s'est mise à écrire.

*Minuit*
*Liste des trucs bien*
*Objet 7. Les antidouleurs*

La magie de la codéine et de la caféine opérait. Derrière le comptoir, carnet de commandes en main, les yeux rivés sur la pendule qui égrenait les dernières secondes avant minuit, Majella était un peu dans les vapes. Les femmes qui entraient à Salé, Pané, Frit ! avaient depuis longtemps dépassé l'heure de

Cendrillon. Elles étaient amochées aux entournures, la bouche maculée de rouge à lèvres, les yeux vitreux. Elles étaient toutes en train de se transformer en vilaines sœurs, tandis que Majella jouait les servantes.

— Qu'est-ce que j'peux vous servir ?

— Des frites au fromage, des pois cassés et d'la sauce.

Les contes de fées avaient toujours fasciné Majella. Les métamorphoses. Les grenouilles qui se transformaient en princes, les mendiantes en reines, la paille en or. Une histoire montrait un chat qui parlait, une autre un haricot magique, la suivante un homme sur un cheval qui terrassait un dragon, mais en fait, elles racontaient toutes la même chose : la situation de départ n'était pas satisfaisante, quelqu'un arrivait avec une baguette magique, ou encore jetait un sort, et tout se terminait bien à la fin.

— Qu'est-ce que j'peux vous servir ?

— Un menu saucisse panée et des frites.

Quand elle était petite, elle adorait les têtards. C'était à ses yeux la chose qui se rapprochait le plus de la magie. Elle prenait un grand bocal de confiture vide, le plongeait dans l'étang à côté de chez sa grand-mère pour attraper des œufs de grenouille. Elle le rapportait chez elle et le laissait dans la cour où elle voyait peu à peu les petits points noirs au milieu des œufs transparents éclore en minuscules bestioles qui gigotaient, auxquelles il finissait par pousser des pattes, et qui un beau jour devenaient de petites créatures vertes qui se déplaçaient en bondissant. Étrange.

— Qu'est-ce que j'peux vous servir ?

— Des frites au curry, des beignets d'oignons et un Coca.

Les papillons surtout étaient magiques, ils passaient du stade de minuscules points jaunes sur les feuilles à celui de petits tubes dotés de millions de pattes, vert vif, ou marron, et pleins de poils, puis à celui de feuilles mortes recroquevillées sur elles-mêmes, et enfin à celui de créatures volantes aux ailes de papier poudré.

— Qu'est-ce que j'peux vous servir ?

— Un menu poisson et une canette de Sprite.

Majella n'avait pas encore vu la magie opérer dans la transformation des humains. De mini-adultes naissaient, rouges et tout écrasés. Quelques-uns devenaient mignons, mais la plupart demeuraient très laids. Bref, la *lose*. Personne n'avait l'air heureux. Tout le monde finissait par avoir des rides, et les pièces tombaient en panne l'une après l'autre. À la fin, ils mouraient tous. La sonnette ne cessait de retentir à mesure que les foules affamées du samedi soir se déversaient à l'intérieur. Majella a jeté un coup d'œil à Marty. Il fronçait les sourcils, l'air fatigué. Est-ce qu'il se demandait jamais comment elle allait ? Elle s'est tournée vers la personne suivante.

— Qu'est-ce que j'peux vous servir ?

*1 h 25*

*Objet 3.12. Bruit – Les foules désorganisées*

C'était la folie. Majella se sentait encore un peu dans les vapes, même si les choses commençaient à redevenir nettes à la lisière de son champ de vision. Les clients formaient une masse confuse de visages et de bruit devant elle, mais elle voyait bien que les frères Daly n'étaient pas de la partie. C'était mauvais signe, car la seule raison qui pouvait empêcher les frères Daly de bouffer et de picoler, c'était soit qu'ils étaient morts, soit que les flics les avaient enchristés. Dans un cas comme dans l'autre, c'était pas terrible. Majella et Marty, sourcils froncés, écrivaient frénétiquement les commandes tandis que Johann-Pol s'occupait des friteuses. Majella a songé que ça ne serait pas facile de baisser le rideau ce soir-là.

## *2 h 33*
## *Objet 12.13. Conversation – Tirer les vers du nez à quelqu'un*

Majella se tenait en retrait dans la rue tandis que Marty verrouillait tout. Ils étaient tous les deux lessivés. Le fish-and-chips s'était retrouvé littéralement jonché de débris de nourriture et autres déchets. Même avec Johann-Pol en renfort, il leur avait fallu un temps fou pour en venir à bout. La ville était encore animée. Les taxis Bogey et les minibus passaient à toute vitesse et on voyait partout des jeunes qui criaient et juraient, se roulaient des pelles ou s'apprêtaient à se castagner. La génération au-dessus était encore dans les pubs, bien que l'heure de la fermeture ait depuis longtemps sonné. Majella et Marty ont fait au revoir à Johann-Pol et ils se sont mis en route dans le silence. D'habitude ça ne se passait pas comme ça : en général, Marty venait en voiture, seulement Philomena avait eu besoin de la bagnole pour aller faire des courses de Noël en avance. Majella ne comptait pas lui faire la conversation. Seulement elle avait une question à lui poser.

— C'est quoi l'histoire avec Jimmy Neuf-Pintes ?

Elle a remarqué que Marty pressait soudain le pas. Il n'était pas question qu'elle l'imite, et elle a gardé la même allure.

— Alors ? Jimmy ?

Elle a noté avec satisfaction que Marty ralentissait.

— Donc. Jimmy Neuf-Pintes. On l'a pas vu d'puis jeudi. T'as entendu quèque chose ?

À la manière dont Marty l'a regardée, puis s'est retourné vers la route, elle a compris qu'il savait quelque chose en effet. Elle l'a regardé hocher la tête.

— Ouais. J'ai entendu raconter un truc.

Majella a laissé le silence se prolonger pendant quelques

secondes pour voir s'il allait parler. Mais il n'a rien ajouté. Alors elle est revenue à la charge.

— Y s'est fait serrer par les flics ?

Marty a baissé les yeux tout en continuant à marcher.

— Ouais, c'est ça.

Majella, elle, regardait droit devant elle. Ils arrivaient au rond-point où Marty prenait par Dunree Road pour rentrer dans son lotissement, tandis que Majella tournait à l'église pour arriver chez elle. Encore quelques secondes, et ils se sépareraient.

Majella songeait au menu saucisse de Jimmy, à son rire râpeux, à cette blague qu'ils répétaient six soirs par semaine depuis sept ans. Elle s'est arrêtée au rond-point, s'est retournée vers Marty et l'a regardé droit dans les yeux. Il oscillait d'un pied sur l'autre. Peut-être était-ce le froid.

— Rent' bien.

Le soulagement s'est emparé de lui.

— Ouais, Majella. Rent' bien toi aussi. Rent' bien chez toi.

Elle a hoché la tête et elle est partie de son côté en frissonnant malgré la chaleur de son dîner qu'elle serrait tout contre sa poitrine.

### *2 h 42*
### *Objet 34.1. Disputes – En venir aux mains*

Dès qu'elle a tourné au coin de sa rue, Majella a vu que toutes les lumières étaient allumées chez elle, aussi bien en haut qu'en bas. Elle s'est arrêtée devant la porte pour écouter. Aucun bruit, ce qui était bon signe. N'empêche, elle a ouvert avec prudence. Aussitôt, la chaleur et l'odeur de clope lui ont sauté à la figure. Elle a flairé autre chose : la bière. Ça, c'était mauvais signe. Elle a refermé la porte derrière elle et s'est glissée dans la cuisine. La lumière était allumée et c'était le bordel : partout, des barquettes de bouffe chinoise. Donc, sa mère avait eu de la visite. Majella a ouvert le placard et pris une assiette. Elle y a posé son dîner et fait des trous dans l'emballage avant de l'enfourner au micro-onde. Là-haut, elle a entendu la chasse d'eau, et un pas lourd qui allait jusqu'au lavabo. Majella connaissait par cœur tous les craquements du parquet, et elle savait que ça, ce n'était pas sa mère. L'inconnu en question devait faire à peu près le même poids que son père. Majella espérait que sa daronne n'avait pas ramené à la maison le premier loser venu.

Le type a ouvert la porte de la salle de bains et il est sorti sur le palier. Majella est prestement revenue vers le micro-onde et l'a arrêté avant qu'il sonne. Retenant son souffle, elle a écouté les pas, là-haut, qui s'éloignaient de la salle de bains pour s'arrêter devant la porte de sa chambre à elle. Silence. Puis l'inconnu a frappé à la porte bruyamment. Majella s'est raidie. L'autre s'est arrêté quelques secondes, avant de recommencer à frapper, frapper, frapper.

— Putain, sors de là, Nuala. Sors de là et viens m'parler !

Majella a doucement refermé le micro-onde sans toucher à son assiette. Elle a pris un grand verre et ouvert son Coca au moment où le type cognait à nouveau.

— Tire-toi, Tony, fous-moi la paix. Barre-toi.

La voix de sa mère paraissait toute petite, étouffée. Majella lui en voulait d'être dans sa chambre, avec sa nouvelle couette, complètement pétée. Elle espérait qu'elle n'avait pas fumé à l'intérieur. L'homme a continué à taper sur la porte. Majella ne reconnaissait pas sa voix.

— Nuala, si tu sors pas, j'enfonce cette salop'rie d'porte !

Majella s'est mise à compter jusqu'à dix. Elle en était à sept quand il a commencé à donner des coups de pied. Majella ne voulait pas qu'on enfonce la porte de sa chambre. Elle aimait pouvoir la verrouiller et avoir son espace à elle toute seule. Elle est sortie de la cuisine et elle est montée à pas de loup dans l'escalier, en positionnant ses pieds là où les marches ne grinçaient pas. Là-haut, elle s'est placée dos à la porte de la chambre de sa mère.

— Tu peux m'expliquer c'que tu fous là, Anthony Cannon ?

Anthony Cannon s'est retourné face à elle. À le voir, il avait l'air beurré comme un coing. Debout, la braguette ouverte, il tenait une canette de Tennent's. Il était tellement soûl qu'il avait du mal à y voir clair.

— Va t'faire enculer.

Majella l'a regardé dans le blanc des yeux :

— Rent' chez toi, va t'coucher.

Anthony a titubé en avant, puis en arrière.

Majella a soupiré :

— Rent' chez toi et va t'coucher avant qu'j'appelle les flics.

Anthony a laissé choir sa bière. Majella l'a vue tomber par terre. Et elle l'a entendue se répandre en pétillant sur la moquette.

— Et quoi, tu vas m'forcer, p'têt' ?

Elle a de nouveau fixé Anthony Cannon dans le blanc des yeux. Elle ignorait pourquoi mais elle n'avait aucun mal à regarder les gens droit dans les yeux quand ils avaient du vent dans les voiles. Peut-être parce qu'alors ils avaient du mal à regarder droit, eux-mêmes.

— Si chuis obligée.

Elle le jaugeait. Il n'était pas très grand, pas plus qu'elle en tout cas. Il était plutôt costaud, mais il se laissait complètement aller – après toutes ces années passées à picoler, il lui avait poussé un bon matelas sur le ventre, qui débordait par-dessus sa ceinture. Il était plein comme un œuf. Majella a évalué ses chances. Anthony a fait un pas vers elle, retrouvant soudain un certain équilibre. Majella n'a pas bougé. Et puis il s'est ramoné les bronches en profondeur avant de cracher à la figure de Majella. Elle a tourné la tête juste à temps, et le mollard s'est abattu dans ses cheveux. Elle a aussitôt fait face, car il venait vers elle. Elle l'a poussé, et il est parti droit dans le mur d'en face. Majella n'aimait pas qu'on lui crache dessus. Anthony s'est stabilisé, appuyé au mur, en état de choc.

— J't'ai dit : fous le camp de ma putain d'maison !

— Espèce de grosse truie…

Il a réussi à s'écarter de la cloison et s'est jeté sur Majella. Elle a fait un pas de côté, au passage l'a attrapé et l'a flanqué dans l'escalier. Il a raté la marche, s'est retrouvé sur le cul, a dévalé jusqu'au pied des marches et s'est vautré par terre. Majella sentait l'odeur d'alcool et d'après-rasage sur ses propres mains. Elle est aussitôt descendue à son tour et a sauté par-dessus lui. Le temps qu'il se remette debout, elle a ouvert la porte d'entrée. Coup d'œil dehors. Personne qu'elle puisse appeler. Derrière elle, Anthony s'était relevé en s'accrochant à la rampe. Majella a laissé la porte grande ouverte et elle est revenue vers lui, laissant l'issue dégagée. Toujours cramponné à la rampe, il n'a pas bougé.

— Dehors.

Il essayait de fixer son regard sur elle.

— J'ai dit : dehors !

Majella grelottait dans l'air froid. Et soudain, elle a pété les plombs. Elle a empoigné Anthony par le col et l'a tiré vers la porte en lui hurlant à la figure :

— J't'ai dit dehors ! Putain, casse-toi ! Barre-toi d'chez moi espèce de salopard de soûlard dégueulasse de mes deux !

Soudain elle s'est mise à le gifler, à lui donner des coups de pied, à gueuler, vociférer. Elle savait qu'elle avait perdu son sang-froid, mais elle se foutait complètement qu'on l'entende. Elle l'a poussé jusqu'à la porte et l'a flanqué dehors. Dans la lumière orange des lampadaires, il a vacillé sur lui-même et il s'est affalé par terre à grand fracas. Majella a refermé la porte. Son cœur battait à tout rompre et elle tremblait de partout. Dans ses yeux, des larmes brûlantes. Elle a cligné aussitôt et elle est montée dans la salle de bains. Ses cheveux étaient tout collants là où le mollard s'était abattu. Ça lui donnait la nausée. Elle a mis la tête sous le robinet, laissant l'eau froide cascader dans sa chevelure. Mais l'eau seule ne parvenait pas à la débarrasser de cette saleté gluante, et la sentir sous ses doigts révulsait son estomac, aussi elle a sorti la tête du lavabo et s'est dirigée vers la baignoire. Elle a attrapé la pomme de douche et appuyé sur Marche. Dès que l'eau a été tiède, elle a sauté dedans et s'est mouillé tout le corps avant de verser des tonnes de shampoing. Puis elle a rincé ses cheveux jusqu'à ce qu'il n'y ait plus de bulles, et s'est frottée des pieds à la tête jusqu'à en avoir la peau toute rose. Enfin, elle a arrêté la douche et essoré la longue queue de ses cheveux pour enlever le plus d'eau possible. Ensuite, elle a attrapé la seule serviette qu'elle voyait et s'est séchée avant d'y envelopper ses cheveux en turban. Elle s'est assise nue sur les toilettes et elle a retiré le tampon qui avait gonflé à l'intérieur de son vagin. Elle est restée assise un moment, les yeux brûlants, à essayer de reprendre sa respiration. Quand elle s'est sentie plus calme, elle a garni sa culotte d'une protection de nuit, s'est essuyée et s'est relevée. Elle a remis ses fringues, et s'est regardée dans la glace tout en se lavant les mains. Elle avait les joues rougies et ses yeux étincelaient. Mais ils étaient cernés d'ombres violettes, presque des ecchymoses. Majella voulait aller se coucher. Elle a ouvert la porte pour aller à sa chambre.

— Il est parti main'nant. Tu peux sortir et aller dans ton lit à toi.

Sa mère n'a pas répondu. Majella a voulu ouvrir avec sa clé. Mais sa mère avait tiré le verrou à l'intérieur.

— Ouv' la porte, m'man.

Sa mère a poussé un gémissement.

— Maman, s'te plaît ?

Silence.

— M'man, si t'ouv' pas la porte, va falloir que j'l'enfonce.

Majella savait qu'elle pouvait aller dormir dans le lit de sa mère et que celle-ci finirait bien par se lever le lendemain. Mais elle ne pouvait supporter qu'elle fume, voire qu'elle vomisse sur sa belle couette toute neuve. Elle préférait encore défoncer la porte.

— Va falloir que j'rent' de force, m'man !

Elle s'imaginait sa mère allongée, recroquevillée sur elle-même, s'apitoyant sur son sort, désirant que quelqu'un d'autre prenne la situation en main et vienne la secourir. Elle a appuyé l'épaule contre la porte, a donné quelques coups lents et puissants, et le verrou minable a cédé. Sa daronne s'était cachée sous sa couette où elle gémissait toujours. Majella l'a débusquée. Elle était roulée en boule, ses petits bras maigrelets tout rouges à force d'avoir été grattés avec ses ongles longs, le visage plein de larmes et de morve, gonflé à cause de la claque qu'Anthony Cannon lui avait sans doute assenée.

— Vaudrait mieux qu'tu r'tournes dans ton lit à toi.

Sa mère était toujours allongée là, geignant tout en frissonnant. Majella a remarqué qu'elle avait fait un effort ce soir-là : elle portait un petit haut en dentelle noire et un jean, avec une grosse ceinture brillante. Un collier bon marché scintillait autour de son cou, assorti à une boucle d'oreille – l'autre lobe était nu.

— Allez. Faut qu'j'me couche dans mon lit. Lève-toi d'là.

Sa daronne ne bougeait pas, aussi Majella l'a tirée par le bras. Elle a tenté de se débattre, puis elle a cédé et a laissé sa fille la ramener jusqu'à son lit à elle. Majella lui a retiré la ceinture, la boucle d'oreille et le collier, et elle a étendu sa couette sur elle. Elle pleurait toujours quand Majella a éteint la lumière et refermé la porte. Le ventre de Majella s'est mis à gargouiller. Elle a redescendu l'escalier et remis le micro-onde sur deux minutes. Elle s'est assise à table, a bu quelques longues gorgées de Coca en contemplant les restes figés du repas chinois que sa mère avait à peine touché. La sonnerie du micro-onde l'a tirée de sa léthargie. Elle a attrapé son assiette, son verre et a pris la direction de son lit, éteignant toutes les lumières derrière elle, jusqu'à ce que la maison soit à nouveau plongée dans l'ombre et le silence. Une fois dans sa chambre, elle est allée à la fenêtre et a tiré les rideaux humides. Elle a essuyé la condensation orange et examiné le jardin en contrebas. Cannon était parti.

## DIMANCHE

*11 h 27*
*Objet 14.5. Trucs médicaux – Hôpitaux, cliniques, cabinets*

Majella s'est réveillée en suçant son pouce. Elle l'a sorti de sa bouche et l'a regardé. La peau était toute ridée, avec la marque de ses dents. Elle a tendu les jambes, bien raides sous la couette, et cligné pour chasser les croûtes de ses yeux tout collés. Puis elle a attrapé son téléphone pour regarder l'heure.

11:27
Pas de nouveau message

Il n'était pas trop tard pour assister à la dernière messe si elle se levait tout de suite – elle aurait même le temps de se faire un café. Sauf qu'elle avait la flemme. Elle était déjà allée à la messe une fois dans le mois, avec l'enterrement et tout ça – ça suffirait pour cette fois. Elle s'est aperçue que sa chambre était plus éclairée que d'habitude. Elle a regardé la fenêtre : elle avait laissé un espace entre les rideaux quand elle avait jeté un œil pour s'assurer que Cannon était bien parti. Elle a repoussé son téléphone sous son oreiller et remonté la couette, se détendant en sentant les plumes gonfler et reprendre leur place tout autour d'elle. Elle n'avait pas envie de se lever. Elle n'avait pas dû se coucher avant quatre heures du matin, et elle était encore crevée. En plus, elle n'avait rien à faire et, connaissant sa mère, elle allait sûrement cuver son whiskey toute la journée. Elle s'est levée pour aller jusqu'à sa télé. Elle a pris un DVD, l'a posé sur le plateau qu'elle a refermé. Elle a ensuite allumé la télé et mis le DVD en marche. Elle s'est remise au lit, aplatissant la couette devant elle pour mieux voir l'écran. Pam Ewing était à l'hôpital. Majella adorait lorsque les Ewing étaient hospitalisés, car dans *Dallas* les hôpitaux étaient toujours propres et aseptisés, remplis d'infirmières et de médecins en pleine forme et de religieux bienveillants qui connaissaient la situation des Ewing et s'intéressaient réellement à eux. Ça lui plaisait aussi que les Ewing soient des durs à cuire – en général, qu'ils soient confrontés au cancer, à une salve de coups de feu ou à un accident de voiture, ils s'en tiraient toujours sans une égratignure. Elle appréciait tout particulièrement les obsèques des personnages secondaires qui mouraient de temps à autre. C'étaient des moments solennels, avec plein de fleurs, les femmes étaient magnifiques dans leurs vêtements de deuil, avec leurs cheveux gonflés et leurs talons aiguilles, et elles s'accrochaient à leurs hommes, pleins de gravité, qui tenaient respectueusement leur Stetson devant leur entrejambe. Majella s'est faufilée dans son lit tout chaud. Elle s'est mise en boule, résistant à l'envie de sucer son pouce. Elle n'avait jamais réussi à savoir lequel de ses doigts était l'index. Tout ce dont elle se souvenait, c'est qu'elle avait un pouce, un majeur, un annulaire et un petit doigt. Depuis qu'elle était bébé, elle suçait son pouce, recrachant invariablement toutes les tétines que sa mère lui avait collées dans la bouche. Lors de son premier jour à Saint Brigid, elle l'avait sucé si longtemps que la peau s'était déchirée et qu'elle avait saigné. Catriona Meehan l'avait rapporté et Majella se souvenait encore de s'être fait gronder par la maîtresse, qui avait désinfecté et mis un pansement sur la chair meurtrie.

*Mais quel genre de fille es-tu pour arriver à l'école et sucer ton pouce jusqu'à le faire saigner ? Tu n'es plus un bébé, tu n'es pas à la maison à regarder la télévision avec ta maman. Tu es une grande fille, à l'école, tu ne dois plus sucer ton pouce.*

Majella aurait voulu dire à la maîtresse qu'elle ne regardait jamais la télé avec sa maman sur le canapé. Sa maman préférait que Majella soit le plus loin possible hors de sa vue, quelque part dehors, ou encore à jouer tranquillement dans sa chambre. Et donc, Majella s'était mise à sucer le pansement, parce que même si elle avait neuf autres doigts, et que presque tous les autres mouflets autour d'elle suçaient leur pouce, le seul dont elle voulait, c'était son pouce à elle, celui de la main droite. Majella était fière d'avoir su développer pareille maîtrise de soi. Se balancer, claquer des doigts, sucer son pouce étaient des gestes qu'elle contrôlait et auxquels elle se livrait en douce. Sa daronne, elle, était incapable de se maîtriser. Les clopes. L'alcool. Les mecs. Majella s'est demandé ce qui avait bien pu se passer la veille au soir avec Anthony Cannon. Elle savait qu'il tournait autour de sa mère, mais elle ne l'avait jamais vu dans un état d'agitation pareil. Elle n'arrivait pas à comprendre comment sa daronne avait pu se retrouver enfermée dans sa chambre à elle, avec l'autre crétin qui essayait d'enfoncer la porte. Elle a repensé au verrou arraché et grogné d'agacement. Maintenant, il fallait qu'elle s'en occupe, qu'elle arrange la porte abîmée. Mais bon, elle avait toute la journée devant elle : elle n'avait rien à faire d'ici à vingt et une heures, heure à laquelle elle s'en allait invariablement au Bogey Inn pour boire ses pintes du dimanche soir. Elle n'avait pas pu les semaines précédentes à cause de sa grand-mère et tout ça. Sa pauvre mémé était morte un dimanche. Majella était dans le bus quand elle l'avait appris. Sa mère l'avait appelée, aux cent coups. Majella l'avait écoutée aussi longtemps qu'elle avait pu, puis elle avait raccroché. Elle dirait que le réseau était pourri et que ça avait coupé. Ensuite, pendant tout le trajet depuis Strabane jusque chez elle, elle avait regardé la pluie tomber par la fenêtre tout en claquant des doigts dans les poches de sa polaire et en crispant et décrispant ses orteils dans ses baskets afin de contenir le hurlement qui menaçait de faire exploser sa poitrine. Elle venait juste de quitter sa mémé, à l'hôpital, elle avait franchi la porte et l'avait laissée toute seule. Elle aurait voulu être là au moment où elle avait rendu l'âme, seulement elle détestait les hôpitaux, ne s'y sentait pas à sa place. Au début, sa grand-mère avait été emmenée à Omagh, ce qui n'était pas trop mal. Elle lui avait rendu visite avec sa daronne dès le lendemain. Sa mémé était dans le coltard le jour où elles l'avaient vue. Sous sédation, qu'ils appelaient ça – complètement défoncée, avait pensé Majella. C'était bizarre, elle ne se rappelait pas grand-chose au sujet de sa mémé, cette fois-là, car elle avait passé son temps à gérer sa mère, à l'empêcher d'emmerder les soignants, à aller lui chercher un café quand elle avait été prise de vertiges, à l'écouter se plaindre de son père, parce qu'il aurait dû être là pour elle et pour Maggie, cette pauvre vieille Maggie. Ce jour-là, Majella n'avait pas pu toucher sa grand-mère. Les ecchymoses et la bave lui répugnaient, et elle n'avait pu se forcer à poser les doigts sur ses cheveux, ni à lui prendre la main, sans parler de lui faire un bisou au moment de partir. Peu après, sa mère lui avait dit que l'hôpital avait appelé pour dire que sa mémé avait été transférée à Altnagelvin parce qu'elle n'arrivait pas à remonter la pente et que son état s'était aggravé. Au moment où sa daronne lui racontait tout ça, Majella s'était représenté sa grand-mère descendant une colline sur son lit d'hôpital, jusqu'à Derry. La fois suivante, elle était allée la voir seule. C'était long, en bus, depuis Aghybogey jusqu'au dixième étage de l'hôpital, et elle était épuisée en arrivant. Elle avait dû s'arrêter pour reprendre son souffle devant la fenêtre. La vue s'étendait par-dessus la ville jusqu'au Donegal. Majella avait trouvé cocasse qu'Aghybogey soit située juste à la frontière, mais que de nulle part en ville on ne puisse voir la République. Elle se trouvait au fond d'un vallon, enclavée au milieu des collines. Un chercheur de l'université était venu enquêter sur le fait que le taux de cancer était plus élevé à Aghybogey. Tout le monde espérait qu'il rejetterait la responsabilité sur les ondes émanant des tours de surveillance britanniques et du commissariat, dans l'espoir de toucher des compensations. Seulement le prof en question avait par la suite publié son rapport, qui avait fait grand bruit, affirmant que la proportion inhabituellement élevée de certains cancers était due à la faible mobilité de la population et aux mariages consanguins. Il avait tout particulièrement été félicité par ses pairs car il avait déterminé que certains cancers touchaient davantage les catholiques que les protestants. Ce rapport n'avait pas été bien reçu à Aghybogey.

Majella avait fini par quitter la fenêtre pour se rendre jusqu'à la chambre de sa grand-mère. Elle avait frappé avant d'entrer. La pièce donnait l'impression d'être vide, les stores en position oblique, les rideaux à fleurs grands ouverts. Sa mémé était couchée sur le lit, sous une couverture. Majella s'était approchée et elle l'avait longuement regardée. Elle aurait voulu ressentir quelque chose, pouvoir faire quelque chose. Lui dire bonjour, lui peigner les cheveux, lui enfiler un de ses cardigans bleu marine propre. Mais l'amas de chair meurtrie et gonflée qu'elle avait sous les yeux n'était pas sa grand-mère. Majella avait déjà vu à la télé des vieux qu'on avait battus, couverts de terribles ecchymoses. C'était toujours la même histoire. Les pauvres vieux ouvraient la porte, des jeunes s'engouffraient à l'intérieur et les tabassaient à coups de barre de fer pour quelques livres, une alliance usée, une saloperie de médaille militaire. Après, on découvrait la victime infortunée sur son lit d'hôpital, les yeux violacés, enflés comme des balles de golf, le visage tuméfié, cramoisi. Majella détestait ce genre de faits divers, alors que sa mère au contraire montait le son très fort pour mieux piquer sa gueulante. Il était facile de croire que ce n'était pas sa grand-mère, allongée sur ce lit. Quand elle avait enfin trouvé le courage de lui prendre la main, elle était toute froide. La vieille dame n'avait pas bougé. Et puisqu'elle ne croyait pas que c'était sa grand-mère, elle avait réussi à tenir sa main dans la sienne, toute moite, jusqu'à la fin de la visite, tandis qu'elle contemplait les nuages de pluie qui passaient, là-bas, au-dessus d'Inishowen. Avant de repartir, elle lui avait lissé les cheveux en arrière, les écartant de son visage boursouflé, démantibulé, elle avait remonté sa chemise de nuit autour de son cou lacéré, puis la couverture jusqu'au menton, pour qu'elle ait bien chaud, ensuite elle avait repris le chemin de la sortie et de son bus. Majella s'est retournée dans son lit, elle a enfoui la tête dans son oreiller et elle s'est mise à respirer long, court, long, court, long, court, jusqu'à ce que le sommeil revienne.

### *15 h 15*

### *Objet 35.3. Mensonges – Les mensonges trop gros*

Majella était assise à la table de la cuisine. Ce n'était pas l'endroit où elle prenait son petit déjeuner d'habitude, mais ce matin, elle avait échoué là. Elle avait presque fini son café, qui était tiède à présent. Elle fixait son téléphone en plissant les yeux, résistant à l'envie de le balancer. Allez savoir pourquoi, elle avait écrit à Aideen pour lui dire qu'elle pouvait l'appeler si elle voulait, alors qu'elle savait très bien qu'Aideen n'avait pas plus de chances de lui téléphoner que Majella d'aller la voir à Londres, malgré les promesses réitérées chaque année. Elle a enfoncé son portable dans la poche de sa polaire, a pris son mug et son assiette et les a largués dans l'évier avant de remonter s'habiller.

*16 h 06*

*Objet 39.1. Voisins – Être épiée*

Majella est sortie de la maison pour aller à la remise. Dans sa main, le trousseau de clés était froid. Le cadenas n'avait pas changé depuis toutes ces années, c'était toujours le même morceau de métal couleur bronze. Majella a inspiré, et choisi la clé la plus petite. Elle ne rentrait pas, alors elle a essayé la suivante, et ainsi de suite, jusqu'à la septième. Celle-là est rentrée et Majella a senti le petit ressort à l'intérieur qui bougeait lorsqu'elle l'a tournée, seulement le reste du mécanisme était coincé par la rouille. Elle a renoncé à ouvrir le cadenas et elle est retournée à la cuisine, où elle a rangé le trousseau dans un tiroir. Puis elle a attrapé un marteau et elle est revenue à la remise. Elle a repris son souffle, levé le marteau, et elle s'est mise à taper, taper, taper sur le cadenas. Elle a entendu sa mère lui hurler dessus depuis sa fenêtre. Elle savait que les Meehan, dans la maison d'à côté, devaient la regarder faire depuis la fenêtre de derrière, mais elle a continué jusqu'à ce que le cadenas cède.

— Mais qu'est-ce tu fous à démolir c'cadenas ? Tu vas tout casser, et nos oreilles avec !

Majella s'est retournée, les mains sur les hanches, et elle a plissé les yeux pour voir sa mère, penchée à la fenêtre de sa chambre, le visage tout ridé dans le soleil.

— Chuis v'nue chercher des outils pour réparer ma porte de chamb'.

Majella savait que les Meehan avaient entendu tout le barouf de la nuit passée, aussi elle s'adressait tout autant à eux qu'à sa daronne. Elle n'a pas attendu que celle-ci lui réponde, s'est retournée et a ouvert la porte de la remise. La lumière du jour s'est engouffrée dans l'intérieur humide et une odeur de pourriture s'est élevée dans l'air. Ça faisait dix ans qu'on ne l'avait pas ouverte, depuis le jour où Majella avait installé le verrou dans sa chambre. Avant ça, les flics avaient passé la remise et la maison au peigne fin, à la recherche de « preuves » qui les auraient aidés à « résoudre » le « problème » de la « disparition » de son paternel. Ils avaient pris des outils dans la remise pour les faire analyser, et ne les avaient jamais restitués. Majella a regardé les chutes de moquette que son père avait installées par terre. Elles étaient noires de moisissures. Les fenêtres étaient enveloppées d'une gaze de toiles d'araignées cloutées de mouches mortes. Majella a enfin aperçu la perceuse de son père au fond de la remise, dans son coffret en plastique. Elle s'en est emparée. Le simple poids de l'engin lui a apporté un certain soulagement. Elle est retournée à la maison, sachant que sa mère était rentrée, mais que les Meehan l'observaient toujours de derrière leurs rideaux. Elle a posé la boîte sur la table de la cuisine et l'a ouverte. La perceuse était bien rangée dans son coffret, le fil enroulé avec soin à côté dans son espace : rien ne manquait, rien n'était rouillé, car son père faisait très attention à ses outils et les protégeait de la rouille en les huilant. Par contre, elle n'était pas certaine que le moteur fonctionne encore après toutes ces années. Elle a sorti le fil électrique, l'a branché, et elle a appuyé sur le bouton. Elle a éprouvé un sursaut d'excitation quand le petit moteur s'est mis à gémir et l'embout à tourner à toute vitesse. Elle l'a arrêté et elle est montée en souriant réparer son verrou.

### *16 h 34*
### *Liste des trucs bien*
### *Objet 8. Nettoyer*

Majella avait fini de remettre son verrou en place. Elle ne s'était pas mal débrouillée. Son père s'en serait mieux tiré, mais elle n'avait pas démérité. Elle a rangé les outils et a tout rapporté dans la remise, puis elle a poussé la porte. Il a fallu un bon coup d'épaule pour la fermer. Le cadenas en morceau n'avait plus aucune utilité. Elle a songé qu'il ne faudrait pas oublier de passer chez Hector's Hardware pour en racheter un neuf avant que des petits cons viennent les cambrioler ou chier à l'intérieur. Elle est retournée dans la maison et a pris l'aspirateur sous l'escalier. Elle a installé un des nouveaux sacs et a emporté l'engin jusqu'à sa chambre. Elle l'a mis en marche et a placé sa main devant la bouche du tuyau pour voir si ça aspirait. Elle a failli être emportée. Incroyable l'effet qu'un nouveau sac pouvait avoir sur une vieille machine. Majella a commencé à aspirer la poussière et les débris de bois, fredonnant pour accompagner le vrombissement de l'aspirateur. Ça n'avait jamais gêné son père qu'elle fasse ça, alors que sa mère trouvait que c'était vraiment bizarre. Une fois terminé, Majella a vu la différence entre le morceau de moquette qu'elle avait nettoyée sur le palier, et l'intérieur de sa chambre, alors elle a décidé d'aspirer sa chambre. En revenant sur le palier, elle a vu la différence à nouveau entre la partie propre et le reste. Elle était tellement remontée qu'elle a continué sur sa lancée et passé l'aspirateur sur tout le palier. Ensuite, elle a fait l'escalier, marche par marche. En bas, il lui restait juste assez de longueur de fil pour donner un petit coup à l'entrée. En arrivant au radiateur, elle a aperçu quelque chose qui scintillait dessous. Elle s'est arrêtée, a ramassé l'objet. C'était la boucle d'oreille manquante de sa mère, la nuit dernière. Elle l'a fourrée dans sa poche. Après avoir terminé, elle a jeté un coup d'œil au salon. Il avait grand besoin d'être aspiré également. Mais elle était fatiguée. Elle a rangé l'engin et est allée à la cuisine. Elle a sorti la boucle de sa poche et l'a relevée dans la lumière, où elle s'est mise à briller de mille feux. Elle était jolie. Majella, elle, se contentait de petits anneaux d'argent qui ne demandaient aucun entretien. Elle a posé la boucle d'oreille sur la table pour sa mère, et elle est allée au salon où elle a allumé la télé. C'était l'heure d'*Affaire conclue*. Une vieille dame chic était assise avec son petit-fils devant tout un tas de théières, et même Majella voyait qu'elles valaient une fortune. Le petit-fils était un jeune con à la voix sirupeuse, exsudant la confiance en soi face à l'expert.

*Eh bien... à combien estimez-vous sa valeur ?*

C'était le moment préféré de Majella. Elle aimait la manière dont le pauvre type émettait une appréciation élevée – sans doute tout l'argent qu'il possédait sur ses comptes, en ajoutant les prêts et une partie des économies pour ses vacances – tandis que les riches partaient de beaucoup plus bas, ou pire, faisaient semblant de ne pas avoir la moindre idée, même si à voir comment ils se trémoussaient, ils savaient déjà depuis des années quelle était la valeur de l'objet, longtemps avant de se présenter devant la caméra. Dans cet épisode, la vieille grand-mère chicos évoquait la valeur sentimentale de l'objet, tandis que son petit-fils demandait directement combien ça valait.

— Eh ben.

Majella a fait un bond. Sa daronne était levée.

*18 h 55*

*Objet 5.7. Trucs parfumés – Les accessoires de toilette*

Majella a craché le dentifrice mêlé de salive dans le lavabo. Elle a pris de l'eau fraîche au creux de sa main, l'a aspirée et s'est rincé la bouche, puis elle a examiné ses dents dans le miroir. Elle voyait jusque dans les espaces entre ses dents, où parfois il restait des débris de nourriture. Satisfaite, elle a fermé la bouche et s'est intéressée à son visage. Il était temps qu'elle s'occupe de sa moustache. Elle a ouvert l'armoire de toilette. L'attirail de pilules, crèmes, épingles à nourrice et rasoirs de sa mère encombrait les étagères. Elle a pris le tube de Veet et a refermé. Elle a pressé une grosse noix de crème épaisse dans sa main et l'a étalée sur sa lèvre supérieure, prise presque aussitôt d'une quinte de toux due à l'odeur nauséabonde. Au bout de quelques secondes, elle a éprouvé une sensation de brûlure. Elle a résisté et rangé le tube. Majella détestait la crème dépilatoire, mais sa daronne et Aideen lui avaient appris qu'il fallait supprimer tous les poils de la moitié inférieure du visage, épiler en partie ceux qui se trouvaient au-dessus des cils, et au contraire gonfler les cils. Elle a regardé l'heure. Il fallait cinq minutes à la crème pour agir, cinq minutes qui paraissaient cinq heures à Majella entre l'odeur et l'irritation. Pour se distraire, elle a pris un des magazines people de sa daronne et a feuilleté la section comique qui montrait les losers de la jet-set en sueur, l'œil vitreux, l'air misérables et défoncés. Quelques-uns n'auraient pas déparé chez Salé, Pané, Frit ! Elle regardait son téléphone de manière obsessionnelle, attendant que les cinq minutes soient écoulées, enfin elle a tiré un paquet de feuilles de papier toilette pour essuyer la crème, lâchant chaque morceau dans la cuvette jusqu'à ce qu'elle ait tout essuyé. Ensuite elle s'est aspergé d'eau le visage et elle est partie à la recherche d'une serviette propre pour s'essuyer. Majella adorait utiliser des serviettes propres, le seul problème étant que celles-ci soulignaient d'autant plus la saleté ambiante de la salle de bains. Elle a soupiré, mis la douche en route, et elle s'est déshabillée. Elle a attendu que l'eau devienne chaude en se massant sous les seins, tout en rêvant à une pinte de Smithwick's fraîche.

*19h37*

*Liste des trucs bien*

*Objet 10. Les sèche-cheveux*

Majella a fermé à clé la porte de sa chambre et allumé le plafonnier ainsi que sa lampe de chevet. Puis elle a retiré sa serviette et a commencé à peigner ses longs cheveux mouillés. Des gouttelettes sont tombées du peigne sur sa peau humide. Elle s'est essuyée et s'est séché les cheveux tout en fredonnant à la même fréquence que l'engin. Une fois ses cheveux secs, pareils à de la soie, elle s'est mise à sécher les replis de son corps. Elle adorait cette sensation d'être parfaitement propre, sèche, ses cheveux dégageant une odeur d'après-shampoing, et son corps de savon. Elle a décidé d'utiliser l'échantillon de crème pour le corps de luxe qu'elle avait piqué dans un des magazines de sa mère. Elle était parfumée à l'ylang-ylang et promettait de rendre la peau élastique. Majella s'est imaginée tirer sur sa peau à bout de bras avant de la lâcher pour qu'elle revienne en place sur ses os, comme l'élastique de sa petite culotte. Elle doutait que l'échantillon lui fasse cet effet-là, mais elle l'a déchiré et en a extrait toute la crème qu'elle pouvait pour l'étaler sur elle. Majella ignorait ce qu'était l'ylang-ylang – un fruit, une fleur, un animal ? – et n'avait pas la moindre idée de la manière dont on prononçait ce nom. Mais elle adorait son odeur de bain moussant pour bébé. Elle s'est demandé ce que ça ferait de sortir avec le genre de mec qui vous massait avec une crème pareille. En lisant les magazines de sa daronne et d'Aideen, elle avait appris toutes les positions sexuelles et les stratégies à adopter dans le but d'attirer un homme puis de le retenir. Ces magazines conseillaient à Majella de se lancer dans une campagne permanente pour s'améliorer sur les plans sexuel, émotionnel et physique ; en retour, elle devait s'attendre à ce que son compagnon lui fasse des massages sensuels, à condition qu'elle allume des bougies, mette de la musique et des dessous sexy, tout en lui promettant qu'il serait « récompensé ». Le problème, Majella s'était rendu compte, c'est qu'à Aghybogey, les mecs ne lisaient pas les mêmes magazines que les nanas, ils ne se lançaient donc pas dans des campagnes pour s'améliorer eux-mêmes, et pensaient que vous deviez déjà être bien contente qu'ils vous laissent choisir la station de radio dans la voiture lorsqu'ils avaient envie d'une bonne pipe. C'est vrai, ça aurait été sympa d'avoir un homme pour lui passer de la crème. Il y avait ce touriste américain qu'elle avait baisé une fois, et qui adhérait à ce genre de trucs qu'on lisait dans les magazines. Il était un peu gay sur les bords mais très sympa. Elle se rappelait encore son nom : Fontaine de la Cruz. Il lui avait expliqué ce que Fontaine signifiait. La partie « de la Cruz » était en rapport avec la croix. Majella avait cru qu'il lui racontait des conneries, mais au final il avait l'air sérieux. Évidemment, il l'avait ensuite interrogée sur la signification de son prénom à elle, ce qui était plus embarrassant. Elle détestait son prénom depuis la dernière année de l'école primaire, le jour où ils avaient dû, pour leurs devoirs, demander à leurs parents pourquoi ils leur avaient donné tel ou tel prénom. Majella avait attendu que son papa rentre à la maison dîner. Il était arrivé dans le salon et s'était assis avec son thé et son exemplaire du *Mirror*. Sa mère était affalée sur le canapé où elle regardait *Coronation Street*.

— 'pa ? Pourquoi vous m'avez app'lée Majella Priscilla O'Neill ?

Sa mère a ricané :

— Mon Dieu. Et voilà, Gerard, et voilà.

Majella n'a pas apprécié le ton de sa mère. Un truc amer et sarcastique.

— Pourquoi est-ce que tu m'poses la question, Majolie ?

Il essayait de gagner du temps. Elle l'avait vu faire suffisamment souvent avec sa maman pour le savoir. Ça signifiait que la réponse ne lui plairait pas.

— C'est pour l'école. La maîtresse dit qu'on doit savoir ça pour la confirmation. Faut qu'je choisisse mon nom.

Son père a pris une grande gorgée de thé et s'est trémoussé dans son fauteuil.

— Chavais pas qu'tu d'vais choisir un nom pour la confirmation. Autrefois, on prenait l'nom d'son parrain ou d'sa marraine, par respect.

— C'est qu'est-ce qu'a dit la maîtresse. La plupart des élèves dans ma classe, y vont faire ça.

— Du coup, ton nom d'confirmation s'ra Marie, à cause de ta marraine, c'est ça ?

Majella a acquiescé avec réticence. Elle sentait bien que Marie ne l'aimait pas vraiment. Que chaque fois qu'elle lui rendait visite pour son anniversaire et pour Noël, elle n'avait qu'une envie : que Majella ouvre sa carte et son cadeau, lui dise merci beaucoup, et fiche le camp. Son papa était revenu à son journal. Sa mère les regardait toujours, avec un petit sourire.

— 'pa, tu m'as pas dit pour mon prénom. D'où est-ce qu'y vient ?

Son père a baissé à nouveau son journal et s'est raclé la gorge.

— J'vais d'abord t'expliquer d'où t'vient ton nom d'famille.

Majella a hoché la tête.

— Tu es une O'Neill. Tu fais partie d'un des clans les plus nobles d'Irlande. Dans l'temps, on était les rois et les reines d'Ulster. Et l'Ulster, c'était la meilleure province d'Irlande.

Son père lui paraissait plus grand lorsqu'il parlait ainsi, l'air sérieux, sourcils froncés.

— J'croyais qu'on n'aimait pas la reine.

— Ah, cette vieille salope d'Anglaise, c'est aut' chose, ça. J'te parle des rois d'Irlande. Qui parlaient à leur peuple et veillaient sur lui. Qui s'occupaient d'not' langue, et d'not' terre et d'nos poètes et des animaux.

Majella a senti un picotement de fierté sur sa peau à l'idée du sang royal qui coulait dans ses veines. Sur le canapé, sa mère s'est redressée et a regardé son mari d'un air interrogateur.

— Ouais. Des rois et des reines qu'ont fini leurs jours à Aghybogey, pour sûr.

— Ta gueule ! J'raconte à c'te enfant l'histoire d'son clan.

— Son clan ? Le tien, tu veux dire. Y en a toujours rien qu'pour les tiens.

— Ben j'vais quand même pas lui raconter les contes à dormir debout d'ta famille, non ?

Majella était tranquillement assise entre eux, espérant qu'ils se calment.

— Qu'est-ce qui leur est arrivé, papa ?

Sa maman s'est détournée, a pris la télécommande et s'est mise à zapper de chaîne en chaîne. Son papa a fermé les yeux, repris sa respiration et s'est frotté le front.

— Y sont partis. Les Anglais les ont chassés. Y se sont barrés en Espagne. On appelle ça la Fuite des comtes. La Fuite des oies sauvages. Nos rois et nos reines étaient partis.

Son père a gardé le silence, le journal tout mou dans sa main gauche, tandis que la droite s'ouvrait et se refermait dans le vide. Majella a eu la sensation d'une cascade de plumes dans son dos, et un frisson l'a parcourue.

— Main'nant, on nous appelle O'Neill les Goupils.

Majella a cillé. Elle avait déjà entendu son tonton Bobby se faire appeler Bobby l'Goupil, mais elle ignorait pourquoi.

— Pourquoi on nous appelle O'Neill les Goupils ?

— On sait pas trop. Y en a qui disent que c'est pa'ce qu'y a des roux dans la famille. D'aut' que c'est pa'ce qu'on est rusés. Pis d'aut' encore pa'ce que c'est dur d'nous attraper.

Majella a hoché la tête. Bobby était roux. Et elle savait que les O'Neill étaient intelligents. Elle avait aussi entendu toutes sortes de rumeurs sur le fait que les siens faisaient du marché noir et qu'ils défiaient la loi de part et d'autre de la frontière.

Sa mère a pris la parole :

— Pis d'aut' disent que c'est pa'ce que vous courez longtemps, mais qu'on finit par vous choper quand même à la fin.

Le papa de Majella a plissé les yeux, et un long silence s'est installé entre eux. Majella a vu sa mère rougir peu à peu et se renfoncer dans le canapé en se tournant à nouveau vers la télé.

— Tu vas tout de même lui dire à c't' enfant pourquoi qu'è s'appelle comme ça ?

Son papa s'est retourné vers Majella et d'une voix douce a repris :

— C'est d'moi qu'te vient ton nom. Le mien, y vient de saint Gerard Majella. Donc, ton prénom, c'est mon deuxième prénom à moi.

Majella était un peu perdue. Donc, elle portait un nom de garçon ? Sauf qu'elle connaissait plein d'autres Majella, et c'étaient toutes des filles.

— J'ai un nom d'garçon ?

— Nan. C'est un d'ces noms du genre Mary, Gabriel ou Hilary qui vont aussi bien aux gars qu'aux filles.

La maman de Majella s'est mise à rire. Son papa lui a décoché un regard noir. Majella a pensé à autre chose :

— Et pourquoi qu'mon deuxième prénom, c'est Priscilla ?

— Ça, j'peux répondre à ta place, mon chéri. Ton papa, ici présent, il craquait pour Priscilla Presley, voilà pourquoi qu'tu t'appelles Priscilla.

Majella a regardé son père. C'était à son tour de rougir, même s'il était difficile de savoir si c'était de colère ou d'embarras. Puis un rictus s'est dessiné sur ses lèvres :

— 'reus'ment qu't'étais pas un garçon, sinon ta maman t'aurait app'lé Elvis.

Sa mère a éclaté de rire :

— Elvis ! Ah oui. Elvis O'Neill !

Son papa a regardé sa maman qui se marrait sur le canapé. Il s'est déridé à son tour.

— T'imagines, le pauv' gamin, un p'tit rouquin qui court partout dans l'lotissement en s'faisant app'ler Elvis le Goupil O'Neill ? Pauv' gosse !

Sa mère rigolait toujours, et son père aussi s'est mis à rire. Majella a souri, elle aurait aimé prendre part à la plaisanterie, mais elle ne comprenait pas ce qu'il y avait de drôle.

— T'as eu d'la chance, en fait, Majella, tu t'es vach'ment bien débrouillée, en vrai !

Majella avait encore une question à poser à son papa.

— T'aurais préféré qu'je soye un garçon ?

Le rire de son père s'est aussitôt arrêté. Même sa mère a fini par se taire.

— Pas du tout, non, pas du tout. Moi, j'voulais juste c'que l'bon Dieu nous enverrait.

Majella se souvenait qu'elle s'était alors renfoncée dans le canapé et s'était mise à regarder *Coronation Street*. Les yeux braqués sur l'écran, elle s'était demandé ce qu'elle allait écrire dans son cahier pour la maîtresse, le lendemain. Fontaine de la Cruz avait eu du mal à comprendre comment on avait pu donner à Majella le prénom de son père, qui lui-même le tenait d'un saint irlandais. Le saint patron de la naissance et de la grossesse, lui avait expliqué Majella, même si ça n'éclairait pas davantage Fontaine, qui était agnostique. Majella savait ce qu'étaient les agnostiques depuis les cours de religion de quatrième année, mais jamais auparavant elle n'en avait rencontré un en chair et en os – fait qui d'ailleurs ne s'était pas reproduit.

Elle a été prise d'un violent frisson tandis que la lotion pour le corps refroidissait dans l'atmosphère de la chambre. Elle a retiré sa serviette et posé son petit radiateur soufflant sur la commode pour sentir la chaleur sur tout son corps et elle a ouvert son armoire pour choisir quel haut noir elle allait porter ce soir-là. Elle a passé la main sur celui à manches longues, avec un décolleté profond. Elle savait qu'il mettait en valeur ses seins et masquait les brûlures sur ses bras. Ses pantalons étaient tous à peu près pareils, aussi elle a pris le premier qu'elle a trouvé parmi les vêtements propres avant de chercher un soutif. Tout en farfouillant dans le tiroir, elle profitait de l'air chaud que le radiateur lui soufflait sur la poitrine et le visage. Quand elle a trouvé le bon, elle l'a passé autour d'elle en se penchant pour que ses seins tombent pile dans les bonnets, ainsi qu'elle l'avait vu faire dans un magazine, l'a agrafé, et s'est relevée pour se regarder dans le miroir. Ce qu'elle a vu lui a plu. Ensuite, elle a mis sa jolie culotte noire en faisant attention que la ficelle du tampon soit rangée à l'intérieur, puis elle a enfilé son haut et son pantalon. Elle a jeté un coup d'œil vite fait devant, derrière. Elle s'est trouvée bien, même si Aideen lui avait dit qu'il ne fallait pas s'habiller tout en noir, mais toujours rajouter une touche de couleur. Elle avait essayé de persuader Majella de porter des accessoires, des conneries pas pratiques comme des colliers ou des ceintures. Mais Majella ne s'y était jamais faite. Le vernis à ongles, c'était un compromis. Elle n'aimait pas la sensation que ça lui causait, ni le gaspillage que ça représentait, mais elle aimait les couleurs et les miniflacons avec leurs pinceaux tout droits. Au fil des années, elle avait accumulé trente-six vernis, tous achetés sur un coup de tête à la pharmacie. Elle en mettait seulement le dimanche car Madame Connasse ne l'autorisait pas au travail. Du coup, Majella se vernissait les ongles chaque dimanche, et enlevait tout chaque lundi. Elle a cherché méthodiquement dans la boîte jusqu'à trouver le bon ton : un rouge foncé assorti à sa nouvelle couette. C'était une nuance sombre, ni trop brillante ni trop vive – déjà que certains trouveraient inconvenant qu'elle sorte si peu de temps après la mort de sa grand-mère, elle ne voulait pas avoir l'air trop apprêtée. Une fois ses ongles vernis, elle a tendu les mains devant elle. Elles étaient puissantes et bien dessinées, la peau marbrée de cicatrices laissées par les gouttes d'huile bouillante telles des traces d'escargot d'un rose argenté. Dermie McDaid lui avait dit que pour une fille, elle avait des mains trop grandes, lui dont le vrai problème était que pour un homme adulte, il avait une bite toute petite. À l'idée d'aller au pub, Majella a éprouvé un regain d'énergie, elle a fermé les yeux et claqué des doigts.

### *20 h 17*
### *Objet 9. Le maquillage*

Majella n'aimait pas le maquillage, mais on lui avait appris qu'elle en avait besoin. Le problème, c'était sa peau, et en particulier ses boutons. Elle avait percé les plus gros un peu plus tôt et mis par-dessus une crème spéciale pour les assécher. La rougeur avait disparu, mais elle savait qu'elle avait encore du boulot devant elle. Elle a mis du fond de teint et du correcteur sur ses boutons et ses cernes. Enfin, elle s'est poudré le visage et le cou avec Rose Clair. Le résultat final consistait en un masque lisse et mat qui s'arrêtait, comme la marée, juste sous son cou. Majella ne comprenait pas ce que ça avait de mieux que son teint habituel. Elle voyait dans le maquillage une forme de dissimulation. Chaque fois qu'elle rencontrait une femme ainsi maquillée, elle se demandait ce qu'elle pouvait bien cacher. Elle s'est ensuite intéressée à ses yeux. Ça, c'était facile, car elle faisait toujours la même chose : un coup de khôl noir sur tout le pourtour de l'œil (en appuyant un peu plus sur la paupière du haut), puis une ombre à paupières « quartz fumé » étalée sur toute la partie supérieure. Après, elle a attrapé son recourbe-cils et mis du mascara. Enfin, elle a étalé du Born to Bling sur ses lèvres et s'est mise à battre des cils devant le miroir. Majella savait qu'elle n'était pas Kate Moss, mais pour aller boire des bières à Aghybogey, ça suffisait largement. Elle a jeté son gloss dans son sac à main, s'est mise en quête de son porte-monnaie, et elle s'est assise sur le lit pour enfiler ses bottes noires en PVC. La fermeture de la droite était cassée : elle ne montait que jusqu'à la moitié de sa jambe, et elle devait l'attacher avec une épingle à nourrice en haut. Tout ça était dissimulé sous son pantalon, naturellement, et Majella espérait que ses bottes tiendraient une année supplémentaire si elle faisait assez attention. Elle s'est levée, a mis son manteau et elle est arrivée d'un pas lourd sur le palier, se sentant telle une jument qui sort de l'étable. Au pied de l'escalier, elle a marqué une pause et écouté sa mère qui toussait en regardant une rediffusion du jeu *Family Fortunes*.

— Je sors !

Sa mère n'a pas répondu. Majella a ouvert la porte et elle est partie dans la nuit froide.

### *21 h 11*
### *Objets 14.7 et 14.9. Trucs médicaux – Les procédures et les objets médicaux*

Majella était assise toute seule à sa table et buvait une pinte de Smithwick's. Ses cigarettes étaient rangées dans son sac. Elle doutait qu'elle fumerait ce soir-là. Ça ne lui arrivait jamais en dehors du boulot. Pourtant, elle devait admettre qu'au cours des deux semaines passées, elle en avait bien grillé quelques-unes à des heures inhabituelles, sans parler du joint. Elle a regardé vers le bar, où Mairead Carroll buvait son kir au cidre. Majella détestait ça car l'odeur lui rappelait son premier frottis. Celui-là, ça avait vraiment été le pire de tous. Elle avait stressé des mois à l'avance. Aideen, qui était un peu plus âgée, y était déjà passée et elle avait tout raconté à Majella un dimanche soir en buvant du kir au cidre. Sa description très graphique avait allumé une terrible angoisse dans le ventre de Majella. Quand elle avait reçu sa convocation au printemps suivant, elle avait demandé à Aideen des conseils pour se préparer.

Ensuite, elle avait tenté de les suivre. Elle avait prévu à l'avance comment elle s'habillerait : son nouveau jean, son grand pull en laine et une culotte noire très couvrante. Elle avait l'intention de mettre un protège-slip parfumé qu'elle avait acheté exprès au cas où elle serait victime d'un « léger saignement », ainsi que l'avait mentionné Aideen. Elle avait l'intention de se doucher juste avant d'y aller pour ne pas arriver, comme disait Aideen en ricanant, en « Suzy-la-Sueur ». Hélas, en rentrant chez elle, une heure avant le rendez-vous, elle s'était aperçue qu'elle avait oublié ses clés. Elle avait sonné pour que sa mère lui ouvre, mais personne n'avait répondu. Très contrariée, elle avait frappé à la porte jusqu'à ce que Hazel Dolan vienne lui annoncer qu'elle avait vu sa mère partir dix minutes plus tôt, mais qu'elle n'avait pas la moindre idée d'où elle était allée. Hazel avait proposé à Majella une tasse de thé, alors elle était entrée chez elle et s'était assise avec sa culotte de deux jours, son vieux joggo et sa polaire cradingue. Sa mère n'était pas revenue avant l'heure. Majella était comme son père : elle ne supportait pas d'être en retard, aussi à trois heures et demie, elle avait dit ciao à Hazel et avait pris la direction du cabinet médical. Comme d'habitude, c'était rempli de mômes qui toussaient, de vieux, et de bébés cramoisis qui hurlaient. Ça sentait le désodorisant bon marché qui a perdu la bataille contre les miasmes de la diarrhée. Majella avait signé le registre à l'accueil, et elle s'était assise, le ventre et l'utérus vrillés. Elle se résignait déjà à une longue attente. Jamais de sa vie elle n'avait été prise à l'heure, même quand elle était la première de la liste. Elle avait attrapé un magazine mais au bout de quelques minutes, la réceptionniste l'a appelée.

— Majella ? La docteure O'Hanlon vous attend.

Majella a bondi, rougissante, et elle est entrée dans la salle d'examen. O'Hanlon consultait ses notes, elle a levé les yeux vers Majella qui, aussitôt, a pensé qu'elle devait lui expliquer la situation.

— J'avais oublié mes clés, du coup j'ai pas pu m'doucher ni changer d'culotte.

O'Hanlon n'a pas bronché :

— Ne t'inquiète pas. Si tu veux bien juste retirer ton pantalon et t'installer ici.

Et elle s'est de nouveau penchée sur le dossier de sa patiente, sans la moindre trace de l'expression horrifiée à laquelle s'attendait Majella. Celle-ci a fait un pas vers la table d'examen, mais soudain elle s'est arrêtée, incapable de continuer.

— Faut qu'j'aille faire pipi.

O'Hanlon a levé les yeux. Il n'était pas facile de deviner ce qu'elle pensait, mais Majella a détecté une trace d'agacement dans l'atmosphère.

— Vas-y alors. Vite !

Majella a foncé vers la porte, mais O'Hanlon l'a rappelée.

— Majella ? Pourrais-tu me prélever un échantillon d'urine, s'il te plaît ?

Elle lui a tendu un petit contenant en plastique. Majella l'a pris, et elle a détalé dans le couloir, jusqu'aux toilettes qui puaient toujours la diarrhée. Le contact avec l'air froid lui a soudain fait réaliser qu'elle était en sueur. Les cabinets étaient entièrement carrelés – sol, plafond et murs. C'était le genre d'endroit que l'on nettoyait au jet en fin de journée. Il n'y avait ni verrou, ni lunette sur les toilettes, ni papier. Majella a fouillé ses poches. Elle n'avait pas de mouchoir, pas même un ticket de caisse. Elle a regardé autour d'elle. Pas d'essuie-mains, ni de rideaux. Et elle devait faire pipi dans un flacon. Quelques minutes plus tard, elle s'est aperçue qu'elle avait effectivement fait pipi dans le flacon. Et elle avait aussi pissé sur ses mains, sur le flacon et par terre. Elle s'est lavé les mains, et le flacon en prime, en essayant de ne pas penser à la tache humide qui s'étendait sur sa culotte de deux jours. Les mains encore mouillées, elle a ouvert la porte et elle est retournée dans le cabinet, où elle a remis le flacon à O'Hanlon. Celle-ci avait enfilé ce genre de gants de caoutchouc qui donnaient toujours à Majella l'impression qu'on s'apprêtait à manipuler un truc sale – dans le cas présent, c'était elle, le truc sale.

— Très bien. Enlève le bas et monte là-dessus.

Majella ne savait pas de quel bas elle parlait précisément. Son jogging ? Son jogging et sa culotte ? Son jogging, sa culotte, sa peau et ses poils ? Elle s'est déshabillée lentement en songeant à Aideen qui avait pleuré dans sa chambre pendant une heure après le frottis, et qui avait saigné toute une journée. En culotte et polaire, Majella était à présent au bout de sa vie. O'Hanlon a jeté un regard vers elle.

— Enlève également ta culotte, Majella ! Ensuite tu montes là-dessus.

Majella a retiré sa culotte, l'a mise en boule et a tenté discrètement de s'essuyer entre les jambes avant de la fourrer dans la poche de sa polaire pour qu'O'Hanlon ne voie pas dans quel état elle était. Puis elle s'est retournée et elle a vu O'Hanlon manipuler un gros objet en métal. Majella s'est demandé ce qu'elle comptait en faire. O'Hanlon a alors appuyé sur un bouton, et l'objet s'est ouvert comme un bec. Elle a surpris le regard de Majella.

— Allez, grimpe là-dessus et, sois gentille, écarte bien les jambes.

Majella est lentement montée sur la table d'examen en essayant de dissimuler le plus possible son cul et sa chatte avec sa polaire. Elle a essayé de trouver une position confortable sur le large rouleau de fin papier, seulement il s'est aussitôt collé à sa peau en sueur et s'est déchiré : à présent, elle avait les fesses à moitié collées sur le revêtement en plastique. Majella trouvait ça terrible d'être à moitié habillée en haut, et complètement à poil en bas, jusqu'aux chaussettes. Toute la partie exposée lui semblait molle et relâchée, ses poils pubiens fins et dégarnis. O'Hanlon s'est approchée.

— Allez, Majella, détends-toi.

Elle fixait le plafond, ne respirait plus.

— Écarte encore les jambes, s'il te plaît.

Elle s'est forcée à ouvrir les cuisses.

— Bon, ça va te paraître un peu froid.

Elle s'est demandé ce que « ça » désignait.

— Si tu te détends, ça ne fera pas mal.

La façon dont O'Hanlon se comportait n'aidait guère Majella à se détendre. Le « ça » en question (quoi que ce soit) était glacé et en plus c'était énorme ! O'Hanlon a appuyé sur le bouton, et le bec s'est ouvert, provoquant un vrai choc chez Majella. Mais O'Hanlon était une pro, elle s'était positionnée de manière à ce que Majella ne puisse ni bouger ni refermer les jambes.

*Gratte-gratte-gRRRRatte…*

Majella n'a rien entendu, mais elle a senti qu'on lui raclait l'intérieur. O'Hanlon a soupiré.

— Ah là là. Je n'y arrive pas.

Elle s'est écartée de la table d'examen et Majella a entendu le tintement d'objets métalliques sur un plateau.

— Bon, je vais essayer avec ça.

Plus de grattement, cette fois. Majella a senti un frottement. Soudain, le plafond lui a paru très loin, les lumières trop brillantes, et elle s'est sentie rétrécir, rétrécir, rétrécir…

— Et voilà !

Les cuisses de Majella se sont aussitôt refermées comme si elles étaient élastiques.

— Bon, ce n'était pas si terrible, hein ?

Majella a compris que la question était sans doute rhétorique, aussi elle a secoué la tête. Puis elle a tiré le plus possible sur sa polaire, tout en cherchant son jogging. O'Hanlon tenait un truc en plastique couleur d'urine, couvert de glaires sanguinolentes.

— Je n'obtenais aucun résultat avec ça, donc j'ai utilisé celui-ci à la place.

O'Hanlon a brandi un objet métallique qu'elle avait déjà essuyé mais qui portait encore des traces. Majella ne savait pas vraiment ce qu'elle devait répondre, alors elle a choisi de manifester son enthousiasme.

— Ah ouais. Ouais. C'est super.

Elle a essayé de ne pas penser au nombre de femmes d'Aghybogey à qui ce machin en métal avait ramoné le fond de la chatte. Elle a attendu qu'O'Hanlon lui tourne le dos et revienne à son bureau pour descendre de la table d'examen. La protection en papier lui collait aux fesses. O'Hanlon lui a jeté un bref regard tandis qu'elle essayait de le décoller pour le mettre en boule. Ensuite, Majella a enfilé son jogging et ses baskets à toute vitesse, dans l'espoir que la docteure ne remarque pas qu'elle n'avait pas remis sa culotte. Elle n'était pas certaine de la manière dont ça se passait après : les explications d'Aideen ne couvraient pas la conclusion de la procédure.

— J'peux y aller ?

— Oui, c'est bon. Reviens chercher tes résultats dans un mois.

— Génial. Merci. Au r'voir.

Majella s'est forcée à sortir sans hâte de la pièce, puis à quitter le cabinet médical d'un pas tranquille. Elle est rentrée chez elle à une allure normale, bien qu'elle sente son jogging s'humidifier peu à peu, à mesure que le sang s'écoulait de son col meurtri. Heureusement, elle portait un jogging bleu marine. En arrivant chez elle, elle a sonné à la porte, sa mère lui a ouvert et a commencé à lui raconter qu'elle avait fait une super affaire chez Feely où le steak haché était en promotion. Majella l'a écoutée en grimpant l'escalier, son poing se serrant et se desserrant dans la poche de sa polaire.

*21 h 42*

*Objet 1. Bavardages, commérages et autres conneries*

Majella observait avec délice les bulles qui montaient du fond de sa pinte pas encore entamée. Un de ses plus vieux souvenirs, et l'un des plus heureux, c'était justement lorsqu'elle regardait les bulles dans les verres de bière que buvait son père. Elle pouvait rester des heures entre ses parents, à les observer monter en ligne les unes après les autres. Même aujourd'hui, déjà un peu pompette, elle ressentait encore leur bonheur effervescent et frétillant.

— Alors, Majella, comment qu'tu vas ?

Majella a levé les yeux et soupiré. Charlotte Keenan avait pris l'initiative de venir la saluer en la gratifiant d'un de ses petits sourires contenus.

— Super. J'ai pas encore bu grand-chose.

Charlotte a froncé les sourcils :

— J'pensais à ta mémé et tout ça…

Majella a haussé les épaules et pris une gorgée :

— Pour sûr, elle est morte et enterrée, main'nant, alors la vie continue.

Charlotte fronçait toujours les sourcils. Majella a cherché des yeux Dinny, son mari, et elle l'a aperçu un peu plus loin, près de la porte, avec ses potes. Charlotte carburait à son habituelle vodka-Coca Zéro. Majella a avalé quelques gorgées de Smithwick's.

— Ouais, c'est c'qu'on dit, la vie continue.

Majella n'a pas répondu. Elle ne pouvait pas encadrer Charlotte. Elles avaient fait toute leur scolarité ensemble, dans la même classe. Avant que Majella ne rencontre Aideen, Charlotte avait fait d'elle sa croisade personnelle et elle lui procurait toutes sortes de conseils en matière d'hygiène corporelle, de comportement en société et de relations familiales. Ce n'étaient pas les conseils en eux-mêmes qui gênaient Majella, c'était la manière dont Charlotte les lui dispensait. Elle avait en effet l'habitude de rassembler son public, constitué de leurs camarades de classe, et de dénoncer la bêtise que Majella avait faite avant de reprendre les choses pour lui expliquer comment agir de la bonne manière, du coup tout le monde se marrait en constatant à quel point Majella était nulle. Aideen, elle, l'avait aidée d'une manière beaucoup plus discrète. Elle attendait qu'elles soient aux toilettes, ou toutes seules dans la cour, ou dans les vestiaires, puis elle lui chuchotait un conseil à l'oreille, lui arrangeait les cheveux, ou lui baissait les chaussettes juste à la hauteur à la mode ce trimestre-là.

— Et comment qu'è fait, ta pauv' mère, avec tout ça, et pis l'arrestation qui fait qu'empirer les choses ?

Majella a senti la colère l'envahir, et il lui a fallu quelques secondes avant de hausser les épaules à nouveau :

— È fait comme d'hab'. Elle se bourre la gueule pour crever plus vite.

Charlotte a pris un air horrifié :

— Oh, Majella, faut pas dire des trucs pareils. C'est choquant. Ta maman, elle a encore des belles années d'vant elle, pour sûr.

Majella a songé à ces belles années qui s'étendaient devant sa daronne, et devant elle également, et elle a repris une gorgée de bière. Charlotte avait le même âge que Majella, mais elle était née vieille. Elle n'avait même pas dix-neuf ans lorsqu'elle s'était mariée. Maintenant, elle et Dinny avaient trois mômes. Mais, d'après Marty, Dinny en avait quelques autres, éparpillés dans les parages.

— Et comment qu'va ta tante Marie ? On m'a dit qu'ça allait pas fort, ce week-end.

— Chavais pas qu'elle était malade.

Charlotte s'est trémoussée sur son siège, mal à l'aise :

— Ben, c'est pas qu'elle est malade. Paraît qu'elle a pas l'moral.

— È vient d'enterrer sa mère. Paraît qu'ça plombe le moral, ça.

Du coin de l'œil, Majella a vu Charlotte froncer les sourcils.

— Ah ouais, je sais. Pis sans doute, y a l'histoire d'la maison qui t'est rev'nue à toi et pas à elle, non ?

Majella a relevé un sourcil et s'est carrée sur sa chaise, silencieuse.

Charlotte a continué :

— J'imagine qu'une dame de son âge, toute seule là-haut dans les collines, elle a perdu sa maman, elle a perdu sa voisine, et pis main'nant, v'là-t'y pas qu'è perd la maison d'famille… sûr'ment qu'è s'sent un peu déprimée.

Majella a pris son courage à deux mains, et elle a regardé Charlotte dans les yeux :

— T'as raison. Sûr qu'elle est un peu déprimée. Mais bon, assez parlé d'moi et d'ma famille. Et toi ? Comment qu'vont les p'tits ?

Charlotte lui a paru un brin agacée, et puis son air inquiet a disparu, et a fleuri sur son visage l'expression de la maman fière de ses gosses.

— Oh, ça va super bien. Et les p'tits, c'est nickel. Dennis adore l'école, vraiment.

— Ah, j'en suis sûre. Et Dinny ? Il a trouvé du boulot ?

Le sourire de Charlotte n'a pas fléchi :

— Ah non, pas d'veine. Mais tu parles, de nos jours, c'est hyper difficile de trouver un bon job où on t'garde, tu sais. T'as trop d'chance de bosser au fish-and-chips.

— Paraît qu'y cherchent du monde chez Bogey Taxis.

Charlotte a souri de toutes ses dents et elle a bu une gorgée de vodka-Coca Zéro – Majella savait que son verre allait lui durer toute la soirée.

— Dinny a pas envie d'retourner faire l'taxi. Les horaires sont déments, t'as p'us d'vie. Et main'nant, il a une famille.

— Ouais. J'suppose que tu l'verrais p'us, alors que la moitié d'la ville passerait son temps à causer avec lui.

— Ben ouais.

Majella a continué à fixer Charlotte, jusqu'à ce qu'elle baisse les yeux pour tripoter son verre. Puis elle s'est raclé la gorge et a bu une petite gorgée de plus. Regarder quelqu'un dans les yeux demandait un gros effort à Majella, mais parfois, ça valait le coup. Elle s'est concentrée à nouveau sur sa pinte et a laissé le silence s'installer.

— Bon, j'vais pas t'ret'nir trop longtemps. Dis à Dinny qu'j'ai d'mandé d'ses nouvelles.

Charlotte s'est levée avec maladresse et soulagement :

— OK. Bon allez, fais bien attention à toi.

Majella a observé les files de bulles à présent beaucoup plus courtes qui remontaient à la surface, et au bout d'un moment, elle a attrapé son verre qu'elle a vidé cul sec.

*21 h 50*

*Objet 3.4. Bruit – Chanter comme une casserole*

Au bar, derrière Majella, un vieux croûton s'est mis à chanter. Autour de lui, tout le monde s'est tu. La moitié de la salle était gênée, l'autre écoutait, l'air très concentré. Le vieux avait une voix chevrotante, et il chantait à moitié faux. Majella n'avait pas la moindre idée de ce qu'il chantait, les autres non plus d'ailleurs, car personne n'avait repris en chœur. Au bout du bar, les frères Breen ont éclaté de rire car l'un d'eux avait fait une blague, et Mairead Carroll leur a intimé de se taire à grand renfort de murmures furieux.

— La ferme, siouplaît ? La ferme ! Y a Seamy qui chante !

Ils ont fait semblant de ne pas l'entendre, mais ont quand même baissé d'un ton tandis que le vieux continuait maladroitement sa chanson. Il s'est emmêlé les pinceaux avant d'être arrivé à la moitié, s'est énervé contre lui-même et il a laissé tomber.

— Allez, Seamy, vas-y donc, termine-la.

— C'est bien, Seamy, continue !

Majella, elle, n'aimait pas du tout ça, et a été soulagée que, malgré les sollicitations, Seamy ne pousse pas à nouveau la rengaine, mais au contraire se replonge dans sa bière pour noyer sa mélancolie. Quelques applaudissements épars ont suivi, puis les frères Breen se sont mis à gueuler en regardant une vidéo sur un téléphone. Du porno, a songé Majella en prenant sa pinte de Smithwick's. La dernière gorgée était tiède, il n'y avait plus de bulles, et le verre était marbré de mousse. Elle l'a repoussé et a cherché son porte-monnaie. Le bar lui paraissait à des kilomètres.

— J'peux t'en offrir une, Jellah ?

En levant les yeux, Majella a découvert Tommy la Caisse.

— Ben, chais pas, Tommy, est-ce que tu peux ?

Tommy la Caisse a rigolé, ainsi que Majella, car c'était leur blague habituelle.

— Une pinte de Smithwick's, donc ?

— Ouais, c'est ça, Tommy, merci.

Majella a souri en le voyant s'approcher du bar. Elle était contente de tomber sur lui car il n'était pas toujours dans le secteur. Mais quand il était là, ils buvaient une bière ensemble, parce que Tommy et elle, c'était de l'histoire ancienne. Ça remontait à l'époque où ils faisaient du vélo ensemble et se baladaient un peu partout pendant l'été. Ils allaient jusque chez sa grand-mère, traversaient la frontière dans tous les sens, longeant les barricades et contournant les cratères. Sauf que le vélo, c'était pas vraiment le truc à Tommy, lui, c'était un dingue de bagnoles. Il avait passé son permis la semaine de ses dix-sept ans et s'était acheté une caisse aussi sec. Mais pas du genre comme avaient les autres mecs de la ville, pas une voiture dépourvue de plaque et trafiquée, pour faire le kéké. Non. Tommy s'était acheté une Ford Escort pourrie, d'un orange dégueu. Il l'avait conduite jusqu'à ce que ce tas de boue tombe en panne sur l'autoroute M1 en plein mois de décembre, les laissant en rade, sa mère et lui, alors qu'ils revenaient de faire leurs courses de Noël, et c'était le père de Majella qui était venu à la rescousse. Ils avaient remorqué la petite voiture et réussi à la faire redémarrer, mais elle ne pouvait plus aller bien loin. Tommy l'avait revendue une bouchée de pain à un gars qui lui avait filé cinquante livres en liquide. Il était encore à la recherche d'un nouveau véhicule quand sa Ford Escort avait fait la une des journaux car l'armée l'avait fait exploser à la frontière, à Pettigo. Les flics avaient arrêté Tommy et l'avaient mis sur le gril pendant deux jours à Castlereagh. Ses bleus n'avaient pas encore disparu qu'il s'achetait sa Toyota Carina II. Elle affichait déjà près de cinq cent mille kilomètres au compteur. Cette petite Carina était la préférée de Majella. Tommy avait pris l'habitude de venir la chercher le soir chez elle, après les cours. L'été suivant, ils avaient sillonné toute la région. Bundoran pour les machines à sous. La ville de Donegal pour les pubs. Derry pour le shopping. Le soir, ils poussaient jusqu'à la frontière et s'asseyaient dans l'obscurité sur les routes qu'on avait fait sauter. Sans fumer. Sans boire. Rien de tout ça n'intéressait Tommy. Ils restaient assis là, à discuter.

— Et une pinte de Smithwick's pour la dame !

Il a posé le verre devant Majella, exactement au milieu du sous-bock. Il avait de drôles de manières qui plaisaient à Majella.

— Mille mercis, Tommy.

Il s'est installé en face d'elle et a bu une longue gorgée de Tennent's. Majella n'aimait pas la Tennent's.

— Chais pas comment tu fais pour boire c'te pisse.

— Bah, è sont toutes pareilles. Ça rent' par un côté, et ça r'ssort par l'aut'.

Majella a souri.

— Et comment qu'tu vas ?

Elle a haussé les épaules :

— Super. Ça va.

— J'ai pas eu l'temps d'te parler après l'enterrement. C'était un sacré bordel.

— Ouais. J'ai pas causé à beaucoup d'monde. Y avait trop d'gens, si tu vois c'que j'veux dire.

— Pour sûr.

Ils sont restés assis en silence un moment. Majella se souvenait du jour où Tommy l'avait emmenée jusqu'à la frontière, puis ils s'étaient enfoncés dans la forêt. L'endroit était hanté, à ce qu'on racontait quand elle était enfant. Une nuit, les Rosbifs avaient perdu deux hommes lors d'une patrouille, et cinq autres avaient été blessés. On avait mené une enquête approfondie, seulement il y avait eu des fuites. On racontait que les soldats avaient vu des choses bizarres, qu'ils avaient pris peur et s'étaient mis à tirer. L'IRA avait eu beau prétendre que c'était une victoire pour les républicains, le légiste britannique n'avait extrait que des balles britanniques du dos des soldats. Cette nuit-là où ils s'étaient enfoncés dans les bois en question, Majella avait scruté les profondeurs de la forêt qui s'étendait à des kilomètres à la ronde. Au bout d'un long moment, Tommy lui avait dit :

— J'ai un truc à t'montrer !

Ses prunelles brillaient de bonne humeur. Majella avait toujours aimé les yeux de Tommy, dans l'ombre, ses pupilles formaient de vastes lacs noirs.

— Qu'est-ce que c'est ?

— Approche que j'te montre.

Majella se souvenait qu'elle était restée immobile, le cœur battant :

— C'est quoi ?

— Approche, penche-toi vers moi.

Elle s'était exécutée, hésitante.

Il avait passé le bras autour de son épaule et l'avait serrée contre lui.

— Donne ta main.

Majella s'était écartée.

— Tommy, tu m'emmerdes !

— Tais-toi, andouille ! Donne ta main. Allez !

Majella hésitait toujours.

— S'il te plaît ?

Elle s'était à nouveau penchée vers lui, avait mis sa main dans la sienne, le souffle court. Elle sentait l'odeur de son après-rasage et, derrière, le parfum musqué beaucoup plus sexy de sa sueur.

— Voilà… attends un peu.

Tommy avait guidé sa main vers le tableau de bord et avait pressé son doigt sur un bouton. Soudain, le moteur s'était allumé et Majella avait fait un bond sur son siège.

— Putain, c'est quoi ça ?

Tommy avait éclaté de rire. Majella lui avait balancé quelques coups de poing dans le bras, et il s'était recroquevillé pour se protéger, rigolant toujours, jusqu'à ce qu'elle se marre à son tour.

— Pourquoi tu souris, Jellah ?

Elle a bu une gorgée de Smithwick's :

— Ah. Je r'pensais juste à la nuit où tu m'as emm'née dans la forêt, dans ta vieille Toyota Carina. Tu t'rappelles ?

— Ah, c'te bonne vieille Cassie. Elle était mortelle, cette caisse.

— Ouais. Et t'avais trafiqué l'allumage pour plus avoir qu'à appuyer sur un bouton. Tu t'rappelles ? Et quand tu m'as fait appuyer sur l'bouton, qu'est-ce que tu m'as fait flipper !

Tommy s'est mis à rire et a dû reposer sa bière sur la table.

— Ah putain, ouais. Et tu t'souviens comment qu'les Rosbifs nous sont tombés d'ssus ? Et comment qu'j'ai ouvert le coffre ?

— Ah ça, j'risque pas d'oublier ! L'aut' qui t'dit : « Puis-je voir vos papiers, s'il vous plaît monsieur ? », et pis « Pouvez-vous descendre du véhicule et ouvrir le coffre, s'il vous plaît monsieur ? », et toi qui réponds : « Pas b'soin », pis tu tires sur c'te corde, et l'coffre s'ouv' tout seul et là, ça leur fout une trouille bleue ! Et y s'mettent tous à nous braquer leurs armes dessus : « Descendez les mains en l'air ! »

Tommy se tenait les côtes de rire, tandis que Majella hoquetait en silence.

— Et comment qu'ces connards m'ont fouillé après pour avoir fait l'malin avec eux.

Majella se souvenait de Tommy, étendu sur la jeep des militaires, son blouson en boule au fond d'un fossé, un soldat pointant le canon de son arme sur sa tempe, tandis qu'un autre le fouillait sans ménagement et qu'on la questionnait, elle.

— Toute une époque. C'est fini toutes ces conneries, main'-nant.

Majella ne voyait plus beaucoup Tommy désormais. Il avait une nouvelle voiture. Une Nissan Primera. De temps en temps, il lui faisait bonjour en passant dans la rue, avec à ses côtés sa sale snob de gonzesse, le nez en l'air.

— Oui, c'est fini ce genre de conneries.

Le téléphone de Tommy s'est mis à vibrer sur la table. Il l'a pris et a lu le message. Puis il s'est rassis et a regardé Majella.

— J'ai appris pour l'arrestation à Jimmy, Jellah.

Majella a hoché la tête, évitant son regard. Elle n'avait rien à dire.

— Ça va êt' rude pour vous tous s'il est inculpé.

Majella a de nouveau hoché la tête, les larmes aux yeux.

— Pis en plus c'était un voisin. Et un d'tes clients, depuis toutes ces années.

— Y z'ont rien ret'nu contre lui jusqu'à main'nant d'après c'que j'sais. Pis les frères Daly ont été arrêtés, eux aussi.

Tommy a acquiescé.

— Y s'raient capab' d'accuser les frères Daly d'avoir volé l'soleil s'y s'levait pas. Mais faudra bien qu'y les laissent sortir à la fin d'la garde à vue.

Majella a regardé sa bière. Tommy lui a pris la main. Il y avait des années qu'ils ne s'étaient pas touchés.

— Écoute, chais qu't'es du genre indépendante. Et chais qu't'es forte et qu'tu vas t'en sortir. J'vais t'laisser tranquille main'nant. J'voulais juste que tu saches que j'pensais à toi.

Majella a retrouvé son calme :

— Pas d'souci, Tommy. Merci pour la Smithwick's.

Elle a levé sa pinte dans sa direction sans le regarder. Elle imaginait son regard.

— J't'en prie.

Tommy s'est levé et Majella l'a vu se diriger vers la porte de côté. Elle savait qu'il se retournerait vers elle avant de sortir, alors, à la dernière seconde, elle s'est penchée sur son téléphone en fronçant les sourcils comme si elle avait reçu un message.

### *23 h 23*
### *Objet 47. La tromperie et la duplicité*

Majella avait enfilé les pintes et, à présent, elle le reconnaissait volontiers, elle était bien faite. Elle ne sentait plus ses pieds, par contre elle voyait toujours clairement le bar, ce qui était un bon indicateur de son état d'ébriété. L'odeur de bière tiède, de vomi et de pisse qui émanait de l'assise en polystyrène des sièges recouverts de velours ne la dérangeait pas. Pas plus que les lumières des machines à sous, la musique du juke-box, ou les gens qui allaient et venaient autour d'elle. Majella a jeté un œil à sa Smithwick's, dont le niveau baissait de plus en plus. Ça la gonflait de devoir aller au bar, de se concentrer pour se tenir droite, de parler lentement, avec détermination, parce que si elle appréciait la sensation de l'ivresse, elle n'aimait ni qu'elle se voie, ni qu'elle s'entende.

— J'peux vous offrir un verre, Miss O'Neill ?

Majella a levé les yeux, incrédule. Elle ne reconnaissait pas cette voix. À première vue, c'était un bouseux de fermier. Elle avait envie d'un autre verre, mais pas de se taper la conversation d'un emmerdeur de paysan.

— On dirait qu'c'est d'la Smithwick's que vous buvez ?

Majella a hésité, et acquiescé. Elle a vu le type repartir vers le bar, saluant d'un hochement de tête plusieurs personnes en chemin. Elle n'arrivait pas à le remettre. Ce n'était ni un client de Salé, Pané, Frit !, ni un régulier du Bogey Inn. Elle l'a observé faire la causette à Phelim, tandis que celui-ci lui tirait une pinte, avant de lui verser un Jameson avec une carafe d'eau en accompagnement. Il était assez âgé pour porter un costume et une casquette. Il a payé en sortant de la monnaie de sa poche, a pris les verres et est revenu vers sa table.

— Ça vous ennuie pas si j'me joins à vous ?

Majella a haussé les épaules. Ce n'était pas un hasard qu'il s'asseye là. Il a posé la carafe sur la table, et s'est installé, son Jameson à la main. Majella ne lui trouvait pas l'air tellement bourré. Plutôt sobre, même.

— Sacré temps, hein ?

Majella a acquiescé :

— Ouais, mais ça pourrait êt' pire.

Elle a voulu finir sa pinte d'une seule gorgée, mais elle avait mal calculé ce qui restait. Il y en avait trop, et elle a dû tout avaler cul sec. C'était un truc qu'elle n'aimait pas faire, sauf quand elle voulait boire vite. Elle a senti le gaz gonfler son estomac.

— Paraît qu'on va avoir d'la neige. L'week-end prochain, p'têt' ben.

— On pourrait s'en passer.

— Pour sûr.

Le silence s'est fait. Majella a senti un petit rot remonter. L'autre a bu une gorgée de whiskey, puis l'a allongé d'un peu d'eau. Majella contemplait sa nouvelle pinte. Elle s'est aperçue qu'elle avait perdu le compte. C'était pas bon, ça. Elle était beaucoup trop bourrée pour onze heures du soir. Elle était déjà dans son état d'une heure du matin. Genre « J'vais m'rentrer en taxi ». Tout ça, c'était à cause de tout ce sang qu'elle avait perdu. Fallait qu'elle ralentisse un peu la cadence.

— Enfin, ça fait un hiver qu'vot' pauv' mémé aura pas à passer dans sa p'tite caravane.

Majella a fermé les yeux. Ah putain, c'est reparti – voilà ce qu'elle a réussi à penser avant que tout se mette à tourbillonner autour d'elle.

— Bien sûr, on a toujours été là pour elle, vous savez. On passait la voir et tout ça. Je sais qu'pour vous, c'était pas facile de v'nir autant après qu'vot' papa… après qu'il est parti.

Majella a ouvert les yeux. C'était une erreur de les avoir fermés. Ça tournait encore plus, ça lui faisait comme des vertiges, et il lui a fallu plusieurs secondes pour arrimer son regard à la tête de cerf empaillée accrochée au mur d'en face. Elle s'est concentrée dessus jusqu'à ce que ça se calme.

— Ouais. C'était dur, surtout sans voiture.

— Vous savez, c'était pareil que la famille, pour nous.

Majella a longuement regardé le gars. Maintenant, elle le remettait. Elle l'avait vu plusieurs fois à la veillée funèbre. Il allait et venait, et toujours il apportait quelque chose : une boîte de biscuits, un sac de sandwichs au jambon. Aux obsèques, il était devant la tombe, sa casquette sale entre les mains. Sauf qu'elle n'arrivait pas à se rappeler son putain de nom.

— J'ai entendu dire qu'vous avez hérité d'la terre.

Ça y est. Elle se souvenait : Maguire. Le connard qui torturait sa mémé pour lui racheter ses terres. Soudain, elle s'est sentie beaucoup plus sobre.

— C'est vrai.

— C'est les terres qu'on loue à vot' grand-mère depuis quèques années, main'nant.

— C'est ça. Quat' hectares et d'mi, à c'qu'on m'a dit.

— Ouais, c'est ça. C'est pas la meilleure que j'ai travaillée, mais y a longtemps que chuis d'ssus. Très longtemps.

Majella savait depuis combien de temps il cultivait ces terres.

— Seize ans.

— Ouais, ça fait seize ans, c'est ça. À peu près seize ans.

Majella s'est tournée vers le bar. Elle n'a croisé aucun regard, mais elle a compris qu'on les observait. Tout le monde ici présent savait exactement pourquoi Maguire le Mielleux était venu au Bogey Inn ce soir-là.

— Ouais. È vous l'a louée après la mort à Bobby.

— Seigneur, oui. Quelle terrible perte. C'était un homme bien. Enfin, il est mort pour la Cause.

Majella a bu une gorgée sans rien ajouter.

Maguire a hoché la tête :

— On peut pas donner sa vie pour une cause meilleure.

Majella se taisait toujours. Mal à l'aise, Maguire le Mielleux a pris son verre. Il a bu une gorgée de whiskey, puis a reposé le verre et rajouté un peu d'eau.

— Et vous avez une idée de qu'est-ce que vous allez en faire, d'cette terre ?

Majella a pris sa nouvelle pinte et siroté une petite gorgée en prenant son temps :

— Chais pas. P'têt' que j'vais m'lancer dans l'agriculture.

Maguire a levé les yeux vers elle, sourcils froncés, essayant de deviner où elle voulait en venir. Mais Majella avait déjà revêtu son masque de neutralité.

— Dans l'agriculture ?

— Ben ouais.

Elle a continué sur sa lancée :

— J'pourrais p'têt' élever du bétail, ou des moutons, essayer d'aller viv' là-bas. Installer des tunnels pour faire pousser des champignons. Ou un lotissement. J'demanderai un permis d'construire et j'bâtirai un pâté d'maisons.

Maguire le Mielleux tripotait son verre. La ride entre ses yeux se creusait de plus en plus. Il a de nouveau regardé Majella.

— Et vendre, vous y avez pensé ? Pour la culture ?

Majella a gardé le silence.

— Si jamais vous y pensez, j's'rais intéressé. C'est presque comme si c'étaient mes terres à moi, main'nant, après seize ans à les cultiver. On s'y attache, à la terre. On y élève son bétail. On moissonne ses récoltes. On la surveille.

— Ouais, j'comprends. On s'y attache.

— Pour sûr.

Nouveau silence. Majella a levé les yeux vers le bar. Quelques têtes se sont baissées. Elle s'est aperçue que sa famille n'avait pas besoin de faire la une des journaux pour se donner en spectacle.

— Et à combien qu'vous pensez ?

— Quoi, un prix ? Un prix. J'ai pas réfléchi à ça. Chais pas, moi. Combien qu'vous en voulez ?

Une boule de feu s'est allumée dans le ventre de Majella et elle a braqué son regard sur Maguire le Mielleux. Il avait passé toute la soirée au bar, elle s'en rendait compte à présent. Il avait attendu qu'elle en soit à sa septième pinte avant de venir la voir pour lui parler de ses terres. Tout ça ne l'impressionnait pas du tout.

— Combien qu'j'en veux ? Allons bon. Avec la route de la frontière qui s'est rouverte, j'dirais qu'le prix d'la terre à Garvaghy grimpe. Avec les fonds pour la paix, pourrait bien y avoir toutes sortes de bonnes choses qui vont arriver dans l'coin. Si j'attends encore un an, le prix d'ma ferme va sûrement augmenter.

Le visage de Maguire s'est durci :

— Quel prix ?

Le père de Majella n'était pas un paysan, enfin, pas vraiment. C'était un ouvrier. Il réparait les choses. Pourtant, il lui avait quand même appris quelques trucs. Le plus précieux de ses conseils, c'était que lors d'une transaction, il ne fallait jamais annoncer son prix en premier. Le premier qui abattait ses cartes avait perdu.

— Mr Maguire. Vous avez débarqué à ma table ce soir avec un prix en tête. J'crois qu'vous devriez jouer cartes sur table et qu'on en finisse.

Maguire le Mielleux a rougi. Majella a supposé qu'il enrageait. Elle savait qu'elle se comportait comme une garce, mais bon, quel genre de connard était capable d'attendre qu'elle soit bourrée pour l'aborder, alors que sa grand-mère venait à peine d'être enterrée ?

— J'vous propose quarante mille pour les quat' hectares et d'mi.

Majella n'a pas bronché :

— Vraiment ? Quarante mille ?

Maguire a regardé Majella, qui n'a rien ajouté.

— Ça fait une jolie somme, quarante mille.

Majella lui a renvoyé son regard :

— Pour sûr. J'pourrais en faire des choses, avec quarante mille billets.

Maguire a hoché la tête, pour l'encourager. Majella sentait presque l'odeur de son avidité :

— Une jeune dame dans vot' genre, vous pourrez faire tout c'que vous voulez. Vous construire une p'tite maison près d'la ville. Voyager. Ach'ter une voiture.

Majella a acquiescé lentement :

— J'pourrais. Si j'acceptais. Sauf que j'en veux pas, d'vos quarante mille balles. Merci quand même pour la bière.

Maguire a rougi plus violemment encore, il a levé son verre de whiskey et avalé la dernière gorgée d'un coup. Majella voyait les mecs se trémousser au bar en se regardant les uns les autres. Sans lever les yeux, Maguire le Mielleux a répondu :

— De rien.

Il s'est levé pour s'en aller, puis s'est arrêté pour rajuster sa casquette.

— Si jamais vous changez d'avis, Miss O'Neill, vous savez où m'trouver.

Majella a éprouvé malgré elle un certain respect pour sa persistance.

— Ouais, je sais.

### *1 h 22*
### *Liste des trucs bien*
### *Objet 8. Nettoyer*

Majella voyait bien que Bridie McGlinchey n'était pas d'humeur à se laisser emmerder. Elle avait commencé à nettoyer derrière le comptoir à minuit et demi. Et dès qu'une heure avait sonné à la pendule Guinness, elle avait éteint les lumières du bar et foncé chercher son aspirateur, comme un diable qui sort de sa boîte. Majella l'avait vue commencer au fond de la salle, passant l'aspirateur en lignes droites sur le sol. Il ne lui a pas fallu longtemps pour atteindre le bar. Le bruit a chassé les buveurs les plus sensibles. Ils ont vidé cul sec le fond de leurs verres et ils ont mis les bouts. Majella était toujours assise dans son coin, au chaud, à moitié endormie, observant Bridie qui commençait à aspirer autour des derniers clients, cognant les pieds, soulevant des sacs et empilant les chaises au fur et à mesure. Majella a songé que si elle avait eu un aspirateur assez gros, elle les aurait tous aspirés avec. Bientôt, elle est arrivée du côté de Majella. Bridie lui a fait un petit signe, et s'est mise à passer l'engin autour d'elle. Majella a senti le tuyau lui taper sur la cuisse. Elle n'avait pas envie de bouger. Elle serait volontiers restée dormir là.

Bridie s'est éloignée et a fini de nettoyer autour des dernières tables avant de débrancher l'aspirateur et d'appuyer pour rembobiner le fil. Il s'est enroulé à l'intérieur, et Bridie l'a remporté derrière le bar. Ensuite, elle s'est mise à débarrasser les tables. Même si un verre n'était pas fini, elle le prenait et le vidait. Majella a attrapé le sien pour liquider sa Smithwick's. Elle l'a porté à ses lèvres, et soudain, il s'est passé un truc : elle s'est rendu compte qu'elle avait sa dose.

— Est-ce qu'une gonzesse comme toi s'rait pas mieux dans son lit à une heure pareille ?

Majella a levé les yeux. Terry Cavanagh se trouvait devant elle.

— Ouais, c'est vrai qu'il est tard.

— Pour sûr. Même si j'irais bien grailler quèque chose.

Majella a cligné en caressant l'idée de manger. Elle a reposé son verre. À peine était-il sur la table que Bridie s'en est emparée.

— Ouais, aller grailler un morceau, ça m'ferait pas d'mal non plus.

— Bon. J'ai ma fourgonnette. J't'emmène ?

Majella a senti sa vessie pleine. C'était le moment de passer aux toilettes. Elle s'est remise debout lourdement, quittant la chaleur des coussins malodorants.

— Faut qu'j'aille pisser un coup d'abord.

— Pas d'souci. J't'attends.

Et Majella est partie aux toilettes, laissant Bridie fondre sur sa table avec son éponge et son détergent.

*1 h 32*
*Liste des trucs bien*
*Objet 1.3. Manger – La cuisine chinoise*

Majella s'est appuyée contre la fourgonnette bleue de Terry Cavanagh qui cherchait ses clés. Elle était bien pétée. Elle savait que Terry n'était pas en reste non plus. Si les flics le faisaient souffler dans le ballon, il était cuit. Mais bon, c'était son problème. Enfin, il a retrouvé ses clés et ouvert la portière. Il est monté, s'est penché et a débloqué le côté passager. Majella a ouvert à son tour et attendu qu'il foute par terre le bordel de cassettes, de cartes et de vieux journaux qui s'entassaient sur le siège, puis elle s'est assise. Elle grelottait.

— Tu vas bientôt avoir chaud.

Majella a fourré les mains sous ses aisselles. Son souffle formait une nuée blanche qui se déposait sur les vitres. Terry a eu du mal à rentrer la clé pour démarrer. Enfin, il a réussi, et la fourgonnette s'est mise en branle, le chauffage à fond. Majella a d'abord reçu une bourrasque d'air froid en pleine figure et elle a tourné la tête.

— Tu peux l'changer d'position, s'te plaît ?

Terry a modifié l'inclinaison de la bouche d'air en direction du sol.

— T'as faim ?

Elle a hoché la tête. Elle crevait la dalle.

— Chinois ou fish-and-chips ?

Mais il était con ou quoi ?

— Chinois.

— Daccodac.

Le chauffage avait dissipé la buée sur le pare-brise et Terry a passé la première pour prendre la direction du centre-ville. Majella s'est renversée contre l'appui-tête. Elle avait un bon coup dans le nez. Les lampadaires orange d'Aghybogey clignotaient au-dessus d'elle à mesure qu'ils avançaient vers l'autre bout de la ville. Terry s'est garé et a éteint les phares.

— J'vais chercher à bouffer. Qu'est-ce tu veux ?

— Riz sauté au poulet.

— J'laisse le moteur tourner pour pas qu't'aies froid.

Terry est sorti de la fourgonnette et s'est lentement dirigé vers le restaurant chinois qui brillait de tous ses feux dans la nuit. Il avait l'air vide. Majella s'est retournée. Une faible chaleur soufflait à présent dans l'habitacle. Elle l'a dirigée vers ses pieds. Il y avait un bon moment qu'elle ne les sentait plus, à cause de l'alcool, mais elle savait qu'ils devaient être gelés. Elle se pelait le cul, aussi. Ça n'était jamais la partie où elle avait le plus chaud, mais là, assise sur le siège glacial de la fourgonnette, ça ne pouvait pas être pire. Elle a allumé la radio et une des cassettes de country de Terry s'est mise en route. Il avait vraiment des goûts bizarres, en matière de musique. Majella piquait du nez lorsqu'il a ouvert la portière et lui a fourré sur les genoux le sac de bouffe chinoise. Elle l'a pris et serré contre elle pour en absorber la chaleur. Terry a bouclé sa ceinture et passé la première.

— Où qu'tu veux aller, pour manger ?

Majella a haussé les épaules :

— Ça m'est égal.

— Le château, ça t'va ?

Elle a de nouveau haussé les épaules :

— Super.

Terry les a conduits lentement jusqu'au parking du château. Après que les archéologues étaient repartis à Belfast, le conseil municipal avait fait goudronner un champ afin d'offrir un parking aux touristes qui allaient se précipiter par troupeaux entiers à Aghybogey grâce aux accords de paix. Sauf que le parking ne voyait jamais le moindre touriste, il se remplissait seulement le soir, quand les gens du coin venaient là pour bouffer et baiser. Les capotes usagées faisaient l'objet de plaintes régulières dans le courrier des lecteurs du *Bogey News* de la part de gens qui signaient « Une habitante inquiète », ou « Un résident outré de Riverview Park ». Terry est allé se garer dans le recoin le plus sombre du parking et a éteint les phares. L'atmosphère de la fourgonnette s'était réchauffée à présent, et Majella ne grelottait plus. Elle a plongé dans le sac marron et soulevé le couvercle de la première barquette métallique. L'odeur est arrivée à ses narines avant même qu'elle voie ce que c'était, et elle a deviné qu'il s'agissait de son riz sauté au poulet. Elle l'a pris et a repêché au fond du sac une fourchette en plastique et des serviettes en papier, puis elle a donné le reste à Terry.

— Putain, chuis morte de faim.

Elle a plongé sa fourchette dans la barquette, l'a portée à sa bouche et a tout fourré à l'intérieur sans perdre un grain de riz. La nourriture était brûlante, aussi elle a ouvert la bouche en respirant très vite pour que l'air frais la refroidisse, ensuite elle l'a refermée et s'est mise à mastiquer. Les arômes se sont répandus sur sa langue et son palais. Les petits morceaux de poulet se mêlaient au riz bien cuit. Ah la vache, c'est trop bon, s'est dit Majella, incapable de penser autre chose. La deuxième bouchée était en route avant même qu'elle ait avalé la première. Elle aurait aimé bosser au chinois. Après quelques bouchées, elle s'est tournée vers Terry.

— Kestapris ?

Terry avait la bouche pleine et Majella a eu le temps d'enfourner une autre bouchée, le temps qu'il finisse la sienne.

— Boulettes de poulet panées sauce aigre-douce.

— Mmmm, trop bon.

— Tu veux goûter ?

Tout en mastiquant, Majella a hésité.

— Mais si, vas-y. Prends une boulette. La sauce est top.

Elle a avalé son poulet et attrapé une boulette. Elle était brûlante, la graisse lui collait aux doigts. Elle l'a lâchée.

— Merde.

Elle a retenté le coup, cette fois en saisissant la boulette par l'extrémité la plus fine. Elle l'a plongée dans la sauce, l'a vite fourrée dans sa bouche avant que la sauce dégouline partout, et elle a croqué à travers la fine croûte de pâte dans le poulet. Elle a mâché lentement, goûtant au piquant de la sauce sur sa langue.

— C'est bon ?

Majella a acquiescé en grognant, la bouche pleine, et s'est remise à piocher dans sa barquette. Le contenu avait refroidi, aussi, elle l'a approché plus près et s'est dépêchée de manger, enfournant bouchée après bouchée. Une fois fini, elle a soupiré et bu une gorgée de Coca dans la canette de Terry. Elle a mis en boule sa barquette métallique, essuyé ses doigts gras sur une serviette et tout fourré à nouveau dans le sac en plastique. Terry n'avait pas terminé. Majella était prête à éclater, alors elle a ouvert la bouche et roté. Aussitôt, elle s'est sentie mieux. Elle s'est laissée aller contre l'appui-tête et a soupiré de nouveau. Elle avait envie de dormir à présent. Elle était encore bourrée, mais elle avait retrouvé un peu de son équilibre grâce à l'air frais et à la nourriture. Une vieille chanson de Meat Loaf est passée à la radio. Elle s'est penchée pour monter le son. Terry a avalé une dernière bouchée et s'est arrêté là. Ensuite il s'est essuyé les mains et la bouche avec une serviette, a jeté son reste de riz et sa fourchette dans le sac plastique rebondi et ouvert la portière pour tout balancer dehors. Un petit vent glacé s'est engouffré dans le véhicule et Majella a frissonné.

— Putain ça caille !

Terry a refermé la portière et la lumière s'est éteinte. Majella distinguait toujours son visage. Il souriait.

— Viens là, j'vais t'réchauffer.

Majella l'a laissé l'attirer contre lui et a tourné son visage vers le sien. Il s'est penché pour l'embrasser, et sa main libre s'est enroulée autour de sa taille, remontant sous ses vêtements.

Majella sentait le goût de la sauce aigre-douce sur sa langue, et la graisse des boulettes sur ses lèvres. Il embrassait plutôt bien, Terry. Et puis il avait une grosse queue. Quel dommage qu'il soit si laid. Elle a passé la main sous son tee-shirt, sur son ventre, et elle a senti ses poils s'accrocher sous ses ongles. Il était arrivé jusqu'à ses seins et Majella respirait fort en sentant ses mains rugueuses sur sa peau. Sa main à elle est descendue sur ses cuisses, qu'elle s'est mise à frotter de bas en haut, aussi près que possible de la protubérance de sa bite mais sans jamais la toucher. Terry s'est penché vers elle, le souffle court, il a commencé à l'embrasser dans le cou, avant de descendre vers l'échancrure de sa poitrine, où il a enfoui son visage. Soudain il s'est redressé.

— Allez viens, on passe derrière.

Majella a hoché la tête. Il y avait davantage de place à l'arrière de la fourgonnette.

— J'ai installé une vieille couverture tout à l'heure.

Au moment où Majella s'est faufilée entre les sièges, Terry a glissé sa main entre ses jambes. Elle s'est avancée et ses cuisses ont frotté contre sa main : ça lui a donné des frissons. Elle s'est allongée derrière, dans le froid. Elle s'est remise à grelotter, jusqu'à ce que Terry se couche à son tour à côté d'elle, et qu'à eux deux ils réchauffent la couverture. Au bout d'un moment, il a déboutonné sa ceinture.

Soudain, Majella s'est rappelé :

— Et merde.

Terry s'est arrêté net.

— Quécya ?

— J'ai mes ragnagnas.

— Hein ?

— J'ai mes ragnagnas. J'avais complèt'ment oublié.

Terry a haussé les épaules :

— Ça m'dérange pas d'jouer en terrain humide.

Majella a rangé la réponse de Terry dans un recoin de sa tête, elle y réfléchirait plus tard, et elle l'a regardé qui lui déboutonnait son pantalon.

*4 h 44*
*Objet 16.11. Boire – Dire la vérité*

Majella a claqué la portière de la fourgonnette de Terry. Il lui a fait au revoir et a démarré. Il pleuvait. Majella a jeté un œil à son téléphone :

Pas de nouveau message

Il était tard. Elle commençait à avoir mal à la tête. Elle a pris l'allée qui menait à sa maison, ses pieds la faisaient souffrir. Son pantalon était trempé là où Terry avait joui, et sous le vent cinglant, la sensation était glaciale. Elle a voulu marcher plus vite, mais elle n'en avait plus l'énergie. En arrivant au portillon du jardin, elle était en nage. Elle a tenté avec difficulté d'ouvrir le loquet, malgré ses doigts gelés. Enfin, elle a réussi, puis elle a cherché ses clés dans la poche de son blouson. Elle a ouvert la porte. La maison était froide et silencieuse, aussi elle a pensé que sa mère s'était mise au lit. Elle a refermé derrière elle et s'est traînée à travers l'entrée. Elle a allumé dans la cuisine, fermant les yeux le temps que l'ampoule se stabilise. Majella a contemplé la petite pièce crasseuse. Une tasse de thé serait la bienvenue. Elle a enclenché la bouilloire et pris un mug dans le placard avant d'y laisser choir un sachet de thé. Elle a attendu que l'eau bouille, les yeux fixés sur le carrelage éclaboussé de gras. En versant l'eau dans le mug, elle a remarqué que le vernis s'était écaillé sur son pouce. Elle a froncé les sourcils et reposé la bouilloire pour mieux regarder. Une craquelure apparaissait au beau milieu de l'ongle. Autour, le vernis s'écaillait, et lorsqu'elle a passé dessous l'ongle de son autre pouce, il est parti. Elle a continué à gratter le vernis, jusqu'à ce qu'il n'y en ait plus du tout. Elle est restée plantée là, à examiner son ongle nu, quand soudain, tout son corps a frissonné. Tout à coup, elle a manqué d'air, et un bruit semblable à un cri a surgi de sa bouche ouverte. Elle n'arrivait plus à respirer, la douleur dans sa poitrine et les ténèbres dans sa tête la submergeaient. Cette fois, elle a gémi. Elle est tombée à genoux devant le placard, a appuyé le front contre le formica froid et repris son souffle. Les larmes ont jailli de ses yeux brûlants, bouillantes sur ses joues. Majella est restée là, comme amputée, aspirant une bouffée d'air après l'autre, en désordre, étranglée de sanglots. Il lui a fallu du temps pour parvenir à se calmer et ralentir sa respiration. Les larmes se sont taries. Quelque chose en elle s'était dénoué. Elle était différente désormais. Elle s'est essuyé les yeux, puis elle s'est levée, a vidé dans l'évier le thé à présent froid et elle est montée se coucher.

Elle a fermé sa porte à clé, retiré ses bottes, et s'est mise au lit tout habillée. Elle est restée là à penser à sa mémé, à tonton Bobby, et à son père, ainsi qu'à ces terres auxquelles ils s'étaient tous accrochés depuis des générations. Elles lui appartenaient maintenant. Elle a imaginé ce vieux rusé de J.R. Ewing qui lui souriait par-dessous son Stetson, un whiskey à la main. Elle a songé à ce qu'il ferait, lui. Elle s'est remémoré toutes ces choses qu'il lui avait apprises au fil des années : Ne jamais pardonner. Ne jamais oublier. S'en prendre aux autres avant qu'ils s'en prennent à nous. Profiter de toutes les opportunités qui se présentaient. Ces leçons, Majella les avait écoutées, mais n'en avait jamais vraiment tiré d'enseignement. Et soudain, elle a su ce qu'elle devait faire. Lorsque ses paupières se sont fermées, elle a senti qu'un grand poids se dissipait sur sa poitrine. Elle avait besoin d'une bonne nuit de sommeil. Demain matin, elle irait consulter son notaire à propos du prix de la terre.

REMERCIEMENTS

Je remercie :

Toute l'équipe de chez John Murray Press, en particulier Becky Walsh, Alice Herbert, Joanna Kaliszewska et Sara Marafini.

Mehdi, Rónán et Cillian, qui m'ont laissé le temps nécessaire pour écrire et retravailler.

Charlie et Mary, Ùna, Christine, Mickey, Deci et Pauline, qui m'aiment terriblement.

Tina, Sorsh, Roni, Pauline et Cinta qui sont et seront toujours là pour moi.

Julie-Anne, Carey, Ruairi, Tom et Brendan, à cause desquels j'ai eu du mal à quitter Belfast.

Aude Doody, Karen Virapen, Declan Gallen, Owan O'Neill et Annie McCartney pour avoir lu le premier jet de ce manuscrit et m'avoir fait bénéficier de leurs conseils – ce livre n'existerait pas sans vous.

Clare, qui m'a dit que j'avais le droit de laisser tomber, mais qui est très contente que je ne l'aie pas fait.

Russell, qui m'a dit de laisser tomber tout le reste, et qui est très content que je l'aie fait.

Le personnel de l'école primaire St Patrick, et du lycée St Eugene, en particulier Maureen Kelly, Danny Glackin et Colette Rush.

Maria McManus et Patsy Horton pour m'avoir fait participer au programme Irish Writers Centre Initiative Borders (avec le soutien de l'Arts Council of Northern Ireland et de l'Arts Council of Ireland).

Catherine Dunne, Anthony Glavin et Anna Carey, membres du jury de l'Irish Novel Fair 2019, organisé par l'Irish Writers Centre.